# 新版・俳句歳時記【第六版】

# 夏

桂　信子
金子兜太
草間時彦
廣瀬直人
古沢太穂
監修

雄山閣

# 序

季語には日本の風土に根ざした豊かな知恵、美意識、季節感が凝縮しています。その季語の集大成である「歳時記」は俳人や俳句を愛する方ばかりでなく、広く日本人に愛されてきました。

季語も俳句も時代とともに進化、発展しています。新しい世紀を迎えて、新しい時代に対応した歳時記が求められる所以です。

このたび雄山閣は、このような時代の要請に応え、携帯に便利な文庫版の歳時記を企画したところ、桂信子、金子兜太、草間時彦、廣瀬直人、古沢太穂の諸先生方が監修を引き受けてくださり、また多数の有力結社、有力俳人（巻末記載）のご協力を得ることができました。この「歳時記」は、企画より足掛け三年を経て完成しましたが、この間に故人となられた先生もおられます。ここでは企画発足当時のお名前を記し謝意といたしました。

この「新版・俳句歳時記」は、歳時記としては初めての試みとして、例句の一部を公募によって募集することにしました。この企画は当初賛否両論ありましたが、結果的に応募句約一万句（入選収録句約一千句）という大きな共感を得ることができました。

また、現代にふさわしい新季語の採用に努めました。その一部をあげれば、「リラ冷え」「花粉症」「ひとで」「冷し中華」「森林浴」「沖縄慰霊の日」「ラベンダー」「はまごう」「絹雲」「阪神淡路大震災忌」「クリオネ」などです。

さらに俳句の伝統を考慮しつつも、時代に即して季語の季節区分を改めました。それは「花火」（秋から夏）「蜻蛉」（秋から夏）「朝顔」（秋から夏）「西瓜」（秋から夏）「シクラメン」（春から冬）

などです。

この歳時記は、文庫版という制約から、いたずらに見出し季語の数を増やすよりも季語解説のやさしさと例句の充実に努め、俳句の実作の助けになることを目指しました。

さらに同じく歳時記として例句の理解を助けるため初めて「近現代俳人系統図」をつけました。

時代を反映する歳時記は、留まることなく進化することが求められます。この「新版・俳句歳時記」は、その名のとおり絶えず「新版」であることを目指し、数年ごとに改訂し、より正確で、より優れた例句の充実を行うものです。

俳人、俳句を愛する方、これから俳句を作り始めたいと思っている方の座右の書としてご愛用を切にお願いします。

二〇〇一年七月

雄山閣「新版・俳句歳時記」編纂委員会

## 「第六版刊行に際して」

『新版俳句歳時記』はおかげさまで、版を重ね二〇一六年に第五版を刊行することが出来ました。その後の季語の変遷、特に祝日法の改正による「山の日」などの新設を踏まえ、必要最小限の改定を加え、また若干の誤字・誤植などの訂正などを行い、ここに第六版を刊行することとしました。

これまでの版と大きく異なる点は、携帯利用の便も考慮して、合本でなく春・夏・秋・冬・新年の五分冊としたことです。引き続きご愛顧くださるようお願いします。

二〇二三年八月

雄山閣『新版俳句歳時記』編纂委員会

編集長　松田ひろむ

# 凡例

1　季節区分は、春は立春から立夏の前日までとし、以下、夏は立夏から立秋の前日まで、秋は立秋から立冬の前日まで、冬は立冬から立春の前日までとした。新年は正月に関係のある季語を収めた。例外的に一連の行事となる「端午の節句」（夏）や「原爆忌」（夏）などは季節がまたがっても一つの季とした。

2　季語の配列は、時候・天文・地理・生活・行事・動物・植物の順とし、同一系統のものをまとめるように努めた。

3　季語は俳句の伝統を考慮しつつも時代に応じて季節区分などの見直しを行い、また新季語の採用に努めた。季語解説の末尾に↓で関連のある季語を示した。

4　見出し季語は原則として、現代仮名づかいとしたが、現代仮名づかいでは意味が不明瞭な場合は、旧仮名づかいとした。

5　見出し季語の漢字表記部分にはふり仮名を付した。右側に現代仮名づかいを付し、旧仮名づかいが現代仮名づかいと異なる場合は、左側に旧仮名づかいを付した。

6　見出し季語に関連のある傍題・異名・別名は見出し季語の下に示した。

7　季語の解説は、平易で簡潔な記述とした。解説は、現代仮名づかいとしたが、引用部分は原則的には原文のままとした。

8　誤読のおそれのある漢字、難読と思われる漢字には、原文・原句のふり仮名の有無にこだわらず、現代仮名づかいでふり仮名を付した。

9　例句は広く秀句の収録を期するとともに、公募による入選句を収めた。近世の例句は一部表記を改めた場合もある。明治以降の例句は原文どおりとした。

10　季語・解説・例句の漢字は、原文・原句などの字体にかかわらず、新字体を用いることを原則とした。ただし、旧字体の方が適当と思われる部分は例外的に旧字体を使用した。引用部分や、作者名など固有名詞の旧字体部分は、原則として旧字体のままとした。ただし、元が旧字体であっても、新字体が広く一般的に使用されている固有名詞などは、例外的に新字体を使用した。なお新字体漢字の中で、「略字」と指摘される場合があるものでも、すでに広く一般の印刷物で使用されているものについては、そのままその字体を使用した。

11　例句の配列は、作者の時代順となるように努めた。近世の俳人は号のみ、明治以降の俳人は姓号で示した。

12　索引は、見出し季語のほか、傍題・異名を現代仮名づかいで五十音順に収めた。見出し季語はゴシック体で示した。

13　新年巻には付録として、行事一覧、忌日一覧、二十四節気七十二候表を掲載するとともに、別に近現代俳人系統図をつけた。また巻末には、春から新年までの総索引を付した。

# 目次



## 夏

### 時候



### 天文

## 地理



## 生活

## 行　事



## 動　物

## 植物

# 夏

# 時候

**夏**《なつ》　三夏《さんか》　九夏《きゅうか》　炎帝　朱夏《しゅか》　炎夏

立夏（五月六日ごろ）から立秋（八月八日ごろ）の前日まで。新暦のほぼ五・六・七月にあたる。もっとも暑く、もっとも昼が長い。三夏は初夏・仲夏・晩夏を指し、九夏は夏九旬（九〇日）をいう。炎帝は夏を司る神の名。気象学では夏至から秋分まで、気象学や生活感覚では六・七・八月となる。

算術の少年しのび泣けり夏　西東三鬼
夏の山国母いてわれを与太《よた》と言う　金子兜太
水が水押して四万十川の夏　野木桃花
手鏡の背中恐ろし夏の恋　対馬康子
炎帝の住みつきたまふ工場かな　金子光利
炎帝の摩利支天とは子なりけり　中島陽華
生きながら手足かたまる父よ夏　国見敏子
全身に残る気怠《けだる》さ夏の夢　本美愛子

この夏は味噌仕立てにて逝《ゆ》きにけり　森川麗子
日を吸ふて雲吐きて夏駒ヶ岳　稲垣晩童
万華鏡アリスの国の夏景色　篠崎代士子
虎御前の暗き祠を覗く朱夏　蛯原方僊
わが朱夏の詩は水のごと光るべし　酒井弘司
パレットの指穴太し夏は来ぬ　石川天虫
余生にも夢の掛橋夏の旅　木寅美津子
大鉄板の下に秘めたる別の夏　橋本昭一

## 初《しょ》夏《か》　初夏《はつなつ》　夏初め　首夏《しゅか》　孟夏《もうか》

夏を三つに分けて、夏のはじめの頃を指す。更衣の時期でもある。

小樽初夏大道芸も運河べり　小倉英男
みちのくは初夏石階の裾水漬き　青木文恵
尼が旅手提げ一つに夏初め　高橋淡路女
初夏のスワンもつとも寡黙なり　二反田秋弓
はつなつの鳶をしづかな鳥とおもふ　神尾久美子
八ヶ岳首夏の赤肌日に連ね　井上倭子
青いギター買はされさうな夏はじめ　田中幸雪
初夏や漆の街の篦《へら》供養　塚原允子
川に映ゆビルの林や初夏の朝　峰山清
船団はことごとく航き釧路初夏　帰山綾子

## 卯《う》月《づき》　卯の花月

旧暦四月の異称。卯の花の美しく咲く頃の月の意。略してこのようにいう。初夏にあたる。↓四月（春）

卯月浪この子を抱き飽きにけり　遠山陽子
満ち潮に藻の立つ卯月曇かな　船越淑子
虚無僧の四五人卯月曇りかな　渡辺町子
卯月曇ペンキを厚く霧笛室　堀野信子

## 五《ご》《ご》月《がつ》《ぐわつ》　五月来る　聖五月

一年の第五番目の月のこと。いよいよ夏の始まる月である。新緑のシーズンに入り、万物の活動的な動きを感じる月である。聖五月という呼称は、カトリックでこの月を聖母マリアの月としていることからきている。輝きに溢れたイメージが強い。↓皐月

うす〳〵と窓に日のさす五月かな　正岡子規
五月の空を四分さぐる観覧車　横山白虹
霧湧けり五月の海の明るさに　加藤絹子
余部《あまるべ》鉄橋五月の空に架りけり　本橋　節
ぎざぎざの石槌山に五月来る　綿利信子
水白き五月臼杵《うすき》の仏たち　百瀬邦一郎
生きるにも死ぬにも保険五月来る　東　智恵子
師と背中合はせ五月のレストラン　名井ひろし
妻の忌の梵鐘一打五月なり　渋谷のぼる
徴兵のない校舎には五月病　石村与志
艀から艀に猫が跳ぶ五月　旭　昭平
聖五月見合い写真に眼鏡なく　広瀬敦子
白猫に真っ黒子ねこ聖五月　片山亀夫

燃えはじむ反古《ほご》の端とがり五月来る　渡邊陶火
稜線の輝きませる五月かな　遠山　翠
麗しの五月フェリス女学院　市原みどり
踏み入りて五月の森と息を合はす　藤原たかを
夜の穂高紫紺あせざる五月来ぬ　澤田緑生
灯台は白き貴婦人聖五月　徳永球石
なんだってできる気がする五月かな　森田美智子
バイブルに若き日の朱線聖五月　沼山虹雨
聖五月磨きて匙を光らしむ　来間鷹男
聖五月幹くらく立つ水辺かな　船越淑子
五月なりよく働く手よく洗ひ　清水武を
足首まで埋もれ五月の砂丘ゆく　神谷翠泉
五月野やすれ違ひしはわが少年　野崎憲子

## 立夏《りっか》　夏立つ　夏に入る　夏来《きた》る

二十四節気の一つ。旧暦四月、新暦の五月六日頃に当たり、いよいよ夏の始まりである。

瀧おもて雲おし移る立夏かな　飯田蛇笏
おそるべき君等の乳房夏来る　西東三鬼
渓川の身を揺りて夏来るなり　飯田龍太

窯変《ようへん》は牡丹色なり夏に入る　水田晴子
少年の陽のにほひして夏に入る　土師のり子
夏に入る等身鏡の吾に喝　長友千穂

あをあと硝子の馬に夏来る　曽野　綾
子を発たす立夏の駅の草の丈　石井直子
トルソーの裸婦の量感夏来る　松本三千夫
ふるさとの山を盾とす立夏かな　原　裕
魁夷《かいい》逝く立夏の道の白かりき　森田君子
夏立てり砂湯に仰ぐ雲のいろ　川崎俊子
筆に墨たっぷり吸わせ立夏なり　好井由江
夏立つや貝を研ぎ出す若狭塗　浜　明史
数へみる六本辻や夏に入る　小口理市
軽やかに立夏といふを過ぎにけり　佐々木玄一郎
放牛に雨粒太き立夏かな　水野爽径
夏に入る束ねて投げる纜《ともづな》も　廣瀬町子
赤き味青き味夏来たりけり　村中燈子
黒牛にかっと夏来て桑畑　臼井千鶴
夏来る回転ドアの向こうから　佐伯和子
夏立つやわがために開く自動ドア　浦川哲子

## 夏《なつ》めく　夏きざす

夏になり、気候も風物も生き生きと、次第に夏らしい輝きを放つ様をいう。

夏めくと木椅子一つをもちだしぬ　松林央子
夏めくや縫針もてば愚痴しらず　谷本てる女
夏兆す跳箱さらに高くせり　市川英一
夏めくや畳いわしに目の数多《あまた》　堤　保徳

## 薄《はく》暑《しょ》　薄暑光

初夏、やや暑さを感じる気候のことをいう。↓暑し

声かけし眉のくもれる薄暑かな　原　裕
喪の菓子を食めばほろほろ薄暑かな　片山由美子
夜の薄暑チエホフもまた医師なりし　水原春郎
霊園のバケツ重なる薄暑かな　林田潤子
十方に花の木の花降る薄暑　江口良子
夕薄暑江戸の資料に猪《ちょ》牙《き》舟も　斉藤淑子

谺《こだま》めく津軽ことばや薄暑光　新谷ひろし
観音のみ手を垂らせし薄暑かな　木内怜子
訪づれし少女賢き薄暑かな　篠原美津子
大輪の花さく寺の薄暑かな　北村さゆり
溝の水錆びて固まる薄暑かな　清水貴久彦
たたみ来る漣《さざなみ》匂ふ沼薄暑　岡田佐久子
鬣《たてがみ》のかげが薄暑の水をみる　緒方　敬
介護セミナー母の肩抱くかに薄暑　倉本　岬
眼のどこか緩む薄暑の白い橋　田浪富布
放哉の墓に瓶立つ薄暑かな　三上史郎
身籠って薄暑の下駄を脱ぎ散らす　綾野南志
頭上より駅アナウンス夕薄暑　山口幸代
街薄暑すこし固目のシャツの衿　河野路子
黄昏のスクランブルの薄暑かな　肥后潤子

## 麦《むぎ》の秋《あき》

麦秋《むぎあき》　麦秋《ばくしゅう》

初夏、麦が黄色に稔るのでこのようにいう。初夏の田園風景が広がる季語である。↓麦刈

能登麦秋女が運ぶ水美し　細見綾子
麦秋の眼を閉ぢてゐる生き疲れ　小出秋光
我が筑紫の血や荒れはじむ麦の秋　寺井谷子
警報機のみの踏切麦の秋　長田久子
麦秋の里の香残る旅鞄　山田美知子
あをによし奈良には阿修羅麦の秋　高橋紀子
道端に切株一つ麦の秋　石山惠子
麦秋や会ふたび食ぶ茹卵　中西夕紀
降りさうで降らぬ明るさ麦の秋　和田数子
窯を出し壺の一列麦の秋　新井うた子
往診といふ道があり麦の秋　川上季石
オレンヂの幼稚園バス麦の秋　榎田きよ子
ここに吹く風音乾き麦の秋　弓木和子
麦秋やイエス小暗き灯を好み　伊藤伴子
麦秋や馬いななきてあとさびし　塚原麥生
麦秋や峠むかうに杜氏の村　島津ふじ穂
麦熟れてなみなみ阪東太郎かな　金井徳夫
時刻表にあまたの栞麦熟る、　三苫知夫

麦秋の月出でて又働けり　山中麦邨
麦秋や海のごときの黄河見る　坂本里子
麦秋や医者にからだをみせにゆく　松本雨生
麦秋や母のちからの握り飯　宮村明希
麦秋や詩人は工場より来る　熊坂てつを
故里の夢麦秋の汽車に覚む　橋本喜夫
麦秋や逝きたるははとエレベーター　西村純吉
黒き地肌見せて麦秋終わりけり　安田和代
一本の道ひよろひよろと麦の秋　中村鈍石
名を変へて川太くなる麦の秋　尾関乱舌
故郷はどの道行くも麦の秋　北原富美子
麦秋や大きうねりの風を見せ　鈴木ふみを
麦の穂の不揃ひ風の奔放に　佐藤愛子
麦は穂に天領日田の雛納め　野田信章

## 小満《しょうまん》《せうまん》

二十四節気の一つ。立夏の後十五日を指す。陽気盛んで、万物が次第に育って満ちることを指す。

小満の人影ふゆる田に畑に　太田嗟
小満や母に八十二歳の日　平間真木子

## 皐月《さつき》　五月《さつき》　早苗月

旧暦五月の異称。早苗を植える月だから早苗月ともいい、そこから約しての呼称とも、さみだれ月の略ともいわれる。↓五月

早苗月息吸へば身のあをみゆく　大元祐子
羅生門かづらと聞きぬ皐月茶屋　岩波敦子

## 六月《ろくがつ》《ろくぐわつ》　六月尽

一年の第六番目の月のこと。すでに夏も半ば、梅雨前線の北上と共に雨の多い日が続くが、緑の盛

んな景は美しい。田園では田植えの最盛期である。↓水無月

六月の花のさざめく水の上　飯田龍太
六月の樹のふくらみやレモンティー　三浦澄子
六月の万年筆のにほひかな　千葉皓史
山毛欅《ぶな》の木の水を吸う音六月来　平野無石
六月や湖の昏さの猿田彦　野中亮介
六月の京より届く床柱　生野照子
六月や終りの迅き砂時計　塚本務人
鼻先に六月の山ありにけり　吉野裕之
癌を打つピストルが欲し六月尽　福地記代
六月や地球は青き水の星　三苫真澄

## 芒種《ぼうしゅ》《ばうしゅ》

二十四節気の一つ。旧暦五月小満の後十五日を指す。新暦六月六日頃で、古来、芒《のぎ》（穂の先の尖ったもの）のある作物の種を蒔く時期としたことより、こう呼ばれる。そろそろ梅雨に入る前である。

中空に見えて芒種の月の暈《かさ》　岡田詩音
暁の西より晴るゝ芒種かな　後藤昭女

## 入梅《にゅうばい》《にふばい》　梅雨入り　梅雨に入る　梅雨入《ついり》

立春から一三五日目、昔は芒種の後の壬《みずのえ》の日を梅雨の入りとした。梅の実が熟す頃である。この日から暦の上で三〇日間の梅雨に入る。六月十一日前後に当たるが、実際にはこの日から始まるというのではなく各地でも異なる。北海道は梅雨がないといわれる。↓梅雨

梅雨に入る大事なものに鈴をつけ　森田智子
母の研ぐ砥石のくぼみ梅雨に入る　井出　眸
ベンガルの湿気いよいよ梅雨入かな　浜田南風
梅雨に入る牛舎に木屑敷きつめて　鈴木いはほ

## 梅雨寒《つゆさむ》　梅雨寒し　梅雨冷

梅雨時、連日の雨に気温が下がり、寒冷を感じること。主として梅雨初期に、南の暑い気団より寒冷気団の勢力が強いために起こる。それまで夏めいた服装をしていたのが、上から一枚羽織ったり、火の気が欲しいような感じがする。

梅雨寒し口紅少し濃く引くと　金井綺羅
梅雨寒や子牛をしきり舐むる牛　三宅句生

## 夏《げ》至《し》

二十四節気の一つ。旧暦五月芒種の後十五日を指す。新暦六月二十一、二日に当たる。夏の最中である。太陽が夏至点にあり、一年中で昼が最も長く、夜が最も短い一日である。実際には梅雨の最中であるため、晴天に恵まれることは少ない。シェークスピアの「夏の夜の夢」は、舞台を夏至祭に設定した戯曲で、夏至の特徴がよく伝わる。

葛飾や夏至のつばめをかほの前　黒田杏子

鳶の輪の高さに夏至はきておりぬ　永田耕一郎

削岩機突く身ぐるみの音の夏至　森　洋

水路交う暮らしの町のすぐ夏至に　佐々木らん

## 半夏生《はんげしょう》《はんげしやう》　半夏　半夏雨《はんげあめ》

雑節七十二候の一つ。夏至から十一日目で新暦七月二日頃に当たる。半夏とは、仏教で行う九〇日間の夏安居の中間を指す。この頃「半夏（からすびしゃく）」という毒草が生えるという。また、暁に天から毒気が降るというので昔は井戸に蓋をしたという。半夏に雨が降ると大雨になって被害をもたらすといわれ、農家では恐れる。麦の収穫を祝ったり、田植え後一息入れる頃として、各地にさまざまな風習がある。

山坊に白湯《さゆ》沸いてゐる半夏かな　木内彰志
勾玉《まがたま》に雲の住みつく半夏生　原　朝子
昼と夜を錯覚したり半夏雨　宮地英子
葱苳《にんとう》の古酒の甘さも半夏生　真田清見

## 晩《ばん》夏《か》　季夏《きか》　夏深し　晩夏光

旧暦では六月に当たる。新暦では七月から八月初めである。夏の末の時期を指す。実際には、暑さ盛りの時期であるが、激しい夏の季節への充足と、その季節が終わるという思いが強い。

晩夏光バットの函に詩を誌す　中村草田男
晩夏光島の生活《くらし》の丸見えに　松本三千夫
存在と時間とジンと晩夏光　角川春樹
清兵衛のふくべ吊らるる晩夏かな　入倉朱王
一舟も見えず真昼の瀞晩夏　岡田佐久子
ドナーカード書かずに持ちている晩夏　三沢容一
大丸太積み上ぐ埠頭蝦夷晩夏　斉藤輝子
臨界被曝耳元熱くなる晩夏　倉本　岬
話しつつ人遠ざかる晩夏かな　高井恵子
縞馬は神の悪戯《いたずら》夏深し　岸田雨童
掲示板ぺらんと剥がれ晩き夏　富川三枝子
ジーパンの捩れて乾く風晩夏　倉岡けい
晩夏かな汐路に入りしロシア船　市村哲也
ショウウィンドウに反る人形や晩夏光　小谷伸子
口開けて鴉のありく晩夏かな　あらたに　梢
ステーキはミディアム湖の晩夏光　小池龍渓子
砂丘晩夏この淋しさに海は鳴る　豊長みのる
晩夏光自画像の目に射られけり　渡辺立男
虚空あるばかり晩夏の都府楼址　田中芙美子
飛行雲残して行けり晩夏光　天野すて女

## 水無月《みなづき》　風待月《かぜまちづき》　常夏月《とこなつづき》　青水無月

旧暦六月の異称。「水の月」「田に水を引く月」の意という。「な」は本来格助詞の「の」、または、複合詞となるとき「み」あるいは「みな」と用いたという。「水の月」という大和言葉に「無」の字が当てられたことで「水の無い月」と解するのは俗説。「青水無月」は梅雨明けの山野の青々とした状態をいう。「青梅雨」と混同しないように注意が必要であろう。↓六月

水孜々と氷河を流る水無月は　澤田緑生
石に置く青水無月の双手かな　松倉ゆずる

## 七《しち》《しち》月《がつ》《ぐわつ》

一年の第七番目の月。夏盛りである。梅雨も明け、夏休みを迎えて、海や山への避暑や行楽の計画も楽しい。↓文月（秋）

七月の海峡ただよふ竹篝　横山房子
七月やショーウインドを渚とし　松室美千代
七月の雨きらきらと犀の檻　栗原利代子
虫喰いし木の葉や七月の粗利益　松本光太郎
七月や方舟になき羅針盤　鈴木栄子
七月の切傷あまき血のにじむ　長山順子

## 小《しょう》暑《しょ》

二十四節季の一つ。七月七日ごろにあたる。この日より暑中となる。

追善の鼓小暑の紐締めて　都筑智子
月夜野の小学校の小暑かな　松田ひろむ
僕たちにケチな小暑がやつてくる　筑紫磐井
駅の灯のまだ眠らぬに宿小暑　飯島　智

先生と呼ぼう小暑のヘアサロン　小平　湖
海ぶどう小暑築地の目移りに　杉浦一枝

## 梅雨明《つゆあけ》　梅雨の明　梅雨あがる

古く暦の上では七月十一、二日に当たるが、現在での梅雨明けは、梅雨前線が約三十日かけて北上し、日本列島を抜けることをいう。それまでの雨の日々から抜け出た爽快さと喜びは強い。梅雨に入るのが早い沖縄から始まり、次第に北上しつつ梅雨明けが伝えられるのは、まるで列島に掛かった幕が徐々に上がるような気分である。↓梅雨

火星にも洪水の痕梅雨明ける　渡辺重昭
梅雨明けの川を越えたるブーメラン　勝田澄子

## 夏の暁《なつのあかつき》　夏暁《なつあけ》　夏の夜明け　夏の朝

暑さが続く中、早暁の涼風や静けさは格別のものがある。時間的にも感覚的にも「夏暁」「夏の夜明」「夏の朝」は、微妙に異なる点に注意すべきであろう。暁の静けさから徐々に動きが加わっていく。

夏あかつき灘から灘へ船の急　松井のぶ
夏未明銀坑洞に火を点す　吉田木魂

## 炎昼《えんちゅう》《えんちう》　夏の昼

炎天の昼の意。「炎昼」というと、全ての物が影を失い、白く燃えるような感覚が伴う。「夏の昼」というと、昼寝などで活動の停止したようなけだるい静けさを含む感覚がある。↓日盛

夏真昼死は半眼に人をみる　飯田蛇笏
炎昼の電車重たく橋渡る　杉山青風
炎昼を来てくらくらと喪の花輪　森松まさる
炎昼へたましひ一人歩きせり　堀川草芳
炎昼や力尽して松が立ち　ながさく清江
侮《あなど》りて出て炎昼の火刑かな　出井一雨
炎昼のなか大股にモデル来し　水田光雄
炎昼の城に無数の弓狭間《ゆみはざま》　石﨑多寿子
炎昼を睡りて勁し雑木山　永島千代
炎昼の影を縮めし祈りかな　赤井淳子
炎昼やするめのごとく部屋にゐる　山田真砂年
袖看板の夏日くらくら電脳街　鈴木烱

## 夏《なつ》《なつ》の夕《ゆう》《ゆふ》　夏夕《なつゆうべ》　夏の暮

日中の暑さからいくばくか解放されて、夕べには一息つく。昼寝をして益々元気な子供の声や打ち水などの中で、朝とは異なる涼しさを感じる。

手をあげて三鬼来さうな夏の暮　星野麥丘人
くび垂れて飲む水広し夏ゆふべ　三橋敏雄
赤松の幹をのこせる夏の暮　堤　保徳
生きものの数だけ水輪夏ゆふべ　小島由理

## 夏《なつ》の夜《よ》　夜半《よわ》の夏　夏の宵　熱帯夜

夏は夜が短く、すぐに夜が明ける。「夏の宵」には涼しさを求めて遅くまで起きていたり、町中での遅くまでの人の動きの感覚がある。「短夜」には、すぐ夜が明ける頃の寝苦しく眠りが浅くなる苛立ちが籠もる。↓短夜

真夏の夜チェロのくびれに手を休む　角谷昌子
夏の夜の闇に捨て置く死語いろいろ　河合早苗
夏の夜の短き夢に火の粉かな　小檜山繁子
夏の夜の獣めく手を洗いおり　青木栄子
夏一夜月蝕ドラマ始まりぬ　大橋淑子
漂泊を誘ふ夏の夜のジャズ　守屋明俊

## 短夜《みじかよ》　明易し　明早し　明急ぐ　明易《あけやす》

春分の日から、夜が昼よりも短くなり、夏至ではもっとも短くなる。気象学上とは異なり、俳句では春は日永、夏は短夜、秋は夜長、冬は短日と表現する。和歌の伝統では明け易い夜を惜しむ思いが強いが、俳句の方では寝苦しく短い眠りへのあせりの思いも加わる。↓夏の夜

短夜や耳もと過ぐる馬子が唄　成　美
短夜の乳ぜり泣く児を須可捨焉乎《すてっちまおか》　竹下しづの女
短夜の夢の満身創痍かな　森田公司
観音に近くねむりて明易し　原　英俊
両岸の灯に短夜の航速し　峰山　清
硝子瓶の中の帆船明早し　長崎玲子
短夜やきろりきろりと魚の目　江中真弓
短夜のせっかち接吻一、二、三　増田豊子
短夜の短き夢に火の粉かな　小檜山繁子
短夜の亡母との遊び乳いろに　三上程子
短夜の連添ふ寝息きこえけり　井上静川
短夜の老きはまりて貘となる　植村通草
短夜や卍につめし青畳　栗栖恵通子
明易きことの救ひや手術あと　橋本　博
短夜やくらべ合ひたる力瘤　富樫　均
明易し車窓に知らぬ海展け　大津希水
亡き夫の声又夢に明易し　石川靖子
てのひらはさみしきひろば明易き　桑島あい
明易し青磁の壺に火の匂ひ　山崎悦子
明易し釣具ばかりの部屋ひとつ　古川ウヰ子
足の裏は淋しきところ明易き　高石直幸
明易し推理小説謎のまま　多田菊葉
明易し引く潮に石鳴りひびき　水野爽径
明易し寝不足言はずじまいひなる　勝田享子
岳峨々と夢にそびえて明易き　村上光子
明易の日付変更線を飛ぶ　児島倫子
明易の夢の出口が見つからぬ　伊藤　格
短夜の時間分け合う仮眠室　姉崎蕗子
短夜の病衣まつはるふくらはぎ　小原英湖
明易のきわどき夢を逃れけり　西明更風

**土用**《どよう》　土用入　土用太郎　土用次郎　土用三郎　土用明

中国の五行説では、春は木、夏は火、秋は金、冬は水が司り、四季それぞれの終わり十八、九日を土が司るとした。四季それぞれに土用はあるが、夏の土用のみが現在一般的に使われる。暑さの最も激しい時期である。土用太郎は、土用入のことで、七月二十一日頃。二日目を土用二郎、三日目を土用三郎と呼ぶ。↓土用鰻

土用三郎裏道を風抜けて　石川美佐子
土用東風吹くや彩色道祖神　太田まさ哉
油滴天目その一滴の土用照り　伊丹さち子
闇や水鉄気の匂ふ土用となる　小菅佳子
夕方はもう髭伸びて土用太郎　須川洋子
修羅越えて余後の土用の蜆汁　西明更風

**盛**《せい》**夏**《か》　夏旺《なつさか》ん　真夏　真夏日

梅雨明けと共に一気に夏らしい暑さとなる。夏の盛りである。

ベネチアンガラスの赤や夏旺ん　筒井カヨコ
夏は闌けたり駅弁のからき昆布　中西夕紀
真夏日の終りを告げてひかる砂場　斎藤白砂
沖縄はチェロのかたちで真夏です　隈元拓夫
真夏日の膝に来たがるウルトラマン　高瀬恵子
良寛の海へ盛夏の松羽撃く　岡野スミ子

**三**《さん》**伏**《ぷく》　初伏　中伏　末伏《まつぷく》

夏至の後の第三の庚《かのえ》の日が初伏、第四の庚の日が中伏、立秋後の第一の庚の日が末伏である。中国の五行説では夏を司るのは「火」で、庚は金気を表し、金気が火に伏せるというところから出てい

る。真夏、酷暑の激しさを伝える。

三伏の闇はるかより露のこゑ　飯田龍太
三伏の葛西や鯉の縹色《はなだいろ》　宮坂静生
三伏や湯花太りに湯場の樋　中島畦雨
三伏の動白紙につつむ絵蝋燭　吉田汀史
三伏の白粥に芯ありにけり　小野恵美子
家伝妙薬三伏の小抽斗　中村契子

**暑《あつ》し**　暑さ　暑《しょ》　暑気　炎暑　炎ゆ

夏の気温の高さをいう。俳句では夏の時候のみに使う。熱帯夜は最低気温が摂氏二十五度より下がらぬ夜をいう。→薄暑・極暑

砂丘ただ炎ゆ異国の轍のふかく荒く　古沢太穂
乗り遅れしバス遠ざかる炎暑かな　野村泖子
頭の中すきまだらけの炎暑かな　鈴木八駛郎
排水のつまりし街の炎暑かな　小池龍渓子
暑き日や茶箱の中に顔入れて　木倉フミヱ
退屈な暑さに伸びる貝の舌　原　コウ子
仏足石五体の窪みみな暑し　土肥あき子
武者幟みるたび暑しふるさとは　細田壽郎
立ちどまる信者にぬっと暑さかな　廣島爽生
屠殺場の一枚扉は開かれ炎暑　森　武司
掌にあばら鎮め商旅の熱帯夜　大西やすし
透きとほるものばかり飲み熱帯夜　村田緑星子
見飽きたる顔が隣に熱帯夜　加藤早記子
熱帯夜しやうことなしに北枕　佐々木久子
熱帯夜天使のやうな冷気来し　小関桂子
熔接の火花無色となる炎暑　横溝やす子
味噌倉の蔭に身を置く炎暑かな　渡部きん
糠漬の床盛りあがる暑さかな　高橋悦子
暑し高原歯《はん》をむきだしに笑う馬　福富健男
旅鞄「恨の文化論」暑に残し　菊池志乃

## 大《たい》暑《しょ》

二十四節気の一つ。小暑の後十五日目で七月二十三日頃。最も暑さの激しい頃である。

西陸橋毀されてゆく大暑かな　蒲　みつる
山芋の蔓巻き上げて大暑なり　土屋かほる
木星に星ぶちあたる大暑かな　広瀬杜志
光秀の墓に人ゐる大暑かな　藤井ひろ子
己が吐く息のこごりし大暑かな　川端庸子
白波の珠ところがる大暑かな　淺井一志
焦げ臭き踏切渡る大暑の日　浜　喜久美
鬼瓦歯を食いしばる大暑かな　岡本求仁丸
豆腐など食べて大暑にさからはず　高村遊子
誰彼と居なくなる日の大暑かな　枝久保辰生

## 極《ごく》暑《しょ》　酷暑　劫暑　猛暑

激しく、我慢し難い程の暑さをいう。気象の統計的には、最高気温は大暑より少し遅れて七月の終わり頃から八月初めに記録される。↓暑し

夜の港極暑の芥《あくた》たたへたる　五十嵐播水
蛾が飛ばずなりたる山の極暑かな　登　七曜子
方丈の水甕《みずがめ》割れて極暑かな　杉山青風
酷暑なり写楽の貌をして歩む　千手和子

## 灼《や》く　熱砂　熱風　炎熱

真夏の太陽の熱の強さは激しい。この熱で砂も風も全て熱される。

針・刃物・鏡・ひかがみ熱沙越ゆ　小檜山繁子
骨拾ふまして熱砂ののど仏　宮本みさ子
灼けゴビに長城力尽きゐたり　平野謹三
風灼けて南大門にぶつかれり　田口彌生
灼くる岩ふと背に影を恐山　金山たか
仰向けに倒れて灼くる風化仏　佐野農人

瓶灼けて裕次郎忌の浜汚れ　原　川雀
丼の墨汁灼けて葬終る　田口珂那
鉄棒といふ直線の灼けてをり　永野佐和
平和の礎《いしじ》灼かれて女子供の名　岡崎たかね
能登塩田足型そのまま灼けている　齋藤　都
貨車灼けて満載されている怒り　森　武司

## 涼《すず》し　朝涼《あさすず》　夕涼《ゆうすず》　晩涼《ばんりょう》　夜涼《やりょう》　涼風《りょうふう》

本来の涼しさは秋に入ってから感じるのであるが、暑さの中では涼気が意識され、ほんの少しの涼しさの気配にも敏感になるので、俳句では夏の季語となっている。朝、夕、晩、夜と細かに言い分けるのも、貴重な涼しさへの思いであろう。↓新涼（秋）

神楽笛ここ涼し音の佃堀　古沢太穂
どの子にも涼しく風の吹く日かな　飯田龍太
涼しさや眉のごとくに湖北の灯　五十嵐播水
昧爽の風の涼しさ眠り落つ　山田みづえ
男涼しコントラバスを横抱きに　小枝秀穂女
しみじみとあり朝涼の足の指　稲垣法城子
朝涼の厨はじめの水硬し　古賀雪江
人と人涼しく信じ合ひにけり　松岡　潔
朝涼を歩みて胸の鈴鳴らす　平田節子
草屋根の勾配涼し伊香郡《いかごおり》　杉山青風
銘石を構へて涼し松の風　林　青峰
木曽涼し磨きぬかれて火縄銃　中島畦雨
板前の万能包丁涼しけれ　猪狩セイジ
涼しさの寂しさとなる留守居役　小山則道
雨を詠むことを涼しきこととして　保坂伸秋
もの置かぬ机辺涼しく猫ねまる　渡部霊子
空言の恋の坩堝《るつぼ》にゐて涼し　西川良子
風穴の涼しさの手の夫に触る　敦賀皓子
日月の盛砂涼気渡りけり　伊丹さち子
蔵座敷五尺時計の音涼し　白澤よし子
一涼のとどまるところすべり台　小林千江子
手拭の二尺がほどの涼しさよ　塚田登美子
少年の侍者をつとめるミサ涼し　賀来楪子
合掌の家の涼しき畳かな　土永竜仙子

ひと騒ぎして涼しき鴨となりにけり　黒米満男
涼しさやみどりごの振る鈴の音　上田圭子
涼しさの銅板に引く線なりし　高橋将夫
ふるさとの山涼し夕雲の中　細木芒角星
涼しさや海豚のあそぶ波がしら　桜木俊晃
堂涼し飛天の舞へる絵天井　相馬蓬村
晩涼や彫師の膝の草箒　和泉昭子
老優の齢涼しくありにけり　市村季子
めつむりて栂《つが》山にゐる涼しさよ　白澤良子
一生の今涼風の仏かな　笹目翠風
お神楽の大蛇刺されて以後夜涼　坂野宜枝
涼風や橋のかたちに灯の点り　志村宗明
涼風はきりんの首からおりてくる　森　玲子
下駄履いてすずしき河岸《かし》の往き還り　尾村馬人
イヤリング一つを外す一つ涼　小髙沙羅
朝涼し全脳動きはじめたる　村山三郎

## 夏《なつ》の果《はて》　夏果つ　夏終る　夏行く　夏尽く　夏惜しむ

長い暑さの季節が終わる。暑さの最中には秋を待つ思いが強いが、夏も終りの気配を感じると、夏の行楽での記憶と共に、激しい夏を惜しむ思いが加わる。

白波のあちらこちらや夏の果　桂　信子
めんどりの尻蹴つてああ夏の果　藤田湘子
逝く夏の二夜怒濤のをさまらず　西山　睦
いつか死のありて今日ある夏の果　佐藤希世
突っ立っているものさびし夏の果て　清水みな子
水が売れ外米残り夏果つる　安田春峰
路地裏が鉄の色して夏了る　あべまさる
てのひらに夏の終りの石ひとつ　岡部名保子
太鼓打ち襷外して夏終る　中村英史
木蔭にて夏の終りの風ありし　岡田佳子
ゆく夏の白樺に吊る小禽籠　二反田京子
行く夏の鳶よ桑名の橋長き　原　不沙
辛口のカレーに夏を惜しみけり　木倉フミヱ
ゆく夏を惜しむ思ひも少しあり　藤井智子

## 秋近《あきちか》し　秋を待つ　秋隣《あきどなり》

夏も終りの、秋を待つ心である。俳句では以前は「春」と「秋」のみ、「待つ」「近し」、そして「惜しむ」と使用していたが、これは過ごしやすくよい季節への期待と惜別の情である。近年は「冬」「夏」にも使用されるようになった。

雨空が人を走らす秋近し　守屋明俊
磨崖仏一筋の風や秋近し　赤木日出子

## 夜《よる》の秋《あき》

夏も終りに近づくと、夜は涼しさが増す。まだ季節は夏ではあるが、主観的に秋を感じる俳句独特の季語として夏の季語と定めたのは虚子である。それに対して、古い作品では秋の夜と同義との意見もある。→秋の夜（秋）

西鶴の女みな死ぬ夜の秋　長谷川かな女
目をやすめ耳をやすめて夜の秋　神尾久美子
身のうちを水の音して夜の秋　林　享子
川床の灯のしらじらしさや夜の秋　沢村越石
源氏よりいまバルザック夜の秋　遠藤タミ子
独身を匂ひで当てる夜の秋　櫂　未知子
母の足思ひのほか長し夜の秋　金子秀子
幼子が嬰児を見てゐる夜の秋　水浜青大
生きるとは噛むといふこと夜の秋　向田百合子
原稿紙の枡目二百に夜の秋　河合澄子
手のひらの山繭愛づる夜の秋　衣川砂生
今生の微熱をもらう夜の秋　松田ひろむ

# 天　文

## 夏《なつ》の日《ひ》　夏日　夏日影

夏の太陽、あるいは夏の一日にも使う。日には、日の出、朝日、入り日などがあり、みな夏の日である。よく日に、太陽の陽《ひ》を当てる例もあるが、余りこだわらなくてもよい。夏日、夏日影も同様に「夏の日」である。

夏の日や一息に飲む酒の味　路　通
オルガンに絵硝子の夏日灯と紛ふ　殿村菟絲子
善悪を夏日にさらす二面石　小島　茜
無造作に焼そば売られ夏日来る　加藤正尚

## 夏《なつ》の空《そら》　夏空　夏の天　夏天《かてん》

おおらかで、躍動的な夏の大空である。まばゆいばかりの太陽の光、入道雲、夕立など、夏空の旺盛な活気にあふれている。

夏空へ雲のらくがき奔放に　富安風生
新しき色氷塊と真夏空　飯田龍太
夏空や水中に建つモニュメント　橋本良子
風狂が育ちてゐたり夏の天　加藤明虫

## 夏《なつ》の雲《くも》　夏雲

夏空の雲である。梅雨時の雲から、雄々しい積雲、積乱雲など、いろいろある。雷雲や夕立雲もそうである。雲は日本の風土をよく表わしている現象の一つである。特に、夏雲は逞しさとともに青春性がある。

誰も来て仰ぐポプラぞ夏の雲　水原秋桜子
嶺掴みして夏雲の立ち上がる　小澤克己
夏雲の運び忘れし草ロール　浜本直子
あるときは一木に凝り夏の雲　原　裕
夢多き日の遠くなる夏の雲　菅原哲男
夏雲に梯子を掛けしままの亡父　斉藤すず子
木道の果て夏雲に届きけり　早川暢雪
三角点ここが県境夏の雲　折上泉情

## 雲《くも》の峰《みね》

入道雲　積乱雲　雷雲　峰雲

陶淵明の詩に、「夏雲多㆓奇峰㆒」がある。まさしく雲の峰のことである。気象学では、積乱雲を指し、その壮大な雄姿を表している。芭蕉が「六月や峯に雲置く嵐山」と詠み、詩語として生かした。むくむく膨んでゆく様の入道雲や雷光、雷鳴を発する雷雲など、夏雲の中でも代表的なものである。

雲の峰幾つ崩れて月の山　芭　蕉
厚餡割ればシクと音して雲の峯　中村草田男
入道雲ひどくねじれて日本脱出　夏石番矢
一輛車走り過ぎたる雲の峰　吉村春風子
雲の峰あの山あたり甲斐の国　荻田千鶴子
胸中に生れ胸中に雲の峰　玉城一香
テーブルにリモコン二つ雲の峰　佐々木千代恵
父よりも母死ぬこわさ雲の峰　大森照子
雲の峰より自転車の僧衣くる　中山一路
ストローとコップが残り雲の峰　川嶋隆史
峰雲や島に一つの井戸涸るる　高左木芳
父の見しことのみ見えて雲の峰　佐藤恭治
仮縫ひのピンの直立雲の峰　岡部名保子
空港に眼鏡の力士雲の峰　吹野　保

空っぽの少年の魚籠《びく》雲の峰　斉藤幸三
人形のだらりと抱かる雲の峰　保坂敏子
雲の峰阿蘇は男の子の山なりけり　村崎望有子
全円に廻す牛の尾雲の峰　遠山弘子
雲の峰留守の電話が鳴りつづく　吉田ひで女
水色の一筆箋や雲の峰　環　順子
ふるさとの入道雲に母ひとり　金田志津枝
まつたうな入道雲として白し　酒井一鍬
牛乳を一気に飲みて雲の峰　和田燁子
雲の峰シャツ干してある分教場　岩永はるみ

## 夏《なつ》の月《つき》　月涼し　梅雨の月

月は秋の季語である。春、夏、冬（寒）とそれぞれ季の月があるので、その趣を詠むことになる。涼しさの中で観る月も趣深い。梅雨晴の夜に見仰げる月も清々しい風情がある。『枕草子』にも、「夏は、夜。月のころはさらなり。闇もなほ」とある。何か秋季の月とは別に、和歌的な情趣を夏の月は持っている。↓月（秋）

市中はものの匂ひや夏の月　凡　兆
腰骨の辺り夏月昇りたる　宮澤さくら
夏の月杉の一木切られゐて　新谷ひろし
夏の月上げて鞍馬の闇幾重　山田佳乃
シテとツレ白装束に月涼し　本橋　節
あやとりの橋かけなほす梅雨の月　遠藤タミ子

## 夏《なつ》の星《ほし》　夏星　星涼し　梅雨の星　旱星《ひでりぼし》

やはり星空が美しいのも秋である。しかし、夏の日暮れのころ、真南に向って立ち、空を見上げると、真っ赤な明るい星「さそり座」のアンタレスが輝いている。また、夜も深まって東の空を見上げると、夏の大三角（「わし座」のアルタイル・「こと座」のベガ・「はくちょう座」のデネブ）がある。暑い夜に星々を仰ぐと、身心ともに涼しさを感じる。海や山、高原などで見る夏の星空は、都会で生活しているものにとって、格別の趣がある。

夏星の座の組み変はる青氷河　小澤克己

カフェテラスの白き装ひ星涼し　大谷　茂

星涼しうたごゑ流れくる川原　穴澤光江星涼し遠い日本の見えそうな　ショー麗子

人形に生死の無くて旱星　永井純子

旱星神の水甕手窪ほど　佐藤火星

## 南風《みなみ》

南風《みなみかぜ》　南風《なんぷう》　南吹く　はえ　大南風《おおみなみ》　海南風《かいなんぷう》　まぜ　まじ

風も季節感を持っている。それは気圧配置の関係で、だいたい吹く方向が決っている。夏は、南高北低の気圧配置だから、それによって起こるのは南寄りの季節風、つまり南風である。四月ごろから八月末ごろまで、風力のあまり強くない暖かい風である。南風の別名として、「はえ」（「正南風《まはえ》」「南東風《はえごち》」や「はや」「はい」）、「まじ」（「まぜ」）があり、日本列島の各地の場所により、風の性質によって幾分その呼び名も異なっている。太平洋側の漁師や船乗りの間では、南風《みなみ》と呼ぶが、他の地方では、「まじ」（「まぜ」）と呼ぶ所も多い。「やまじ」は台風のような強い東南からの風を言う。これに近い風は、東北地方の「やませ」があり、凶作をもたらすので農民たちには恐れられている。

南風のおもてをあげてうたふかな　木下夕爾　立てて売る鮪の頭大南風　高尾方子
南風や屋上に出て海は見ゆる　高屋窓秋　岩におく手提の刺繍南風　安永典生
南風や化粧に洩れし耳の下　日野草城　南風吹く部屋吹き抜けに壁を塗る　平間彌生
波音に亡き声のあり送南風　川合憲子　油まじ安乗木偶倉閉ざしをり　美野節子

## あいの風　土用あい　土用東風《どようごち》　青東風《あおごち》

日本海沿岸で夏季に北または北東から吹く穏かな風。大伴家持の歌に東風《あゆのかぜ》として詠われている。土用あいはもともと近畿地方の船乗りの言葉で、土用のさなかに吹く北からの風、土用東風は晴天を吹き渡る東風で青東風ともいう。

笠の下吹いてくれけり土用東風　一茶
青東風の満ちて夜に入るふしみかな　暁柳
砂運ぶ小舟が着いてあいの風　能村登四郎
空いちまい棚田千枚あいの風　鈴鹿呂仁
田の神に耳打ちしたるあいの風　牧野桂一
十八の女船頭あいの風　小平湖
鳥獣戯画の混声合唱あいの風　宮沢子
あいの風鬼太鼓の鬼酔いつぶれ　石口榮
土用あい村上水軍ミュージアム　磯部薫子
土用東風防災訓練怠らず　杉浦一枝
ハンカチのような菜園土用東風　横山小鼓
おにぎりの大きすぎたり土用東風　中村ふみ

## 茅花《つばな》ながし　ながし　筍《たけのこ》ながし

湿気を含んで雨を伴うことの多い南風のことを「ながし」という。茅花の棉のほぐれる五月ごろに吹く。筍の生えるころの風を「筍ながし」という。気象的には同じものと考えていい。

稚児舞の畦行く茅花ながしかな　石田阿畏子
段畑に人ゐて茅花流しかな　大谷たか子
青空のつめたき茅花流しかな　鹿野恵子
昨日今日能登ゆく茅花流しかな　霊園文子

## 黒南風《くろはえ》

黒南風は梅雨どきに吹く南風で、雨を伴っている。これを九州南方の島々では「ながし」「ながせ」と呼んでいる。この言葉は瀬戸内海地方まで及んでいるが、その他の地域では「つゆ（梅雨）」と呼ぶのが普通である。↓南風・白南風

黒南風の辻いづこにも魚匂ひ　能村登四郎
黒南風やロダン男根重たしや　松田ひろむ
黒南風や虚ろに開く魚拓の眼　小山徳夫
黒南風や轆轤《ろくろ》の首のすぐ太り　杉本　渚
レーダーの円黒南風の操舵室　河原芦月
黒南風やニーチェの狂気伝はり来　堤　保徳
黒南風や回転木馬修理中　一ノ木文子
黒南風や昼なほ耀《せり》の羅臼《らうす》港　村上喜代子
黒南風や廻船問屋に隠し部屋　早川利浩
黒南風を航く丸の字は浪の下　中村鈍石

## 白南風《しろはえ》

白南風は梅雨が明けて吹く南風をいう。瀬戸内海の大島では「はえじま」とも言っている。白南風は、語感からの印象も清々しく、いかにも梅雨が明けたという爽快さがある。↓南風・黒南風

白南風にかざしてまろし少女の掌　楠本憲吉
白南風の帆柱を打つ帆綱かな　西村和子
白南風や仏眼閉じしまま千年　小澤克巳
白南風や豪華客船接岸す　河合　順
白南風を探し探して海へ来つ　藤原たかを
白南風の海はひとつや汚染水　松田ひろむ

## 山背《やませ》　やませ　山瀬風

山の風という意味から出た言葉。五、六月ごろ、冬の季節風が弱まる時分、東北地方を吹きはじめる風。それは、三陸沖に居座った高気圧が、日本海沿岸に向かって寒冷な風を山越えに送る。これをやませと言う。東北地方では農作物への害や漁獲にも妨げが出たりする。この風の吹く間は、気温も低く濃霧が襲来して、日照も少ない。しかし航海業者には順風として歓迎される。追分節にも歌われているが、やませの言葉は全国に広がっている。それは北陸から出雲の方まで及び、西へ行くほど時候がずれる。北陸では秋ごろ、北陸以西では冬の南寄りの風となる。しかし山から吹き出す寒冷で陰湿な風であることは同じである。

やませの海泡立つごとく海猫《ごめ》湧けり　文挟夫佐恵
やませの根村は無口になるばかり　新谷ひろし
津軽女等やませの寒さ頰《ほお》被《かぶり》　富安風生
吹越に牛を焙つて食ふ山背　橘川まもる
やませ来るいたちのやうにしなやかに　佐藤鬼房
ヤマセ吹く一島夏も炉を焚ける　志摩江汀
やませ音に出でてたためる雲と濤　野澤節子
やませ来る砂浜に聞く砂の音　松本　久
草原や何を病ませに山背来る　小澤克己
陸前のめくら経かな病《や》ませかな　庄子真青海

## 青嵐《あおあらし》　風青し　夏嵐

青葉のころ、草木や野原を吹く清爽な、やや強い風である。「あおあらし」という語感も快適さを誘う。主に南風が万緑を揺らしている情景にも使うが、南風という生活用語よりは、青嵐は詩的な雅びさを持っている。→風薫る

青あらしいま顔にあり膝にあり　森　澄雄
青あらし柱に牛の誕生日　小原啄葉

障害に挑む白馬や青嵐　村田近子
風青しすらりと高き観世音　阿部正枝
人一人愛しきれずに青嵐　神澤久美子
篳篥《ひちりき》に力ありけり青嵐　満田光生
水甕の水満々と青嵐　渡辺初雄
青嵐馬は蹄を打ち鳴らし　星影美紗
牧童の鞭しなやかに青嵐　竹森登美恵
青嵐森は楽器として鳴れり　仁平よしあき
青嵐大海人の皇子駈けし道　木村緑枝
騎手の尻頭より高しよ青嵐　上村敦子
青嵐鳥の声まで吹かれとぶ　浅倉里水
年寄の足で一里の青嵐　加藤宵村
織りあげて綾はしる絹や青嵐　吉田冬葉
たてがみが欲しいと思ふ青嵐　小倉涌史
母の名と同じ橋の名青嵐　細田いずほ
青嵐麒麟は首を伸ばし切る　西明更風

## 風薫《かぜかお》《かぜかを》る　薫風《くんぷう》　薫る風

「風薫　南薫。六月にふく涼風也」（『増山井』）とあり、蘇東坡の「薫風自レ南来リ、殿園生ズ二微涼ヲ一」（薫風南より来り、殿園微涼を生ず）の漢詩からも影響を受け、元禄時代以降、薫風という熟語で用いられてきた。芭蕉の「風の香も南に近し最上川」や「有難や雪をかほらす南谷」の二句は、共に「風薫」の意を掬って作られている。現代では、若葉・青葉をやわらかく渡ってくる風の匂いに、青春の思いを絡めて作っている例も多い。これは、青嵐という季語が色彩感や情景に趣を持たせたのに対して、薫風は、匂いという感覚に詩心を持たせた違いでもある。青爽さの中に、初夏のかぐわしい感覚は捨て難いものである。↓青嵐

薫風や蚕は吐く糸にまみれつつ　渡辺水巴
薫風といふ字立派に一書簡　宇多喜代子
薫風や少女に借りし一フラン　石崎多寿子
薫風や衛兵交代整然と　簗谷暁邨

薫風の瀬音染みたる土鈴買ふ　小澤克己
法鼓いま薫風に明く蔵王堂　加古宗也
風薫る寄進幟に勲五等　杉山青風
押さへてもふくらむ封書風薫る　八染藍子
風薫る赤子に余るバスタオル　河合澄子
薫風や踊り子号で落ち合ひし　澤村芳翠
通過駅薫風だけが音となる　中村恭子
風薫る公園口の女人像　曷川克
窯出しのぬくみ手渡す薫風裡　脇田鳳鳴
薫風や自転車で来て朝のミサ　八木マキ子

## 朝《あさ》凪《なぎ》　朝凪ぐ

夏の朝、海岸地方で、風がまったくなくなることがある。これは、海風と陸風と吹きかわるある時間の「無風状態」の現象である。昼間は、陸地の方が海よりも温度が高く、気圧も低いので、空気は海から陸に向かって流れる。これが海風であり、夜は逆になり陸風となる。海岸地方では、朝と夕方に海と陸上との温度が等しくなり、風がまったく止んでしまうのである。これが朝の現象の時、海上では波がおだやかになり、凪状態になる。これが、朝凪と呼ばれるものである。

朝凪のいかなご舟に波送る　殿村菟絲子
朝凪といへども浪は寄せてをり　平井照敏

## 夕《ゆう》凪《なぎ》《ゆふなぎ》　夕凪ぐ

朝凪とは逆の現象で、日没後は陸地の方が早く冷え、陸から海へと風が吹き出す。その前の無風状態が、夕凪である。「ゆふなぎ」という語調には、何か穏やかさが感じられる。「なぎ」は「和《なご》」と語根を同じくしていると言われている。優雅さも同時に感じさせるのは、「夕」は、「優」と同音だからであろう。

夕凪や人は故郷を捨てて佇《た》つ　小澤克己
夕凪や使はねば水流れ過ぐ　永田耕衣
夕凪や推理小説あと一行　油井和子
夕凪や旅の小荷物手にさげて　村山古郷
夕凪や宇宙にいくつ水の星　松山ひろし
夕凪や抜け道多く漁師町　松本未生

## 夏《なつ》の雨《あめ》　夏雨《なつさめ》　緑雨《りょくう》

夏に降る雨を総称して言う。初夏から晩夏まで、様々な雨がある。五月雨・梅雨・雷雨など、固有の名を持ったものもあるが、そういった特色を持たない常の雨である。何かやるせないような、アンニュイの気配を感じさせる雨である。どこか明るく、どこか仄暗いのは、概してその人の思い出に繋がっているからである。

夏の雨明るくなりて降り続く　星野立子
夏の雨二人つきりの夜恋し　横山千夏
荷受所の一人はパート夏の雨　高坂光憲
若葉マークの車を洗う夏の雨　佐平ナツミ

## 卯《う》の花腐《はなくた》し

旧暦四月を、卯月または卯の花月とも言う。この頃、卯の花を腐らせるような雨が降り続く。この雨のことを、卯の花腐しと言う。『万葉集』にも、「春ざれは卯の花くたし吾が越えし妹が垣まはあれにけるかも」と詠まれており、古くから用いられてきた言葉である。↓卯の花

ひと日臥し卯の花腐し美しや　橋本多佳子
旅の髪洗ふ卯の花腐しかな　小林康治
山蒼くなりて卯の花腐しかな　村田近子
卯の花腐し善悪の二面石　杉山青風
卯の花腐し目にかかる髪うつうつと　田口茉於
卯の花腐し山頭火ゐる食処かな　堀川けい子

## 梅雨《つゆ》

梅雨《ばいう》　黴雨《ばいう》　荒梅雨　梅雨湿り　走り梅雨　迎え梅雨　送り梅雨　戻り梅雨
青梅雨　梅雨曇　梅雨夕焼　梅雨前線《ばいうぜんせん》

五月下旬ごろの走り梅雨に始まり、六月中旬（上旬の地域もある）ごろから入梅となり、以後一カ月余りのじめじめした長い雨期のことをいう。日本（北海道を除く）と中国の揚子江流域でみられる特有の気象である。梅の実の黄熟するころの長雨という意味から、「梅雨」または「梅霖」といい、物みなを黴を生ずるところから「黴雨」ともいう。北方の高気圧の冷たく湿った風と、南方の低気圧の暖かく湿った風が向き合って生まれる停滞前線が梅雨前線である。これに大型の熱帯低気圧が加ってくると、日本列島は暴風雨に見まわれ、各地で大きな被害が出る。荒梅雨ともいうが、台風並の被害が近年ではよく出る。逆に、雨が全く降らない梅雨もあり、空梅雨という。梅雨が終わるのを梅雨明というが、また梅雨がぶり返すこともあり、これを戻り梅雨といっている。↓入梅・梅雨明・空梅雨・五月雨

抱く吾子も梅雨の重みといふべしや　飯田龍太
ふところに乳房ある憂《う》さ梅雨ながき　桂　信子
梅雨さとき葭党地下の日の森に　古沢太穂
ネガいっぱい我が胃列島梅雨びたり　中島斌雄
ガイガーカウンター地下教室に梅雨たまる　久保田月鈴子
山毛欅《ぶな》の幹叩きて梅雨を深めけり　山田みづえ
梅雨深く数へて人の百ヶ日　本多栄次郎
梅雨深し片戸の開かぬ閻魔堂　犬塚南川
万巻の書のうつうつと梅雨ふかし　重松白雲子
白き花仏にかなひ梅雨ふかし　阿部　光
梅雨ふかし火の山へゆく直路あり　小川ひろし
ある夢で梅雨の行方をさがしおり　津根元　潮
梅雨荒川酒の色して秩父より　久保田慶子
蕉門の冊子は薄し梅雨茫々　宇田零雨

梅雨明けの伐るべき枝の荒日射　小澤克己
梅雨満月黄河の白き土こぼす　石　寒太
長梅雨の風邪寝で減らす持ち時間　池田政子
石投げてみても変わらぬ梅雨の沼　小柳俊次
梅雨滂沱《ぼうだ》ひとり体操声張つて　田代朝子
パン焼機不意に音立つ梅雨の朝　山戸暁子
郷倉は拳のごとし梅雨兆す　窪田英治
化野《あだしの》やわが胸中の梅雨灯　辰野利彦
梅雨滂沱石の仏も解けさうに　伊東百々栄
いつまでの梅雨か薬草煎じをり　西田孤影
ジャスミン茶匂ひ濃くあり梅雨曇　高部純子
竹人形見て身の芯の梅雨いきれ　田口風子
屯して番所の屋根の梅雨鴉　和田八重子
寡婦一人殖して梅雨の暗きかな　秋山佳奈子
床下に洋酒ねむれる梅雨厨　松原とく子
親不知子不知梅雨の岩と波　福田花仙
遠き国より来し葭原の梅雨の音　高室呉龍
梅雨の眉片方だけが動きけり　吉野裕之

コソボ停戦その朝刊の梅雨湿り　倉本　岬
ひきだしに蝶の香強し梅雨じめり　福田葉子
荒梅雨の窓少し開け稿を継ぐ　森田君子
荒梅雨の濁流窓に泊つ不安　関根きみ子
男梅雨くどき上手も才のうち　森　敏子
いくつにも中洲分かれて男梅雨　石川陽子
真青なる空を残して男梅雨　小宮山勇
青梅雨や湯上がり映す等身大　水野あき子
青梅雨に染まり湯けむり地を這へり　川崎俊子
青梅雨に葺きし銅盛んなり　町山直由
松島の松の滴り走り梅雨　吉田木魂
耳掻きをもつて入院走り梅雨　山田ひろむ
太陽に赤児の息吹き走り梅雨　富沢葦生
走り梅雨安定剤をふやしをり　田中湖葉
怨讐の梅雨降りしぶく無宿塚　麻生大樹
金色のみなぎる梅雨の蝶生れし　宮崎敬介
ぶら下る葉裏明るし梅雨の蝶　清水洋子
森深く来て梅雨蝶の漂へる　安済久美子

## 空梅雨《からつゆ》　旱梅雨《ひでりづゆ》

梅雨に入っても晴天続きで雨が全く降らないことである。これは梅雨前線の位置の影響である。梅雨前線がはるか南方の海上にあるか、早く北上して真夏に入るかであり、冷害か旱魃かの害をもたらす。雨がないので、田は干上がり、稲が枯死してしまう危れもあり、雨乞いをして奇跡を祈る風習もある。↓梅雨

空梅雨の汲むより水の濁るなり　松村蒼石
子育ての修羅にある嫁旱梅雨　向笠和子
空梅雨の夜月をかけし楢櫟　杉山岳陽
眼底を覗かれており旱梅雨　小野とみゑ

## 五月雨《さみだれ》　五月雨《さつきあめ》　さみだる

さみだれの「さ」は皐月の「さ」で、旧暦五月のことである。また、「さ」はすべて稲の植付を意味する語であるともいう。そして、「みだれ」は「乱れ」より、田植のころの雨を意味し、さ（五月）の乱れ（みだれ）で、五月雨（さみだれ）と和歌にも詠まれ出された。「五月雨の空もとどろに時鳥なにをうしとか夜ただ鳴くらむ」（古今集、紀貫之）とある。五月雨、つまり旧暦五月の長雨、梅雨のことである。しかし「さみだれ」と言うと、調べが雅びであり、俳句にどう生かすかが、現代の新しい課題になってもいよう。↓梅雨

五月雨をあつめて早し最上川　芭蕉
さみだれや大河を前に家二軒　蕪村
五月雨や上野の山も見あきたり　正岡子規
さみだれのあまだればかり浮御堂　阿波野青畝
さみだれや船がおくるる電話など　中村汀女
五月雨や雲の中なる山くづれ　吉田冬葉

五月雨や髭といふもの男らに　小澤克己
五月雨にとらへられたるわが行方　小川かん紅

## 虎《とら》が雨《あめ》　虎が涙雨

旧暦五月二十八日の雨。つまり曾我兄弟が討たれた日なので、この日に毎年多く雨が降り、その雨は十郎祐成と契った大磯の遊女虎御前の涙だという言い伝えから出た季語である。何ともあわれなことだが、そうしたあわれさと自然（雨）とが結びつくのも俳句の持つ文学性でもある。

虎が雨晴れて小磯の夕日かな　内藤鳴雪
しらかしを垣に作りて曽我の雨　名和未知
ひとたびの虹のあとより虎が雨　阿波野青畝
僧ひとり塔婆焚きゐる虎が雨　神谷節子

## 夕《ゆう》《ゆふ》立《だち》《だち》　ゆだち　よだち　白雨《はくう》　驟雨《しゅうう》　夕立雲　夕立風

夏の一風物詩である。日中の間、夏の強い日差しにより発生した対流性の雲（入道雲など）から降る短時間で、局地的な大雨を夕立と言う。雷を伴い、主として午後に降るので夕立と言う。降ってくる様は、正しく驟雨。『万葉集』では、「暮立の雨《ゆうだち》」という表現をしている。また、「夕立つ」と動詞に用い、波・風雲などが、夕方にわかに起こり立つことにも使っている。しかし、そこには季感がないので意味としての解釈に留めたい。

浅間から別れて来るや小夕立　一茶
驟雨来る岸辺の杭を踊らせて　小澤克己
祖母山《そぼやま》も傾山《かたむくさん》も夕立かな　山口青邨
おのおのに別の夕立でありにけり　平井照敏
大夕立来るらし由布《ゆふ》のかきくもり　高浜虚子
すみずみを叩きて湖の驟雨かな　綾部仁喜
甲板を洗ひ夕立海に落つ　山中麦邨
夕立や大地の匂ひ立ちのぼる　小島阿具里

淋しさは粥煮えてきし夕立後　長谷川洋児
夕立の来る板の間の黒光り　小田正夫
夕立の第一滴のつきささる　黒坂紫陽子
夕立や泣きだしさうな子が軒に　大橋　静
膨らんで八甲田より夕立かな　藤原雅子郎
巣の中に卵が一つ夕立過ぐ　富永光子
夕立のあとの港へ船かへる　福岡清子
馬の眼のどこ見るとなく夕立かな　水谷千津子
嵯峨野路や白雨の後の竹の艶　菊池育子
巻尺のもどるスピード夕立来　蘭　東子
玲瓏とチーズ工房白雨来る　千田稲人
夕立の一寸法師庭に跳ね　望月喜好
草千里馬追ひ立てて白雨来る　岩永はるみ
土の香と草の香残し夕立過ぐ　樋口澄栄

## 喜《き》雨《う》　雨喜び

旱《ひでり》続きのときに、待望の雨がもたらされる。これが喜雨である。旱は農業にとって心労の種である。それが生き返ったように田畑が潤されるのである。都会の人たちにも水源地の水不足の解消にもなる。正に万物生色を取り戻し、その雨の恵みを喜ぶのである。

ふるさとや喜雨に濡れたる野のひかり　石橋辰之助
喜雨のあとふたたび白し夜の雲　富安風生
寄合ひの最中に喜雨の至りけり　吉田槻水
雨祝烏賊あまあまと煮付けけり　宮田静江

## 海《じ》霧《り》　海霧《かいむ》　海霧《うみぎり》　ガス

夏、海上を吹き渡ってきた湿った空気が、寒流や冷水域で冷やされてできる濃霧をいう。梅雨のころ親潮の流れが強いときは、東北地方から鹿島灘までおよぶことがある。「じり」は北海道の方言

が季語に定着したもの。↓霧（秋）

親馬は海霧のしづくの音《ね》にも覚め　福田甲子雄
海霧捲かる製鋼火焔の鼻っぱし　入江勉人
海霧の野に放たれ駈くる親子馬　高見岳子
荒海霧や風除解かぬ漁師村　石垣軒風子
訪ひ来しが襟裳《えりも》岬の海霧の濃し　小島阿具里
海霧連れて牧童牛を追ひ行けり　高岡千歌

## 雲《うん》海《かい》

夏山に登って、高所から脚下を見下ろすと、雲の層が波を打っているように見える。この情景は、一面が雲の層の上部なので、まるで雲の海のようなのである。荘厳な景色であるが、下界を眺めることはできない。むしろ、朝焼けや夕焼けなどの彩雲の情景を楽しむのである。雲海は、近年では飛行機から眺めて詠まれることも多くなってきた。

朝焼の雲海尾根を溢れ落つ　石橋辰之助
雲海の音なき怒濤尾根を越ゆ　福田蓼汀
雲海の端崩れ飛ぶ日の出前　岡田日郎
雲海は茫々《ぼうぼう》と燃えやがて闇　小島　茜
雲海へ根づくとすれば花かぼちゃ　林　誠司
一舟もなき雲海の島の数　藤田かよ子
雲海の波濤をかぶる峰一つ　須田冨美子
雲海の上大阿蘇を朝日出づ　工藤義夫
雲海の薔薇色つくす日の出まへ　小林碧郎
雲海やなぜかこの世にいる不思議　前岡茂子

## 御来迎《ごらいごう》《ごらいがう》

御来光　円虹《えんこう》

富士山、木曾御嶽、立山などの高山の山頂で、日の出を迎えることをいう。しかし、御来迎とは弥陀如来の来迎を感じたことから由来している。つまり、日の出の反対の西側の雲霧に、自分の姿が大きく映り、それに朝日の反射の関係で光輪を帯びたように見え、それを弥陀如来の姿だと言うのである。ヨーロッパでの「ブロッケンの妖怪」と呼ぶ現象と似ている。

雲海の波の穂はしる御来光　水原秋桜子
生涯にこの朝《あした》あり御来迎　野村泊月
御来迎天上に音無かりけり　中島月笠
御来迎地球卵を生む如し　山中みね子

## 虹《にじ》　朝虹　夕虹　二重虹《ふたえにじ》

夏、夕立のあとなどによく現われる。日光が雲などの空気中の水滴に反射して起こる現象である。常に太陽の反対側の空に、普通半円形の色帯を現ずる、この天象が虹である。日光のスペクトルたる七色に分かれる。多くは内側が紫色で、中に藍・青・緑・黄・橙、外側が赤というのが普通である。二重虹という二次虹の現れることもある。また高空から見下ろすと、下の雲中へ円形の全貌を現わす「円虹」となることもある。虹というと、何かメルヘン的で夢幻の世界を現わしている。現実にある景観だが美しいものである。朝虹が立つと雨、夕虹が立つと晴れるといわれている。朝虹は西、夕虹は東に立つのである。虹の輪・虹の橋・虹の帯など形容も多い。

虹立ちて忽《たちま》ち君の在る如し　高浜虚子
虹なにかしきりにこぼす海の上　鷹羽狩行
海の上に虹立つ朝のひとりごと　金國久子
虚子の見し虹の出さうな小諸かな　森田公司
雨やどり虹消ゆるまで見つくせり　塚本回子
虹立つや失いしもの山のかたち　青木栄子
鍬置いて虹を知らせに火の見まで　佐藤映二
虹二重自在の酒を断つ日かな　藤村多加夫
いつも机に虹漬けてあるガラス壜　蔦　悦子
虹の根に行くに自転車買ひ替へし　折原あきの
虹の裏その下は黝き海ならむ　井上青穂
夕虹や貝ブローチの青き買ふ　大木さつき

筆の穂のまだ濡れてゐる虹の下　牧　辰夫

ずぶ濡れの空にかかりて虹深し　田部井竹子

娘の肩に手を置き虹を仰ぎけり　柿澤喜三郎

願ひごと半ばに虹の消えにけり　小野菖菊

少年の潜水眼鏡虹を見る　松本悦子

吾子死後の虹の七色胸の上　中村祐子

虹の根を洗ふ沖波オホーツク　大柄輝久江

虹の輪の真下に我と娘と胎児　石崎多寿子

虹見るやこころの虹はいつ消えし　林　翔

夕虹の輪にモノレール始発駅　菊地千恵子

越中の虹が呼び出す剣岳　名倉春月

日照雨して虹の一気に湖またぐ　大坂泰一

## 雹《ひょう》《へう》

氷雨《ひさめ》

積乱雲などから雷雨を伴って降ってくる氷塊である。雲中を落下してきて、大気中で冷えた水滴が凍ったものである。大きさは豆粒ぐらいから拳ほどのものもある。屋根瓦やトタン板などに当って激しい音を立てて降る。しばしば農作物に被害を与え、人畜にも損傷を及ぼすことがある。氷雨は雹の古名である。近年、冬の雨を「氷雨」という場合があるが、これは、昭和五十七年の、とまりれん作詞の演歌「氷雨」から始まった誤用である。

雹晴れて豁然《かつぜん》とある山河かな　村上鬼城

雹降りし桑の信濃に入りにけり　吉岡禅寺洞

峡の天底鳴り雹の走りけり　宮坂静生

野辺送る鉦や氷雨の畦とほる　小林泰子

## 雷《かみなり》

神鳴《かみなり》　雷《らい》　いかづち　はたた神　雷鳴　遠雷《えんらい》　軽雷　落雷　雷雨　日雷《ひかみなり》

積乱雲などによって起こされる空中の放電現象で、夏に最も多く発生する。放電の際に火花をともなうのが、雷電である。電気が通った後の波動で雷鳴が生ずる。雨をともなうと雷雨となるが、晴天の時に発生するのが、日雷である。落雷などは、人に危害を及ぼしたり、停電や火災など、生活に害を起こすことも多い。雷を「いかづち」とも言うが、「いか」は「イヅ」「イカシ」で、すなわち厳畏の義、「ツチ」は雷の訓で、いかずち〈イカツチ〉は「いかしき神」の意である。また、「はたた神」は、鬼の形相をもった雷神が激しく太鼓を打ち鳴らす（はたたく）という、古来の想像から生れたものである。雷は夏季だが、春の雷、冬の雷、寒雷なども季語として熟して使われている。

遠雷やはづしてひかる耳かざり　木下夕爾
昇降機しづかに雷の夜を昇る　西東三鬼
髪あかき女医に診られぬ日雷　大竹多可志
雷連れて白河越ゆる女かな　鍵和田秞子
日雷大和を揺する力持つ　山中麦邨
亡き人の笑ひ声かや日雷　山形晶子
空き腹のかくも健やか日雷　亀割　潔
ナイアガラの水百雷を落しけり　國武和子
楸邨を思へば雷鳴はるかに来　久保美智子
温室に飼はるる鯉やはたた神　中村まゆみ
雷激し施錠をかたく母子の家　高橋良子
日雷写経の硯すぐ乾き　河野美保子
岩稜に声よみがへる雷のあと　小林碧郎
雲竜に騎して灘ゆくはたた神　松本幹雄
雷火とふ激しきものにあこがるる　西川五郎
霹靂や凛と灯りて清洲橋　長屋せい子
雷鳴に火焔いよいよ青不動　狭州青史
千島笹雷後もつとも青むなり　岡　荘司
遠雷のして地球儀になきエデン　篠崎代士子
遊牧の民棒立ちに日雷　宇咲冬男
含みたる水に金気や日雷　須賀一恵
北京の旅のはじめを雷走る　勝見玲子
一時代駈け抜けしごと雷雨去る　吉岡翠生
雷遠し髪解きて夜は女の身　平間真木子
日雷木の仏頭の伏目かな　今井伊都子
雷鳴に湯引きし魚の背きけり　今関幸代

飼ひ犬にかくれ場所ありはたた神　森下賀升

雷の夜のひとつ足りない頭数　鈴木きぬ絵

## 五月闇《さつきやみ》　梅雨闇《つゆやみ》　夏闇《なつやみ》

闇というと夜のイメージだが、五月雨の降っている昼間の暗さや、曇天のうす暗さにも指していう。むろん夜闇にも用いるが、心象的な面も少々加わっているのが、五月闇、夏闇である。

五月闇より石神井《しやくじい》の流れかな　石田波郷
やはらかきものはくちびる五月闇　日野草城
生みたての卵のありき五月闇　市村季子
金剛の杖が先ゆく五月闇　大西昌枝
鍵盤に触れし残響五月闇　徳田千鶴子
鑑真の船出の浜の五月闇　那須和子
釣鐘の真下恐ろし五月闇　高橋千恵子
懸垂の頭を持ち上ぐる五月闇　荒井千佐代

## 梅雨晴《つゆばれ》　五月晴《さつきばれ》　梅雨晴間

長く鬱陶《うっとう》しく降り続く梅雨にも、数時間とか一、二日とか晴天に恵まれることもある。これが、梅雨晴である。また梅雨が終って、晴天が続くことにもいう場合がある。五月晴、これも梅雨晴のことである。↓梅雨

梅雨晴の夕茜してすぐ消えし　高浜虚子
梅雨晴の月高くなり浴《ゆあ》みしぬ　石橋秀野
五月晴ピアノの横の母の杖　吉野のぶ子
フラミンゴ子育て中や五月晴　小田ひろ
五月晴友がうがうと昇天す　國安半久
朝風の音にも五月晴のあり　細井路子
梅雨晴や螺子《ねじ》しめ直す車椅子　高木達部
五月晴左右で違ふ下駄の音　嶋澤喜八郎
梅雨晴や双子抱きて力士来る　長屋せい子
半熟の黄身崩れをり梅雨晴間　高岡　慧

梅雨晴れや遠き町より装蹄師　村松正規
梅雨晴や人魚の国のメール来る　澤柳たか子

## 朝《あさ》曇《ぐもり》

夏の盛りの朝空は、靄《もや》をかけたように曇ることが多い。俗に「旱の朝曇《ひでり》」といって、昼から暑くなる兆しである。やや都会的な感じを持っている季語である。

朝曇り墓前の土のうるほひぬ　飯田蛇笏
朝曇たちまち脛に傷を持つ　篠原俊博
朝曇り生きるかなしさ人に会ふ　河野多希女
斑　牛　黒　牛　牧　は　朝　曇　市川典子
朝ぐもり紅茶におとすひとりごと　野口光江
孟宗のはだへつめたき朝曇　村上光子
かしこまでていねいに書く朝曇　工藤眞智子
湯治茣蓙抱へて出づる朝曇　白井爽風
朝曇一人砂丘の遊子たり　菊池育子
朝曇り牛の群がる塩くれ場　松林千恵子
朝曇たたみ工場にパリのうた　田口彌生
名曲も美酒も余韻を朝曇　上井正司

## 朝《あさ》焼《やけ》

朝焼も夕焼も夏季である。これは、朝焼や夕焼の色彩が最も鮮明となるからである。特に朝焼は、東の空が紅や黄に燃えるような色になる。朝焼となるのは、太陽の光線が大気層を通過するときの散乱現象といわれている。朝焼は天気が下り坂になる前兆で、夕焼は晴天の前兆である。

朝焼の褪せてけはしき街となりぬ　加藤楸邨
朝焼や窓にあまれる穂高岳　小室善弘
朝焼へ朝焼へ兵の貨車退る　中島斌雄
松島は極みのけしき朝焼ける　逸見真三

## 夕《ゆう》焼《やけ》　ゆやけ　夕焼雲　夕焼空

朝焼に対する夕方の薄明現象で、夏がとりわけ壮大で、荘厳の感が強いのである。春の夕焼・梅雨夕焼・秋夕焼・冬（寒）夕焼と四時いつでもあるが、やはり夏の夕焼が代表的である。

夕焼けて遠山雲の意にそへり　飯田龍太
夕焼けを孤舟まつすぐ戻りけり　川口　襄
大夕焼オランダ坂をころげゆく　清水明子
夕焼雀砂浴び砂に死の記憶　穴井　太
夕焼くる人に近づきがたきかな　原　コウ子
天平の朱の大門や大夕焼　西本　俊
手を振るが別れの言葉大夕焼　植木千鶴子
夕焼やバス止め戻る牛の列　石垣軒風子
夕焼や木になはとびの端と端　田中純子
行けど行けどミシシッピーの大夕焼　矢島　恵
海へ向く子は夕焼のおとしもの　一ノ木文子
夕焼をつみ残したる離陸かな　佐川初江

店頭の米の名やさし大夕焼　石井直子
渤《ぼっ》海《かい》も鶏冠山も大夕焼　合田ミユキ
夕焼を見とどけ金星に歩む　中村ひでよ
夕焼の山を駈けゆく草履の子　神崎聖徳
夕焼の天へ段なしケルン立つ　とよなが水木
束の間の大夕焼でありしかな　成嶋いはほ
夕焼の間に合うようにマラソンす　小泉　静
大夕焼野仏に血が通ひだす　立澤菊子
夕焼けの温もりを抱き聖書売り　吉田与恵
夕焼に攫《さら》われゆきしかくれんぼ　有沢文枝
夕焼けて大天竜が海に入る　鈴木太喜雄
合掌すガンジス河の大夕焼　永井敬子

## 日《ひ》盛《ざかり》　日の盛り

夏の日中の最も暑い盛りである。正午から二、三時ごろまでがピークである。街に出ても、野辺に出てもあまり人影を見ることはない。「炎昼」（山口誓子句集『炎昼』からの由来）という季語もよく使われている。しかし「日盛」というと、何か懐しさとともに過ぎ去った情景が浮かび上がってくるのである。

日盛りに蝶のふれ合ふ音すなり　松瀬青々
日盛りの寂しさに幹立ち並ぶ　岡本武三
日盛りや時打つ余韻時計の中　中村草田男
日盛りの石の中より水の音　佐藤星雲子
街筋といふもの淋し日の盛り　倉田紘文
給油所にロック流るる日の盛り　田中三樹彦
日盛りの湖辺に置かれ百葉箱　三崎由紀子
軒下の天水くらし日の盛　細木芒角星
日盛りの一個の鞄軽からず　八木　實
はしぶとの一声落ちる日の盛り　金子恵美
市電すでに日盛りの音人形店　川端青踏
日盛りの戸棚に紙を敷いてをり　竹内悦子

## 西日《にしび》　大西日

西日というと、四季を通じてあるが、夏の午後の日ざしは強烈で、夕方になっても衰えない暑さとともに、その印象は強い。大西日は、盛夏から晩夏にかけて耐え難いほどの暑さとともに、直に家《や》内《うち》に差し込んで、いらいらさせるほどの激しくきびしい西日をいう。昔は平家建が多かったから、西日も一部屋だけだったが、高層建築の現代では様々な西日を詠むことができる。

西日中電車のどこか掴みて居り　石田波郷
釣舟のぴたりと湖の大西日　遠藤和彦
置手紙西日濃き匙載せて去る　中島斌雄
石人の渋面つくる西日かな　柴田豊子
土曜日の午後も事務とる西日うけ　三野虚舟
スプーンに西日掬ひてひとの死よ　黒鳥一司
ピアノ弾き了へし窓辺や大西日　北村照子
燃えつきるまでの西日を阿弥陀仏　井浪立葉

のろのろと起立する子や大西日　横山節哉
釣人の西日を避けるけはひなく　今井風狂子
西日さす机より来て休暇乞ふ　白岩三郎
からっぽの体育館の西日かな　河合澄子
西日家族督促状のひらひらす　守屋明俊
運動具小屋にもっとも西日かな　加藤　朱
改札をまろび出できし大西日　小池龍渓子
子の残すメモに癌の字大西日　中村祐子
曳きながら西日の何か落しゆく　折井眞琴
大西日魔除の面の舌出せる　森尻禮子

## 炎《えん》天《てん》　炎気　炎天下

真夏の炎えるような空のことや天気のことである。炎天には、「炎帝（火を司る神の名・漢名）」のイメージがある。ある意味で、炎ゆる天への畏怖心も含まれていよう。そうした太陽賛歌にも通じている季語である。

炎天より僧ひとり乗り岐阜羽島　森　澄雄
炎天の遠き帆やわがこころの帆　山口誓子
炎天を来てアポロンの喉ぼとけ　小澤克己
炎天を黒衣まとひて神の使徒　林　友次郎
炎天の一片の紙人間《ひと》の上に　文挾夫佐恵
炎天や生き物に眼が二つづつ　林　徹
炎天ゆく水に齢を近づけて　河合凱夫
炎天へ朝から震う糞尿車　大西やすし
大道芸炎天に置く銭の箱　柏原眠雨
予後の身に炎天といふ試金石　杉山青風
螺子《ねじ》ひとつ買ふのみに出づ真炎天　栄水朝夫
炎天の黄河ゆるゆる曲り来る　石　寒太
長城を踏み炎天を忘れをり　平野謹三
炎天や一重瞼が恋しくて　錦織　鞠
髪染めて偽りの身を炎天に　御崎敏江
炎天の撫牛なでて安らなり　三宅句生
炎天を来て紛れなき金閣寺　久野洋子
炎天の石柱に手を触れんとす　高室有子

炎天を槍のごとくに涼気すぐ　飯田蛇笏
炎天の巌の裸子やはらかし　飯田龍太
炎天に抱く卒塔婆の木の香かな　中里　篠
死ぬ日まで炎天の野を蝶舞へり　豊長みのる
あやふきを炎天の亀しかけたり　緒方　敬
炎天を来てスーパーの深海魚　守屋房子
炎天の葬列につく手を垂れて　石原　透
遊牧の民が火を焚く炎天下　佐川広治
隠岐からの船炎天に牛おろす　各務里人
炎天へ炭車影ごと突っ放す　小川雅英
炎天の島より放つ茶毘《だび》の船　小野寺濱女
炎天やかばんの中の受信音　八木浩二

## 油《あぶら》照《でり》　脂照

風死すという言葉通り、空が薄く曇り、無風の中に太陽が照りつけ、蒸暑くて脂汗が滲み出るような日をいう。脂汗というと、身体的な意味合いが強いが、大地そのものが脂汗を出しそうな、重苦しい暑さで、油の煮えたぎつたような熱気を想わせる。

血を喀いて眼玉の乾く油照り　石原八束
樹に強く斧を打ちこむ油照　小澤克己
杉の秀を鳥すべり落つ油照り　岩田育左右
雄鶏がぱさと羽根うつ油照り　井上真実
灯台へ近道のない油照り　窪田久美
油照「一筆啓上」書翰の碑　内山泉子
切株が斧噛むでゐる油照　星　水彦
水辺まで草ふんで行く油照り　岡田詩音
炉の隅に貧しさ置かる油照り　浅利昭吾
新道の燃ゆるばかりに油照り　武田滑滴

## 片《かた》蔭《かげ》　日陰《ひかげ》　片かげり　夏蔭

炎暑の外出など、照りつける太陽の日差しは強く、女性など日傘をさして歩く。それでも軒や庇、高塀などによって生じるわずかな日陰は、心身ともに癒やされる。緑陰などという大きなものではないが、何か拠り所になるものである。片蔭というが、影（陰）はくっきりと鮮明な黒で、夏ならではの情景である。

片蔭の家の奥なる眼に刺さる　西東三鬼
犬行くや一筋町の片かげり　山口青邨
片蔭やきのふの影に今日の影　奥田杏牛
ふるさとの勝手知ったる片蔭　竹下史郎
片かげを遠縁とする葬りかな　緒方　敬
片陰や欠けしままなる百度石　坂本和子
片陰の海坂なりし黙示録　小菅佳子
片陰に入りてしばらく世に出でず　岡本麻子

## 旱《ひでり》　旱天《かんてん》　旱魃《かんばつ》　大旱《たいかん》　旱畑《ひでりばた》　旱田《ひでりた》　旱空《ひでりぞら》　旱草《ひでりぐさ》　旱雲《ひでりぐも》

久しく雨もなく、夏の強い日差しが照りつけて、田や畑には水分が失せ、ひび割れたりする。木や草も枯れたり、野菜も萎えたり、都会では断水に脅かされたりして大変である。これも極（酷）暑のためで、旱を夏としているわけである。逆に、このような時に雨が降れば、喜雨としてよろこばれるのである。

樹の上に子がゐて地上大旱　能村登四郎
碧空《あおぞら》に山充満す旱川　飯田龍太
大旱や長き脚見せ浮御堂　芳賀雅子
大旱の水なき河も釈迦遺跡　永岡うろお
木の上の子に呼ばれたる旱かな　小田正夫
島なりし丘海なりし地の旱　築城百々平
金網を鶏が噛みをる旱かな　延広禎一
旱越の閻魔大王口裂けし　藤平静々子
旱越の草ほろほろと引かれけり　吉江八千代
鍬の柄のすとんと抜けし大旱　松下章子

# 地　理

## 夏《なつ》の山《やま》　夏山　夏嶺《なつね》　青嶺《おあね》

夏の山は、新緑の初夏から木々の色が濃くなり、鬱蒼《うっそう》と茂るようになる晩夏まで、高低の区別なく呼称される。宋時代の郭熙《かくき》は夏の山を形容して、「蒼翠《そうすい》にして滴るが如し」と表現したが、やはり万緑の頃が最も夏の山らしい。強い日差しに照らされ、曇るような夏霞に浮き立ち、あるいは激しい夕立に包まれ、そのあとには濃い虹が立ち、雲が湧き立ったりする。夏の山は一日のなかでもその変化が多様で句材に事欠かない。夏山登山と言えば、雪渓の残っているような高山を思い描くが、「夏山」・「夏嶺」・「青嶺」には高山の趣がある。「青筑波」・「青伊吹」などと固有名詞に「青」をつけて句を詠んだりと活用している。↓山笑う（春）・山粧う（秋）・山眠る（冬）

夏山の又大川にめぐりあふ　飯田蛇笏
夏山を統べて槍ケ岳真蒼なり　水原秋桜子
蔵を引く転《ころ》や青嶺がどこからも　宮坂静生
ひやひやと鎖の垂るる夏の山　小島　健
夏山を塗るクレヨンの匂ひけり　田川江道
ずぶぬれの根つ子焚きをり夏の山　黒田咲子
夏雪嶺生れし郷は目の高さ　一條友子
夏山に入りて雀を忘れけり　木倉フミヱ
朝靄を引き上げてゐる夏の山　生野優子
夏山の姿正しとおろがみぬ　金井綺羅
窓占めて夏山迫る遍路宿　長戸ふじ子
鳶鳴いて夏山風を貯ふる　大島美代子

ひむがしや青嶺つづき宇陀郡《うだごおり》　井浪立葉
家継がぬ子が夏山をおりてくる　遊佐光子

## 五月富士《さつき》

皐月富士　雪解富士《ゆきげ》　夏富士　赤富士《あかふじ》

旧暦五月頃の、雪解けもかなり進み、裾野の新緑も濃くなって、夏山らしくなった富士山である。「雪解富士」は、明らかに雪解けの始まったことが判るころの富士山であり、「富士の農男」・「富士の農鳥」などの雪形が現れる。「夏富士」は、雪もすっかり消え、登山客で賑わうころの富士山である。現在では、残雪と岩肌のコントラストが鮮やかな新暦五月の富士山を「五月富士」と使ったりしている。

目にかかる時やことさら五月富士　芭蕉

反り返り先の尖れる夏の富士　山口誓子

羽衣の天女舞ひ来よ五月富士　小倉英男

あたらしき眼鏡にかなふ五月富士　角和

牧牛の群る高原や皐月富士　吉井竹志

みづうみの底の胎動雪解富士　保住敬子

## 雪渓《せっけい》

雪渓といえば、大雪山、月山、白馬や槍ケ岳、乗鞍、穂高や立山のそれがすぐに思い浮かぶが、やはり夏山登山の大きい楽しみは、雪渓とお花畑である。冬の間も雪の厚く吹きたまった深谷や日裏の斜面など、夏になっても雪は消えずに残っているのが雪渓である。大きな雪渓は遠望していると、日に白く輝いて美しいが、近づいて見ると、まるで象の肌のように皺が入り汚れていたりする。雪渓の解けた水が青い池を作り、そこに雪渓の裾が浸っていたり、濃い霧が雪渓を走ったりして、句心を揺さぶってくれる。しかし、この雪渓のクレバスに落ちて命を失ったり、雪渓を走り落ちる落石によって怪我をする登山者が毎年のごとくにいるので近づくときには注意がいる。

雪渓が直立峰の高ければ　山口誓子
雪渓の水汲みに出る星の中　岡田日郎
雪渓に風紋や人老ひやすし　薄　多久雄
威を解きし雪渓すでに蒼からず　大野今朝子
しんしんと雪渓の底火を焚けり　本山卓日子
雪渓を撮影隊の走りけり　白瀬露石
雪渓の風に研がれて樺の幹　吉田キヨ子
雪渓の見えゐてクレー射撃場　中谷直子
雪渓にあたらしき雲降りて来し　飯野遊汀子
火口湖に浸く雪渓の青き端　太田英友
虹負ふと知らず雪渓わたり来る　山岸治子
雪渓に米磨ぐや月のぼり来る　小林碧郎

## お花畑《はなばたけ》　お花畠

高山の山頂に近い草本帯の雪が解けると、さまざまな高山植物が花を咲かせる。例えば、コマクサ、ユキワリソウ、イワカガミ、イワギキョウ、ハクサンイチゲ、タカネスミレなどが美しい。高山植物が群落をなして広がっているところがお花畑であるが、「お花畠（おはなばた）」と五音で呼ぶこともある。大雪山、岩手山、鳥海山、白馬岳、乗鞍岳、立山、などのお花畑はよく知られている。夏山登山の楽しみはお花畑と雪渓にあるが、雪渓の裾に広がっているお花畑は最高のものである。
↓花野（秋）

お花畑見下しつつも峰づたひ　野村泊月
お花畠天にさそり座白鳥座　白井爽風
地の土は高嶺の土のお花畠　山口誓子
お花畑おとぎ電車に男乗る　遠藤匡子
集音機提げて歩けりお花畑　上村佳与
延命水お花畑の中に湧く　山田春生

## 夏《なつ》野《の》　夏野原　青野

一面に夏草が茂った、例えばひろびろとした牧草地や緑肥、刈り敷きなどにする草刈り場や萱原がそれである。強い日差しに青々とした夏草が輝き、むんむんとするばかりの草いきれである。最近では、かつて開拓された山畑などが放置されたり、休耕を強いられた山田などが夏草に満ちて、小さな青野をなしている。「青き野に降りて機翼をなほすすむ」、「青野ゆき覆面の馬瞬ける」などの句を句集『炎昼』に発表して、「青野」を季語として定着させたのは山口誓子である。誓子はまた、「夏野」を「青牧」、「青草原」、「青高原」とも詠んでいる。応用して使ってよい。

うつくしく牛の痩せたる夏野かな　凡　兆
絶えず人いこふ夏野の石一つ　正岡子規
青野ゆく流れも吾れも無帽にて　鈴木鷹夫
卯月野のほとけの親にあひに来し　西島麦南
いくたびも馬の目覚むる夏野かな　福田甲子雄
目薬をさせば夏野の大欅　野木桃花
枕木は鳥の木琴大夏野　石井紀美子
夏野行く人透明になるおそれ　出井一雨
野生馬の遠目夏野を傾かす　田沢公登
ピーマンの千切り甲斐の大夏野　中村ふみ
密猟か試射か夏野の銃声は　加藤親夫
手を振って歩くは人のみ夏の野へ　日比訓子

## 夏《なつ》《なつ》の川《かわ》《かは》　夏川　夏河原

「五月川」という季語もあるが、夏の川は梅雨の長雨によって水嵩が増し濁流をなしている川から、真夏の太陽のもと、川底の砂も灼け、水は涸れてわずかにしか流れていない川、あるいは山から存分に送られて来る清流に、鮎釣り師たちで賑わう川、すこし広がった清流の川原にテントを張り、飯盒炊爨やキャンプ、泳ぎや水遊びを楽しんでいる川など、三夏にわたって詠むことができる。時期、場所によって趣の変わる夏の川であるが、それだけに広く句を詠むことができる。

夏河を越すうれしさよ手に草履　蕪　村
夏の河赤き鉄鎖のはし浸る　山口誓子
夏川の声ともならず夕迫る　飯田龍太
夏の川跳んで明日もまた会へる　伊藤昌子

**出水**《でみず》《でみづ》　梅雨出水　夏出水

出水は春の雪解け、秋の台風によるものがあるが、それぞれ「雪しろ」、「雪濁り」や「春出水」、「秋出水」という。一般に「出水」というと、梅雨どきの、とくにその終わり頃に、南方から入り込んだ湿舌のもたらす集中豪雨によって河川の氾濫することをいう。山間部では、土石流を伴った出水となったりする。↓秋出水（秋）

出水川とどろく雲の絶間かな　飯田蛇笏
橋脚に水引つ掛かる出水川　山口誓子
山の秀の山にしづもる出水後　宮坂静生
着流しの男見に来し出水川　松村幸代
夏出水ピカソがそっと泣くことも　鷲田　環
梅雨出水暗きところに橋かかる　秋篠光広

**夏の海**《なつのうみ》　夏の波　夏濤《なつなみ》　夏の浜

梅雨の濁りの消えた、炎天下の海は明るく鮮やかな紺碧の色となる。沖には横一線に並ぶように雲の峰が真白に輝いて聳え立つ。海水浴をはじめ、ヨットやウインドサーフィン、水上スキー、水上バイクなどに賑わうのが夏の海、夏の浜である。夏濤は、沖から白い波頭を蹴立てて礁に、磯に打ち寄せてくる波である。この波を利用して若者はサーフィンを楽しむ。橋本多佳子が「乳母車夏の怒濤によこむきに」と詠んだように、「夏怒濤」ということもある。

島々や千々に砕けて夏の海　芭蕉
乳母車夏の怒濤によこむきに　橋本多佳子
卒塔婆のみなぱたぱたと夏の海　小澤克己
紀勢線夏の怒濤を車窓にす　脇田絹子
夏の海未来はいつも遠きもの　川口武雄
出女の舌がへらへら夏の濤　山崎政江

## 卯波《うなみ》　皐月波《さつきなみ》

旧暦四月の異名は卯月であるが、その頃、南海から東海沖を通る低気圧によって海上に、ときには河口などにたつ白波である。卯の花の風に靡く姿に似ているから卯波と名付けられたという説もあるが、卯月のころの波というのが語源だろう。「卯浪さ浪」と続けても使うことがある。「皐月波」は、旧暦五月の海上に立つ波のことである。走り梅雨のころ、俗に荒南風とも呼ばれる風によって立つ風波である。

四五月の卯浪さ浪やほととぎす　許六
岬より折れ曲り来る卯浪かな　高浜虚子
卯波濃したまたま白帆知己に似て　石原舟月
卯月波白磁のごとく砕けたり　皆川盤水
食器洗う白き運河に卯波立つ　綾野南志
洞窟に宥められたる皐月波　上原富子
ぐつすりと眠る花嫁卯浪立つ　折井眞琴
大卯浪最上河口を逆巻けり　竹川貢代
卯浪さ浪翼を張りて島洗ふ　遠藤信子
磯に来て卯浪の音となるところ　浅賀魚木
夫子という最強の盾五月浪　荒井千佐代
眠りつつ驚く赤子卯浪立つ　和田耕三郎

## 土用波《どようなみ》　土用浪

夏の土用のころ、南方海上に熱帯性低気圧が発生し、それは台風に発達することが多い。その影響によって太平洋沿岸に打ち寄せて来る大きなうねりをともなった波のことである。台風が生まれ、土用波が来る前には、底波が動くからわかると熊野の鮑海士《あわび》はいう。風もなく、空に太陽の輝いている日でも土用波が立ち、ときには思いもよらないような大きな波高のうねりが寄せたりする。サーファーはこのうねりをとらえて、みごとな波乗りをしている。土用波の立つ日が続くと、秋潮が近づいて来たといい、海べりに住む人達は秋のおとずれの近いことを感じ取っている。

補陀洛は地ひびきすなり土用浪　阿波野青畝
近づかむために陸あり土用波　三橋敏雄
一汁のほかはとどろく土用波　問立素秋
土用波ものの始まる暗さあり　手塚　順
電線の雀すぐ翔つ土用波　田中青濤
赤松の幹に日の射し土用波　澤本三乗

## 夏《なつ》《なつ》の潮《しお》《しほ》　夏潮　青葉潮　青潮

「夏の潮」といっても、明るい日差しに透き通った青い初夏の潮から、梅雨時の暗く、ときには濁った潮、そしてからりと梅雨の明けた鮮やかな濃紺の潮までと幅が広いが、やはり梅雨の明けたまばゆいばかりの潮をいうのが無難である。日本の陸地が新緑から青葉に輝く五月のころ、太平洋岸の沖合を勢いよく黒潮は差し込んで来て流れている。こんな潮流にのって鰹の魚群が北上する。このときの潮を漁師は青葉潮・青潮と呼び、鰹潮と呼んだりする。

夏潮の今退く平家亡ぶ時も　高浜虚子
夏の潮大きく引きぬ伊勢白子　宇佐美魚目
日の入りしより夏潮の匂ひ濃き　中村清子
操舵室より夏潮のほかは見ず　若林蕗生
昆布を採る身に青潮を溢れしめ　菊地滴翠
砂も家も白し夏潮ただ青く　本田花女

## 植田《うえだ》《うゑだ》

代田《しろた》　早苗田

田に植えられた早苗は二、三日で根付くが、植えられたばかりのさみどりの早苗は水面からわずか一にその先を出して列をなし、こころもとなげに風に揺れている。そんな田植えが済んだばかりの田のことをいう。現在では田植機を使って早苗を植えるので、手植えをしていたころと違って、早苗の丈が短い。そのため水面をゆく雲も鮮やかに映る。「早苗田」ということもあるが、植田の水抜けはなにより恐ろしい。土竜や蟹に畦が破られていないか、見回りにも力を入れる。一カ月も過ぎれば青田になる。↓青田

大雨に濁りかへせし植田哉　青木月斗
天の神地の神たちに植田澄む　右城暮石水
度忘れの向うで光る大植田　河口俊江
青空に闇が待ちゐる植田原　宮坂静生
手術後の安静に似て植田あり　松倉ゆずる
植田寒岳が平たく写りたる　野村仙水
郷に一舟あそぶ植田かな　和田春雷
植うる田を明けの駅員見つつゆく　剣持洋子
比良すでに闇に入りたる植田かな　川岸節子
濁りまだ消えぬ植田の匂ひくる　本多芙蓉

## 青田《あおた》《あをた》

青田風　青田波　青田道

早苗を植えてから一ヵ月もすると、稲は活発に分蘖《ぶんけつ》して株を張り、背丈も伸びて緑の色も濃くな

る。それが「青田」である。いまでは除草のため、真鴨を田に放ったり、除草剤を用いたりしているが、かつては一番草、二番草と田を這うようにして青田の除草をしていた。葉擦れの音も明るく吹く風が「青田風」であり、そんな風に一面の青田の稲葉が波のように揺れるのを「青田波」という。貧しさゆえに、秋の収穫を待たないで青田のまま米穀商に売る時代もあったが、それを「青田売り」といった。いまでは、減反政策の一環として、「青田刈り」を強いられたりする。↓

植田

山々を低く覚ゆる青田かな　蕪　村
宙をふむ人や青田の水車　正岡子規
日に二度のバスが尾をふる青田道　青木千秋
みちのくの万の田青き翁道　加藤耕子
直立の止め葉揃ひし青稲田　西川雅文
青田にて守られ通す如来塚　鈴木好子
大青田一点白き農夫かな　丸田美年
鉄橋へ固まつて来る青田風　塚原いま乃
大垣や青田の中に川が見ゆ　関塚康夫
河ひとり激ちてねむる青田村　栗林田華子
寄せて来て返すことなき青田波　大久保和子
青田波ポンプ小屋へと寄せにけり　大野信子
青田風電子ブックの朱鷺鳴いて　佐々木栄子
いつまでも青田のなかや父の帽　神郡　貢

## 田水沸《たみずわ》《たみづわ》く

梅雨が明けてからは、田の水は強い日差しであたためられる。化学肥料に頼らなかった時代、田水が湯のように熱い頃になると、田に入れていた堆肥や緑肥、刈り敷きなどが腐って、プクプクとメタンガスを発生させる。「田水沸く」である。そんなころに、田を這って草をとり水を掻き混ぜる作業は辛いものだった。反面、田水の沸くような強い日差しは稲の発育には望ましいもので、特に「やませ」を恐れる地方では、豊作のしるしと喜んだ。

安来節安来の田水沸けるころ　大橋敦子

カルデラの田水も沸いてをりにけり　吉田槐水

**噴井《ふけい》《ふけゐ》**　噴井《ふきい》

地下水脈が豊かで、一年中こんこんと水の湧き出ている井戸のことをいう。富士山麓や美濃地方、琵琶湖の湖西などが豊かな湧水で知られる。灘、伊丹、伏見をはじめ、各地の造り酒屋は名水といわれる井戸を持っている。京都の茶道の家元もいわゆる水道《みずみち》の上にあって、よい井戸を持っている。昔の豆腐がうまかったのは噴井の水を使っていたからともいう。噴井は一年を通じてのものだが、その水の冷たさが涼感を呼ぶところから、夏の季語となった。

月浴びて玉崩れをる噴井かな　高浜虚子

噴井あり学ぶ吾等のために噴く　山口誓子

**泉《いずみ》《いづみ》**

泉は、「出水（いづみ）」のことで、豊かな地下水脈の水が地上に湧き出ている状態やその水を湛えている場所をいう。泉は一年中水が涸れることはない。山中の泉は夏も水温が低く、登山者などが喉を潤し、手拭を絞って顔や身を拭い、汗をしずめる。その冷水の快さや、水底から小さな砂粒を吹き上げながら湧く水音や水色は涼感があり、夏の季語となった。泉から溢れ出た小さな流れを泉川と呼ぶ。他の季節には、「冬泉」のように季を重ねて用いている。↓清水・滴り

泉への道後れゆく安けさよ　石田波郷

うつくしき十指の醒むる泉かな　宇咲冬男

一点の渦震へをる泉かな　阿波野青畝

みづかきのあるごと掬ふ泉かな　石田京子

次の子に帽子あづけて泉呑む　江本英一
未婚なり掌をついて濁す泉の底　中嶋秀子
目慣るればほのぼの碧き泉かな　五十嵐播水
幽霊の立ち寄りさうな泉かな　東野鷹志

## 清《し》《し》水《みず》《みづ》
真清水　山清水　岩清水　苔清水　草清水

野山に湧き出ている清らかで冷たい水、あるいはそれが湛えられている場所をいう。同じ湧水であるが、語感からも泉より水量は少ない。『日本書紀』に「好水（しみつ）」と書かれ、「凍《し》み水」が語源とも思われる。山裾の家々に青竹の筧で清水が引かれ、夏の間、ビールやジュース、西瓜や真桑瓜、トマトなどが冷やされているのを目にすると涼感を覚える。清水は湧出する場や状態によって、山清水・岩清水・苔清水・草清水・磯清水などという。「真清水」の「真」は、美称の接頭語である。↓泉・滴り

二人してむすべば濁る清水かな　蕪村
山清水魂《たま》冷ゆるまで掬《むす》びけり　臼田亜浪
岩清水ふるさとの姿海知らず　中川結子
幣立てて源流といふ岩清水　甘田正翠
延命の清水汲み合ひ那智詣　有原静子
清水飲む神代のごとく髪束ね　永島理江子

## 滴《した》り
山道に沿う崖や岩の間から滲み出た水が、苔むした岩肌や岩壁を伝って水玉となって滴り落ちる状態やその水を指していう。山を伝い下りる地下水が地表に湧き出て来る点で、泉や清水と同じであるが、滴りは水量が極端に少ない。緑の苔に水玉が膨れて光りながら雫したり、風が来て吹き散らばって雫するのは涼しい感じがする。勢いよく滴っている水は口にふくむと冷たく快い。滴りは、

寒冷地では冬期に氷柱となることが多い。なお、雨後の木々や軒を落ちる滴りや、網や魚籠を運んでいて滴り落ちる水雫は季語ではない。↓泉・清水

洞窟の滴り髪に撫でつける　山口誓子
滴りは石筍《せきじゅん》を打ち我を打ち　阿波野青畝
滴りの金剛力に狂ひなし　宮坂静生
戦争の終いは滴る石塊だった　細井啓司
滴りを木桶に受くる石切場　本居三太
滴りの微かな音が集まれり　本居桃花
滴るやゆっくり記憶甦る　神澤久美子
滴りて大磐石となりにけり　木倉フミヱ
洞窟の深さは知れず滴れる　山本秀子
ふくれきて光る刹那や滴れる　藤田八郎
見てゐても見てゐなくても滴りぬ　江川虹村
姦しき旅でありても山滴る　栗林ひろゑ

## 滝《たき》

瀑　瀑布《ばくふ》　飛瀑　滝壺　滝しぶき　滝風　滝道　男滝《おだき》　女滝《めだき》　滝見　滝見茶屋

『万葉集』に詠まれている滝は、斜面を激しい勢いで走り落ちている激《たぎ》つ瀬である。平安時代以降は主として、山中を絶壁まで流れて来た水が、そこから垂直に激しく流れ落ちる現象やその水を呼ぶようになった。華厳の滝、養老の滝、那智の滝などが名高いが、古くから自然崇拝の対象として崇められた無名の滝も多い。滝の神は女神であり、水の神でもあった。雨乞いをしたり、暴風雨による洪水が起こらないように滝の神に祈願する地方が今もある。滝の落下する姿や水しぶきに涼感を覚えるので、夏の季語として定着した。↓滝浴び

神にませばまこと美《うる》はし那智の滝　高浜虚子
湯の滝の末は老女となりしかな　角川照子
滝落ちて群青世界とどろけり　水原秋桜子
滝落としたり落としたり落としたり　清崎敏郎
滝の上に水現れて落ちにけり　後藤夜半
滝道の人一列に揺れてをり　加藤憲曠

未来より滝を吹き割る風来る　夏石番矢
みなもとを白山にして滝太し　新田祐久
白山の雲割って滝落ちにけり　山田春生
虚空より落ちて虚空へひびく滝　高橋克郎
はらからは彼岸へ吾れに滝飛沫　原　不沙
滝となる瀬に住む魚や伊賀境　堤　保徳
一瞬をためらひ落つる滝の水　鈴木恵美子
読唇の瞳を注がるる滝の前　白鳥　峻
滝音を滝にもどして平常心　吉田貞子
屹立の古城の下に滝流れ　渡部よね
滝飛沫きしぶきて須萸の虹懸り　井口冨子
滝激し激しき方に人の群れ　姉崎蕗子
瀧壷を出たがらぬ水ありにけり　菅家瑞正

白鞘の一刀まつる滝まつり　桑原視草
滝音を聴き疲れたり滝を去る　太田昌子
奥山に滝かくしたる平家村　御子柴弘子
飛行機のちひさく光る瀧の上　森本和子
一本の棒にはじまる滝写生　山口甲村
滝壷に迫る観船大しぶき　磯野多希
山姥のもの瀧山に糞あるは　小内春邑子
白といふ激しき色に瀧躍る　森本之子
滝の水分かれて速さ変はりけり　向井克之介
滝の音山に揺さ振りかけてをり　阿部方城
滝へ向く一言観音日の一条　岩崎波久
句碑動くかに城山の滝の音　杉山青風
生徒らの賑はひ去りし滝の音　萩原正章

# 生活

## 夏休《なつやす》み　暑中休み　暑中休暇

バカンスという程には至らないが、企業や官公庁などで、相当期間の夏期休暇を設ける例が増加している。小・中・高校では、夏・冬合わせて五十日間の休校日と決めているが、地域の実情に合わせて配分する。例えば、首都圏やその他多くの地域では、八月末までの四十日前後が多く、北海道ではお盆明けまでの三十日前後で、その残りの日数が冬休みにあてられる。しかし、現実には、部活動の合宿練習や進学等の課外講習のかき入れどきとなっている。↓休暇明け（秋）・冬休み（冬）

夏休み最後の絵日記書き上げる　大河原佑子
夏休み三島文学本買ひ足す　恩田代美子
親不知抜いて終りし夏休　阿部佑介
子を叱ることにも疲れ夏休み　成嶋いはほ
学校の怪談怖い夏休み　太宰真依子
ふるさとの無い夏休み静かなり　亀山幽石
夏休み少年雲の帆を揚げる　松田秀一
狐の嫁入り囃し立て夏休み　東浦津也子
草茫々髭茫々や夏やすみ　水原春郎
忍の字の読み方知らず夏休み　加藤静江
石鹸玉犬に吹きゐる夏休み　林　周作
コリンと音し卵生まるる夏休み　岡崎万寿

**暑中見舞**《しょちゅうみまい》《しょちゅうみまひ》　土用見舞　夏見舞

夏の土用は立秋（二十四節気、八月七日頃）までの十八日間を言い、親しい人同士で暑中の安否を気づかって消息を交わす習慣がある。暑中見舞・土用見舞である。近頃は気候異変続きで、猛暑が長期に及んだり、突然の冷夏の日もあったり、とまどう事が少なくない。地球温暖化・都市の温室効果・赤道付近の暖水塊の異変などが取り沙汰される。↓寒見舞（冬）

うす箋に愁ひもつづり夏見舞　飯田蛇笏
夏見舞派手な切手を貼って出す　堀　カンナ
暑中見舞と太字四字の子の葉書　志摩知子
水色の便箋暑中見舞なる　井手くに子

**帰**《き》**省**《せい》　帰省子

もとは、故郷に帰り父母の安否をたずねる。転じて、単に故郷に帰る意。〔唐、朱慶餘、送ルノ下張景宜ノ帰リテ二揚州ニ一観省スルヲ上詩〕「帰省及ビ二花時ニ一行吟ス落第ノ詩。」わが国では、進学・就職等で郷里を離れた子女が、その年の最初の休暇で帰省する。それが夏である。五月病にかからなかったかなど、近況を聞くのが家族には楽しみで、また、進学・就職先の最新の話題が、教師には貴重な情報ともなる。

帰省子を待つ夫の手の時刻表　西岡千鶴子
帰省の子畑の母に手をひろげ　室谷匡洋
さざなみに飛礫《つぶて》くぐらせ帰省果つ　宮坂静生
帰省子の親離れしてをりにけり　重松里人
帰省子の声も立居も嵩たかき　小川節子
なれそめは帰省列車の手弁当　細谷定行
トンネルに耳のつまりし帰省かな　森川光郎
仏壇の水替へてゐる帰省の子　長野啓女

島の灯の中に母の家帰省かな　武田孝子
帰省子のひと日凭《もた》る太柱　清水節子
帰省子に船止めの島ともりけり　白岩てい子
帰省子の車が拾ふ畑の母　白岩三郎
帰省子となる利根川を渡るとき　金田志津枝
紀の川の水痩せてゐし帰省かな　竹中弘明
帰省子の鞄に入れる針と糸　松田吉憲
帰省子の投げし白球頭上で受け　鳥飼土筆

**夏期講習会《かきこうしゅうかい》《かきかうしふくわい》**　夏期大学　夏季講座

大学・高校の公開講座、教職員の研修会、企業等の社員研修会、受験生の進学講習など、夏期休暇の期間が多く利用される。そのための立派な施設を持つ企業・大学・私立高校が多いが、公立高校でも合宿施設を持つところが増えている。

梱包が解かれ始めて夏期学校　松本郁子
白髪の最前列や夏期講座　吉田功次郎

**林間学校《りんかんがっこう》《りんかんがくかう》**　林間学園　臨海学園

青少年の自然学習や集団生活訓練を目的として、地域の民間教育団体などの主催するものが多い。山間地や湖畔・海浜などの宿泊施設、例えば「国立青少年の家」などが利用される。高校では、二年次での修学旅行の日数を割いて、一年次の夏に宿泊研修を学校行事として行うこともある。

噴煙や林間学校の朝支度　水谷郁夫
林間学校亀持つてゆく相談を　依光正樹

## 更衣《ころもがえ》《ころもがへ》　衣更う

更衣は王朝時代以来の宮中行事であった。旧暦四月一日、衣服をはじめとして、室内の調度や装飾の類を、冬の料から夏の料に更新し、そのことを更衣と言った。季節の変化に対応するための心の備えのようなものであった。この風習は武家社会にも及び、徳川時代の武士は、五月五日より七月末まで帷子《かたびら》を着用することになっていた。民間もこの習慣に倣い、四月一日（旧暦）綿入れを脱いで、袷を着用した。五月の月半ば頃に当り、六月一日ということではなかった。現在でも制服を着用する一部の学校や自衛隊などでは、五～六月夏服に更衣する。

ひとつ脱いで後《うしろ》に負ひぬ衣がへ　芭　蕉
長持に春ぞ暮れ行く更衣　西　鶴
御手打の夫婦なりしを更衣　蕪　村
衣更て座つてみてもひとりかな　一　茶
衣更へて京より嫁を貰ひけり　夏目漱石
ものなくて軽き袂や衣更　高浜虚子
病める子の癒ゆとも見えず更衣　長谷川零余子
衣更鼻たれ餓鬼のよく育つ　石橋秀野
更衣胸の創痕うち裹む　石田波郷
衣更へて遠からねども橋ひとつ　中村汀女
雲はみな動きめぐるや更衣　加藤楸邨
衣更へて肘のさびしき二三日　福永耕二
遠き樹にひと日風立つ更衣　岡本眸
更衣駅白波となりにけり　綾部仁喜
しみじみと大樹ありけり更衣　廣瀬直人
種痘痕薄れつつあり更衣　坂野宜枝
海へゆく日であり後の更衣　増成栗人
水中に亀の眼のあり更衣　瀬戸　悠
更衣して忘れものせし思ひ　柴田多鶴子
一トまはり小さくなりて更衣　松村英子
おしやれとは少し早めの更衣　奥野とみ
片意地に魚反りたり更衣　相川玖美子

白寿の嶺はるかに望む更衣　細見しゆこう
緋の袈裟のずしりと後の更衣　川澄祐勝
けふの日を告ぐる人なき更衣　大柄輝久江
蒼海に叶ふ衣を更へにけり　笹尾照子

## 夏《なつ》衣《ごろも》　夏衣《なつぎぬ》　夏着　夏物　麻衣《あさごろも》

夏着る衣服のこと。軽くて涼しい羅《うすもの》、麻類、絹物、木綿物などの総称である。膚にぺったり密着しない、縮《ちぢみ》に織ったものが多い。夏衣は涼しく、軽快な感じを誘うものではあるが、反面頼りなげな、儚い感じをあたえるものである。

夏衣いまだ虱《しらみ》を取り尽くさず　芭蕉
庵に在りて風瓢々の夏衣　河東碧梧桐
夏衣碓《う》氷《すい》の雨の灑《そそ》ぐかな　尾崎紅葉
凡兆の妻に縫はしぬ夏衣　大須賀乙字
癒ゆるとて身丈短き夏衣　小林康治
形見分けとて幸うすき夏衣　京極杜藻
山土をつけたるままや夏ごろも　中川宗渕
簡単な文字を忘れて夏衣　川崎展宏
夏衣羽化近づきし娘たち　林　來山
サンドレス縫ふご機嫌の古ミシン　松沢比礎子

## 夏《なつ》服《ふく》　白服　麻服

夏に着る洋服のこと。合服を脱ぎ、裏地なしの軽くて涼しい夏服に着替える。白または淡い寒色系が好まれ、素材としては吸水性の良い麻などが用いられてきたが、最近では合成繊維とそれに対する染色の技術が発達している。ポーラーといった生地にも人気がある。

夏服や弟といふ愚かもの　石塚友二
埋葬行夜の白服に白釦　中村草田男
夏服や捨てかねしものなぞ多き　角川源義
白服や海を見たりし釦はめ　加藤楸邨

灰皿の清し夏服の女等に　殿村菟絲子
白服にてゆるく橋越す思春期らし　金子兜太
夏服を着よトランプのジャック達　有馬朗人
夏服も母の一部よ子がすがる　森田智子

## 袷《あわせ・あはせ》

素袷《すあわせ》　初袷　綿抜《わたぬき》　古袷　絹袷　はくえ

袷は「合わせ衣《ぎ》」のことで、布を二枚合わせて仕立てた、裏地付きの衣服で、綿の入っていないもの。以前は綿入れの綿を抜いたものであるが、その仕事は旧暦四月朔日《ついたち》の「更衣の日」に行なった。袷に着換えると、いかにも初夏になったなアという感じになる。その年初めて着る袷は初袷であり、普通肌着の上に着る袷を、直《じ》かに着る場合、素袷という。↓春袷（春）、秋袷（秋）

那須七騎弓矢に遊ぶ袷かな　蕪　村
二日三日身の添ひかぬる袷かな　千代女
たのもしやてんつるてんの初袷　一　茶
袷きて仮の世にある我らかな　高浜虚子
初袷流離の膝をまじへけり　飯田蛇笏
しづけさの極みに袷の襟合はす　加倉井秋を
男より高き背丈や初袷　中村汀女
袷着て母より父を恋ふるかな　安住　敦
袷着て照る日はかなし曇る日も　三橋鷹女
立縞のお召し袷衣《あわせ》や掛硯　田口一穂

## セル

セルはオランダ語のセージを語源とするが、日本ではサージと言う。薄手のウールのことで、紡《そ》毛糸または梳毛糸を交織にした毛織物の単衣《ひとえ》である。若葉の候、さわやかさを求めて身に付ける。男女とも和服として着用する。

セル着れば風なまめけりおのづから　久保田万太郎
二三点雨のかはかぬセルの肩　日野草城
セルを着て手足さみしき一日かな　大野林火
風のなか行くセルの手に新刊書　柴田白葉女
海越ゆる一心セルの街は知らず　加藤楸邨
蟻のぼる病《やまい》のセルの黒きのみ　山口誓子
痩せしことセルの胸元のみならず　山口波津女
ひとの愛うたがはずセル着たりけり　安住　敦
セル軽く荷風の六区歩きけり　加藤三七子
妻なきことつぶさや今宵セルを着て　森　澄雄

## 単衣《ひとえ》《ひとへ》　単物《ひとえもの》

裏のない、一重の夏の衣服。セルを初め、絽、紗、上布、透綾《すきや》、明石などの羅《うすもの》、麻布で作る帷子までを含む夏服を指す。単衣と浴衣はよく似ているが、単衣は外出用で袂があり、地色は白色を用いないのに対し、浴衣は外出には着ず、広袖の白地という区別があった。

眼にしみし去年《こぞ》の単衣をまた著たる　高浜虚子
単衣着て足に夕日のさしゐたり　橋本多佳子
芥子も一重衣も単《ひとえ》風渡る　松本たかし
ひとへもの径《こみち》の麦に刺されたり　臼田亞浪
父知らぬわが長身の単衣もの　松村蒼石
単衣きてまだ若妻や鶴を折る　星野立子
単衣きりりと泣かぬ女と見せ通す　鷲谷七菜子
単衣着て若く読みにし書をひらく　能村登四郎
単衣着て晶子をわかき死とおもふ　矢島房利
太棹の語りの人の単衣かな　安原楢子

## 帷子《かたびら》　白帷子《しろかたびら》　染帷子《そめかたびら》　絵帷子《えかたびら》　黄帷子《きびら》　辻が花

生絹や麻または苧麻《からむし》で織った単衣。肌ざわりがすっきりとし、盛夏の衣服として好まれる。昔から端午には浅葱色の帷子、七夕と八月朔日《ついたち》には白の帷子を着る習慣があった。昭和十五、六年頃までは結構行われていた。

かたびらに温まり待つ日の出かな　丈草
帷子や越路の伯母の片便り　蕪村
帷子や明《あけ》の別《わかれ》のすそかろき　太祇
わすれ居し帷子ありぬ妹が許　几董
帷子を真四角にぞきたりける　一茶
くらべ合ふ帷子の絵や禿《かむろ》どち　内藤鳴雪
帷子や汗ひえびえと座にたゆる　飯田蛇笏
帷子を軒端《のきば》に干せば山が透く　松本たかし

**羅**《うすもの》　絽《ろ》　紗《しゃ》　軽羅《けいら》　薄衣《うすぎぬ》

上質の絽、紗、明石、上布など、絹の細い繊維で精巧に織られた単衣のこと。薄く軽やかで涼味を呼ぶ。婦人ものが多く、蝉の翅のように薄いものなど、いかにも透綾《すきや》といった風情で、すがすがしさを感じさせる。ただ傾斜の巷《ちまた》は別だが、人によっては身体の線が出すぎると言って、嫌うむきもある。

うすものや月夜を紺の雨絣　泉鏡花
羅に衣《そ》通る月の肌かな　杉田久女
羅をゆるやかに着て崩れざる　松本たかし
うすものの立ちて総身透かんとす　皆吉爽雨
うすものの中より銀の鍵を出す　鷹羽狩行
羅や細腰にして不逞なり　鈴木真砂女
羅に秘めた恋あり絹の糸　清水三千代
うすものといふをはがねの如く着て　清水衣子
羅のひとにつきゆく奈落かな　いさ桜子
薄物の今日は農婦でなかりけり　曽我玉枝
羅の模様の波の立ち上る　豊田八重子
翅たたむごと羅をたたみけり　平井千代子
羅に角ばりて茶の師匠くる　山辺浩子
ひとを待つ時の流るるうすごろも　木内怜子
羅着て大正の歌唄ひけり　津上清七
羅を花のごとくにたたみけり　岡田幸子

羅を風がよろこぶ水の際　飯村愛子
羅に余命も透きて母の影　井上蒼月
羅の躾《しつけ》をおろす子の喪服　三宅スミエ
羅や水中深く塔揺らぎ　児玉輝代

## 縮布《ちぢみふ》

縮　白縮　越後縮　縞縮

木綿地、絹地などの横糸に、強い撚糸《よりいと》を用い、仕上げに練って、表面に皺を寄せた織物を縮布という。生糸を用いた絹縮、苧麻《からむし》を原料とした麻縮などがあり、いずれも軽く、肌ざわりがさわやかなので好まれる。越後縮、明石縮が有名である。

洗ふほど藍落つきし縞縮　久保田秋女
近江ちぢみいちにち琵琶湖周航す　伊藤敬子
縞ちぢみ着て良き明治知れる身ぞ　及川　貞
阿波縮着て二タ心遊ばすも　山田みづえ

## 上布《じやうふ》《じょうふ》

白上布　越後上布　薩摩上布

苧麻《からむし》の細糸を用いて手織にした上質の麻織物。薄地ながら高級な夏着として好まれてきた。伝統手法の越後上布は、重要文化財に指定されているが、近頃は交織の絹麻上布や綿麻上布が量産されている。女性が上布を着る場合、下着が透けるので、長襦袢を着る。そのためはたから見るほどは、涼しくないという。

水のごとき夜を愉しめり白上布　石原舟月
音にして濃茶吸ひきる上布かな　森　澄雄
うち透きて男の肌《はだへ》白上布　松本たかし
大和絵の引目鉤鼻白上布　田口一穂
母の形見と答へて越後上布かな　山崎ひさを
湖流れをりゆらゆらと上布にも　宮坂静生
和すれども同ぜずにゐて白上布　有馬朗人
一張羅即ち薩摩上布かな　波出石品女

色街に老を忘れて白上布　伊豫田道子
能登上布風を著てゐるごとくなり　片桐久恵

**夏羽織《なつばおり》**　絽《ろ》羽織　紗《しゃ》羽織　単《ひとえ》羽織　薄《うす》羽織

絹・紗《しゃ》・絽《ろ》・麻などの透けて見える、夏用の裏地のない単衣の羽織である。噺家の高座や芸能界などでは使われているが、一般ではあまり見かけなくなっている。

夕陰や片がは町の薄羽織　一茶
身のほどと知る夏羽織着たりけり　久保田万太郎
吹きつけて痩せたる人や夏羽織　高浜虚子
夏羽織短き紐のそらほどけ　高橋淡路女

**夏袴《なつばかま》**　絽《ろ》袴　麻袴　単《ひとえ》袴

絽や麻地でつくった袴であり、夏にはく。能狂言・謡など邦楽で用いられ、今では一般では見られない。折目正しく気品があり、涼しげで爽やかな感じになる。

夏袴羅《うすもの》にしてひだ正し　高浜虚子
笛吹くに少し間のある夏袴　角川春樹

**甚《じん》平《べい》**　甚平衛《じんべえ》　じんべ

甚平衛羽織の略。丈《たけ》は羽織ぐらいで僅かに膝をおおって前で合わせ、袂がなく付け紐を添えた夏の着物。麻でつくったものがほとんどである。関西地方に起こったと言われる。

甚平の紐結びやる濡手かな　皆吉爽雨
甚平やすこしおでこで愛らしき　日野草城
甚平や一誌持たねば仰がれず　草間時彦
甚平を着て閑人のやうにをり　森田公司
甚平を着て雲中にある思ひ　鷹羽狩行
甚平着て人の噂の渦の中　青木重行

甚平とバッハを愛し不惑なり　満田光生
甚平や蔵書少なき身のほとり　高橋喜祐
脱け殻のごとき甚平たたみけり　長山芳子

## 浴衣《ゆかた》

湯帷子《ゆかたびら》　初浴衣　藍浴衣　古浴衣　貸浴衣　宿浴衣

昔は浴用の衣服であったが、今では木綿の白地に柄を染めた着物を浴衣と呼ぶ。夏の暑い日の夕方、汗を流した浴後に、糊の効いた浴衣に手を通す感触は爽快。夏の豊かな懐しい情趣のひとつとして生活に定着している。

浴衣着て少女の乳房高からず　高浜虚子
浅草やあやめの浴衣を吊りて売る　山口青邨
わきあけのいつほころびし浴衣かな　久保田万太郎
慾なしといふにもあらず初浴衣　飯田蛇笏
生き堪へて身に沁むばかり藍浴衣　橋本多佳子
張りとほす女の意地や藍浴衣　杉田久女
夜の海見に行く浴衣飄々と　青柳志解樹
浴衣の子まつくらがりを鯉が跳び　友岡子郷
恰幅のよきが末座に宿浴衣　佐藤晴生
いつもよりおしゃべりになる初浴衣　田口茉於
糊浴衣威儀を正して乾きけり　朝山義高

甚平着て晩節汚すこともなし　赤木しげ子
双子とはいふも良く似て甚平着て　森高たかし
甚平に無欲無上のものとせむ　細木芒角星

ひととせはかりそめならず藍浴衣　西村和子
浴衣着て八雲の国の夜を迎ふ　長谷川史郊
浴衣着てふつと霞ヶ浦のいろ　淺沼澄暎
浴衣の子家鴨に会ひにゆきにけり　石田郷子
二階より降りてもひとり藍浴衣　豊田八重子
親よりの藍落ちつきし江戸浴衣　井田半三
病む日にと買ひし浴衣の黄ばみけり　川越節子
藍浴衣出合い頭を匂ひけり　長田友子
浴衣着て後生重からず軽からず　矢野おだまき
マネキンの背丈の伸びる浴衣かな　小川侑子
藍浴衣ぱりっと乾く会者定離　木谷はるか

## 白《しろ》絣《がすり》　白地《しろじ》

家庭内で着る浴衣に対して、清楚ではあるがきちんとした服装である。見た目にも涼しく感じられる白いものを着る習慣が昔から夏にはあり、男物も多くあったが、最近ではあまり見かけなくなってきている。

白地着てこの郷愁のどこよりぞ　加藤楸邨
飯強し母の着給ふ白絣　桂　信子
白地着て定年以後の坐りだこ　落合水尾
ふところのあるたのしさの白地着る　能村登四郎
白地着て行きどころなしある如し　藤田湘子
濁りこそ川のちからや白絣　宮坂静生
白地着て星の軋みを真近にす　火村卓造
白地着て何か忘れしごとくゐる　児玉輝代
聞き上手なりし母なり白地着て　梶田矩子
少しずつ涙にじんで白絣　田中みち代
白地着て晩節まもるこころかな　新明紫明
いつの代も濁世と言ひて白地着る　石村与志
白地着て顔の見えざる昭和の夜　鴨下　昭
白絣人の匂ひも潮の香も　高橋将夫

## 半《はん》ズボン　短パン　ショートパンツ

一般に男性の服装環境は保守的で、通勤・勤務時はもとより、私生活でも、スポーツの場合は別として、半ズボンや短パンを履く習慣のない人が多い。女性の場合は、年齢を問わず生活に違和感なくなじんでいる。ショートパンツで立ち働くのなどは、いかにも元気そうである。

定年や妻はショートパンツの庭　水谷郁夫
半ズボン蚋に食はれし跡の足　七戸初子

## 夏《なつ》シャツ　白シャツ　開襟シャツ　アロハシャツ

クレープやメッシュなど、夏の下着としてのシャツ。また、サラリーマンの半袖ワイシャツやノーネクタイの開襟シャツ、オープンシャツなどがある。通気性や吸水性の良い素材も開発されているが、一般に木綿製が多い。女性のタウンウエアとして、下着風の服装も流行している。冷房と体調の調節が悩ましくもある。

白蓮白シャツ彼我ひるがえり内難へ　古沢太穂
夏シャツの衿糊きかせ復職す　木下悦女
大きめの夏シャツすぐに風溜まる　伊藤政美
芝草に夏シャツの花女学生　佐藤知敏

## 海水着《かいすいぎ》　水着　海水帽　ビキニ　ハイレグ

競泳用の水着やレジャー用の海水着の他、近頃はプールのスイミングスクールが盛んで、ユニフォームの水着がある。レジャー用海水着は、毎年の流行が話題となり、競泳用の水着は新素材の開発競争が繰り広げられてもいる。

海水着濡らさず少女椅子にあり　茂　惠一郎
曲芸の水着となりてひろがりぬ　深谷雄大
まだ泳ぎ足りない水着干す夜空　山田光子
雫する水着絞れば小鳥ほど　岩淵喜代子
水着着て父に最もまぶしき娘　久保田重之
水着浮く泡ふつふつと洗濯機　関根ふさ

## サングラス

日本人は瞳が黒いので夏の日射しの影響を余り受けないと言われていたが、そうとも限らないらしい。特に海浜や山間ばかりでなく、自動車のドライブにも眼の疲労防止や眩惑防止に欠かせない。スポーツ用、中・高年の外出用、若者などのアクセサリーと、用いられ方も幅広い。

身の程を測れぬままのサングラス　道場信子
サングラスはづし入国審査うく　三須虹秋
太陽をうす暗くしてサングラス　山下美典
掛けるともなくサングラス弄ぶ　荒瀬光宏
獏を見て静に拭ふサングラス　橋本美智代
長旅のかげりを頬にサングラス　斎藤道子
サングラスかけ心眼を養へり　石井邦雄
遊芸の名取と見えずサングラス　相馬蓬村

## 夏《なつ》帯《おび》　単帯《ひとえおび》

羅《うすもの》を着るための夏用の帯。素材は絹物の絽《ろ》や紗《しゃ》などが一般的で、博多織りなどの単《ひとえ》ものも多く用いられる。暑中の和服は、手入れも立ち居振る舞も大変なようだが、会合などでは優雅な姿が参加者の眼の功徳にもなる。

夏帯の白さを己がこころとも　勝又星津女
夏帯や女の強気しかと締め　柏村誠子
夏帯を一人芝居のやうに解く　加藤春子
夏帯や人のそしりを受けながし　稲野和子
夏帯を重しおもしと母美し　本多秋子
夏帯しむ鏡の中にふりむいて　長谷川智弥子
夏帯の数に昔の恋の数　武居國子
単帯男結びに夕支度　本多芙蓉

## 夏帽子《なつぼうし》　夏帽《なつぼう》　麦稈帽子《むぎわら》　かんかん帽　パナマ帽

灼熱の日射しをよけるためにかぶる帽子の総称である。正装にはパナマ帽、農業や水遊び等の行楽には麦稈帽、山歩きには登山帽等用途に応じて使い分けられる。↓冬帽子（冬）

夏帽に照りて真白き雲ばかり　水原秋桜子
夏帽の白きが夜をへだて去る　石原八束
誰も彼も夏帽婦人となりて銀座　及川　貞
みたび原爆は許すまじ学帽の白覆い　古沢太穂
潔癖の目をみはりゐる夏帽子　老川敏彦
夏帽の少しの影に支えらる　細木芒角星
夏帽を目深に一樹たらんとす　熊谷愛子
被災地によく売れてゐる夏帽子　西村和子
夏帽子子等にかぶせて降り支度　藤田つとむ
夕映えに一人づつおく夏帽子　有泉公子
大和なら悔なし夏帽飛ばしても　野村喜久子
夏帽子置かれてだれもゐない海　佐藤万里子
かんかん帽今日も一日強気です　堂本ヒロ子
ピカソみる同じ傾斜の夏帽子　鶴田恭子

夏帽子帰りの舟の大揺れに　島田たみ子
海見るはひとりがよけれ夏帽子　山辺浩子
麦藁帽われも寸土の農夫にて　藤田定雄
共稼ぎ左右にわかれ夏帽子　出井哲朗
ピカドンも死語となりゆく夏帽子　室生幸太郎
一円を拾ふ勇気の夏帽子　大東晶子
夏帽子深くかむりて志す　宮田安子
口笛や火宅《かたく》の人の夏帽子　中村わさび
眼前に海夏帽子とびたがる　峯尾秋翠
定年で無冠離せぬ夏帽子　望月哲土
天平の礎石に置ける夏帽子　小島和子
伊能図を見る旅に出る夏帽子　西原桃代
空海の山へ分け入る夏帽子　福沢義男
夏帽子共に脱がざる会釈かな　涌喜摩耶子

## 夏手袋《なつてぶくろ》　網手袋　レース手袋　夏手套《なつしゅとう》

礼装用の手袋として、白や黒のレースでできているが、女性の身だしなみとしても用いられている。淡い色のものもあり、手もとを清々しく見せる効果がある。

彼の女夏手袋の大ボタン　高浜虚子
罪とは何夏手袋に聖書耀《て》る　秋元不死男

夏手套指より老いて勤め長し　岡本　眸
わが旅の黒手袋のゆびぞ透き　関口みぐさ

## 夏足袋《なつたび》　単足袋《ひとえ》

キャラコ・麻・絹・繻子《しゅす》・木綿・寒冷紗《かんれいしゃ》などのうすい布地でできており、塵よけを目的とした夏にはく足袋である。正装のときは、裏をつけない単足袋は用いない。軽やかで清々《すがすが》しい。

夏足袋の黄色くなりしほこりかな　高浜虚子
畳踏む夏足袋映《はゆ》る鏡かな　阿波野青畝
始めての土地に夏足袋黒く来ぬ　山口誓子
夏足袋の白さきみしくはきにけり　成瀬桜桃子
夏足袋の白くかがやきながら来る　星野玲子
夏足袋を頭へ蹴上げ獅子の舞ふ　加藤耕子
夏足袋をぬいでこの世に戻りたる　寺井谷子
夏足袋を叩いて干して忌が明ける　斉田千慧

## 白《しろ》靴《ぐつ》

夏は暑さをさけるために、白いものを身につける場合が多い。従って靴も白や白を基調としたものが多い。白靴は涼しさと軽快さと清潔さを感じさせる。最近はデザインや構造も複雑になり、他の色とのコンビネーションの色靴もこれに含まれる。

白靴に岩礁はしる潮耀《おど》りぬ　飯田蛇笏
九十九里浜に白靴揚げて立つ　西東三鬼
白靴の男出てきぬ司祭館　星野麥丘人
白靴の汚れ通《かよ》ひの看取妻　鈴木詮子
白靴を脱げばハワイの砂こぼる　佐伯哲草
白靴は今底抜けの遊びやう　大越　晶
草千里白靴の子を放ちやる　福永耕二
リハビリの白靴をもて母立たす　三田逃水

## ハンカチ　汗拭《あせぬぐ》い　ハンカチーフ　ハンケチ　汗ふき　汗手拭

日本手拭いを半分に切って、昔は汗を拭いたものであるが、最近は正方形のハンカチーフが主である。木綿・麻・ガーゼ・絹などの素材によってつくられ、装飾用にもなっている。

羅のたもとにすきぬ汗拭ひ　高浜虚子
またしても愚痴を言ふなり汗拭ひ　久保田万太郎
汗のハンカチ友等貧しさ相似たり　石田波郷
ハンカチをかたくたたみて自負隠す　石原八束
ハンカチを顔にひとりの夜行バス　丸田美年
誰か射つ予感に白いハンカチたまる　中嶋秀子
ハンカチでつるりと和尚来意告ぐ　南　瞬介
一日の疲れハンカチーフにあり　山崎房子
産土の匂ひ丸ごとハンケチに　篠原宵人
足早に本堂よぎる汗手貫　加藤節子
まっ白いハンカチ心理学教授　鷲見緑郎
汗拭ひ拭ひ漢の一礼す　涌喜摩耶子

## 粽《ちまき》　茅巻《ちまき》　笹粽《ささちまき》　粽結う

神仏に供えるためにつくった菓子で、五月の節句に用いられる。もち米やうるちを練り、熊笹や茅または菖蒲の葉に包んで蒸す。糸で縛っておき、食べるときにそれを解くと葉の香りが心地よく感じられる。↓端午

粽結ふかた手にはさむ額髪　芭　蕉
乾山の彼の鉢出でぬ笹粽　松本たかし
笹粽ほどきほどきて相別れ　川端茅舎
粽解く斯く虔しく生き継がむ　石田波郷
夫に解く一つしか無き笹粽　山崎佳美
笹粽吊りて咋日とちがふ海　水野宗子

## 柏餅《かしわもち》《かしはもち》

端午の節句に粽と一緒に供えるのが江戸時代からの習慣となっている。うるちの粉を練って蒸し、柏の葉に包んでまた蒸してつくる。小豆餡や味噌餡を入れる。柏は昔から葉守の神が宿る神聖な木とされていた。↓端午

裏庭の柏大樹や柏餅　富安風生
柏餅ずしりと力貫ひけり　山田弘子
手づくりの柏餅とて志野の皿　水原秋桜子
母の手は魔法の手なり柏餅　岸田雨童
柏餅家に明治の掛時計　辻田克巳
ひろげたる葉に口かくす柏餅　松田淳子
てのひらにのせてくださる柏餅　後藤夜半
兄弟は多きほど良し柏餅　白鳥寛山

## 夏料理《なつりょうり》《なつれうり》

夏向き料理の総称。暑いために衰えがちな食欲を増進させるために、見た目にも涼しく、さっぱりとした味を主としている。また冷たいものが多く、彩りや器にも工夫を凝らして涼味と楽しさを込めている。

美しき緑走れり夏料理　星野立子
寂莫《せきばく》と一汁あつし夏料理　前田普羅
帯ちらと葉がくれに去り夏料理　阿部みどり女
大き樹に大き空ある夏料理　浅田青篁
鐘の音や箸持つのみの夏料理　中村草田男
うしろより器ふれ合ふ夏料理　森川光郎

## 筍《たけのこ》飯《めし》

孟宗竹の筍が肥えていて柔らかく、美味である。茹でた筍を細かく刻み、鶏肉・油揚げなどと一緒に炊き込む。軽く醤油で味つけし、木の芽を散らせば季節の香り豊かな味わいとなる。初夏の食べ物として好まれている。

目黒なる筍飯も昔かな　高浜虚子
松風に筍飯をさましけり　長谷川かな女
雨ごもり筍飯を夜は炊けよ　水原秋桜子
朝は微震夜は筍飯旨し　百合山羽公

## 豆《まめ》飯《めし》

白飯に豌豆の緑を添えて、初夏の季節感を豊かにし、食欲をそそられる。莢をとった豌豆を、薄い塩味で炊き込む。蚕豆を使う地方もある。

すき嫌ひなくて豆飯豆腐汁　高浜虚子
戦中に食ひし豆飯とはちがふ　国見敏子
豆飯や軒うつくしく暮れてゆく　山口青邨
豆飯をよろこぶ母をよろこびぬ　西片幸子
豆飯食ふ舌にのせ舌に力入れ　石田波郷
ころころと笑ふ娘混じり豆の飯　丸山香代
豆飯や娘夫婦を客として　安住　敦
豆飯や少女の口の小さきこと　須賀　薊

## 麦《むぎ》飯《めし》　すむぎ

米の節約のために、安い麦をまぜて炊いた昔の習慣から来たものであるが、今では健康食としても珍重されている。米に大麦・裸麦をまぜて炊いた御飯である。「すむぎ」ともいう。

麦飯に痩せもせぬなり古男　村上鬼城
麦飯に拳に金の西日射す　西東三鬼

## 鮓《すし》

鮨《すし》　馴鮓《なれずし》　押鮓　握鮓　早鮓《はやずし》　一夜鮓　巻鮓

夏の暑さの中で保存するために、魚を塩漬にしたり、粕漬にしたりすることを鮓といったのであるが、最近は飯が主体の大阪鮓（押し鮓）や江戸前鮨に変わっている。

鮒鮓や彦根が城に雲かかる　蕪村
バーコード貼りし鮒鮓もらひけり　松倉ゆずる
赤なしの柿右衛門なる鮓の皿　高浜虚子
母の鮨鯛のそぼろをちらしけり　津森延世
鯵の鮨つくりなれつつ鳳仙花　水原秋桜子
遊学の子とお別れの鮨の宿　吉田きみ
あをあをと降る葉の見えて一夜鮨　鷲谷七菜子
鮎鮓や梢の揺らぎ日のゆらぎ　晏梛みや子

## 水《すい》飯《はん》

水飯《みずめし》　洗い飯《めし》　水漬《みずづけ》

昔は干飯を冷水に浸し、柔らかくして食べたものである。後世では炊いた御飯に冷水をかけ、夏の暑いときなどに涼味を満喫するために食べるようになった。

水飯を顎かつ〳〵と食うべけり　高浜虚子
水飯やこの床板を直さねば　辻　男行
水飯のごろ〳〵あたる箸の先　星野立子
水飯の花のごときを掬ひけり　渡邊千枝子

## 干《ほし》飯《いい》

乾飯《ほしいい》

餉（かれいい）とも言い、天日で乾燥させた携帯用の飯のことである。旅先などで温水に浸して食べるが、夏は冷水をかけて涼しさを味わう。大阪府藤井寺市の道明寺の干飯は有名であり、それを粉にしたものが和菓子の原料として知られている。

乾飯に日陰りて鮓はなれにけり　高浜虚子
生垣の内はしづけき乾飯かな　籾山梓月

## 飯饐《めしす》る　飯の汗

一晩のうちに粘り気が出て腐りかけ、独特の嫌なにおいを放つようになった飯のことをいう。饐え方が軽いものは、水で洗って食べたり、天日に乾かして食べる。

飯饐る畳のくらさ夜の如し　宇佐美魚目
小ぎれいに住みては飯も饐えさせず　池内たけし

## 鮴《ごり》汁《じる》

鮴は鮔とも書き、淡水魚のかじかの異称である。体長一〇センチほどのこの川魚は、地方によって呼名があり、川鯊《はぜ》、川鰍《かじか》などさまざまである。塗椀に笹掻きごぼうを入れた白味噌仕立ての鮴汁は、風味に富んだ加賀料理として賞味される。子鮴はとくに美味である。金沢の浅野川、犀川、京都の高野川のものが、知られている。

鮴汁の葱はちぎつてありにけり　茨木和生
ごりやなる白味噌仕上鮴の汁　高村俊子
ごり汁を待つ浅酌の越の酒　岡田律夫
鮴汁が話題となりて加賀料理　浅川紫水
味噌汁の椀よりのぞく鮴のひげ　笠井フキ子
切る切らぬ胃を抱く月日ごりの汁　添野かよ
鮴汁のうまさ覚えて転勤す　寺沢良子
鮴汁の椀のぬくみや浅野川　浜本愛子
浅野川木橋渡りてごりの汁　高橋恵美子
鮴汁や旅も名残りの浅野川　谷村久美子

## 冷麦《ひやむぎ》

小麦粉で、うどんと同じに作られるが、うどんより細く、素麺《そうめん》より少し太めである。のどごしが良いので好む人は多い。茹でて氷や水で冷し、葱、茗荷、紫蘇などを薬味とし、少し濃い目の麺つゆで食べる。素麺と並んで夏の食生活に涼味を添える。冷麦の中に、赤や緑の麺が一、二本まじるのは、目に涼しく、子どもたちにとっては食欲の素ともなる。ちなみに赤はベニバナ、緑はくちなしで染めている。

酒の瀑布《たき》冷麦の九天より落るならむ　其角
冷麦食ぶ無言無風の父と子と　平木智恵子
冷 麦 や 嵐 の わ た る 膳 の 上　支考
胃の中の冷麦がみな繋がれる　宮坂静生
冷麦や青紫蘇は歯に香をかへし　石塚友二
竹に雨ひやむぎに箸なじめるよ　村沢夏風
命惜しまむ冷麦のうまかりし　森澄雄
冷麦の紅いっぽんを欲る子かな　大矢章朔
冷麦やかしこまりたる膝のまへ　久保田万太郎
冷麦にくれなゐ一縷水打たす　作田文子

## 冷索麺《ひやそうめん》《ひやさうめん》

冷素麺《ひやそうめん》　索麺冷す　素麺流し

素麺とも書く。原料が小麦粉であることは冷麦と同じだが、製法が異なる。食塩水でこねて、胡麻油などをつけて細く引きのばし、日光に乾かして作る。これを茹でて、冷水で冷やしたものが冷索麺である。山葵、葱、七味唐辛子などの薬味で食べる。ガラスの大きな皿に氷を浮かばせた中から掬いとって、冷やした麺つゆにつけて啜りこむように食べる涼味満点の夏の味覚である。また野外では、竹の桶に、冷水と共に索麺を流し、目の前に流れてきたのを箸で掬いあげて食べる索麺流しは、野趣に富んでいて楽しい。奈良県の三輪、兵庫県の揖保、香川県の小豆島などが素麺産地として有名である。

ざぶざぶと索麺さます小桶かな　村上鬼城
素麺のつひにいつぽんただよへる　松澤　昭
掬ふたび冷さうめんの氷鳴る　岡本　眸
雲中仏仰ぎし素麺流しかな　本庄千代子

冷素麺きらら光りの切子鉢　星川佐保子
青竹を瀬しぶきにかけ冷素麺　小坂部佳代
のど過ぐる渓流の音冷素麺　鈴木光子
吾の前に来て素麺の殊に疾く　堤　保徳

## 冷《ひや》し中華《ちゅうか》

茹でた中華そばを水にさらして冷やし、皿に盛る。その上に、千切りにした胡瓜や焼き豚、なると、錦糸卵などの具をのせ、酢醤油やごまだれなどのたれをかけて食べる。たれに、牛肉や貝柱のエキスを入れたりすると、より美味となる。辛子をつけて食べるとさらに爽涼感が増すようである。

いよよ年金冷し中華の辛子効く　奈良比佐子
冷し中華時刻表なき旅に出て　新海あぐり
冷し中華少年の機嫌むづかしき　岡本富士枝
学生食堂冷し中華は売り切れて　平木智恵子
冷やし中華失業保険受けとりて　大矢章朔
冷し中華運ぶ笑顔でぞんざいで　星川佐保子

冷やし中華富士の形を崩しかね　武藤勝代
さびしきは冷し中華の紅生姜　望月秀子
七彩の冷し中華やひとりの夜　加瀬美代子
冷し中華妊るころの紅強く　小高沙羅
ヘルメット冷し中華の酢に噎せる　後藤千秋
相席の冷し中華を注文す　宮澤せい子

## 冷《ひや》奴《やっこ》　冷豆腐《ひやどうふ》

冷水や氷で冷やした豆腐を、一口くらいの大きさに四角に切ったものに、生姜のおろしたもの、青紫蘇、葱、花鰹、海苔などを薬味として添え、醤油をかけて食べる。夏の食べ物として、冬の湯豆腐とともに庶民的である。冷奴の奴とは、むかし、武家の下僕が使う紋が四角いところからという説がある。

老師此頃酒用ひずよ冷奴　青木月斗
縁にしなふ竹はねかへし冷奴　渡辺水巴
もち古りし夫婦の箸や冷奴　久保田万太郎
兄弟の夕餉短し冷奴　加藤楸邨
寝てしまふ子の頼りなし冷奴　長谷川かな女
冷奴隣に灯先んじて　石田波郷
天へ天へ杉は背伸ばす冷奴　鍵和田秞子
打てばひびく声ほしき夜冷奴　伊藤美沙子
冷奴寡黙に馴れし共白髪　村上真佐子
藍匂ふテーブルクロス冷奴　一条悠子
癌癒えてよりの歳月冷奴　添野かよ
冷奴離れて坐る保身かな　金子かをり
日本語がとつても上手冷奴　梅本初子
冷奴雨露しのぐ家でよし　渡辺虹雨
真四角にむかしかたぎの冷奴　中西信子
冷奴食べ余生とはこんなもの　山田達雄
旅終へて普段の暮らし冷奴　岩崎健一
崩さねば何もおこらず冷奴　赤松　勝
冷奴回りの早き昼の酒　川久保野人
冷奴真白きものに廃りなし　細木芒角星
冷奴米寿の父の予定表　小髙沙羅
無愛想がよくて行きます冷奴　古川塔子

## 瓜揉《うりも》み　瓜揉む　揉瓜　胡瓜《きゅうり》もみ

胡瓜やしろ瓜を薄く切って塩で揉み、そのまま、三杯酢などで和える。若布などの海草類や魚介類、とくに章魚や蟹の薄切りや、小魚を酢でしめたものなどを加えたりもする。薬味としておろし生姜などを添えて食べる。涼味ある歯ざわりと食感の夏の副惣菜となる。現今では、すのもの酢などが市販されているので、簡単に料理できる。

胡瓜もみ世話女房という言葉　高浜虚子
物言はぬ独りが易し胡瓜揉み　阿部みどり女
がてんゆく暑さとなりぬきうりもみ　久保田万太郎
貧乏の光をちらし胡瓜もみ　原　コウ子
瓜揉みや名もなき民の五十年　日野草城
瓜揉むやふたりのための塩加減　黒田杏子
一本で足る瓜揉みや老いふたり　小坂部佳代
遣唐使もどりし寺の胡瓜揉み　近藤園子
胡瓜揉む笞のいらぬ夫のぐち　土田京子
上げ板のきしむ厨の胡瓜もみ　高橋尚子
厨ごと手抜き加減に胡瓜もみ　西村美佐子
指太くなりし月日や胡瓜揉む　弓木和子
ふたりゐるただそれで佳し胡瓜揉む　渕脇登女
旅戻りやはり吾が家の胡瓜もみ　長尾鳥影

## 冷《ひや》し瓜《うり》　瓜冷す　冷し西瓜

昔といっても五十年ほど前までは、網に入れて、川の流れや井戸水に浸して瓜を冷やしたものである。主に西瓜であるが、真桑《まくわ》瓜なども一緒に冷やしたものである。都会では釣瓶井戸もなくなり、川は暗渠になるなど、生活様式も変わり、冷蔵庫で冷やすのが一般的である。

三日月とひとつならびや冷し瓜　一茶
葭簀して囲ふ流れや冷し瓜　正岡子規

刃を入れて鬱を払はむ冷し瓜　清水基吉
道元のつむりほどなる瓜冷やす　伊藤白潮
ふたり子に似合ひの伴侶冷し瓜　平木智恵子
頭数舟形に切る冷し瓜　大矢章朔
冷し瓜ぶつかり合つて浮きにけり　小島健
土間口にまた小突かるる冷し瓜　工藤弘子

## 茄子《なす》漬《づけ》　なすび漬

茄子は種類が豊富で、その漬け方にもいろいろある。塩漬け、糠漬け、味噌漬け、辛子漬けなどである。採り立ての小ぶりの茄子の塩漬けに、色よく仕上げるために、釘などの金物や明ばんを入れたりする。目の覚めるような紫に漬けあがった茄子は、歯ざわりもよく、冴えた紺色には、夏の涼気があって食欲がすすむ。

朝寝して色変りけり茄子漬　青木月斗
茄子漬のあしたの色に執着す　米澤吾亦紅
漬茄子の紺さえざえと子なし妻　星野麦丘人
漬茄子の紺さえざえと赤坂昏れ　楠本憲吉
誰そや影茄子漬け色の深みつつ　古屋磯子
漬け茄子のまぶしき色や妻の恩　大矢章朔
なすび漬母のたすきの細かりき　川村幸子
庇まで波の来てをる茄子漬　栗栖恵通子

## 茄子《なす》の鴫焼《しぎやき》　鴫焼　茄子田楽

茄子を皮つきのまま縦に二つに切って、竹串に刺し、ゴマ油を塗り、火にあぶって、味噌をつけた料理である。味噌田楽である。今は、二つに割くようにせず、何枚かに薄く切って、油をひいたフライパンで焼き、生姜醤油で食べる。これも鴫焼と称し食卓にのぼるが、炭火で焼いたのよりは風味はいま一つである。→茄子

鴫焼は夕べを知らぬ世界かな　其角
鴫焼の律師と申し徳高し　正岡子規
鴫焼や妻への銭の稿未だ　秋元不死男
鴫焼や衣重ねたる雨の冷え　石川桂郎
鴫焼きや家族菜園手前味噌　中村温子
鴫焼の香の沁み飛騨の吊天井　藤巻通江

## 梅《うめ》干《ぼし》　梅干す　梅漬　夜干《よぼし》の梅　干梅　梅莚　梅酢

梅干しは長期間の保存に耐え、他の食物への防腐効果や薬効もあって、米を主食とする日本人の食生活になくてはならない物である。青梅を塩漬けにして三日ほど重しをしておくと水（梅酢）があがってくる。その梅を莚や笊などに並べて日に干す。干した梅を梅酢に戻し、それを数回繰り返すと、皺ができてくる。梅酢に赤紫蘇の葉を揉んで漬け込むと、梅に赤紫蘇が染まり、ほどよい赤色を帯びてくると完成である。毎年習慣として梅を漬ける家庭もある。

梅干すや庭にしたたる紫蘇の汁　正岡子規
紅くあかく海のほとりに梅を干す　山口誓子
梅を干す真昼小さな母の音　飯田龍太
稿にゐて夜干の梅のにほひくる　森　澄雄
動くたび干梅匂う夜の家　鈴木六林男
梅干すや三日三晩の息づかひ　久常多喜子
梅干して昨日を今日に継ぐ空ぞ　土屋いそみ
日には三日夜には二夜の梅を干す　中瀬喜陽
金婚の近づく梅の夜干かな　村岡　悠
梅干して梅の匂ひの中に母　平手むつ子
梅干して俄かの齢づかれかな　田代民子
をりをりの風の手触り夜干梅　石田阿畏子
梅千畳干されしままに暮るる村　山岸勝子
梅干しの二百の色を裏返す　坂上青児
干し梅の縄文人の顔それぞれ　石口　榮
木の下に其の梅漬ける小庭かな　尾崎紅葉
なにごとも無かりしごとく梅漬ける　相澤尚子
梅漬けし日より暦に親しめる　斎藤節子

凡の日は凡に徹して梅漬くる　稲生正子
梅筵来世かならず子を産まむ　岡本　眸

## ビール

麦酒《ビール》　黒ビール　生ビール　ビヤホール　ビヤガーデン

麦を主成分とし、ホップを加え発酵させたアルコール分の少ない酒で、のどごし爽快な夏向きの酒である。特にビヤホールなどでの夕刻灯し頃の生ビールでのジョッキ「乾杯！」は、仲間同士の社交の場ともなる。現今では、生ビールのほかに、黒ビールや一九九四年の規制緩和以降、土地柄をうつした地元産の地ビールなど、ビールは夏期に限らず年間を通して楽しまれている。モルト（麦芽）の含有量が少ない発泡酒や第三のビールも広義のビールである。

里の子等庭に見てゐる麦酒酌む　富安風生
麦酒まず異国にねむる父に注ぐ　穂積曄子
心昏し昼のビールに卓濡らし　大野林火
地ビールや阿蘇の連山昏れかかる　中村温子
ビール園神神もかく屯せし　平畑静塔
地ビールの店へ連なるバスの客　達山丁字
飲み干せしビールの泡の口笑ふ　星野立子
聞き役となりてビールを勧めらる　水原幸子
人もわれもその夜さびしきビールかな　鈴木真砂女
病院のエレベーターに乗るビール　紅谷順子
ビヤホール椅子の背中をぶつけ合ひ　深見けん二
泡消えしビール座興の白けゐて　樋口津ぐ
だばこちさ寄れと夜汽車の麦酒かな　平井さち子
旅なれば昼のビールを許されよ　永田豊美
うそばかり言ふ男らとビール飲む　岡本　眸
ビール酌みうそも真も聞きながす　福永みち子
何故と問ふこと多き世の麦酒かな　高橋恵美子
色街の灯り初めたるビヤホール　芝田教子

## 梅《うめ》酒《しゅ》　梅酒《うめざけ》　梅焼酎《うめしょうちゅう》

とれたての実梅を壷や瓶に入れ、焼酎に氷砂糖を加えて作る。焼酎の代りにウイスキーなどでも作る。三カ月位漬けこんでおくと、澄んだ琥珀色になり、清涼飲料として猛夏の暑気払いなどとして飲む。梅酒は梅干と同じく保存が利くので、五年ものとか一〇年ものといった古酒としても楽しめる。水や炭酸で割ったりして、老若男女のすべてに親しまれる家庭的飲料である。瓶や缶での市販もされている。

其中に梅酒てふもの古りし壷　高浜虚子
わが死後へわが飲む梅酒遺したし　石田波郷
貯へておのずと古りし梅酒かな　松本たかし
梅酒に身を横たふる松の風　前田普羅
梅酒をかもすと妻は実をおとす　山口青邨
梅酒わくや台風速度増しにつつ　吉野義子
古梅酒開くや母の墨の文字　武藤勝代
梅酒飲む地獄の沙汰に背を向けて　森田幸子
鳩時計啼かぬ日もあり梅酒古る　谷村久美子
七十路の恋めく夕べ梅酒のむ　久常多喜子

## 焼酎《しょうちゅう》《せうちう》　泡盛《あわもり》　芋焼酎　麦焼酎　粕取《かすとり》焼酎

わが国独特の蒸留酒である。米、麦、粟、黍、玉蜀黍、甘藷《いも》などを原料とし、醗酵させ蒸留して作る。安価で酒精度が高く、後味がさっぱりして飲み心地がよい。沖縄県の泡盛や鹿児島県の甘藷焼酎は有名である。戦後は、梅割焼酎などが流行し、屋台の立ち飲みなど、むかしから庶民的である。

焼酎に胸骨枯れてあぐら組む　佐藤鬼房
焼酎や頭の中黒き蟻這へり　岸風三楼

泡盛や汚れて老ゆる人の中　石塚友二
父の日の焼酎をのむ父憎し　柏木去孔
馬刺うまか肥後焼酎の冷やうまか　鷹羽狩行
焼酎に死の渕見ゆるまで酔ふか　小林康治
車座につぐ焼酎は鬼ころし　岡田律夫
焼酎や出世にうとき顔ならぶ　臼井治文
泡盛や地下足袋の足ばかり見え　宮坂静生
飛んでいく時間には詩を藷焼酎　伊藤俊二
焼酎の機嫌の声や草競馬　池田ちや子
車座の藷焼酎も在所かな　江島つねを
泡盛や飢餓の体験持たぬ我れ　小川廣男
泡盛や故郷違ふ男らに　青木満子

## 冷《ひや》酒《ざけ》　冷酒《れいしゅ》　冷し酒

酒は燗をしてたしなむのが本来である。それを最近では冷蔵庫で冷したり、冷酒用の氷を入れるガラス製の、氷で酒が薄まらないように作られた徳利様の瓶があり、適度に冷えた酒が飲めるように工夫されているのもある。また冷酒用として作られてもいる。燗で飲むのとは趣きのちがう風味を感じるものである。酒は燗でというのから、冷やで飲むという好みの変化なのであろうか。→温め酒（秋）・熱燗（冬）

冷し酒旅人我をうらやまん　白雄
うかうかと過ごせし酔や冷し酒　青木月斗
冷酒を山賊飲みに大夏炉　遠藤梧逸
冷し酒幽明界となりはじむ　石田波郷
蕎麦好きに匂ふ飛騨そば冷し酒　秋元不死男
一盞の冷酒に命あつきかな　角川源義
冷し酒落葉松に夜の高さあり　大串章
のどごしのよさよ昼利く冷し酒　大矢章朔
噛み合はぬ相続ばなし冷酒酌む　森田幸子
蘊蓄《うんちく》に片耳貸して冷し酒　高橋健文
苦虫を肴に冷酒呷りをり　内田安茂
甘口な冷酒に溺れ夫在らず　飯田以余子

## 甘酒《あまざけ》　一夜酒《ひとよざけ》

柔らかく炊いた米飯や粥に麹を加え、数時間醱酵させた酒精度の低い飲み物で一夜酒ともいわれ、庶民的に親しみ飲まれている。熱くしたものを、フーフーさましながら飲む。遠泳などして冷えた体を暖めるのによい。門前茶店などでは夏冬問わず売られていて、冬に飲まれることが多いので、甘酒は、冬の物と思っている人も多いが、夏のものである。

あま酒の地獄も近し箱根山　蕪村
夜のかなた甘酒売の声あはれ　原石鼎
一夜酒隣の子迄来たりけり　一茶
甘酒啜る一時代をば過去となし　原子公平
甘酒を煮つつ雷聞ゆなり　矢田挿雲
談山社詣で木蔭の一夜酒　小坂部佳代
甘酒にいま存命の一本箸　伊丹三樹彦
棒手振りの甘酒売りのむかしかな　奥山俊子

## 新茶《しんちゃ》　走り茶　茶詰《ちゃづめ》　古茶

その年の茶の新芽を摘み、製造し、初めて市場に出回る茶のことである。「走り茶」ともいい、その色と香りは瑞々しい。「新茶汲むや終りの雫汲みわけて　杉田久女」の句のように、その最後のひと雫の味わいには新茶ならではの格別な思いがある。

新茶くむ怒濤のひと日迎へんと　井沢正江
新茶買う宇治十帖をめぐり来て　谷本淳子

## 麦茶《むぎちゃ》　麦湯

大麦を妙ったものを煎じた飲みものである。大きい薬缶に煎じている時の香ばしい香りは、夏の訪れを感じさせる。江戸時代に町なかで売られたのがはじまりだといわれている。冷たく冷やして飲む心地良さは、年代を問わず好まれる。

躓《つまず》いてひとり笑ひて麦茶かな　石原八束
麦茶ばかりの午前三時の仮眠室　姉崎蕗子
山小屋に「知足」の額や麦茶のむ　小俣幸子
大薬罐麦茶の熱き麦を出す　守屋明俊
麦茶にて午後を下校の子らを待つ　猪俣千代子
山頂に冷えし麦茶を頒ち合ふ　大澤栄子

## 葛《くず》《くず》水《みず》《みづ》

葛粉に砂糖を加えて熱湯を注いで混ぜ、甘味をつけた葛湯を冷やした夏の飲みものである。今やなつかしい時代のものになっている。葛には酒毒を解くとか、日射病に効くと伝えられ、夏の身体を癒す働きをする。昔の人が考えた知恵がこめられている。

葛水や鼻の下行く吉野川　宗因
葛水やコップを出づる匙の丈　芥川龍之介
葛水やまま母まま子老いにけり　草間時彦
葛水や飴色に透く蝕の月　金崎久子

## ソーダ水《すい》

炭酸ソーダにレモン・苺・オレンジ・メロンなどのシロップで味付けした清涼飲料水の一つである。「娘等のうか〳〵遊びソーダ水　星野立子」の句のように、ソーダ水の鮮やかな色は楽しい気分にさせてくれる。アイスクリームが入ると、「クリームソーダ」である。

ストローを走る緑のソーダ水　吉田花宰相
ソーダ水淡き交はりにて終る　沢村越石
ソーダ水心ならずも嘘を言ふ　内山泉子
よくもまあ続くお喋りソーダ水　中村陽子

## サイダー　冷しサイダー

炭酸水に林檎の果汁を加えた清涼飲料で、盛夏に好んで飲まれる。「サイダーやしじに泡立つ薄みどり　日野草城」の句が示すように、サイダーは、「ジュワー」と音たてて立ちのぼる泡の爽快さが魅力である。レモンで味付けしたものを「シトロン」という。

サイダーや金属光のビルの駅　平林孝子
サイダーのシュワッと子供なくていい　松田ひろむ
サイダーや僂さよりも軽き泡　守屋明俊
サイダーの泡ぶくぶくと反抗期　畑乃武子

## ラムネ　冷しラムネ

レモンを加えた砂糖水に炭酸を入れた清涼飲料で、もともとはレモネードから付けた名前だという。明治元年に中国人が東京築地の橋のたもとにラムネ屋を開いたことがはじまりなのだそうだ。壜に入ったガラス玉をカラカラ音をたてながら飲む楽しさは、郷愁をも感じさせる。

ラムネ吹く羽田空港行きが過ぎ　長峰竹芳
ラムネ飲んで大阪弁の女かな　水谷芳子
ラムネ飲む背にさわさわと森の風　川崎俊子
新宿や氷河の色のラムネ瓶　後藤眞吉
満天の星が響くよラムネ玉　田中哲也
飲みほしてまだ鳴つてゐるラムネ玉　佳藤木まさ女
椅子深くラムネ手にして老夫婦　酒井浩代
ラムネ玉抜くや汐騒耳元に　西尾みゐ
夜空にも人住む街のラムネ玉　中里　結
ラムネ飲むとき蒼空のほか見えず　山下鴻晴
大阪の夜景ななめにラムネ飲む　小西明彦
劇場の売店せましラムネ噴く　増本加津子

## アイスコーヒー　アイスティー　冷しコーヒー　冷し紅茶

コーヒーに氷を入れ、シロップやミルクで好みの味にして飲むもので、紅茶の場合は「アイスティー」となる。ストローを立てて少しずつその風味を味わう趣は、暑さの中に涼を感じる一時である。関西では、「コールドコーヒー」ともいう。

犯人の飲み掛けアイス缶コーヒー　守屋明俊
滲みたるノートの一字アイスティ　大橋淑子

## 氷《こおり》《こほり》水《みず》《みづ》　かき氷　夏氷　氷小豆　氷苺　氷店　削氷《けずりひ》

削った氷に、シロップで甘味をつけた飲みもののことで、「かき氷」という呼名が一般的である。「匙なめて童たのしも夏氷　山口誓子」の句の風情は、今の世でも変わらない。夏の日盛りに、「かき氷」と染められた旗に誘われて入る甘味処は嬉しいものである。

青春のいつかは過ぎて氷水　上田五千石
デカルトのやうな貌して氷水　米山幸喜
母と子の胸をへだててかき氷　中嶋秀子
氷水グラスの中のハーモニー　須藤あきこ
かき氷大平洋を眺めては　大林清子
夏氷生きのこりいて匙の音　三上史郎
かき氷幸せさうな愚痴を聞く　平林孝子
簡潔な返事返りてかき氷　日隈紀美子
かき氷顎つきあげてしびれくる　清水静子
鉄削り一途の職や夏氷　菊池三千雄

## 氷《ひょう》《ひよう》菓《か》《くわ》　氷菓子　アイスキャンデー　アイスクリーム　ソフトクリーム

氷菓子を総称したものが「氷菓」で、「アイスクリーム」がその代表でもある。明治二年に横浜の馬車道で発売されたのが、日本のアイスクリーム発祥である。また、果汁を棒のまわりに凍結させたのが「アイスキャンデー」だが、かつては自転車で売り歩くのが夏の風情であった。

シャーベット食べる頭は空っぽに　植松深雪
ヘップバーンの座せし石段氷菓食ぶ　藤井吉道
氷菓子とぶやうに売れ爆心地　石﨑多寿子
デザートは妻即製のシャーベット　森　國穂

## 葛《くず》餅《もち》　葛練《くずねり》　葛切《くずきり》

葛粉を水に溶き、煮たたせて、流し箱に入れて冷し固めた菓子である。たいていは三角に切って、蜜や黄粉をつけて食べる。亀戸天神や川崎大師の茶店の葛餅は名高いものである。また、「葛切」は京都の祇園の「鍵善」が有名である。旅の途中にいただくその味はひときわ美味しい。

葛餅やすずめいろどき水光り　渡邊千枝子
くずきりや硝子のような少女たち　市江久枝

## 葛饅頭《くずまんじゅう》《くずまんぢゅう》　葛桜

葛粉を水に溶き、火にかけて半透明になったところを皮にして餡をつつみ、饅頭の形にした夏の和菓子である。冷やすと、さらに葛の瑞々しさが増す。桜の葉に包んであるものが多く、「葛桜」ともいわれ、その涼味を味わうたのしさがある。

松籟の裏側に座し葛饅頭　田中君恵
葛饅頭ひょっこり伯父の訪ひぬ　成瀬靖子

## 心《ところ》太《てん》　心天《ところてん》　こころぶと

天草《てんぐさ》を洗ってさらし、煮た後かすを取り除いた汁を型に流しこみ、凝固させて清水で冷やした食品である。棒状になっているものを心太突きで突き出して紐状にし、酢醤油や蜜などをかけて食べる。その歴史は古く、奈良時代の書物にも名が残されているという。暑い中、そのさっぱりとした口当りが好まれる。

松にかけし笠とんでなし心太　吉田冬葉
次の間へ白き手がのび心太　柿本多映
心太いま渉りきし川のこと　岸本水馬
相模より風吹きわたる心太　大橋富士子
心太あっけらかんと生き抜かん　指澤紀子
相似たる店構へなり心太　杉山加代
仁王門見えて突き出すところ天　山崎重雄
心太不意に昔のありにけり　椎名書子
それぞれの私が語る心太　秋尾　敏
ところてん荒ぶる海の落差かな　赤松　勝

## 水羊羹《みずようかん》《みずやうかん》

作り方は羊羹と同じで、煮溶かした寒天に小豆餡を加えて練るのだが、夏向きに水分を多く、甘味をひかえて作る。桜の葉にのせたり、包んだりすることも多い。冷すと、舌ざわりがさらによくなり、溶けるようである。小さい竹筒に入れて売られる風情豊かなものもある。

母いつも正座してをり水羊羹　花田由子
午後三時葉つぱにのせる水やうかん　松本ひろみ

## 白《しら》玉《たま》　氷白玉

白玉粉は、寒中に糯米《もちごめ》を洗い、水に漬けたのち、天日に晒して挽いた純白の粉末である。その白玉粉を水で練り、茹でて作った小さな団子を白玉という。水や氷で冷やして、砂糖をかけて食べたり、茹で小豆や冷やし汁粉に入れることもある。「白玉にいろどる紅や祭の日　長谷川かな女」の句のように、食紅で色をつけた白玉も美しい。

白玉や無理に忘れることもなし　宇佐美ちゑ子
白玉やわれに始まる一家系　坂本童声子
白玉や夜も雲湧く母の里　秋山素子
白玉の器の下が濡れにけり　綾部仁喜
白玉や京の子供の京言葉　河野美保子
白玉や雨の過ぎたる御油並木　織田敦子

## 蜜《みつ》豆《まめ》　餡蜜《あんみつ》

茹でた豌豆《えんどう》に、賽《さい》の目に切った寒天や紅白の求肥《ぎゅうひ》や果物などを加え、黒蜜または白蜜をかけて食べる。見た目にも涼しく、その彩どりも楽しいものである。明治期に芝居の茶店などから売りはじめたといわれ、今では専門店も多い。

蜜豆の器のあとを拭いてをり　西田美智子
蜜豆や同窓会の果てより　和田游眠

## 麨《はったい》　麦こがし　麦炒粉《むぎいりこ》　麦香煎《むぎこうせん》

米または麦の新穀を炒り、碾《ひ》いて粉にしたもので、そのまま食べることもあるが、砂糖を加えたり、冷水で練ったりして食べる。粉のまま食べて、むせかえった記憶があることだろう。今は珍しくなったが、駄菓子の原点ともいえる素朴な味わいに趣がある。

亡き母の石臼の音麦こがし　石田波郷
麨粉ゆるく溶きたる一餉かな　浜口さだみ
麨に少年の日の噎せてをり　すずき波浪
じゃんけんは負けてばっかり麦こがし　利根川妙子
麨を夫がいちばん喜べり　岡田理子
武蔵野の夜更けほろほろ麦こがし　江口綾子

**洗膾**《あらい》《あらひ》　洗鯉《あらいごい》　洗鱸《あらいすずき》　洗鯛《あらいだい》　生作《いきづく》り

鯉、鱸、鯛などの生き身をおろし、刺身につくったものを冷水や氷で洗い、肉を縮ませた料理のことである。ガラス器の上に氷片をのせ、その上に洗鱠をのせてもてなす。鯉は酢味噌を、その他はわさび醤油をつけて食べる。

北信の宿の灯暗し洗鯉　岩崎源一郎

信心の山を下り来て洗鯉　森田公司

稜線の昏れ残りゐる洗鯉　鈴木寿美子

山国の水あらあらと洗鯉　黒木　胖

**泥鰌鍋**《どじょうなべ》《どぢやうなべ》　泥鰌汁　柳川鍋《やながわなべ》

丸のままの泥鰌を浅い鍋で煮ながら食べる料理のことである。また、割いた泥鰌をささがき牛蒡と煮て、卵でとじたものを「柳川鍋」という。「泥鰌汁」は、丸のままの泥鰌の味噌汁である。暑い中、汗を流して泥鰌鍋を食べ、体力が落ちやすい時節に栄養を補給するのは昔からの知恵である。

どぜう鍋昔ばなしに刻うつり　きくちつねこ

人ごとと思ひし古稀や泥鰌鍋　永井丈夫

駆落ちの昔がたりやどぜう鍋　木村喜子

宇野千代の元気いただき泥鰌鍋　白石みずき

**土用鰻**《どようなぎ》　土用丑の日の鰻

夏の土用の丑《うし》の日に鰻を食べると夏負けをしないと言い伝えられ、その日に鰻の蒲焼を食べる。関東では背開き、関西では腹開きにして、蒲焼をつくる。「土用鰻店ぢゅう水を流しけり　阿波

野青畝」の句からもかるように、この日は鰻屋が繁盛し、鰻を焼く煙が一日中絶えない。↓土用

まだ逃げるつもりの土用鰻かな　伊藤伊那男

うなぎの日うなぎの文字が町泳ぐ　斉藤すず子

**沖《おき》膾《なます》**

沖でとった魚を、そのまま釣舟の上で料理して食べることをいう。鯵《あじ》・鱸《すずき》・鰯・細魚《さより》などをたたきにして、生姜醤油や酢味噌または二杯酢にして食べる。小魚を中骨をつけたまま小口切りにし、塩をふって酢に浸け蓼酢などで食する料理を「背越膾《せごしなます》」といい、沖膾の一種でもある。

沖膾仏倒しといふ死あり　宇佐見魚目

沖膾国府の甍あれに見ゆ　蔵　巨水

太陽のふところに揺れ沖膾　作山泰一

網上ぐるよろけ笑いよ沖膾　猪狩勝正

**水《みず／みづ》貝《がい／がひ》**

生の鮑を塩で洗って、身をひきしめたところで、殻からはがして賽《さい》の目に切り、氷水で冷やして、わさび醤油で食べる。氷片をうかべたり、さくらんぼや胡瓜などをまわりに添えて見た目も涼しくさせる。鮑《あわび》の歯ごたえをたのしむ夏料理である。

水貝を置けば氷の鳴りにけり　早乙女　健

水貝や星美しき日本海　福川ふみ子

**夏《なつ》館《やかた》**　夏邸《なつやしき》　夏の宿

夏らしい装いをした邸宅のことである。やや大きな構えの邸宅を連想させる。洋風和風いずれの

館にもいえることだが、庭内が広く、塀をめぐらす樹木の緑の美しさも夏館にふさわしい趣である。和風に関していえば、縁側の長さ、玉砂利への打水、葭戸など、そのたたずまいの清々しさに魅かれる。↓冬館（冬）

ロン〳〵と時計鳴るなり夏館　松本たかし
夏館窓を開くに軍手して　下坂速穂
椅子の絵の下に椅子あり夏館　千田百里
潮風に人体ひらひら夏館　安西　篤
夏館直情径行の人しづか　川崎展宏
夏館武者から剥ぎし刀あり　守屋明俊
ルリ貝の瑠璃ひびき合ふ夏館　石崎多寿子
甲斐駒を迎へ入るるや夏館　平野謹三

## 夏《なつ》の灯《ひ》　夏ともし　灯涼し

夏の夜の灯火のことである。暑い一日が終わり夜ともなると、家々や川のほとり、公園の外灯など、いっせいに灯がともされる。特に木立の緑を照らす灯を見ていると、その日の昼が暑ければ暑いほど、ほっとする涼しさを覚えるものである。夏の灯の「灯」は旧漢字の「燈」とした方がよいと説かれることもある。

喪の家へ夏灯つづけり蛾と沿ひゆく　加藤楸邨
くなしりの夏ともしびと思はるる　平沢凡愁

## 夏《なつ》炉《ろ》　夏の炉

夏でも北国や山間部では気温が低いため、暖をとるために囲炉裏や暖炉を焚くことがある。「山人は客をよろこぶ夏炉かな　松本たかし」の句のように、登山小屋で夏炉をかこみながら夜を語り合うのも山登りの楽しさである。炉火の明るさは憩いの色である。↓春の炉（春）・炉（冬）

月山《がっさん》の禰宜《ねぎ》若かりき夏炉かな　小島　健
夏炉置く上時国家屋敷守る　松村小夜子
神棚の下は戸主の座夏炉燃ゆ　吉川ハマ子
飢ゑし世を昔語りに夏炉守　太田光子
夏爐焚くまづ篁《たかむら》の揺れを見て　斎藤梅子
濡れてくる客に夏炉の焚いてあり　佐山けさ子

## 夏座敷《なつざしき》

日本の伝統家屋で、夏の暑さに対処するために、障子や襖を取り外したり、葭戸に変えたり、簾を吊ったりして、涼しげな構えにしつらえた座敷のことである。冷房がない昔に考えられた、少しでも風の通りをよくするような知恵の数々である。↓冬座敷（冬）

一粒の真珠ころがる夏座敷　原　裕
夏座敷すわれば草に消ゆる沼　木下夕爾
風鎮のゆれてととのふ夏座敷　大黒圭子
大河口水位さがりし夏座敷　葛原俊子
拓本に翁偲ばる夏座敷　清水由紀
夏座敷卓一脚の北一輝　辰野利彦
父と猫てんでに眠る夏座敷　五十嵐直子
出戻りの長女なりけり夏座敷　白川順子
樟脳の香のかすかなる夏座敷　長沼利恵子
遠目にも女ばかりの夏座敷　出田洋子
人去りて風のあそべる夏座敷　那須信子
遠く来て大の字に寝る夏座敷　笹本カホル
父と子の叙勲章かけ夏座敷　吉田きみ
しばらくは待たせて貰ふ夏座敷　古川杜子夫
大の字に寝て独り占め夏座敷　正木海彦
夏座敷みんな出かけてしまいけり　相澤由紀子

## 露台《ろだい》

バルコニー　バルコン　ベランダ

洋風建築の台状の張り台の部分を総称して露台という。庭に突き出しているところから、「多摩近く星多きわが露台かな　中島斌雄」というような句も生れる。籐椅子やテーブルなどを並べて、そこに憩いながら涼をとる静かな一時は心地良いものである。

宵浅し露台へのぼる靴の音　日野草城

映画では恋を囁く露台かな　守屋明俊

バルコニー一番星は風が呼ぶ　田口一男

餌箱を置けば鳥寄る露台かな　猪俣千代子

## 滝殿《たきどの》　泉殿　釣殿　水殿　水亭《みずてい》

滝を見るために作られた建物で、そもそもは藤原時代の寝殿造りの建築様式に基づく。古来から滝は神聖なものとして崇《あが》められ、信仰の対象にもなっている。滝壺をたたく水の勢いと、その音の清涼感は心地良く、まさに納涼のひとときである。

滝殿に人あるさまや灯一つ　内藤鳴雪

泉殿鏡面消えし古鏡吊る　橋本鶏二

## 噴水《ふんすい》　噴上《ふきあ》げ

公園や庭園などの池の中に設けられ、水を噴き上げる装置のことをいう。その大きさもさまざまで、「大噴水羽うつ白鳥さながらに　阿波野青畝」の句のように、仕掛けもスケールも大きいものもある。また、夜間に照明を駆使して水の噴き上げを楽しませるものも増えた。年中噴水はあるが、やはり夏の暑さの中、噴水の涼味は格別である。

噴水の水をちぎつて止りけり　山田弘子

噴水の仁王門より高くあり　小田嶋順子

大噴水小噴水に水分かつ　竹中碧水史

噴水のあがり花壇の回転す　鈴木石水

噴水に来て激しさを眩しめり　玉城一香

噴水の強弱観覧車をまわす　中塚忠則

噴水に声あはせするコーラス部　角　和
噴水に遠く家鴨の一家族　長戸ふじ子
噴水の止まれば水の古びけり　西田豊子
どの景色にも噴水の音ひびく　松岡也寸志
噴水の虚空をついてこぼれけり　細木芒角星
噴水の水裏見せて落ちにけり　石口　榮

## 夏蒲団《なつぶとん》　夏衾《なつぶすま》　麻蒲団　夏掛《なつがけ》

夏の訪れとともに掛蒲団も薄く軽いものに変わる。麻や絽などの布地を用い、色や柄も涼しげなものを選ぶ。軽い夏蒲団をふわりと掛けて心地良く眠りにつくが、夏の夜の暑さはやはり寝苦しく、「暁の足にさぐるや麻布団　青木月斗」の句のように、朝目覚めると夜中に蹴飛ばした布団が足元にあることがよくある。

さみどりの夏掛やすし胸の息　きくちつねこ
よく動く子等に掛けやる夏蒲団　小島阿具里
夏布団横に男のゐる不思議　上原富子
足二本逝くときに似て夏布団　山田ひろむ

## 夏座蒲団《なつざぶとん》　麻座蒲団　藺《い》座蒲団　革座蒲団

座蒲団も夏になると、麻や縮布などの布地に変る。また通常のものに白い布カバーをつけて代用することもある。布ではなく藺草を使った藺座蒲団は特に夏には向き、冷ややかな感触がよい。たいていは小ぶりで、「藺座蒲団男の膝を余しけり　石田あき子」のような句も生まれるのである。

前山の暮るる見てをり藺座蒲団　森　澄雄
みちのくの雨こそよけれ藺座布団　藺草慶子

## 花茣蓙《はなござ》　絵茣蓙

見るからに涼しそうな山水や草花などの模様を編み込んだ茣蓙のことをいう。色も藍や緑や青で、美しい。縁側や板の間、また昼寝の時の畳の上に敷いては、心地良い感触をたのしむ。「花茣蓙を一枚しきしくらしかな　高野素十」の句のように、ただ一枚あるだけで夏の日本の家屋の趣が深まる。春の季語の「花筵」と混同してはいけない。

花茣蓙を鉄砲担ぎする日かな　高野万里

花茣蓙に敬称略の人を待つ　加藤春子

## 簟《たかむしろ》　竹筵　籐莚《とうむしろ》　蒲筵《がまむしろ》

細く裂いた竹を編んで筵にした敷物である。夏の暑い中、涼味を呼ぶものとして用いられる。籐を編んだものを「籐筵」、蒲を編んだものを「蒲筵」という。「細脛に夕風さはる簟　蕪村」の句のように、竹ならではの通気性は涼しい風までも連れてくる。近年は、実用よりも、インテリアとしての趣が深くなった。

拭きこみて母生涯の簟　塩谷はつ枝

簟名残の夜を山に向き　児玉輝代

## 籠《かご》枕《まくら》　籐枕　陶枕《とうちん》

籐や竹を筒状に編んだ枕のことである。がらんどうになっているため、風通しが良く、暑い中でも涼感を覚えながら眠ることができる。主に昼寝に用いることが多く、夏座敷の隅に転がしておく様も涼しげである。「一身のま直ぐにめざめ籠枕　皆吉爽雨」の句のように籠枕を使った目覚めは精神的にも清しいものである。陶を使った「陶枕」もある。

忘恩や片耳塞ぐ籠枕　藤田柊車
籠枕浅き夢見ず酔ひもせず　南　英四郎
齢あらはに見せて無心や籠枕　小黒露村
ふる里や母の匂ひの籠枕　亀井すみ子
籠枕並べて夢のすれ違ふ　土生依子
籠枕父を恐れしこと不思議　大沢呑舟
籠枕なんにも仕掛なかりけり　小野克雄
陶枕の唐子散らしや宵の雨　小野恵美子

## 竹夫人《ちくふじん》　竹婦人《ちくふじん》　抱籠《だきかご》　添寝籠

竹や籐を筒形に編んだ細長い籠で、それを寝ながら抱きかかえたり、手足をもたせかけたりしながら、涼しさを求めて寝るのである。もともとは中国から伝来したもので、江戸時代に流行したという。「竹婦人」とは粋な名前であり、「有明の月照しけり竹婦人　尾崎紅葉」の句のように、どことなく艶めいた風情が感じられる。

抱籠や一年ぶりの中直り　来　山
抱き寄せてくびれなかりし竹婦人　角谷昌子
あさきゆめみし夫より奪ふ竹夫人　千田百里
竹婦人月の裏側よりもどる　川村研治

## 網戸《あみど》　網障子

夏は蚊や蠅、蛾などの虫が多いが、それらの家への侵入を防ぎながら、風通しをよくするための建具である網戸が用いられる。その網は、細い金網、麻糸などを使い、色もやや青みがかったものが好まれる。「山せまり来る真青なる網戸ごし　星野立子」の句のように、網戸越しに見る景色は清涼感に満ちている。

音読の背なに重ねし青網戸　平林恵子
網戸より見えてあふるる玩具箱　布川武男

## 日《ひ》除《よけ》　日《ひ》覆《おおい》

夏の強い日ざしを遮ぎるために、家屋の窓や商店の店先に簀をかけたり、布を張ったりする。最近ではビニール製のものがあったり、そのデザインも洒落たものが多く、そのまま店の宣伝や広告になるものもある。「三日月にた、む日除のほてりかな　渡辺水巴」の句にあるように、一日分の日を集めたかのような日除に、その日を慈しむ気持ちが表れている。

釣宿の日除としたるキウイ棚　岩下謐子
日覆や吊りたる傘のよく売れて　下坂速穂

## 青《あお》《あを》簾《すだれ》《すだれ》　竹簾　葭《よし》簾　伊予簾　絵簾　板簾　古簾

青竹を細く裂いて編んだ簾のことで、その色の青さから「青簾」という。軒や縁側に掛けて日を除けたり、開け放った日本の家屋の部屋の目隠しのために用いられる。その歴史は古く『万葉集』の古歌にも詠まれている。簾越しに外を見るのも心地良いが、簾に映る宵の灯を外より眺めやるのも趣がある。↓秋簾（秋）

深海魚めきて妻をり青すだれ　工藤義夫
青簾肘枕して吾と居り　増田和子
灯ともせば簾の吊つてありにけり　新井ひろし
厨ごと少し手を抜く青すだれ　村井かず子
筆硯の正しく置かれ青簾　本岡歌子
末席の風よく通る青簾　石垣幸子
三弦の音のたらひし青簾　橋本ふみ子
かいま見し鴨居の遺影古簾　服部たか子

## 夏暖簾《なつのれん》　麻暖簾

暑い中、商家の入口にかかった暖簾の佇まいは涼しげで、見る者の心を安らげる。たいていは木綿か麻、絹なども素材として用いられる。それらは薄く、透き通るような感触で、日の光が暖簾から洩れる様も情趣がある。単に「暖簾」だけでは季語にならないので、夏ならではの涼しさを尊む気持ちが、そこに含まれている。

夏暖簾出て五六歩の機嫌なり　小泉旅風

菓子選む女の小腰夏暖簾　長澤寛一

うち寄せる波染め抜きて夏暖簾　唐橋秀子

愛想よき泥棒猫来夏暖簾　大野岳翠

## 葭《よし》簀《ず》　葭簀掛　葭簀小屋　葭簀茶屋

葭を編んで作った簀《す》で、日除けのために店先に張られる。茶店に葭簀がかけられることが多く、その茶屋を「葭簀茶屋」という。「影となりて茶屋の葭簀の中にをる　山口誓子」の句のように、茶屋での一休みは静かなものである。夕方になると、その葭簀も巻き上げられ、一日の終りが告げられる。

一夏を立てし葭簀の裏表　奥谷郁代

葭簀張りなにやら疎遠めく思ひ　新津静香

## 葭《よし》戸《ど》　葭障子　簀戸《すど》　葭屏風

葭を編んで作った簀《す》（葭簀）をはめこんだ戸で、障子やふすまと取り替えて夏の暑さをしのぎやすくするのである。屏風にはめこんだものを「葭屏風」という。風通しよくなることで、心も安らぐ。「一人ゐて葭戸の中の夕心　高野素十」の句のように、葭戸に灯が入るころの抒情は深いものである。

簀戸の間に不況の家居藍を着て　長岡直子
簀戸入れて戸締まりもせぬ暮らしあり　上田一粒

## 籐椅子《とういす》　籐寝椅子

籐や竹を編んで作った椅子のことである。その感触の冷ややかさと、見た目の涼しさから夏に好まれる。縁側やバルコニーなどに置いて、一時の休息に利用される。腰を下ろした時の籐椅子のきしむ音が心地よい。籐椅子より大型で仰向けに休むことができるものを籐寝椅子といい、昼寝に最適である。

籐椅子に海荒るる日の衿きよし　中嶋秀子
籐椅子や暮れて晩年まる見えに　西川五郎
籐椅子の籐ほつれゐる遺品かな　滝川ふみ子
籐寝椅子悪夢に髪を挟まれる　蔦　悦子
歳月の鈍き飴色籐寝椅子　狩野朝子
テレビ消さう消さうと思ふ籐寝椅子　八坂　洵

## ハンモック　吊床《つりどこ》　寝網

木綿や麻で編んだ網の両端を絞り、それぞれを緑蔭の木の幹に結んで吊ったり、風通しのよい部屋の柱に張りわたしたりして、その上で横たわって揺れを楽しむのである。昼寝をしたり、読書をしたりして涼をとる。そのルーツをたどれば、艦船乗組員用の寝具で、船室に網を張りわたしたのだという。

ハンモック胸に伏せたる福音書　荒井千佐代
ハンモック葉ずれの音の子守唄　石口　榮

国境を越えきて眠るハンモック　石崎多寿子
ハンモック鳥に寝顔をのぞかるる　角谷昌子

## 蠅《はえ》《はへ》除《よけ》《よけ》

蠅覆　蠅帳　蠅入らず

木の枠に金網を張ったり、小さな蚊帳のように紗の布を張ったものを使って、食卓において蠅が食物にたかるのを防ぐ道具である。現代では珍しいものになった。↓蠅

蠅よけもかぶせて猫は猫板に　高浜虚子
蠅帳をなつかしがりて蠅とまる　宮坂静生
蠅除や焼いたる鮭に置手紙　守屋明俊
蠅除や恋はK点越えて来る　鷲田　環

## 蠅《はえ》《はへ》取《とり》《とり》

蠅叩　蠅打　蠅捕器《はえとりき》　蠅取リボン　蠅捕紙　蠅捕瓶

夏は蠅が多く発生するため、その蠅を捕えることを「蠅取」といい、そのために用いる道具に「蠅叩」などがある。「蠅取リボンきらめく運河べりの家　沢木欣一」という句があるが、旅先などで今尚その光景を目にすることもある。↓蠅

蠅取紙飴色古き智恵に似て　河野静雲
蠅取紙この懐かしき邪魔なもの　江原博子
いにしへをねぢり蠅とりりぼんさぐ　岩本尚子
ノイシュバンシュタイン城に蠅叩　須川洋子
飴色の蠅とりリボン湖畔亭　海老原真琴
母がゐて父もをりしよ蠅叩　木倉フミヱ
積み上げし書物の上の蠅叩　竹本白飛
またへそを曲げしパソコン蠅叩　平野無石
修羅を経し母のうしろの蠅叩き　中島八州央
ウイグルの美女はけだるし蠅叩き　山田真砂年
病む人にかしづく日日や蠅叩　吉田ひで女
晴耕雨読ときどきの蠅叩　松本　久

## 蚊帳《かや》

幮《かや》　枕蚊帳　母衣蚊帳《ほろがや》

夏の夜の安眠のために蚊を防ぐ道具として「蚊帳」が用いられた。主に麻が使われ、部屋に敷かれた寝具を覆うように吊られる。最も多いものは緑色で赤い縁どりのある「青蚊帳」とよばれるものである。今やなつかしいものとなっているが、「蚊帳を通して見る人の姿に風情がある。↓蚊・秋の蚊帳（秋）

蚊帳抜けて長子しばらく闇に立つ　平畑静塔

蚊帳といふ網にかかりし男かな　穂積茅愁

ふるさとに寝てうなばらのごとき蚊帳　武藤ともお

あはれ吾子母病む蚊帳の外に泣き　五十嵐八重子

蚊帳吊りし昭和の釘の残りけり　成井侃

## 蚊遣火《かやりび》

蚊遣　蚊火　蚊取線香

その昔、蚊を追いはらうために干した蓬や松葉などを焚いた。のちに、渦巻状の「蚊取線香」が市販され、広く普及した。縁側などに置かれて風に漂うその煙には風情がある。煙の出ない電子蚊取器もある。かつては日本の夏の象徴でもあった。↓蚊

蚊遣一すぢこの平安のいつまでぞ　加藤楸邨

蚊遣火の底を黒猫よぎりけり　小島幸男

睦言を聞いてをるなり蚊遣豚　小林貴子

蚊遣して死にゆく猫と夜を徹す　田中芳夫

蚊遣火の不粋の渦や坊泊《ぼうどまり》　曽根原幾子

分宿の荷物落ち着く蚊遣香　関根章子

## 香水《こうすい》

掛香《かけこう》　匂袋　誰袖《たがそで》

夏は汗をかくため、女性の身仕度のひとつとして香水の香りをしのばせる。本人も清々しい気分に

浸ることができるばかりでなく、他人にも涼感を与える。一年中香水は使うが、薄着になる夏に最も適している。さまざまな芳香があるが、その日の心持によって使いわけるのもたのしいものである。また様々な形を型どった香水瓶も美しいものである。

香水の一滴づつにかくも減る　山口波津女
香水売果実のやうな声を出す　田代朝子
遺されし香水の濃き琥珀いろ　山本智恵子
掛香やきのふは奈良の大雨に　柳澤和子
空瓶の香水パリが遠くなる　中村　蘭
香水や華やげる日の衣解く　弓木和子
香水やいくつまで妻働かせ　久留米脩二
香水を夫に一と吹き吾に二た吹き　大内迪子
香水の四五人の私語恐るべし　黒崎かずこ
香水をつけたる悔のありにけり　阿由葉正代
香水やそれとなくきく子の外出　岡田和子
香水と岩波文庫足す鞄　岡部名保子
香水の風紐育五番街　平田笙子
香水の一滴憂ひごころなる　光成えみ

## 暑気払《しょきばらい》《しょきばらひ》　暑気下し

暑さをしのぐために薬を飲んだり、酒を呑んだりする。昔は毒消売や定斎《じょうさい》売が来て薬をもってきたそうであるが、今ではその姿も珍しくなった。身近なところでは自分の家で漬けた梅酒、果実酒などの飲料を飲むことで暑気払いとすることもある。また親しい人々の間で酒宴を催すことも多い。

飲む前にのむ胃腸薬暑気下し　内藤桂子
暑気払ひとて辛口を買ひに出る　植木紫郎

**天瓜粉**《てんかふん》《てんくわふん》　天花粉　汗しらず　シッカロール

汗疹《あせも》を防ぐためや、また汗疹ができた時に、その患部にふりまき、その手当てとしたのが天瓜粉である。もともとは黄烏瓜の根から採った白色の澱粉を使ったというのでその名がつけられた。現在では亜鉛華と澱粉を混ぜたものを精製して作られているという。「天瓜粉しんじつ吾子は無一物　鷹羽狩行」の句からもわかるように、天瓜粉にまみれた幼子の姿は夏の象徴でもあるようだ。しかし、医学的には気管に悪い影響があるといわれ、あまり推奨しないらしい。

湯上がりの鼻すじ通す天瓜粉　佐藤照美
仁王立ちせる夫に振る天瓜粉　井村順子
息つめて叱られてゐる天瓜粉　徳田千鶴子
天瓜粉の子に雨の色きかれたる　神崎徒怒
天瓜粉いくたび母を裏返す　増本加津子
天瓜粉役者のやうな一人っ子　古柴和子

**冷房**《れいぼう》《れいばう》　ルームクーラー

夏の暑さをしのぐために欠かせないのが冷房である。家庭での冷房普及率は百パーセントに近いにちがいない。炎天を歩いて来て、冷房裡《り》に入ると、その快適さは本当に嬉しいものである。ただし冷やしすぎは、かえって体調を崩すもとになるので注意したい。「冷房の鏡中にわが坐りたり　石田波郷」の句のように、冷房には不思議な空間がある。

病室の冷房しばし無明音　松田秀一
みどりごに腕つかまるる冷房車　佐々木元嗣
冷房の広間に海の展けたる　杉山マサヨ
冷房を山風に変へ旅のバス　佐山けさ子

## 花氷《はなごおり》《はなごほり》　氷柱《ひょうちゅう》

色鮮やかな生花もしくは造花を、氷の中に閉じこめて柱状にしたもので、涼感を伝えるため、また装飾を兼ねて、デパートやホテルなどの入口に置かれて人々を楽しませる。氷の柱に手を触れたり、ハンカチをとり出しては氷にあてて冷やしたりして、束の間の涼をとるのである。「少年の恋花氷痩せてあり　岸田稚魚」の句のように、いつしか氷柱も痩せてくるのである。

花の精閉ぢ込めてゐる花氷　塩川雄三
花氷生きてゐしかば眼濡れ　岩井三千代
往来の人を魚とす花氷　小澤克己
鋸の角鮮しき花氷　荏原京子

## 扇《おうぎ》《あふぎ》　扇子《せんす》　白扇《はくせん》　絵扇《えおうぎ》　古扇《ふるおうぎ》

扇といえば、礼用や舞踏の道具にも用いられるが、季語の扇となると、あおいで風を起し涼をとるために使う扇のことをいう。日本では平安前期がはじまりといわれている。檜扇《ひおうぎ》・蝙蝠扇の二種があり、蝙蝠扇は、幾本かの竹、木、鉄などを骨とし、そのもとを要《かなめ》で綴り合せて紙を張り、折畳みのできるようにしたものである。扇の風で涼をとる姿は、いつの世でも情緒を感じさせる。↓秋の扇（秋）

御僧《おんそう》のはたりはたりと赤扇子　山田みづえ
白扇に一句ためらひゆるされず　滝　峻石
のり出して見てゐる扇子止りけり　本城佐和
初扇白何遍も白きかな　後藤立夫
扇閉づ橘夫人厨子の前　山岸治子
お守りのやうに扇子を持ち歩く　水鳥ますみ
鎌倉の香のしみ入る初扇　小林喜一郎
洛中の水近くをり白扇　福島　勲

## 団扇《うちわ》《うちは》　白団扇　絵団扇　渋団扇　古団扇　団扇掛

扇も団扇も風を呼ぶ道具であるが、扇は余所行《よそゆ》き用であらたまった感じがあり、団扇は家の中で日常のくつろぎのために用いられる。また、祭の時使われて、浴衣姿によく似合う。団扇は、単に風をおこすだけではなく、蠅や蚊を払うことにも使われる。団扇にはいくつか種類があり、渋団扇は、柿渋を表面にひき、赤黒くて丈夫な団扇で、火をおこしたりするときに使われる。古団扇は、単に古いというばかりでなく、前年の夏に用いられた団扇のことをいう。

殺されるために出を待つ団扇かな　富安風生
戦争と畳の上の団扇かな　三橋敏雄
正直に生きてうちはの反りてをり　横山千夏
ゆうべには髭伸びて居る団扇かな　小出秋光
言訳に詰まりし帽子団扇かな　本多栄次郎
生ひ立ちにすこし嘘ある団扇かな　樅山　尋
まず団扇買ひて巻藁船の前　田口茉於
聞き役に回り団扇の風送る　森野経子
碁仇の一手待ちゐる団扇かな　梅本しげ子
はとバスに乗りて貰ひし団扇かな　栗原稜歩
団扇風妻の怒りの伝はり来　春名耕作
烏団扇神楽しぐさに先づつかひ　岸本まさを
老人に飽きしと父が団扇置く　柴田佐知子
絵団扇や川風通ふ通し土間　風間和雄
黙考の時折り動く渋団扇　山川雅舟
持て余す子供神輿の大団扇　佐藤信子

## 扇風機《せんぷうき》

小型電動機の軸に、三枚もしくは四枚の羽根（翼）をつけ、その回転によって涼風をおこす器具である。時代と共にその型と性能に変遷がある。冷房の涼しさにはかなわないが、風を身に直にうけるため、心地良さは捨てがたいものがある。「扇風機大き翼をやすめたり　山口誓子」の句のように、使っていない時の姿もまた一興で、存在感のあるものである。

扇風機死者はゆっくり休みをり　円城寺　龍
うなだれて靴修理屋の扇風機　今村妙子

## 風鈴《ふうりん》　風鈴売

小さい鐘のような形をして、中に舌の下がっている金属、ガラス、陶器、貝殻などで作った鈴のことをいう。軒などに吊しておくと、風に吹かれて涼しげな音を発する。中でも江戸風鈴は、下町の庶民に広まり、路地にその音をきくと、下町情緒も深まる。風鈴売は、売り声を出さないで、チリンチリンと鳴る音だけで、通りをめぐる。夏の風物詩のひとつであった。

風鈴や静かに灼くる能舞台　加古宗也
風鈴の割れる音までうつくしき　谷口摩耶
江の島の風連れて来し貝風鈴　榎本幸一郎
風鈴の二ツ一ツの音となる　峰山　清
風連れて風鈴売りが角曲る　比田井　耕
風鈴のそれきり鳴らず句の成らず　郡山とし子
風鈴屋よろめき一度に鳴り出しぬ　須磨佳雪
風鈴屋絡みし音を解いて売る　井出和幸
風鈴のほどよく鳴る日墨を磨る　八木　實
風鈴をつとはずしけり通夜の客　赤松一鶯

## 釣《つり》忍《しのぶ》　吊忍

しのぶ草（しのぶ科のシダ植物）を集めて束ね、根をからみ合わせて輪のようにして船や井桁などの形に仕上げたもの。水を注ぐと葉は青々とし、根はくろぐろとして眼を楽しませる。それを軒端に吊り、さらに風鈴をその下に下げてその音にも涼を感じ、たのしんだ。

水をやる手許だけ見え吊忍　千田百里
寡婦《かふ》の寡を字引見て書く釣りしのぶ　関　芳子
吊忍女はファジー眠き午後　金崎久子
釣忍むかし産着の麻模様　辻　直美
ぐい呑の底が明るし吊忍　梅村すみを
潮風や椎の木に吊るつりしのぶ　守屋明俊

## 走馬灯《そうまとう》　回り灯籠

外枠には布か薄い紙を張り、内枠にはいろいろな形を切り抜いた紙を貼り、中心に蝋燭を立てて点火すると内枠がゆっくりと回り、外側の布や薄紙に動く影絵となって映る。馬の絵が人気があったのか、中国語でも走馬灯。軒に吊ったり、縁側において夏の夜をたのしんだ。↓灯籠（秋）

つつましきひとの世なりし走馬灯　瀧　春一
戦ひの絵なれば暗し走馬灯　小川一灯
走馬灯輪廻に音のなかりけり　鈴木貞雄
走馬灯まはりて何も思はざる　長崎玲子
灯を消してうつつの影や走馬灯　和田游眠
走馬灯ひとりの刻が廻り出す　清水節子

## お化《ば》け屋敷《やしき》　幽霊《ゆうれい》　肝試《きもだめし》　怪談　百物語

かつては見世物として怖いもの見たさの人を集め、客は幽霊に肝を冷やし、それをたのしんだ。現在では遊園地に似たような一角があり若者やこどもたちは悲鳴を上げたりしながらも喜んでいる。芝居、寄席、映画なども幽霊や怪談は夏のもの。肝試は夜間人気《ひとけ》のない寺や墓地が選ばれた。百物語は少人数が集まって、次々に怪談をしていく会で、話が一つ終ると蝋燭の火を一つずつ消していった。

百物語舞台に椅子のひとつだけ　小田允夜
天上天下お化け屋敷の出入口　宮崎二健

観覧席《スタンド》に化粧仮面のお化けいる　安西　篤

お化け屋敷呼び込み婆の簡単服《アッパッパ》　加藤晴美

## 日傘《ひがさ》　ひからかさ　絵日傘　パラソル

夏のつよい日をさける目的で女性が差す。多くの女性の間に日傘が普及したのは明治の終りであり、和傘のことを言い、パラソルと区別していたが現在では混合して日傘と言う。絵日傘は美しい絵模様のある和傘、ひからかさは例えば大寺で長老の歩くとき侍僧が差しかけている長柄の大きな日傘をいう。↓春日傘（春）

鈴のおとかすかにひびく日傘かな　飯田蛇笏
絵日傘を閉ぢて炎をたたみけり　橋本榮治
太陽の汚れを少し白日傘　檜　紀代
この町に生くべく日傘購《か》ひにけり　西村和子
さようならと言うて日傘を開きたる　山川幸子
妻のものならぬ日傘の中に入る　大隅三虎
閑居とは隅にたためる白日傘　神尾久美子
日傘さし白き壁画の中通る　中山玲子
先阻む日傘やうやくそれにけり　白岩三郎
王宮の遺跡をあるく日傘かな　中矢伸子
日傘廻して万葉の海を見に　小杉優子
参道をひとりしづかに白日傘　平本微笑子
白日傘海の向うへ忘れけり　相沢量子
マドンナのパラソルさしてクラス会　坂田栄三
パラソルを細巻きにしてちひろ館　高岡いつ
日傘洗うめぐりくる夏疑わず　柏岡恵子
日傘さして亡き母が往く交差点　長谷川治子
ゆっくりと絵日傘たたむ妊婦かな　桑山撫子
夢殿をゆるりとめぐり白日傘　小島良子
パラソルの下で遺跡を掘っており　内藤佳子
ベルリンの壁跡またぐ日傘かな　小川辰二
犬吠の浜離れ行く日傘かな　菅谷泰夫

## 風炉茶《ふろちゃ》　風炉点前《ふろてまえ》

茶道の各流派では五月から十月までは、茶席で湯を沸かすさい、炉に代えて風炉を用いる。風炉は土か金属製で、丸形で一方に風が入るように開いており、それに灰を入れ、炭火に湯釜をのせて湯を沸かす。風炉を用いた茶道の所作、作法を風炉点前という。↓風炉の名残（秋）・炉（冬）・炉開き（冬）

二三人老の清らや風炉茶釜　松根東洋城

正客に夫を頼みて風炉茶かな　石口りんご

## 蒼朮《そうじゅつ》《さうじゆつ》を焚《た》《た》く　おけらたく　うけら焼く

蒼朮はキク科の多年草のオケラのことで、根茎は漢方の生薬として健胃薬などになるがこれを火にくべると特有のつよい香りが立ちこめて、梅雨時のうっとうしさを払い、気分を整える働きをする。今日ではエアコンの普及などにより、蒼朮を焚くことはほとんどない。

蒼朮はけむりと灰になりにけり　阿波野青畝

おけら火や箴言胸にとぼしくる　小田中柑子

## 虫《むし》　干《ぼし》　虫払　風入《かぜい》れ　土用干　曝書《ばくしょ》

夏の土用の晴れた日に、大切にしている衣類、書画、書籍などを陰干しして風に当て、乾燥させて虫害やかびを防ぐ。寺などによっては行事である風入れのとき特別に寺宝等を公開して希望者に参観させる。一般の家では防虫剤や湿気取りが普及し、虫干を余りしなくなった。曝書は愛書家などが書物の虫干をすること。

虫干しの一竿すずし土用干　正岡子規
さりげなく禁書の混じる曝書かな　谷口亜岐夫
虫干や伏字の多き世に育ち　富田のぶ子
虫干のひとつに鬱金木綿かな　鬼塚昭子
青春はあまりに暗く書を曝す　新谷ひろし
曝書して職長き身も曝しけり　禰寝雅子
家じゅうが思ひ出の函土用干　西村濡
真贋はともかく一茶土用干　高橋秋郊
土用干千人針の捨て切れず　橋本蝸角
土用干父の形身の支那鞄　朝山義高
勲章を跨ぐためらひ土用干　吉田静二
身のほとりそろそろ軽く土用干　長谷川富佐子
母縫ひし凄くづれざる土用干　白澤よし子
曝されし村史は飢饉のことばかり　佐々木北闘
半七も原書も亡父のもの曝す　神谷冬生
書き込みし青春の檄書を曝す　川端実
芭蕉堂あけあり像のお風入　波多野惇子
蕪村筆あやしみつつも曝しけり　北村好作
黄ばみたる引揚名簿曝しけり　石塚婦み女
朱線みなわれを育てし書を曝す　神野青鬼灯
一通の遺書となりたる文曝す　合原泉
父のもの少し並べて曝書かな　山本柳翠
空海の飛錫に裂けし袈裟曝す　駒木逸歩
打敷に小袖の名残お風入　山敷恵三
その中の学徒の手記を曝しけり　兼間靖子
絶対に着ぬ軍服の土用干し　田野井一夫

## 晒井《さらしい》《さらしゐ》　井戸替《いどがえ》　井戸浚《いどさらえ》

上水道が普及して井戸を見ることが殊に都市では稀となったが、今も井戸を利用する所では夏になると井戸の水を汲み上げ、井戸の底を俊い掃除する。夏は伝染病が流行しやすいのでこの時期が選ばれたが、深い井戸の底は気温が低い上に、水に濡れる作業であることから夏に行なうのである。

晒井の底より見たる揚羽蝶　加藤かけい
晒井のたらりと落す縄梯子　北村仁子

## 打水《うちみず》《うちみづ》
水を打つ　水撒き

夏のさかりには地面の火照りをやわらげ、埃を静めるため、庭や家の前の路に水を撒いて涼を求める。昼の打水もあるが夕方に水を打つことが多い。打水という語からは柄杓《ひしゃく》で水をまく姿を想像させるが、今はホースを使う水撒きが多くなった。打水をすると草木の緑が生き生きとして甦るようであり、商店の店先なども打水によって涼しさを感じる。↓撒水車

立山のかぶさる町や水を打つ　前田普羅
水打つて今日の商ひ始まりぬ　神坂光生
打水の両の手やがて消え失せる　林田紀音夫
水打って葛の老舗も吉野建　中村陽子
あの世から汲んで来たりし水を打つ　中里麦外
水打ちて心に張りを取りもどす　平野芳子
水打てば繁吹一瞬火となりぬ　渡邊那津
水打つて思ひ切ること切れぬこと　田中美沙
水打ちて地神のほむら鎮めけり　米田ツル子
水撒かる日暮桟橋通船混み　大田和子
水打つてあちらにもある佃煮屋　笹尾照子
これからの一人に耐ふる水を打つ　田代民子
迎ふべき人あるごとく水を打つ　塩谷はつ枝
打水や肩から上は母に似る　望月一美
水打って山ふところに居るごとし　高井与志
打水を終へて改札はじめをり　千田とも子

## 撒水車《さんすいしゃ》

都会では道路のほてりを多少ともやわらげるとともに埃っぽさを抑えるため、水槽を備えた撒水車がときどき勢いよく散水しながら路上をゆっくりと走る。焼石に水と言えなくもないが、しばらく

の間清涼の気を感じさせる。↓打水

撒水車ゆきて還らざる数多　山田みづえ

撒水車地上げ私道の端濡らす　安西　篤

## 行水《ぎょうずい》《ぎやうずい》

盥に湯を入れ、そこに入ってさっと体の汗を流すことで、入浴にくらべて手軽であり、こどもを入れやすい。しかし今日ではシャワーを浴びることが一般化し、行水をあまりしなくなった。潔斎のため清水で体を洗い清める、という意味の「行水」もあるが、それとは違う。

行水の童を慕ひまぐれ犬　瀧　春一

行水や奥能登にして京言葉　松井恭子

## 夜濯《よすすぎ》

暑い日に一日着て汗になった下着などを夜のうちに洗濯して干すことで、濯ぐものは、汚れものというよりは汗になったものだから、短かい時間で済ませてすぐ竿に干すのであり、朝にはもう乾いている。洗濯を暑い明日に持ち越すよりも涼しい夜のうちに済ましてしまうという理由もある。共働きの増加、洗濯機の普及により夜濯は多くなっている。

夜濯ぎの裸形吾が家の娘たち　瀧　春一

南国の旅に夜濯欠かすなく　河野石嶺

それぞれの夜濯ぎおへて旅にあり　小川濤美子

夜濯ぎや水無きくらしありしこと　田中あかね

夜濯ぎのシャツに近寄る牧の馬　岩淵喜代子

夜濯ぎの水を捨てたる音らしや　小林景峰

## 麦《むぎ》刈《かり》　麦車

晩秋に種を播いた麦は冬に芽を出し、寒風の中で麦踏みをしたりするが、成長、結実して初夏に収穫する。麦刈の頃は気温が高くなるが芒《のぎ》が膚を刺すので薄着できず、屈み込んだ姿勢、動作のハードな労働である。麦刈の作業はコンバインによる作業に変り、近年は労働が軽減されたが、今もなお人力での麦刈をしている畑もある。麦車は刈り取った麦を束ねて積み上げ、家まで運ぶ車である。麦は大麦・小麦・裸麦・ライ麦・燕麦《えんばく》など、食料、飼料として重要であり、これ程世界的に栽培される穀物はない。↓麦踏（春）・麦蒔（冬）

麦刈りし妻睡るとき麦の香す　笹本達夫
麦刈られ風は遠くを通りけり　土生耕石

## 麦《むぎ》扱《こき》　麦扱機

とり入れた麦をよく干した上で麦扱機に当てて麦の穂を扱き実をとる。麦扱機は大きな櫛の歯に似たもので、それに麦の穂の方を当ててこそぎ落とす。その作業は人の手によって行なうのだが、機械の導入が進み、手作業の麦扱の姿もほとんど見られなくなった。

麦扱の三日ばかしで済めばよし　石口りんご
麦扱といふ生産の挨かな　猪俣千代子

## 麦《むぎ》打《うち》　麦叩　麦つき　麦埃　麦焼き

麦扱きをした麦の穂を唐棹で叩いて実を落とす作業で、拡げた莚の上で行なった。唐棹は竿の先にさらに短かい竿が回転するように付いており、それが回って麦を打つのである。その作業により麦埃が立ち、その仕事を終えて残った殻や麦稈を燃やすのが麦焼である。

鶏小屋も麦打つ埃舞ふあたり　松林尚志　夫に吾に二親ありぬ今年麦　柳澤和子

帝陵へ麦焼きの火の迫り来る　藤田　宏　麦焼の煙の切れて母がゐる　森田清司

## 麦稈《むぎわら》　麦藁

脱穀が終ったあとの麦の茎でムギカラともいう。麦稈で真田紐のように編んだものは麦稈真田または麦藁真田と言い、夏帽子を作ったりするが、麦により特性があり一般化していない。また種々の色に染めた麦稈を編んで玩具などを作る麦稈細工がある。

麦藁の大束抱けば雨にぎやか　榎本冬一郎　麦稈火遠くにあがり吉野ケ里　成宮紀代子

## 牛馬《ぎゅうば・ぎうば》冷《ひや》す　牛冷す　馬冷す　牛洗う　馬洗う

かつて農耕に牛馬を使用していたときは、夏は牛馬も暑くて疲労する上、作業により体が汚れるので、一日の終りには近くの川や湖沼などで、牛馬を洗ったり水に浸からせたりして元気を取り戻させた。牛馬が水に浸かっている姿はとてもゆったりと見える。

木も家もなき風景に冷し牛　宇咲冬男　山上の湖に馬冷やしたる　小林洸人

ゆく船の水脈《みお》の及べる牛冷やす　藤田　宏　受胎して眸やさしき牛冷やす　西村　琢

急流の牛につかまり牛洗ふ　黒坂紫陽子　牛冷すベトナムは川ゆるやかに　大向　稔

**溝浚《みぞさら》え《みぞさらへ》**　堰浚え　どぶさらい

夏になると溝から蚊が発生して伝染病の温床になり、また悪臭を放ったりするので、衛生上の見地から近所の人々の共同作業で溝を浚って清潔にする。農村では田植の前に水の流れをよくするために溝を渡ったり堰を修理したりする。作業が終ったあと溝には一転してきれいな水が勢いよく流れる。

溝浚ふ人間どちに鳥騒ぎ　中西舗土
板塀の塗料の匂ひみぞさらへ　平山　馨
溝浚ふ腟頼りなき男かな　山田弘子
手を休め遍路を通す溝浚　白澤よし子

**代掻《しろかく》く**　代掻《しろかき》　田掻く　田掻馬《たかきうま》　田掻牛　代馬《しろうま》　代牛　田水《たみず》張る　代田《しろた》

「代」は田のことで、田植をする前に田を掻いて手入れをするのである。田打や耕しの終った田に水を張り（田水張る）、肥料を土に交ぜ、田の底を掻いて均《なら》す作業で、もとは牛馬に馬鍬《まぐわ》を曳かせて田植の前の準備を整えたのである。田植の前の準備が整ったのが代田である。

つきまとふ仔馬顧み田掻馬　八木澤高原
田水張られさえずりひびきよかりけり　岩間清志
代掻いて村一斉に水うごく　鈴木正治
代掻の水一滴ももらさざる　真山　尹
長屋門映す代田となりにけり　梅本安則
声あげて水の入りゆく代田かな　中村亀代
一枚の代田に寧し夕ごころ　佐藤国夫
灯の銀座歩きて明日は代掻かむ　井上青穂
滝壺の水わけあひて代田掻く　山田信夫
代掻いて近江の空のうすぐもり　かみ・としほ
水張つて棚田一枚づつ形　太田昌子
水を手で叩きもしたり田水掻く　谷口智行

さざ波の尽ることなき代田かな　平松京師
代掻きの海までつづく越の国　武田采子

## 田《た》植《うえ》《うゑ》

田植笠　田植歌　田植時

予め苗代で育てた苗をいよいよ水を張った田に植えていく。稲作農家にとっては重要な作業であり、以前は田植はもっぱら人力で行なったため多くの助っ人の手が必要であった。猫の手も借りたい田植時である。田植のときに女性の被るのが田植笠（菅笠）であり、労働歌として発生し歌われたのが田植歌である。田植機が普及してからは、人手による田植は少なくなったが、棚田など機械が入れぬ田もなお残っている。↓早苗

夕映田なほ田植機に引きずられ　宮下本平
田を植うる人々放射能雨の語　吉見春子
朝夕の水の匂ひも田植時　郷原弘治
人の手を頼る棚なす田植かな　榊原和雄
象徴天皇御田植のシャツ真白なり　佐藤　健
鎌倉へ来て田疲れの貼り薬　中島畦雨
平七も太郎右衛門も田植かな　福永直子
勤めなど知らざる父に田植寒　高村恵治
田を植うるこの三列は神のもの　馬場修子
田植着を干して伏屋の通し土間　中村ユタカ
田を植えてより山と山近くせり　うだつ麗子
田植機に横断ゆづり定期バス　壺井久子
とりあへず田水で洗ふ田植の手　塩田章子
田植終へ泥洗ひてふ長湯治　関根照子
田植水曲がりきれずに溢れけり　藤本安騎生
田を植えし足跡いまだ細濁《ささにご》り　高濱守成
村中の水のつながる田植どき　助田素水
植ゑし田に大落日の宿りける　土生耕石
夕風や水口に置く余り苗　加古宗也
括《くく》られしままに根づきて余り苗　小澤初江

**早乙女**《さおとめ》《さをとめ》　植女《うえめ》　五月女《さつきめ》

田植をする女性を言い、そうとめとも植女ともいう。「さ」は接頭語で神稲の意味があるという。絣の着物に田植笠という若い女性が想像されるが、そういう姿を眼にすることは今日では困難だろう。

早乙女の唄ひつつ入る深田かな　加藤知世子

ジーンズで来て早乙女となりしかな　能村研三

早乙女も影となる田の薄茜　川崎展宏

里山を映し早乙女待つばかり　菊池志乃

早乙女の足もて足を洗ひけり　延平いくと

早乙女のひかり集めてゐたりけり　大元祐子

**雨乞**《あまごい》《あまごひ》　祈雨《きう》　雨の祈

農作、ことに稲作農家にとって旱魃は最大の脅威であり、灌漑ができなくなると、それは地域全体の大問題であり、その解消を神霊に祈願することになり、雨乞は共同祈願として行なわれるのである。山頂で大きな火を焚く千駄焚きが広く分布し、他に歌や踊りで神意をなごませる、などがある。地域には雨乞に霊験あらたかと敬われる神社がある。

雨乞をロックバンドにさせたしよ　奥山源丘

雨乞の空の広さをもて余す　黑川花鳩

**水喧嘩**《みずげんか》《みづげんくわ》　水論《すいろん》　水争《みずあらそい》

雨が少ないため田の水が涸れそうになると集落と集落の間、家と家の間で水の取り合いが生じることがあり、用水、灌漑が万全でなかった頃は深刻な事態になり、暴力に及んだこともあった。貯水や水利が十分になった現在は水喧嘩はないようだ。水論、水争も同じ意味。

水喧嘩手振り大きくなりにけり　南　孝
水論や大利根川の痩せ細り　荒井　実

## 水番《みずばん》《みづばん》

水番小屋　水守る　水盗む　水盗人《みずぬすびと》

農作のための取水が、地域で取り決めたとおりに行なわれ、違反がないように警備したり巡回したりし、その目的で小屋に詰めたりもした。取り決めをしたとおり水が配分されているのが「水守る」であり、取り決めに反して自分たちの方へ有利に勝手に水を引くのが「水盗む」である。

水盗人それと知らずにすれ違ふ　松島艶子
いましがた会ひたる御仁水盗む　山岡成光
綺羅星の降る夜の水を盗みけり　黒川礼子
水番の小屋に置かれし聖書かな　倉富あきを

## 早苗饗《さなぶり》

サノボリとも言い、サオリ、サビラキに対応する語である。サは田の神で、サオリ、サビラキは田植始めに田の神を迎える祭で、サノボリは田植が終り、田の神が田から上がり、帰るのを送る神事と祝宴であり、村全体または家ごとに行なう。洗い清めた早苗と小豆飯、神酒などを神に供える。田植を手伝ってくれた人々を招いて田植仕舞の祝宴をするという側面がある。

早苗饗や茂吉の家の牛やさし　皆川盤水
まんだらの里さなぶりの獅子舞はす　岩崎すず
早苗饗や酢の香吐出す換気扇　奥野勝司
掌に受くる早苗饗の餅温かし　庄司栄子
手伝はぬ娘も早苗饗の輪に入りぬ　吉田きよ子
早苗饗や姉の大きな膝頭　小野口　豊

早苗饗の夜気ゆるやかに紺を張る　奥村　愛
早苗饗やみながにまたの男たち　岸本長一郎
早苗饗の庭先の牛鳴きにけり　望月皓二
早苗饗や酒豪揃ひの居残りぬ　野口光江

## 田草取《たぐさとり》

田草引く　一番草《ぐさ》　二番草　三番草

水田には雑草が生え、稲の発育を妨げるので田に入って草を取ることは大切である。水田の中で身を屈めての作業はきびしく、早苗の根がついて十日頃にする草取が一番草で、ほぼ、十日おきに二番草、三番草と言い、大体三回行なわれる。除草剤を使うようになり、以前のような田草取りを見ることは少ない。

田草取立てば両手を外にひろげ　加藤憲曠
田草とる畔までくれば畔撫でて　松本紀子

## 草《くさ》刈《かり》

朝草刈　草刈女　草刈籠

かつて多くの農家では農耕用の牛馬を飼っており、その飼料にするため朝の草刈りに出ることが多かった。草がよく伸びて栄養価の高い夏に刈り、よく乾燥して貯蔵し、冬の間の飼料にもしたのである。一般の家では牛馬を飼わなくなり、牧場など限られた所でしか飼料の草の入り用がなくなったので、飼料用を目的とする草刈は少ない。↓干草

小淵沢草刈る音の列車まで　山本　源
草刈奉仕団が帝国ホテルより　高千夏子
草刈夫ケーブルカーの僧に礼　猪股洋子
草刈りの夫婦離れて憩ひをり　江藤都月
草刈女ひらりと馬を駆つて去る　石垣素史
草刈の音のしている霧の中　折上泉情

## 草《くさ》取《とり》　草むしり　除草

雑草が伸び、はびこる夏の間の仕事で、畑や畦道や庭などいろいろな所の草を取る。家の庭の草取は朝や夕方の少し涼しいときの一仕事として為されたりする。広い寺社の境内や庭園、また学校や工場などでも庭の草取をしているのを見ることがある。もっとも除草剤の効果で草取は大分軽減されている。

草むしる虫のいろいろまろび出て　松林尚志

腰曲げしまま歩き出す草取女　松本ヤチヨ

草取りを止むるタイマー鳴りにけり　服部たか子

億劫となり老いらくの草むしり　國吉ヤス

## 豆《まめ》蒔《ま》く　大豆蒔く　小豆蒔く　豆植う

豆は、食糧として人が常食する五穀の中の一つとして数えられる。大豆、小豆、えんどうなどの種を畑に播くのは初夏の頃で、成長が早く秋のはじめにはもう収穫できる。一般的には畑の一部や隅に作っているのが多いようである。

西鶴も撒きし刀豆《なたまめ》われも蒔く　山口青邨

峪畑の防鳥ネット大豆蒔く　横見千代子

## 菊《きく》挿《さ》す　菊挿芽　挿菊

菊をふやすには一般に挿し芽と株根分がある。家庭での観賞用には鉢栽培が一般的であり、和菊は大体五月中に挿芽、六月に鉢上げ、七月に大鉢に定植して仕立てる。切り花については五、六月に挿芽し、六、七月に畑に定植する。僅かに枝・茎のついた芽を床に挿し発根させるのを挿芽という。

↓菊根分（春）

菊挿して父また老ゆる日昏かな　宮田正和

菊さし芽する砂箱を僧作る　田村木国

## 菜種刈《なたねかり》

菜種干す　菜種打つ　菜種殻《がら》　菜殻焚《ながらたき》　菜殻火《ながらび》

実の成った油菜《あぶらな》を刈ることで、刈り取った油菜を天日で干し、乾いたものを打って種を落とす。菜種は搾って油をとり、食用、工業用の他に灯火に使ったりする。菜殻は種を落したあとの菜種殻のことで、それを燃やすのが菜殻焚、菜殻火である。

茶毘《だび》に似る山国伊賀の菜殻火は　右城暮石

貝塚に菜殻の灰のかかるなり　小菅佳子

貝塚に未知の神ゐて菜殻焼く　水野北迷

菜殻火やはなれてふかむ人の愛　三嶋隆英

## 藺刈《いかり》《ゐかり》

藺草刈　藺干す　藺車

藺草は沼地に多く自生する宿根草で七、八月に花をつける。自生だけでなく、コヒゲという一品種は水田に冬から夏にかけて栽培され、高さは七〇センチから一五〇センチとなり、七月の後半に茎を刈って乾かし、織って畳表、花莚などにする。表皮をむいた心を行灯の灯心に用いたため、トウシンソウの別名がある。かつては岡山県が全国の作付面積の半ばを占めたが激減し、熊本県と福岡県が上位を占める。刈取作業は機械化している。

妻の性かけらだになし藺刈地獄　和田照海

一日の天気が勝負藺草干す　草本美沙

## 藻《も》刈《かり》　藻刈舟　刈藻

湖沼や河川の藻は夏になると繁茂して舟行を妨げるので藻刈棹や藻刈鎌を用いて除去する。その作業をするのに使う小さい舟が藻刈舟である。藻はその後また伸びて茂っていくので毎年夏になると藻刈をする。↓藻の花

きらめきて遙かの舟の刈藻かな　瀧　春一

刎橋《はねばし》に風の立ちたる藻刈かな　宮坂静生

大覚寺藻刈の僧を繰出しぬ　大石悦子

沢瀉《おもだか》も刈られて雨の藻刈舟　福島　勲

## 昆《こん》布《ぶ》刈《かり》　昆布刈る　昆布干す　昆布船

昆布は全国的にとれるが北海道全体と東北地方の太平洋沿岸が多産である。夏の海の沖合に舟で出てとるか、または浅瀬から引いたりする。昆布は昭和五十年代から養殖が始められ、瀬戸内海や九州の有明海などで多産するようになり、全国の昆布産出高のうち養殖ものの比がしだいに高くなっている。海辺で昆布を干し並べてあったり竿にかけて干してあったりするのが見られる。夏のある日、取決めに従い昆布船は一斉に出漁してゆく。

昆布干す海峡といふ風に馴れ　徳澤南風子

竜宮の付文《つけぶみ》を曳く昆布干す　石橋　哲

次に来る高波を待ち昆布採る　藤原未知子

昆布漁りし手の潮くさき夜学生　俵谷敏秋

## 天《てん》草《ぐさ》採《とり》　石花菜採る　天草《てんぐさ》取る　天草干す

てんぐさは温暖域の海岸で見られ、外海に面する岩礁や内湾では外海の影響のつよい場所に産し、

多年性の海藻で春から夏に繁茂する。東北から九州にかけて広く分布するが、ことに伊豆半島、伊豆七島、志摩半島などが多産。マクサ、トコロテングサなどとも謂われ、ところてんや寒天の原料になる。海女が潜って採る。

顔のなき間引地蔵に天草干す　高島　茂
火の島の裾にしたたり天草干す　富田美和

## 干瓢《かんぴょう／かんぺう》剥《む》く

干瓢干す　新干瓢

夕顔の白い果肉を細く薄く（大体三ミリ×三センチ）長く剥いて天日か火力で干す。天日に干すさまは白い大きな簾を見るように美しく壮観である。以前から栃木県の特産で産出額も随一である。干し上げた干瓢は出荷され、新干瓢として出回る。

干瓢のとりとめなきを剥きつづけ　成瀬櫻桃子
新干瓢まだらに乾き風の道　植松深雪
干瓢のすだれの端のゆれて止む　川崎展宏
翁と媼干す干瓢のうすみどり　大野岳翠
白き風起る干瓢干場かな　福田千栄子
干瓢の幾筋吹かる夕茜　小川有代

## 袋《ふくろ》掛《かけ》

林檎、桃、梨、柿などの幼果のうちに病虫害や損傷を予防するため紙の袋で包むもので、岡山で桃の袋掛を始めてから普及した。遠くから見ると白い花のようだが、近来は農薬のおかげで袋掛をしないで済むようになってきた。もっとも高級なものは傷を予防して袋掛を続けている。

袋掛来世はどこで袋掛　星野明世
鯨くる海を遠見に袋掛　高須禎子
のけぞりて昼月に会ふ袋掛　大場去聖
火山灰落して枇杷の袋掛く　峰山　清

## 瓜《うり》番《ばん》　瓜守　瓜小屋　瓜番小屋　瓜盗人《うりぬすっと》

夏は西瓜や真桑瓜が熟れる頃であり、夜間に見回りをして盗難を予防する。畑の傍に瓜番小屋を作って、そこで警備し見回りに出たりした。

ともしびも蚊帳も露《あら》はに西瓜小屋　八木澤高原

畦つたふ吾れを瓜番とがめ顔　山本三才

## 干《ほし》草《ぐさ》　草干す　刈干《かりぼし》

夏の間に草を刈りとり、干して貯蔵しておいて、草が枯れた冬の間の家畜の飼料にする。草は花のついているとき栄養に富んでいて飼料として最適なので、刈り取るのは夏であり、広い牧草地では草刈作業車が機械力で草を刈ってゆくが、これが干草にもなって牛馬の飼料になるのである。家畜のいない農家では干草は不要になった。

永世中立国から干草来　田口彌生

干草に寝て胎内に在るごとし　栗原稜歩

## 漆《うるし》掻《かき》　漆取る

漆の木の樹皮を傷つけて、流れ出る粘りけのある乳白色の生漆を採集し、それを木窯に入れてかき混ぜた上三八～四五度で数時間保存すると黒目漆が得られる。漆は中国や日本で古代から木工や金属の塗装用として珍重され、ことに黒目漆の漆器類への用途は多い。漆は需要が増大しているので本漆の栽培が拡大している。

漆掻き溜めし鼻歌樹を下りる　加藤知世子

追ひつめられて奥能登の漆掻く　牧長幸子

## 虫送《むしおく》り

稲の害虫を村の外に追い出そうと、村単位で行う共同祈願の行事で、稲虫を少しとって藁苞に入れ、行列を組み鉦や太鼓を打ち鳴らし、松明などを持ち、田の畦道を回って村境まで待っていき、藁苞を焼いたり川に流したりする。六、七月の夜に行なうことが多く、虫送りには、非業の最期を遂げた者の霊が稲虫の形をとって害を為すのだという理解があり、形代を持って行列を組む形をとるようになった。実盛祭というところがあり、戦に敗れて討死した斎藤別当実盛の怨霊が害虫を発生させると考え、怨霊鎮めのためサネモリさまという藁人形を持ち運ぶ。虫送りは農業技術の改良などにより姿を消しつつある。

濁流が二村をへだつ虫送り　能村登四郎
虫送り武州訛りに焔を囃す　町　淑子
山ひとつふたつ昏れゆく虫送り　豊田八重子
虫送り呪文のごとく祈りゐる　大森三保子

## 誘蛾灯《ゆうがとう》《いうがとう》

田んぼや畑、また庭園などに設けて、灯火に集まってくる蛾や螟虫《ずいむし》などを捕殺する。灯の下の水盤に落とすのや薬剤で殺す方式があるが、遠くから見ると幻想的に見える。水田では農薬の普及により誘蛾灯を見ることがなくなったが果樹園では設けている所があるという。

さしわたる月に呆けぬ誘蛾灯　瀧　春一
誘蛾灯命の爆ぜる音のして　奥田杏牛

**蚕《かいこ》《かひこ》の上蔟《あがり》《あがり》**　上蔟《じょうぞく》

四月に始まる春蚕はふつう四回脱皮（四眠）して五月の終り頃には体がすき通り、繭を作らせるために蔟《まぶし》に入れる。まぶしは糸を吐くようになった蚕を移し入れて、繭を作らせる用具、蚕のすだれである。↓蚕飼（春）

蚕あげし夜蚕玉神より先に酔ひ　宮下本平
鶏の脚強く行く上蔟期　原勢桐男

**繭《まゆ》**　新繭　白繭　黄繭　玉繭　繭干す　繭煮る

蛾、蠅、蜂など昆虫の幼虫が蛹《さなぎ》になるとき自分の吐く分泌物を用いて作る殻状または袋状の包被で、とくに蚕についていう。繭は蛹を外力や外敵から守る。上蔟《じょうぞく》して七日の後、まぶしから繭をもぎとり（繭掻きという）、その生繭が売買される。繭はよく乾してから煮て糸を取る。

涼しくしづか白繭に音こもりゐて　高島　茂
繭を干す裏も表も無き会話　猪狩セイジ
引く繭の吐息に湿る荒格子　池田琴線女
白繭や母を思へば父なくて　河野邦子
白繭を掌にして今日の力湧く　多田照江
繭の中うすも、色の骨一つ　森　敏子
繭ごもり籠り濁世を断ちにけり　池田笑子
一本の指に躍るや十の繭　角田よし子
光陰のながれてをりぬ繭の中　鈴木貞雄
手のひらに繭の値踏みをしてをりぬ　山岡成光

**糸《いと》取《とり》**　糸引　糸取鍋　糸取女　糸取歌

繭や綿などから糸をつむぎ取ることを糸取というが、ことに繭から糸を紡ぐことを言う。以前には家庭で糸取鍋で煮た繭から糸繰車を回して糸取りをしている女性の姿があり、糸取歌を歌いながら座繰《ざぐ》りをする糸取女がいた。蚕の繭から取った繊維を合わせて糸にしたものが生糸である。↓繭・蚕飼（春）

人の手にあらじと嘆き糸を取る　大橋敦子
糸取りの糸口探す湯気の中　平林孝子

**鮎《あゆ》釣《つり》**　鮎漁　囮《おとり》鮎　鮎釣解禁　川明《かわあき》　鮎狩

鮎は姿が良い上に味が良く珍重される川魚であり、釣も醍醐味がある。鮎は川で産卵し、稚魚は八月から十一月にかけて川を下って海に出で、翌年の春に川を上る。漁期は六月から七月の解禁以後になる。ころがし釣り、友釣、どぶ釣があり、囮鮎は友釣に使う。↓鮎

鮎釣やカヌーの早瀬遠からず　瀧　春一
ねもごろに囮の鮎を繋ぎけり　神原　健
水苔が見え鮎が見え下田富士　谷川季誌子
鮎の性知つて友釣りのジキル達　遠藤亭々子
幾く年もこの場所一人鮎を釣る　寒川逸司
囮鮎もろとも宙に光り跳ね　香山豊宏
高鳴りの奔流めがけ囮鮎　吉井竹志
釣師らに鮎解禁の闇うづく　白岩てい子

**川《かわ》狩《がり》**　投網《とあみ》　川干《かわぼし》　毒流し　かいぼり　瀬干し

川や池などで釣り以外の方法で魚を一網打尽にとることで、水を汲み出して干して中の魚をとるかへぼり（かいぼり）、網を広げて打つ投網、毒を流して魚を取る毒流しなどがある。釣にくらべて味気ないように思うが、別の興味があるという。毒流しは環境の上で問題がある。川猟、川せせりともいう。

川狩や地蔵の膝の小脇差　一茶
掻堀やさわだつ水のつぎの堀　木津柳芽

## 鵜《う》飼《かい》《かひ》

徒歩鵜《かちう》　鵜匠　鵜遣《うつかい》　鵜縄　荒鵜《あらう》　疲れ鵜　鵜籠　鵜舟　鵜篝《うかがり》

川で鵜を操って鮎などをとる漁法で鵜の首を麻縄（鵜縄）で縛って水に放ち、とった魚を吐かせる。すでに記紀に見え、令制でも贄《にえ》として制度化されており、鵜飼漁業者は鮎献上や鵜飼上覧のために皇室や領主の保護を受け、独占的漁業権をもつことが多かった。現在は岐阜の長良川をはじめ各地の川で観光用の鵜飼が夏の夜に行なわれ、伝統をうけついでいる。鵜舟には鵜篝を焚き、鵜匠の服装も独特であり、みごとなショーである。↓鮎

あはれ鵜を使いて見せよ鵜匠たち　長谷川零余子
同じ夢見しかに鵜飼終はりけり　藤田さち子
鵜かがりのおとろへて曳くけむりかな　飯田蛇笏
鵜飼待つ空のさざ波水浅葱《あさぎ》　平賀扶人
二羽のみの昼の鵜飼や鵜は激す　藤田　宏
鵜篝の百の緋文字をしたたらす　加藤耕子
たぐられていよよ荒鵜となりにけり　吉田鴻司
国盗の城をはるかに鵜飼待つ　樅山　茂
疲れ鵜を労はる己が指噛ませ　栗田やすし
繋りゐて鵜舟は鵜舟同士なる　大橋はじめ
まだうつらうつらしてゐる籠鵜かな　明石洋子
鵜篝の火入れは修羅の始めとも　杉山青風
鵜篝のわが前に来て火の粉ふく　塚原幾久
鵜を抱きて鵜匠の話つづきけり　内田二三子

## 夜《よ》振《ぶり》

夜振火　火振《ひぶり》

暗夜に松明やカンテラなどをともして、ふつう矠《やす》を使って魚を突き刺す漁法。鯉、鮒、鮠などを取る。松明をふりまわすことを火振りといったので、夜間に行なうこの漁を火振りまたは夜振りと

いう。川漁の一つである。

夜振火の片手さぐりに岩伝ひ　瀧　春一　夜振火を焚く海抜の高き川　矢田部美幸

殺生の火のうつくしき夜振かな　高島　茂　月上げて沖むらさきに夜振の火　小田中柑子

## 夜《よ》　焚《たき》　夜焚釣　夜焚舟

舟を出して松明や石油灯などを艫につけて集まってくる魚をとることで、えび、さば、いか、うなぎなどが上がる。夜焚釣といって釣ることもあり、また網で捕ることもある。月のない夜の沖合での漁でその灯火は美しい。

降り足らぬ夕立の沖へ夜焚舟　水原秋桜子　夜焚き火の炎むらに赫《あか》き葉も入れて　赤木日出子

## 夜《よ》　釣《づり》　夜釣人　夜釣舟

夏の夜に海や湖沼や河川で魚を釣る。暑い日中を避けて涼みがてらのたのしみでもあるが、魚の習性を利用してあえて夜間の漁をするともいえる。岸で釣る場合もあり、舟を出す場合もあり、ねらう獲物によるが、昼の釣と違う面白さがある。

夜釣糸宙を手探りしてさがす　芳野正王　夜釣人うしろの闇に振り向かず　吉川康子

## 箱眼鏡《はこめがね》

底にガラスや凸レンズをつけた眼鏡で、それを上からのぞくと水の底までよく見えるので、舟の上から漁師は箱眼鏡を利用して貝をとったり魚をついたりする。のぞき眼鏡ともいう。小さな舟で

漁師が身を投げ出すようにして上手に貝をとるが、きびしい姿勢である。↓水中眼鏡

箱眼鏡父の歯型を噛みしむる　西田飄石　竜宮の垣間見えたる箱眼鏡　山根和子

龍宮の端を捉へし箱眼鏡　菅野一狼　箱眼鏡私の行方漂える　秋尾　敏

## 水中眼鏡《すいちゅうめがね》　水眼鏡

ゴムの枠をつけて隙間から水が入らないようにしてある眼鏡で、水中で眼をあけて物を見ていられるので便利である。海女はみなこれをつけて仕事しており、ダイバーも使用している。水泳のときかける水眼鏡はゴーグルといっている。↓箱眼鏡

水中眼鏡鰭ならぬわが手足見ゆ　福永耕二　四次元手足あそばす水眼鏡　鈴木良戈

## 簗《やな》　魚簗《やな》　簗さす　簗打つ　簗かく　簗瀬

川にのぼってくる魚や下っていく魚をとるため、川の流れを木を打ち並べて堰き、一部をあけて、そこに篠竹などで編んだ簗簀を張り、魚をとる。鮎をとるのが多いが北国では鮭や鱒をとる。銀鱗をひからせて魚が簗簀に跳ねるのは躍動感ある光景である。↓上り簗（春）・下り簗（秋）・崩れ簗（秋）

月の夜の簗番買って出たきかな　矢島渚男　零戦に乗りゐし男簗を守る　駒井でる太

簗打てば少年のごと水激す　宮坂静生　天龍に簗打つが父自慢なり　穂苅富美子

青竹の長さが揃ひ簗を組む　中島正夫　葛藤の水を魚道に簗も末　辻　帰帆

鮎の簗とどめは冷えし西瓜かな　佐治玄鳥　簗一つ打てば掘立小屋一つ　堀部克己

## 烏賊釣《いかつり》

烏賊釣火　烏賊火　烏賊釣舟

集魚灯を船上につらねて、その明かりに寄ってくるイカをとる。イカは日中一五〇メートル程の深さにいるが、夜になると水面近くに上がってくるのでその習性を利用するのである。夏の夜たくさんの烏賊釣舟が海上に止まって漁をしているのが陸から眺められ、詩情を感じさせる。

烏賊釣のわが灯にひとつにつゞく闇　米澤吾亦紅
烏賊漁の鉢巻きが衝く壱岐暁天　谷川季誌子
烏賊漁の灯がまた霧の露天風呂　平田　薫
烏賊釣火熊野水軍かも知れぬ　鈴木久仁江

## 避暑《ひしょ》

避暑地　避暑の宿

夏の暑さを逃れて高原や海辺に出かける。軽井沢、箱根、日光、那須などが有名で、中には長期滞在する人もいる。近年はスイスなど海外に避暑にゆく人もいる。避暑地にある別荘を利用する人の他、ホテル・旅館・寮・リゾートハウスなどを利用する人々も避暑地に向かう。

避暑の宿まどゐの洋燈暗けれど　山口誓子
無言館訪ねみもする避暑散歩　三和玲湖
憂ひなきさまにしづかに避暑の家　瀧　春一
すぐ会へる人会へぬ人避暑地去る　五十嵐哲也
絵手紙の毎日とどく避暑地より　小池陽子
何よりも水がうまくて避暑の宿　服部真知子
人形の裂をひろげて避暑の雨　大山雅由
避暑の荘五客に足らぬもの数多　澤田緑生

## 納涼《すずみ》

納涼《のうりょう》　涼む　涼み台　縁涼み　庭涼み　門涼み　橋涼み　土手涼み　磯涼み
涼み舟　夕涼み　宵涼み　夜涼み

暑ければ涼しさを求めるのは人情である。クーラーがあっても、夕風や夜風を求めて外に出る。時間的には、夕涼み、宵涼み、夜涼み。距離的には、縁涼み、門涼み、橋涼み、土手涼み。さらに距離をのばすと、納涼舟などがあり、避暑もこの一種と言える。「此の松にかへす風あり庭涼み　其角」など、昔からある季題で、何も特別なことではないが、子供時代の夏の思い出として、なつかしく思い出されることの一つである。

かたまりて暮色となりし涼み舟　桂　信子
勉強の灯を見上げつつ庭涼み　松浦敬親

## 川床《ゆか》

床《ゆか》　河原の納涼　四条涼み　川床《ゆか》涼み　納涼川床　大納涼　貴船川床

京都の夏の風物で、河原に桟敷《さじき》を作って納涼客をもてなす。明治以後は期日に制限がなくなったが、それ以前は祇園祭に行われた。京都の夏は盆地特有の蒸し暑さがあるので、こんな納涼になったのである。「川床《かわゆか》に憎き法師の立居かな　蕪村」など、いかにも京都らしい。「川床」と書いて「ゆか」とも「かわゆか」とも読む。清滝や貴船などでも川床を設けていて、それぞれに味がある。

納涼映画裸電球椰子に吊り　水田光雄
双つ峰群青に暮れ橋涼み　沖山政子
今生の音がきらめく床涼み　松浦敬親
奥宮へ川床段々に貴船川　峰山　清
ひんがしに月色を得つ川床料理　西村和子
川床の灯やフランス橋に異議署名　大東晶子

## 船遊《ふなあそ》び

船遊山《ふなゆさん》　遊船《ゆうせん》　遊び船

納涼のために船を出して楽しむことで、場所は海・湖・川などである。納涼が夕刻から夜を主とするのに対して、こちらは昼間が多い。水面を渡る風は気化熱を奪って涼しいので、景色も美しく見える。海なら松島、湖なら琵琶湖、川なら嵐山の景色が思い浮かぶ。知床や芦ノ湖、隅田川から東京湾など、それぞれに風情がある。

托生の膝繰り合はす舟遊び　岩坂満寿枝

遊船に巌流島の磯淋し　中島登美子

楽果てて遊船の着く星の下　百瀬ひろし

遊船の白き水尾ひき橋くぐる　谷　愛子

名ある岩には棹あてず船遊　山崎みのる

舟遊び火宅を忘れをりにけり　菅原けい

## 船料理《ふなりょうり／ふなれうり》

船生洲《ふないけす》　生簀船《いけすぶね》　生洲料理

冬の牡蠣船と同じく、川筋に繋留《けいりゅう》した屋形船《やかたぶね》で夏料理（魚介類を主とする）を食べさせるもので、沖に出てその場で獲って料理する「沖膾《おきなます》」とは違う。船に灯が点って川風に吹かれながら、当然アルコール類も出て、と情緒たっぷりのものである。

板一枚尻に上司と船料理　嶋田麻紀

船料理果ててそのまま艀置く　原田かほる

## ボート

貸ボート

夏に限らず春でも秋でも見られるが、水遊びと同じく夏が本番。人力で漕ぐので、それだけ親しみがある。家族や友達や恋人など、自分たちで漕ぐボートにゆられていると、親密さが増す。場所は、海・湖・川の他に、池や堀など様々あるが、岸で眺めていても楽しいものである。
ボートからボートへ移るやうな恋　小林貴子　紺碧を切り裂いて行くボートかな　清水静子
ボート漕ぐ恋のさ揺れをくり返し　飯田綾子　貸しボート草ひきずりて湖に出す　高道　章

## ヨット　ヨットレース　ヨットハーバー

洋式の小帆船で、遊航や競争に使う。エンジン付きの大型のものもあり、見た眼も美しく、ロマンチックな感じがする。風が頼りで不安定なだけに、冒険的な要素が強く、そこがまた魅力となっている。長距離レースになると特にそうである。「炎天の遠き帆やわがこころの帆　山口誓子」など、帆船はロマンに満ちている。
港出てヨット淋しくなりにゆく　後藤比奈夫　湖心とはヨット集まりゆくところ　五十嵐哲也
競ふとも見えぬ遠さのヨットかな　三村純也　遠景にヨット近景にもヨット　柴崎七重
ヨットの帆風の一撃もてあます　笹本カホル　ヨットの帆呼ばれしごとく反転す　西川織子

## サーフィン　波乗　サーファー　ボードセーリング　水上スキー

舟の形をした板に腹這いになり、両手で沖まで泳ぎ出て、大きな波が来たところで板の上に立ちあがって、岸まで波に乗って滑走する遊びである。漁師の子供たちがしていたのが一般化したもので、今では世界的な競技大会まであり、プロもたくさんいる。
サーファーの万歳をして果てにけり　小橋末吉　波乗りの波をあやつりあやつられ　龍神悠紀子
少女サーファー潮濡れの髪結ひ合ふも　河合公代　サーフィンや岬端を夜が離れつつ　内山泉子

波乗りの欲しき涛待つ九十九里　増山　登
サーファーのふつと消えたる海平ら　森　えみ

## 登《と》山《ざん》

山登り　登山口　登山道　登山地図　登山宿　登山小屋　登山帽　登山靴　登山杖　登山電車　ザイル　ケルン

富士山を始め、古くは信仰のための登山であったが、今は観光化され、避暑やレジャーの一つになっている。冒険のために冬山に登る場合もあるが、気候の安定している夏の間が最も多く、山開きも夏なので、夏の季語とされている。ケルンは石を積み上げて目印にしたもの。

健脚を前後に配し登山隊　高橋逸郎
霧ふかき積石《ケルン》に触るるさびしさよ　石橋辰之助
登山の荷軽き眼鏡を加へけり　穂苅きみ
わが影の外に月下のケルンあり　岡田貞峰
雲の上の人となりけり登山宿　藤崎幸恵
居るはずの木椅子に登山帽子かな　細井啓司
じつくりと時代に遅れ登山小屋　仲　寒蝉
山小屋の灯にきし虫をつぶせば水　宮坂静生
なほ登るテントはきつくたたまねば　松浦敬親
揃へある鬼のやうなる登山靴　清水静子

## キャンプ

キャンプ村　キャンピング　テント　バンガロー　キャンプファイヤー　キャンピングカー

海・山・川と場所は問わないが、登山や沢歩きのように移動する場合と、キャンプ生活そのものを楽しむ場合とがある。林間学校など、子供時代の楽しい思い出として持っている人も多いだろう。野外生活やキャンプファイヤーは、原始時代を思い出させて血が騒ぐのかもしれない。

隣人も夕餉の早きキャンプかな　笹本カホル
バンガローひとつひとつに違ふ空　黒沢孝子

## 泳《およ》ぎ　水泳　水練　遊泳　競泳　遠泳　浮袋　浮輪　水浴　潜り　ダイビング

水練は武術の一種として昔からあったが、泳ぎが季語として定着したのは、大正時代になってからである。泳ぐ人が居なかったわけではないし、特に子供たちは水浴びや魚捕りが好きだから、季語としての発見が遅れたのであろう。今では、夏と言えばプールや海水浴が連想されるほど、スポーツ化やレジャー化が進んでいる。泳ぎ方もさまざまで、特に犬掻きはなつかしい言葉である。潜りの句はあまり見ないので、まだ開拓の余地がある。

愛されずして沖遠く泳ぐなり　藤田湘子
薄髭に汗溜め遊泳監視員　永作火童
父と子の泳ぐ飛沫の平行線　林　みち子
泳ぎきて少年の臍緊りたる　久保美智子
背泳ぎの地球も空も独りじめ　岸田雨童
蹌踉《そうろう》と来し老人の泳ぎ出す　築城百々平
夭折《ようせつ》に遅れし体泳ぐなり　原　雅子
特急に乗ってきたるに立泳ぎ　金子雄山
完泳の子等蒼天に立ちあがる　落合水尾
競泳の勝者や影も水弾く　中村翠湖

## プール

水泳が競技として普及するのにプールは欠かせない。短水路（二五メートル）と長水路（五〇メートル）とがあり、オリンピックの花形競技の一つになっている。レジャーとしてのプールの発達もめざましく、波のプールや流れるプールを始め、水の滑り台付きのプールなど、遊園地化も進んでいる。また、温水プールの普及で、健康のために一年中泳ぐ人もいる。会員制のクラブなど、同じプールでも独得の雰囲気がある。

ピストルがプールの硬き面にひびき　山口誓子
水の膜ひっぱりプールあがりけり　宮坂静生
プールまで聞こえてプレスリーの曲　水田光雄
波残るプールに一礼敗者去る　古屋恵美子
プールサイドの鋭利な彼へ近づき行く　中嶋秀子
吹き降りのプールの隅の菓子袋　嶋田麻紀
椅子に寝て波のプールは海の音　松浦敬親
プール開きあかんべえして眼の検査　玉木照子

## 海水浴《かいすいよく》　潮浴《しおあ》び　海の家

島国の日本では、避暑の代表は海水浴で、東京からでも日帰り可能な場所に海水浴場がある。海の家や民宿を始め、プール完備の高級ホテルまであり、それぞれに楽しいものである。海へ入らなくても、海を眺め、潮風に当って解放的な気分になるだけで、避暑の効果はある。水着の流行や体型の変遷などの観察をするのも面白い。

脱ぎしもの籠に嵩なし海の家　水田光雄
ひりひりと海水浴の後の風呂　野末たく二
海水浴琅玕色の深きとこ　井出寒子
砂浜の浮輪片足入れてみる　津高里永子

## ビーチパラソル　砂日傘　浜日傘　海岸日傘

砂浜に日陰を作るための大型の日傘で、カラフルである。一休みするための椅子やタオルを始め、ビーチウェアーを置いたり、小犬をくくりつけたり、サングラスや携帯電話をぶら下げたり、と用途は多いが、あまり混雑する場所では迷惑になる場合もある。その下でアイスキャンデーを売っていたり、テーブル付きがあったり、と思い出深いものである。

砂日傘ひらき大きな影ひらく　福田花仙
ぶら下げし電話が遠し砂日傘　松浦敬親

久闊をビーチパラソルの一家族　赤澤新子　ビーチパラソルすぐに乾いて足の裏　紅露ゆき子

## 滝《たき》浴《あ》び

滝垢離《たきごり》　滝行《たきぎょう》　滝行者

暑中に滝を浴びて涼をとることで、避暑のための行楽である。従って、滝垢離や滝行などの宗教的なものとは違う。滝の水勢や音をからだで覚え、それを思い出すことで心に涼を呼ぶ効果もあるのであろう。底に宗教的な心情があるのは確かだから、滝垢離や滝行も含めてよいのかもしれない。

↓滝

南無と念じて虹かかげたる滝行者　原子公平　滝浴びの腹へこませて入りけり　松浦敬親

石跳んで女滝を浴びるをとこかな　吉田朱鷺　滝浴びて戻る簀子の風の座へ　山本悠水

## 釣《つり》堀《ぼり》

箱釣

池に魚を養っておき、それを釣らせるのが釣堀で、縁日の夜店などで水槽に金魚や目高などの小魚を入れ、紙の杓子《しゃくし》ですくったり鈎でひっかけさせたりするのが箱釣。釣堀は都会にもあるが、避暑地や温泉場などで虹鱒《にじます》を釣らせるのも人気がある。

釣堀の日向に蕎麦をすすりけり　長谷川春草　釣堀の主の座いつも日蔭なし　山本悠水

釣堀やみな日焼けたる釣なじみ　松本たかし　釣堀の木蔭に多き魚影かな　野末たく二

## 夜《よ》店《みせ》

露店は年中あるが、夏の夜店が一番にぎわう。涼みがてらに家族連れや近所の人と出掛けたりして、よい気晴しになる。子供にとっては、お面やお人形やゴム風船、プラモデルやゲーム類、金魚すくいや亀の子や兜虫、それにヤキソバやタコヤキ、イカやトウモロコシなど、興味と食欲をそそる物にあふれている。大人にとっては、裸電球やアセチレンガスの匂いがなつかしい。

陰にゐて夜店守の目鋭かりけり　長谷川　宏
余所の子に裾つかまれてゐる夜店かな　高木瓔子
五つ六つ海に揺れをり夜店の灯　笹本カホル
仮面買ふ旅の夜店のたはむれに　岩田道子
まだ暮れぬ夜店待つ子の落着かず　山下孝子
詣で来て旅の夜店の灯の下に　岡安仁義

## 金魚売《きんぎょうり》

金魚すくい

昔は、金魚をいれた底の浅い桶を天秤棒《てんびんぼう》で前後にかつぎ、ゆっくりと売り歩いた。その売り声は夏の風物詩の一つで、落語などにも登場する。それがリヤカーになり、やがて車とマイク（それもテープの声）になった。それでも子供たちには嬉しいものだ。金魚すくいは夜店に欠かせない。やがて金魚の墓が出来て、それも子供時代のよい思い出となる。↓金魚

いのちゆらぐ水をになひて金魚売　井上禄子
一滴に膝を濡らして金魚売　川村亜輝子
金魚売別の声あげ路地曲る　百瀬ひろし
掬はれて金魚の孤独始まれり　森高たかし
掬へずに泣きし子金魚貰ひけり　池田世津子
金魚屋の座敷が道路より見ゆる　澤田　薫

## 金魚玉《きんぎょだま》

金魚鉢

玉の形のガラス器に金魚を入れて窓辺などに吊り、涼しさを演出するのが金魚玉。金魚が動くと色や形が変化して、笑いを誘う。また、それを見上げることで、自分が水中や竜宮城に居るような

幻想も誘う。金魚鉢には見上げる楽しみはないが、これも金魚が動くと色や形が変化するので、涼しさを演出する。

金魚玉ぬぐひ清拭終りたる　宮岡計次
一匹となり水替ふる金魚玉　角田雪弥
長雨や金魚玉にも水平線　土肥あき子
あらぬ方日がな泳ぎて金魚玉　関戸一正
一生のあとかたもなし金魚鉢　土橋たかを
やうやくに顔の暮れたる金魚玉　福島　勲
金魚玉職なきことに馴れにけり　平野鍈哉
めつむればものよく見ゆる金魚玉　国見敏子

## 花《はな》火《び》

打揚花火《うちあげはなび》　大花火　仕掛花火　手花火　線香花火　ねずみ花火　庭花火　遠花火

江戸時代からある季題だが、その頃から初秋と夏の両方があった。初秋が有力だったのは、孟蘭盆《うらぼん》の時に花火が揚げられたからで、長崎では今もこれが行われている。夏とする見方は、納涼としての花火もあったからで、今日ではこちらが主流となっている。これらの大花火に対して、子供には手花火の楽しみがある。庭花火や門《かど》花火に加えて、団地花火など、まだまだ開拓の余地はある。

彼のボスか花火さかんに灣《うみ》焦す　佐藤鬼房
遠花火思ひ出のみな純白に　田中とし子
遠花火闇深ければ闇に凝る　加古宗也
足許の闇濡れてをり遠花火　平賀扶人
遠花火街を絵本にしてしまふ　水田むつみ
手花火が昼間は見えぬもの照らす　行方克巳
花火師の闇より黒く走りけり　廣末榮子
叱られて手花火遠き男の子　姉崎蕗子
花火師の水の上より戻りたる　石田美保子
煙火師のほか禁止川合ふところ　内山越楼
花火果て闇に川音よみがへる　作田文子
仏塔の浮き沈みする花火かな　小形さとる

身を宙に放り出されし花火かな　宇都木水晶花
周囲皆恋人同士大花火　森　かつ子
泣いてゐるやうにも見えて遠花火　渡井一峰
橋で逢ひ橋で別るる花火の夜　藤田信子
手花火の闇のみどりを濃くしたり　松下信子
恋もがな手花火に膝突き合はせ　内藤桂子
手花火に遠き日のある袂かな　兼間靖子
われも千の花火のなかのしづくかな　浦里棗子
手花火の子に見覚えのなきひとり　大森三保子
叡山に花火の音のぶつかりぬ　黒川悦子
一湾へ花火の傘を広げたる　山下孝子

火の道のふつつりと切れ揚花火　中本憲己
伊那七谷瑞々しきは夕花火　折井眞琴
クレヨンの緑を選び花火描く　矢島　恵
花火散り実らぬ恋に似たるかな　安済久美子
帰路で聞く終り知らせし大花火　根岸ナツ
花火屑つひには星となりしかな　小野口　繁
遠花火ひとりよがりの恋をして　黒河内多鶴子
花火果て故郷の闇深かりし　佐藤なか
手花火の終りをなほも手離さず　庄山章信
島ひとつ飲み込まれてゆく大花火　松本伸一
花火師の束に幣を立てにけり　林　周作

## 夏芝居《なつしばい》《なつしばゐ》

土用芝居　夏狂言　水狂言

昔はクーラーもなく、旧暦六月はむし暑くて客足も落ちたので、本興行は休み、若手中心の怪談や水芸などで客を呼んだ。「安役者土用休みもなかりけり　一茶」はその辺のことを言ったものである。若手にとっては主役をやって頭角を現わすよい機会で、それだけ熱が入った。怪談は今も夏のものである。

騙されてみたき男や夏芝居　片山由美子
水狂言役者の髪の艶めいて　斎藤由美
奈落より舟せり上る夏芝居　岸野貞子
幽霊の手の下げどころ夏芝居　高田好子

灯ともりて楽屋透けゐる夏芝居　香川はじめ
死にに行く対の小袖や夏芝居　千手和子
暗転に投入れ替る夏芝居　中村房子
水狂言殺しは深川祭の夜　池田ちや子

## ナイトゲーム　ナイター

正しくは「ナイトゲーム」だが、日本ではナイターで通っている。プロ野球で最初に使われたのでナイターと言えば野球だが、サッカーや他のスポーツで使ってもよい。観戦は納涼を兼ねていて、テレビ観戦を含めて楽しいものである。夜景の中の野球場も、一つの目印になる。

統計的人間となりナイターに　中村和弘
ナイターの合間に映る月まろく　星野あい子

## 水遊《みずあそ》《みづあそ》び　水掛合《みずかけあい》　水合戦《みずがっせん》　水戦《みずいくさ》

夏になると子供はよく水に入り、半ズボンやスカートが濡れない程度の所まで行ったりして、ちょっとした冒険を楽しむ。時には水のかけっこをして、結局尻まで濡らしたりするが、それがまた楽しい。公園の噴水池や庭のミニプールなどでもよく見かける。女の子がワンピースの裾を下着の中へ巻き込んだりしているのも可愛いものである。

田舎では河童が出ます水遊び　岡田久慧
保母が先づ入ってみせて水遊　細井路子
水遊び虫のやうなる嬰の腹　田中幸雪
ひとつづつ言葉覚えて水遊び　古野洋子

## 水鉄砲《みずてっぽう》《みづてっぽう》

子供の水遊びの玩具で、トコロテン型やピストル型やポンプ型がある。ポンプ型が一番強力だが、水場を離れられないのが弱点。トコロテン型は移動可能で水量も多いが、両手が必要なので走りながら使うのが難しく、ピストル型は走りながら使えるが、水量が少ない。風呂場でも使われ、男の子にとっては親に叱られる思い出の玩具となる。

何度でも生死取り替へ水鉄砲　野末たく二

風呂の戸を開けてとたんの水鉄砲　赤澤新子

水鉄砲なぜに下宿の未亡人　熊谷静石

水鉄砲いちばん好きな母を撃つ　小田切文子

## 浮人形《うきにんぎょう》《うきにんぎやう》

浮いて来い

子供の水遊びの玩具で、人間だけでなく、船や魚（特に金魚）や亀や水鳥など、水に関係するものが多いが、漫画に登場するドラえもんや怪獣などもある。親にとっては、それで子供をお風呂に誘い、物の名や数を教える道具となる。単純だが捨てがたい味がある。

かあさんは元気ですかと浮いて来い　嶋田麻紀

盥《たらい》より出され砂場の浮人形　榎田きよ子

いのちまで取るとはいはぬ浮いてこい　堀米秋良

放ち鶏浮き人形の水を飲む　江口柳太

浮人形見てゐて妻とはぐれけり　永澤謙

浮人形侍らせて子の口達者　藤原かつ代

## 水機関《みずからくり》《みづからくり》

水を管で導いて噴水にしたり、そこで玉を遊ばせたり、水車を回したりする単純なものから、人形に太鼓を叩かせるものまである。庭に如雨露《じょうろ》でシャワーを作ったりするが、これも水からくりの応用かもしれない。水の位置エネルギーを利用した遊びである。

どこまでが後方支援水からくり　鈴木淑生

水からくり群鳥天を暗うせり　五味一枝

篠竹の水からくりのうすき虹　山本悠水
水からくり和尚が水を足してをり　脇本千鶴子

## 水中花《すいちゅうか／すいちゅうくわ》

酒中花《しゅちゅうか》

コップやビンなどに水を入れ、その中に圧縮した造花などを入れて開かせるもので、風情がある。既に開いたものも売っている。金魚玉の金魚と違って動きはないが、秘密の花園のようでほほえましい。酒席で杯などに入れるのを酒中花と言う。

夕ぞらへひともして売る水中花　豊田都峰
口癖に安楽死言ふ水中花　平本くらら
いきいきと死んでゐるなり水中花　櫂　未知子
風知らず青空知らず水中花　木村日出子
一灯に虚色ふかまる水中花　成田昭男
水中花八方美人なり難し　神澤久美子
水中花夜空すみずみまで夜空　吉田輝二
地震つづく夜も泡懐く水中花　星　水彦
妻に供華ぽとんと咲かす水中花　細見しゅこう
水中花濡れてゐるとは思はれず　保坂伸秋
はるかなる湖底の樹々よ水中花　高野万里
水中花身じろぎ出来ぬ母見取る　村上悦美
よるべなき身を立て直す水中花　田中澄枝
水替へて今日の彩とす水中花　田村やゑ
あるまじき死に逢ふことも水中花　矢野杏子
なまぬるき水に棲み飽き水中花　立川昌子
水中花置き病室の翳《かげ》ふやす　織田玲子
溜息のような泡生み水中花　名取節子

## 箱《はこ／はこ》庭《にわ／には》

板の上に土や粘土で作った縮小の庭で、かくありたしという理想がこめられている。こんな所に住めたらさぞ涼しいだろうに、という心理的な効果が大きい。子供には教育的な意味もあるのであろう。単なる庭ではなく自然を模した庭で、池や川には水を入れ、本物の苔を使って水を含ませるので、涼気を呼ぶのである。

箱庭の橋を目で架けまたはづし　鷹羽狩行　箱庭の水車が廻る夕餉かな　田中美沙

箱庭のわが手ガリバー家掴む　飯田綾子　箱庭の釣師の竿に糸もなし　中尾いづみ

## 昆虫採集《こんちゅうさいしゅう》《こんちゆうさいしふ》

捕虫網　捕虫器　毒瓶《どくびん》

子供に人気があるのは、甲虫、トンボ、セミ、蝶、バッタなどで、子供時代の夏休みの思い出に必ず登場する。昆虫標本を作るのに苦労したり、ゴキブリを入れて、「お前の家にはゴキブリが居るのか」とからかわれたり、という風に、それぞれに思い出があるようだ。虫嫌いの人には鳥肌の立つ話だが、採集と標本の管理に余念のない大人のマニアがたくさん居る。

捕虫網白きは月日過ぎやすし　宮坂静生　ひらひらと来て転ぶ子の捕虫網　杉山加代

立てかけてまだ使はれぬ捕虫網　嶋田麻紀　胸奥に風みなぎらす捕虫網　小野恵美子

## 森林浴《しんりんよく》

登山のように頂上をめざすのではなく、山裾や低い山を歩き、森林から元気をもらうのである。緑に安らぐという心理的なものだけでなく、木からはフィトンチッドという物質が発散され、それがからだと心にいい影響を与えるという。歩けば食事もうまいし、視野も広がるから、身心のリズムがよくなるのは当然である。

風切って自転車親子の森林浴　赤澤新子　アイマスク取れば鳥の目森林浴　岡田久慧

森林浴風ここからは檜山　山中蛍火　　彫刻の森林浴の聖者・裸婦　倉本　岬

## 蛍狩《ほたるがり》　蛍見　蛍舟

蛍の幼虫は川蜷《かわにな》を餌とするので、川蜷の育つ環境でないと蛍も見られない。都会でもそんな流れを作って育てるなど、復活しつつある。飛んでいる蛍は竹箒などで叩き落さない限り、そんなに捕れるものではない。大部分は、草や木の枝にとまっているのを捕る。声を出すのは、怪しまれないためと、子供の元気づけのためだが、土地褒めの要素もあるであろう。田舎では、蝮《まむし》がこわいので、長靴をはいたりする。↓蛍

蛍狩そのころのひとみな逝きて　菊池麻風
小学校集合場所に蛍狩　益永涼子
身の中のまつ暗がりの蛍狩り　河原枇杷男
門限を心の隅に蛍狩　西野敦子
掌のうれしき窪み蛍狩　柿本多映
蛍狩して魂を置いて来ぬ　関戸靖子
蛍狩まなじり濡れてもどりけり　ほんだゆき
段ですよ窪みですよと蛍狩　木村八重

## 蛍《ほたる》籠《かご》　蛍売

昔は丸い曲げ物の両面に布製の網を張ったものだったが、それが次第に四角になり、網も金属になった。田舎では、麦藁《むぎわら》で編んだ蛍籠もあり、よく見えないが風情のある光が漏れた。よく見たければガラスのビンに入れ、麦藁で栓をして空気が通るようにした。中に蓬《よもぎ》などを入れて這い登らせると、小人の国のクリスマスツリーのようになった。蛍売は売声を出さず、夜店の外れの暗がりに居たが、よく売れたという。↓蛍

青草をいっぱいつめしほたる籠　飯田蛇笏　野の闇の匂ひのありぬ蛍籠　山下美典
蛍籠昏ければ揺り炎えたたす　橋本多佳子　豊麗の闇となりけり蛍籠　加藤三七子
蛍籠蛍の死後も闇に置く　岡本　眸　蛍籠小児病棟消灯す　中沢三省
蛍籠よりもさびしく夜明けたり　行方克巳　人に蹤き思慕としもなき蛍籠　岩坂満寿枝
少年の夢のシグナル蛍籠　中村智子　文人の遠き日を見し蛍籠　岩井秀子

## 蓮《はす》見《み》

蓮見舟

蓮の花は大型で美しく、夜は閉じているので、早朝に開くのを見に行くのである。開く時に音がするとか、しないとか、風流なことだが、昔の人は信仰心からこの花を観に行ったのであろう。『江戸名所図会』にも、不忍池《しのばすのいけ》の蓮見が描かれている。大賀蓮（古代蓮）は切手にもなったし、今でも蓮見はなかなか人気があるようだ。

ひそやかに木橋明けゆく蓮見かな　山本悠水　座布団の数が定員蓮見舟　山下青坡
うすうすと月がゐみをり蓮見舟　長山順子　敷莫蓙の藍の匂へり蓮見舟　玉澤幹郎

## 草《くや》矢《や》

ススキやチガヤの葉の芯を飛ばすもので、芯の両側の葉を指で持てるほどに縦に割り、それを指でしごくようにして飛ばす。芯の強いススキの方がよく飛ぶが、注意しないと指を切る。高さを競う場合と距離を競う場合とがあり、キューピッドの矢から連想するのか、初恋を思い出したり、郷愁を誘ったりする。童心に帰るからであろう。

ケーブルを降りしところに草矢の子　神尾季羊
ひなぐもる碓日《うすい》の坂や草矢の子　宮坂静生
いつも彼の草矢の的にされしこと　森　茉明
草矢吹き俳諧童子《はいかいどうじ》となる峠　宮田和子
全身を発条《バネ》とし草矢放ちけり　三木多美子
ふるさとの草矢放たん的はなし　柴田陽子
気になる人はづし草矢を射る少女　平井　葵
草矢放つ十万億土のちちははに　林　美江
放ちたる草矢月日の還らざる　佐々田まもる
をなご来て草矢の射程距離内に　内山静尚
草矢射て沖の帆遠くしたりけり　原田青児
老年の空遠くなほ草矢射る　城谷登美

## 草《くさ》笛《ぶえ》　草刈笛

草の葉を唇にあてて鳴らすもので、最初は突拍子もない音が出て笑いを誘う。茎を吹いて鳴らすのも草笛だが、葉を鳴らすのが一般的。少年が一人で鳴らしているのは、何となくロマンチックな感じがする。昔は集団で草を刈ることが多かったから、休憩の時の楽しみの一つでもあったのだろう。名人は葉を選ばないそうだ。

草笛や星のひとつが地に墜ちて　金久美智子
草笛を久にきく日は雲多き　近藤巨松
野のいろの草笛の音に呼ばれたる　柏井幸子
草笛の力抜くとき鳴り始む　家里泰寛
草笛に藤村《とうそん》遠し虚子遠し　村松紅花
草笛のつまりし音色末弟に　新谷ひろし
草笛に口笛合はせをりにけり　小林律子
草の笛一と日ゆたかに仏見て　つじ加代子
草笛や夫少年の顔となる　佐藤キミ
草笛吹く少年一人は農を嗣ぐ　仲　加代子
せがまれて鳴らす草笛かすれけり　吉江八千代
少年に家来数人草の笛　次井義泰

## 麦笛《むぎぶえ》　麦藁笛《むぎわらぶえ》　麦稈笛《むぎわらぶえ》

一方に節のある麦の茎の中間を破って笛のように吹き鳴らすもの。葉でも鳴らす。どこを破るかで出る音の高さが違って来る。子供にとっては一番簡単に音が出せる草笛がこれだが、黒穂（病気の麦）でやらないと叱られる。一歩進むと、節を使わないで鳴らすようになる。刈った後の茎でも鳴らす。

麦笛や四十の恋の合図吹く　高浜虚子
麦笛や未来より吹く風ありぬ　嶋田麻紀
麦笛やおのが吹きつゝ遠音とも　皆吉爽雨
麦笛の鳴らぬは引率教師らし　上木彙葉
麦笛を馬柵《ませ》に凭《もた》れて吹きにけり　篠原鳳作
麦笛の吃音昼の父得し子　神田斐文
麦笛をさびしきときは海へ吹く　小川双々子
腹いせに吹く麦笛も鳴るには鳴る　島津城子
麦笛の途絶えて耳を意識する　青木千秋
麦笛や少年ひとり赤毛なる　鈴木栄子

## 裸《はだか》　素裸《すはだか》　丸裸《まるはだか》　裸身《らしん》　裸子《はだかご》

裸と言っても、真裸の場合は少なく、上半身裸のことが多い。大人なら、夕涼で肌脱ぎになっているとか、力仕事で上半身裸とか、肌を焼くためとかである。子供の場合は珍しくなく、公園の噴水や小川で水遊びをしているのをよく見かけるが、頬笑ましいものである。裸は健康や親しさの象徴で、裸子がそれを代表している。

裸子をひとり得しのみ礼拝す　石橋秀野
裸子の尿《いば》るに弓をなす背かな　波多野爽波

乾坤《けんこん》の一滴となり裸なり　宇咲冬男
だんだんにいのち淋しき裸かな　原田青児
裸子の尻の青あざまてまてまて　小島　健
裸子へ父の如雨露の大雨かな　奈良文夫
戦に死なず病に死なず裸かな　肥田埜勝美
呼鈴を押せばのぞきに裸の子　丹波美代子
裸子がわれの裸をよろこべり　千葉皓史
裸子が観音堂を開けに来る　岩田和代
父子二人裸となりて嘘もなし　細木芒角星
素肌には彼の匂ひのシャツを着る　深沢頼子

## 跣《はだ》足《し》　跣《はだし》　素足

靴下などを脱いで、土や畳や板の間などに直接触れた時の感じは、ちょっと新鮮なものがある。特に、波と遊んだり、浅瀬で水遊びをしたりする時の裸足の第一歩は、童心や青春時代を思い出させて、よいものである。足の裏を刺激するのは健康によく、人は足の裏から自然に帰る。だから竹踏みも馬鹿にならない。

千鳥も老いも夜明けの素足九十九里　古沢太穂
こんなところに志功跣の神・仏　松田ひろむ
パンに素跣の二人宿に着き　和田游眠
芥出す長スカートの素足かな　吉田つよし
竹踏みの素足ほてりぬ厨ごと　姉崎蕗子
魚下げし跣足の海女のおさな顔　鈴木ふみを
うぐいす張軋ませて来る跣足かな　山崎和枝
殉教のなぎさ裸足で歩きけり　鈴木厚子

## 肌《はだ》脱《ぬぎ》　片《かた》肌脱　諸《もろ》肌脱

帯から上の着衣を脱いで上半身裸になることで、涼むためや、力仕事をするためなどにする。時代劇で遠山の金さんが、桜吹雪の刺青《いれずみ》を見せるためによくやるが、あれは季節を問わない。男が浴衣を片肌脱にして涼んでいるのは、よくぞ男に生まれける、という感じで、なかなかいいものだ。

肌脱ぎや麻雀牌を取り落し　嶋田麻紀
肌脱ぎの仏事を母に見られたる　黒米満男

## 端《はし》居《い》《ゐ》　夕端居

納涼の最も簡単なもので、縁先でくつろぐことである。浴衣を着て団扇を持ち、蚊取線香を焚いて夏座布団に腰をおろしているのである。「端居してたゞ居る父の恐ろしき　高野素十」とあるように、ただぼんやりしていても、昔の父親は存在感があったものだ。夕端居は夕刻の端居。

仏蘭西《フランス》を話のたねの端居かな　日野草城
百点の子を真中に夕端居　三輪閑蛙
夕端居数ふるとなく木を眺め　依光陽子
骨壺にすこし離れて夕端居　中村祐子
叱る人ゐなくなりたる端居かな　高橋良子
端居してあの世へ声をかけてをり　百瀬ひろし
車椅子離せぬ足の端居かな　柘植梅芳女
ウクレレに和音三つの端居かな　田中幸雪
考へのつづきを持って来て端居　本多芙蓉
聞えない振りも気配り夕端居　永尾静枝
目で語る端居の夫に目で答ふ　浅野まき子
端居してこのときめきをもてあます　小柴全代

## 髪洗《かみあら》《かみあら》う《ふ》　洗い髪

夏は汗をかいて髪も汚れやすいので、他の季節よりも洗う回数が多い。洗えばすっきりするし、気分転換やストレス解消にもなる。洗い髪には女らしさを感じるが、最近は男性もよく髪を洗い、リンスをするそうだから、その内に男の洗い髪で名句が登場するかもしれない。

せつせつと眼まで濡らして髪洗ふ　野澤節子
髪洗うまでの優柔不断かな　宇多喜代子
髪洗ふたび流されていく純情　対馬康子
夜も流る雲の分身髪洗ふ　原　和子
月光に青むまで髪洗ひをり　加藤　紅
髪洗ふ明日より元気出したくて　吉政実代子
明日は来るテレビの取材髪洗ふ　今井風狂子
忘れたき夢きしきしと髪洗ふ　池田あや美
洗ひ髪吹かれ南十字星仰ぐ　大木さつき
手探りで蛇口をひねり髪洗ふ　榎本城生
ジーパンを腰で穿きたる洗ひ髪　百瀬ひろし
裏切を聞きたる耳を髪洗ふ　林みち子

## 汗《あせ》

汗ばむ　玉の汗　汗水　汗の香　汗みどろ

手に汗握るとか、冷や汗をかくとか、心理的な汗もあるが、夏の汗はただ単純に暑さのせいである。汗は蒸発する時に気化熱を奪うので、体温を下げてくれる。従って、汗をかくのは健康によいが、汗として出た分だけ水分を補わないと脱水症状になる。汗の匂いを極端に嫌ったり、額に汗して働くのを野暮ったいと見る向きもあるが、こまったものだ。

今生の汗が消えゆくお母さん　古賀まり子
山寺へ汗噴く脚の呂律かな　岩坂満寿枝
夢托す陶土粘る手に汗にじむ　飯村周子
慈母観音にあわす汗の手子よ癒えよ　高橋富久江
汗かきてこの世善人ばかりなり　赤井よしを
連帯の汗して誰も名を知らず　喜舎場森日出
幼児語の電話了はりて汗滂沱　植木里水
しづかなる汗流れ出づ大仏殿　広谷一風亭
汗垂れて慾を失ひをりにけり　大内迪子
汗の目の告ぐるまことにうたれけり　岩井野風男
吹き竿のビードロ流れ汗ながれ　甚上澤美
よれ〳〵の汗の作戦地図を焼く　樋口南盆
片麻痺の力戻りし汗の手よ　築城百々平
汗光る胸にきらめくペンダント　末瀧敏朗

汗のシャツぬげばわが身に軽さあり　桜庭梵子
ケーブルカー多国籍語と汗まじる　大槻和木
火明かりに汗のをとこの舞太鼓　高田衣子
汗拭いて女の顔にもどりけり　西野愁草子
八人が育ちし乳房汗を拭く　千田とも子
糸底を切って陶工汗を拭く　谷本淳子
汗ばみもせず能面のうす嗤う　島田房生
汗の子をむしるごとくに脱がせをり　澤田一餘

## 汗疹《あせも》　あせぼ

子供（特に乳児）にできやすく、汗が原因なので夏に多い。汗を多くかく部分に、少し赤身をおびた小さな水泡が一面に出来て、かゆい。乳幼児は発汗量が多く、皮膚の表面の酸度をうすめるので、細菌や真菌《しんきん》（かび類）に感染しやすいのである。厚着をさせないようにし、汗をよく拭いて清潔にするなどの注意をすれば、後はベビーパウダーをつけるだけでなおる。

雨音の如くに増えて子の汗疹　横山千夏
産褥の汗疹の事は子の知らず　関　礼子
あせもしてまだ若きかとほくそゑむ　長山順子
桃の葉の湯より抱き上ぐ汗疹の児　赤澤新子

## 日焼《ひやけ》　潮焼《しおやけ》　日焼止め

日光に肌をさらして、皮膚が黒みを帯びることで、夏に多いのは当然。日焼止めをせずに泳ぎに行くと、肩や背中や鼻の頭などが、一日で日焼して赤くなる。そこがやがてひりひりと熱を持ち、皮がはげて来る。そんな肩や背中を知らないふりをして叩いてやるのも楽しいが、あまりよい趣味ではない。皮がはげる頃には、メラニン色素がたまって皮膚が黒くなる。これは、有害な紫外線を防ぐための身体の知恵である。

日焼して磐石の句碑在しけり　渡辺恭子
日焼してくちびる厚くなりにけり　木村淳一郎
四肢投げて微動だもなき日焼かな　山県幸枝
日焼姉妹楽譜ひろげしまま秋へ　平井幸子
農婦なり指の先まで日焼して　中村ユタカ
どの顔も反原発の日焼けかな　武田涓滴
日焼子のTシャツ肩を外れをり　関口謙太
試着室ふと気後れし日焼けの手　矢崎恵子
わが腕日焼けて離郷八年目　沼澤石次
肌を焼く口絵のやうな女かな　井口冨子

## 昼《ひる》寝《ね》　午睡《ごすい》　三尺寝《さんじゃくね》　昼寝人　昼寝覚　昼寝起

夏は夜明けが早く、しかも朝の涼しい間に仕事をするので、昼食がすむと眠くなる。そこで、日盛りを避けてしばらく午睡し、少し涼しくなってからまた仕事にかかることになる。こうして体力を回復した方が仕事もはかどり、健康にもよい。三尺寝は、狭い所で、日脚が三尺（約一メートル）移るほどの短い間だけ仮眠をとることで、職人などが仕事場でする。

海女の舟海女の昼寝の刻ただよふ　きくちつねこ
潮変り三尺寝より覚めし海女　千田一路
田に向きて昼寝姿の死もありぬ　佐々木典太
大軒三尺寝とは言ひ難き　納谷一光
みどりごの顔そこにある昼寝覚　山下　広
斬られたるごとく昼寝の道具方　吉岡桂六
羽化のなきにんげんにして昼寝覚　木内彰志
午前中三面六臂午後昼寝　伊藤瓔子
委員会裏の荷台の三尺寝　戸恒東人
雲のほか動くものなし昼寝覚　土屋いそみ
どの部屋にも昼寝の蹠見えてをり　佐野達枝
店番の寸暇大事に母昼寝　三宅久美子
肩書のすべてが外れ大昼寝　市橋一男
昼寝せむ塔組みあげし匠らと　山本　源
昼寝覚舌の長さを競ひあふ　栗原利代子
集めたる駱駝の陰や馭者昼寝　鷲澤喜美子

昼寝癖つきて慌てし途中下車　田中湖葉
洗濯機の反転忙し昼寝妻　田部黙蛙
昼寝覚め散らばる手足かき集め　多賀庫彦
昼寝して仏の顔となりにけり　宮武章之
とろとろと昼寝してとろとろ覚む　大口公恵
昼寝覚め野に一筋の水奔り　高橋謙次郎
衣かけてくれし気配や昼寝覚　岡田和子
三面鏡その一面に昼寝覚む　白岩三郎
紙たたむ音擦過せり昼寝覚　有働　亨
花剪って昼寝の裾を通りたる　藤田三郎
せせらぎを枕の下に昼寝覚　石井龍生
ごろり昼寝ごろり水爆横にいる　千曲山人

## 寝冷《ねびえ》　寝冷子《ご》

夏の夜はむし暑くて寝苦しいので、裸で寝たり、知らぬ間にタオルケットをどけてしまい、明け方の気温の低下でからだが冷え、風邪をひいたり腹をこわしたりする。夏は体力の消耗が激しいので、これがなかなかあなどれない。特に子供に多いので、腹当や腹巻などをさせて予防する。あのげんなりとした感じは、不安なものだ。

寝冷の子もののいのちのこと問えり　丸山海道
寝冷えさするな満月の草畑　宮坂静生
叱られて寝冷の臍のありどころ　嶋田麻紀
寝冷子を背にあやしつつ星の父　赤井淳子

## 夏《なつ》の風邪《かぜ》　夏風邪

寝冷でひく場合と、冷房でひく場合とがあるが、症状は同じ。普通は軽くてすむが、あなどって長引くこともある。夏は体力の消耗が激しい上に、食欲不振やストレスで基礎体力が落ちているので、他の病気につながる恐れもある。特に老人にとっては、〈夏風邪はなかなか老に重かりき

高浜虚子〉である。↓風邪（冬）

夏の風邪俳諧の森浅からず　青木重行
夏風邪や鴉に声を奪はれぬ　平野鉄哉
一憂の去りてすかさず夏の風邪　福山英子
夏風邪にもてあそばされてゐたり　佐々木博子
夏の風邪またも肉屋の前通る　大矢ひろ志
夏風邪の妻に小さく使われて　栗山恵子

## 暑気中り《しょきあたり》　暑さ負け　暑さあたり

夏の暑さのため病気になることで、食欲不振や倦怠感などをともなう。基礎体力が落ちているためで、なかなかしんどい。すぐになおるものでもないので、心がけて養生するしかない。食欲をそそるあっさりとした物を中心に献立を考え、体調が上向くまではなるべく身体に負担をかけないようにして、それぞれのペースでやって行くのが一番である。

カップルに暑さあたりの道譲る　松浦敬親
暑気中り師を困らせる一生徒　諸田一風
ドンファンのスタミナ切れや暑気中り　塩路隆子
言へば悔い言はずとも悔い暑気中り　勝田享子

## 水中り《みずあた/みづあた》

飲み水が原因で病気になることで、夏の旅先で多い。夏は微生物が繁殖する季節である上に、人間の方は暑さで抵抗力が弱くなっているので、いつもなら何でもない細菌にまで負けてしまうのである。旅先の場合も、水が違えば住んでいる微生物も違うし、旅の疲れやストレスも重なって、そうなるのである。だから、生水《なまみず》は飲まない方がよい。

笹の炭嘶ませし幼な水中り　山本悠水
水中り眉間たひらになりゐたり　原田青児

## 夏《なつ》痩《やせ》　夏負け　夏やつれ　夏ばて

暑さのために身体が衰弱して痩せることだが、夏ばてが外面に現われたものと考えてよいだろう。夏ばてと夏負けは同じことで、一般には夏ばての方がよく使われる。体質的なものがあるのか、痩せている人は夏痩せをして、痩せたい人はそうも行かない場合が多いようだ。いつものことなら、そう気にすることはない。

夏痩せて嫌ひなものは嫌ひなり　三橋鷹女
夏痩せて骨の鳴る音聴いてしまふ　矢崎妙子
吊されて竹人形の夏やつれ　辰野利彦
祖父の書をかけて夏痩はじまりぬ　原田豊子
夏痩にことさら触れで別れけり　宮地英子
夏痩の髪も細ると思ひけり　宇都木水晶花
夏痩の背なにちらりと張り薬　室田みちこ
夏痩や旅に持たさる人参酒　深沢儀政
夏痩せと思ふジヤコメツテイの像　遠藤睦子
夏痩せと言ひふくめては母を抱く　神郡　貢
夏負けの思ひすごしといふ病　西川良子
部分月蝕心ばかりが夏痩せて　赤澤新子

## 日射病《にっしゃびょう》　熱射病《ねっしゃびょう》　熱中症《ねっちゅうしょう》

日射病は現在では熱射病を含め、熱中症と呼ばれるようになった。熱中症は体の中と外の暑さによって引き起こされる様々な体の不調であり、「暑熱環境下にさらされる、あるいは運動などによって体の中でたくさんの熱を作るような条件下にあった者が発症し、体温を維持するための生理的な反応より応じた失調状態から全身の臓器の機能不全に至るまでの連続的な病態」とされている。軽度の場合は、涼しい場所に運んで衣服を緩め、水分を補給し、足を高くして手足を中心部に向かってマッサージすれば回復する。

黄土ゆく夢よりさめし日射病　井上禄子

母の呼ぶ風に覚めゆく日射病　山本悠水

## 霍乱《かくらん》《くわくらん》

暑気あたりの病気で、普通は日射病をさすが、古くは嘔吐や下痢をする病気（コレラや赤痢などの伝染病から食中毒まで）を含めて言っていた。病気などしたことがない人が急に病気になるのを、「鬼の霍乱」と言うが、とにかく突然やって来るのである。↓日射病

かくらんに町医ひた待つ草家かな　杉田久女

霍乱のあと白髪となりにけり　井出寒子

霍乱の耳たぶをひつぱつてゐる　小林貴子

田舎道まつすぐ白し霍乱す　飯田綾子

## 水虫《みずむし》《みづむし》

いかめしく言えば「汗疱状白癬《かんぽうじょうはくせん》」で、白癬菌が原因である。多くは足の指の皮膚にできて、かゆい。特に夏は靴の中がむれるのでよく繁殖し、伝染する。命にかかわることはないが、なおするると根気がいる。夏の思い出にもらって来て大事にしている人が居たけれども、秋になっても鳴く虫ではない。水虫も体質的に好き嫌いがあるようである。

水虫がほのかに痒しレヴュー見る　富安風生

水虫や客の話へ空答へ　長山順子

蝦夷からの土産水虫薬とは　加藤あさじ

水虫は父の勲章昭和果つ　飯田綾子

# 行事

## こどもの日《ひ》　子供の日

五月五日。端午の節句の日。「子供の人格を尊重し、子供の幸福をはかる」趣旨のもとに昭和二十三年に定められた国民の祝日。

こどもの日小さくなりし靴いくつ　林　翔
ひんやりと机の下や子供の日　宮坂静生
飴細工の小鳥とびたつ子供の日　中村貞子
光線銃の青きを浴びる子供の日　篠原　元
一家連れ五月五日の海渡る　倉田しげる
海は一日うごいてゐたり子供の日　原田　喬

## 母《はは》の日《ひ》

五月の第二日曜日。母の愛に感謝を捧げる日。母が健在の人は赤、亡母を偲ぶ人は白のカーネーションを胸に飾る習慣がある。アメリカのメソジスト教会の一女性が、母を偲んで白い花を教友たちに分けたのが始まりという。

母の日の母悲しませ定年来　田川飛旅子
母の日や頼りの妻の母に似て　成田昭男
母の日や古き世を言ふ妻とをり　森田公司
母の日の母居ぬ部屋はそのままに　久保砂潮
母の日も母さえ呼べぬ子を看取る　高橋富久江
母の日の母となりたり花受けて　土屋いそみ
母の日や甕いつぱいに水溢れ　秋岡朝子
忘れいし母の日なりし句会かな　岡本きよみ

母の日や単身赴任の父帰る　花房五城
母の日の瘦田に走る峡の水　河村すみ子
母の日の筆談といふ贈り物　橋本敏子
母の日の大河は音もなく流る　木村日出夫
母の日も母の磯笛聞こえけり　荻原芳堂
祝はるるのみの母の日とは佗し　本多芙蓉
母の日の母に帝国ホテルかな　山崎ひさを
母の日や我を母ならしめる子等　上野山明子
母の日や身体髪膚《はっぷ》傷だらけ　村上妙子
母の日を子にかかはりて暮れにけり　大嶋洋子
わが炊きし仏飯母の日の母に　澤田緑生
母の日の母となるいとけなき母よ　田中朗々
母の日や鏡のぞけば母の顔　瀬川秋子
母の日のたそがれにゐるひとりかな　赤井淳子

## 愛鳥週間《あいちょうしゅうかん》《あいてうしうかん》　バードウイーク　バードデー

五月十日から十六日まで。鳥類を保護する週間。野鳥の観察保護などの催しが行われる。アメリカのバードデーに倣って昭和二十二年に制定。最初は四月十日からであったが、鳥の活動状態に合わせて変更された。

バードウイークをんな同士のよく喋舌り　成瀬櫻桃子
鉛筆を耳にはさみて鳥の日よ　宮坂静生

## 時《とき》の記念日《きねんび》　時の日

六月十日。時間を尊重して、生活の改善をはかることを目的として定められた日。天智天皇が、初めて漏刻《ろうこく》（水時計）を宮中に設置された日を記念して大正九年に制定された。

時の日の客あれば出る渡し舟　宮岡計次
時の日や鸚鵡《おうむ》は過去を饒舌に　矢崎硯水
時の日の叩きて動く玩具の眼　姉崎蕗子
時の日や曲ってしまふ海老フライ　大江かずこ

時の日の時を粗末に過しけり　三浦光児
時の日の束ねて重き古新聞　石川美佐子

## 父《ちち》の日《ひ》

六月の第三日曜日。父親の慈愛と労苦に感謝を捧げる日。アメリカのJ・Bドット夫人が母の日に対して提唱し、設けられたアメリカ合衆国の年中行事である。

父の日の隠さうべしや古日記　秋元不死男
深く深くプールに潜り父の日よ　林　誠司
父の日や仏の山の忘れ水　森田公司
父の日や脚立の脚に亡父の名　長友砂峰
父の日や父よりうけし後生楽　行方克巳
父の日のジグソーパズル未完成　小野口正江
父の日と言ひて虎魚の刺身食ふ　大坪景清
今もある回す電球父の日よ　斎藤俊子
父の日や巨船転舵に刻かけて　和気久良子
部屋広く使ひ父の日一人居る　田村一翠
多羅葉の葉に父の日のメッセージ　高橋一平
ゴリラ不機嫌父の日の父あまた　渡辺鮎太
父の日の父の背を知る太柱　乙部露光
父の日の生きて百まで甲斐の酒　小髙沙羅

## 端《たん》午《ご》

端午の節句　五月の節句　菖蒲《あやめ》の日　初節句

五月五日を端午の節句と言い、男子の成長を祝う。男子の尚武《しょうぶ》的な気性を養成する日とされたのは、武家時代以降のことである。菖蒲を節物とするので菖蒲の日ともいう。

二人子を預けて病める端午かな　石田波郷
水軍の裔の家紋や初節句　楠本節子
百幹《ひゃっかん》の竹のかがやき端午の日　三島敏恵
少年が櫂かつぎ来る端午かな　矢野潤水

## 幟《のぼり》　五月幟《さつきのぼり》　座敷幟　初幟

端午の節句に、男子の出生を祝って立てる幟。定紋をつけたもの、鍾馗《しょうき》、武者絵を色鮮やかに描いたものなどがある。大きな幟を立てる場所の関係で、最近は内幟が多くなった。

五女ありて後の男や初幟　正岡子規
百年の畳み皺ある武者幟　進　峰月
乙訓の竹あおあおと幟竿　福井鳳水
一村は光秀贔屓幟立つ　塩路隆子
山国の山より高き幟かな　中川和宥
幼より親よろこべる武者幟　三島由子

## 鯉《こい／こひ》幟《のぼり》　五月鯉《さつきごい》　吹流し　矢車

端午の節句に、出世魚といわれる鯉の幟を大空に掲げ男子出生を祝う。将来への夢を託すもので江戸時代から見られる。吹流しは合戦の旗にならったもの。

鯉幟立ちて菜園みづ〱し　水原秋桜子
矢車のまはり烈《はげ》しき月日かな　沢木欣一
鯉のぼり製材音は噴き散るよ　中島斌雄
立山に雲をとばして鯉のぼり　中山純子
一村の干しものあふれ鯉幟　松田ひろむ
川風に壁塗る庭の鯉のぼり　平間彌生
不況風吐かせて畳む鯉幟　佐藤晴生
鯉幟村に居残る子になれよ　有馬いさお
鯉のぼり日のあるうちに下ろしけり　酒井裕子
真青なる能登の荒磯や吹き流し　渡邊那津
愛しあふごとく無風の鯉幟　矢島恵一
初孫のいやいやしてる鯉幟　大村恭子
鯉のぼり庭先すぐに九十九里　川口浪音
鯉幟雨に力を抜かれけり　市川ふじ子

## 武者人形《むしゃにんぎょう》《むしやにんぎやう》　五月人形《さつき》　兜人形　武具飾る　飾兜

端午の節句に飾る人形や鎧兜《よろいかぶと》。かつて成年戒の儀式を受ける若者は、あやめで作った鬘《かずら》をつける習慣があり、それがあやめ冑、五月人形へ発達し、元禄以降しだいに華美になった。↓菖蒲湯・菖蒲

飾りたる兜の緒こそ太かりき　後籐夜半
百幹の竹のざわめき武具飾る　服部百合子
武具飾る光琳水を庭先に　中戸川朝人
海彦も山彦も来よ太刀飾る　野木桃花
武具飾る家名絶やさぬだけが能　高橋弘道
赤ん坊武者人形の間に眠る　滝沢伊代次
正客に山を据ゑたり武者飾　野中亮介
武具飾る長男次男文科系　鷲田　環

## 菖蒲葺く《しょうぶふ》《しやうぶふ》　菖蒲挿す　軒菖蒲

端午の節句には、家々の軒に、香りのある菖蒲を葺《ふ》き蓬《よもぎ》を添えて、邪気をはらう風習がある。平安時代中ごろから行われ、地方により樗《おうち》や艾《もぐさ》を葺くところもある。↓菖蒲湯・菖蒲

色町にかくれ住みつつ菖蒲葺く　松本たかし
軒菖蒲胸に切尖触れて葺く　石田あき子
菖蒲葺く千住は橋にはじまれり　大野林火
菖蒲葺く軒下を馬曳かれけり　河野照子
安達太良《あだたら》の見ゆる家毎の菖蒲葺く　杉山岳陽
闘牛を飼へる庇に菖蒲葺く　中村房子

## 菖蒲湯《しょうぶゆ》《しやうぶゆ》　菖蒲風呂

五月五日、端午の節句に、邪気を祓い、心身を清めるとして、菖蒲の根と葉を風呂に入れて浴する

風習がある。中国では、蘭湯《らんとう》といって蘭（藤袴《ふじばかま》のこと）の葉を入れる。

蘭湯に浴すと書いて詩人なり　夏目漱石

菖蒲の湯胃を取り臍の曲がりけり　伊藤周峰

沸きし湯に切先青き菖蒲かな　中村汀女

菖蒲湯や男の子ばかりを育てたる　野一広美

父ありし日の熱すぎし菖蒲風呂　廣瀬直人

菖蒲湯の窓開けてをり灯さずに　横井博行

菖蒲湯に子のなき乳房沈めけり　高橋秀夫

菖蒲湯へ来る少年の女下駄　小野冬虹子

## 薬玉《くすだま》　長命縷《ちょうめいる》　五月玉《さつきだま》

古く宮廷では、端午の日、魔除のため蒼朮《そうじゅつ》を艾《もぐさ》に包み、飾りに五色の糸を垂らし部屋に掛けた。中国の長命縷《ちょうめいる》の風習からきている。現在は、香料を造花で毬状に包み装飾に用いる。

薬玉をうつぼ柱にかけにけり　村上鬼城

薬玉にひらきしま丶の式部日記　鈴鹿野風呂

## 沖縄《おきなわ》《おきなは》慰霊《いれい》《ゐれい》の日《ひ》《ひ》　沖縄忌

六月二十三日。沖縄における激戦が終結をむかえた悲しみの日である。昭和二十年（一九四五）のこの日、沖縄司令官が摩文仁《まぶに》が丘で自決。ひめゆり部隊をはじめ、十数万人もの犠牲者を出した沖縄では、県条令でこの日を定め、平和祈念公園で慰霊祭を行う。

潮騒に花なげ入れる沖縄忌　井上土筆

不発弾残れりといひ沖縄忌　多良間典男

ＩＣ倉庫どしゃぶり沖縄慰霊の日　根岸たけを

水音と機織る音や沖縄忌　山崎祐子

沖縄忌胸へ海鳴りたたみ来る　北　さとり

石垣に海光とどく沖縄忌　柳田芽衣

## 海《うみ》の日《ひ》　海の記念日

七月第三月曜日。国民の祝日の一つ。国民の祝日に関する法律（祝日法）では「海の恩恵に感謝するとともに、海洋国日本の繁栄を願う」とされている。もとは「海の記念日」だったが、平成八年より国民の祝日「海の日」となった。当初は七月二十日だったが、祝日法の改正により平成十五年より七月第三月曜日となった。海の記念日は明治九年、明治天皇が東北地方巡幸の際、明治丸で七月二十日に横浜港に帰省したことに因む。

海の日を畳の上で養生す　矢島昭子
海の日や貝の縞目を縦横に　岩淵喜代子
病室より白昼の海海の日よ　杉山ふさ
海の日の秩父囃子の中に在り　村岡　悠
海の日やダイナミックな獅子と竜　大林充幸
海の日の肺活量にしては小　村上義長

## 原爆忌《げんばくき》　原爆の日　広島忌　長崎忌

昭和二十年八月六日に広島、九日に長崎と、世界最初の原子爆弾が投下され、多くの人命が失われた。この両日を原爆忌とし、犠牲者に対する追悼や平和を祈念する行事が行われる。

原爆の日の洗面に顔浸けて　平畑静塔
観光夜景のため暗い丘浦上忌　古沢太穂
広島忌止まることなき人の列　本郷和子
月に裏ありて真闇よヒロシマ忌　前田地子
耳環にも反射光あり長崎忌　田口美喜江
木の中をのぼる水音原爆忌　益田　清
ドーム仰げば夢には非《あら》ず原爆忌　日笠靖子
原爆の日やコロッケの俵形　宮島晴子
原爆の日やステーキの焼き加減　小川千鶴子
原爆の日や濯ぎ水地に返す　穂苅きみ

広島の日の椅子にゐて恕《ゆる》されず　たむらちせい
若木また揺れてゐるなり広島忌　岡林英子
折鶴にいのち吹き込む原爆忌　平岡しづこ
抽斗《ひきだし》に下着が填まり原爆忌　白井久雄
白蛾の目玻璃に紅彩原爆忌　原田孵子
青垣山したたる国の原爆忌　三嶋隆英
原爆忌市電無数の手を吊りて　今井　勲
茄子に照る完璧な空原爆忌　百瀬ひろし
原爆忌割れれば卵の黄味ふたつ　松本三千夫
黙祷の背ナみな老いし原爆忌　宮坂秋湖
広島忌人集まって黒髪なり　池田行三
あの雲はいつか見た雲原爆忌　塩谷めぐみ
今日ばかり風死してをり原爆忌　細木芒角星
爆心の碑火照るひろしま忌　久保知音
写真の子が乳房吸いだす広島忌　古田　海
ふんだんに水出る蛇口原爆忌　小川裕子
ひろしま忌万のいのりに万の影　杉本秀明
地球儀にたまる埃や原爆忌　天谷　敦
水飲みて鳩と目の合う原爆忌　鈴木三光子
鯉跳ねて大河動けり原爆忌　鈴木信行

## 薪《たきぎ》能《のう》

興福寺の薪能　若宮能　芝能　薪猿楽《たきぎさるがく》

五月十一・十二日、奈良の興福寺南大門の前庭に、篝火《かがりび》を焚いて演じられる野外能である。起源は、貞観十一年、二月三日の興福寺の薪焼法会《しんしょうほうえ》の修二会《しゅにえ》の行事にあるとされる。

笛方のかくれ貌なり薪能　河東碧梧桐
薪能万の木の芽の焦がさるる　藤田湘子
薪能闇に火守の控えをり　池田ちや子
怨霊の風のつのりし薪能　高橋ツトミ
薪能ふるさと深き闇を持ち　生田政春
室町の闇を闇呼ぶ薪能　長谷川史郊
きつね雨なかりしごとく薪能　森田桃村
夜風また炎立たせて薪能　浅賀魚木

## 夏場所《なつばしょ》　五月場所

五月中の十五日間、東京両国の国技館で行われる大相撲本場所。神社仏塔の営繕資金を募る勧進相撲の名残である。現在は年六場所制だが、昔は、初場所、夏場所の二回であった。↓初場所（新年）

夏場所やひかへぶとんの水あさぎ　久保田万太郎

夏場所の幟の四股名見せぬ風　丸山海道

## 競《けい》渡《と》　ペーロン　ペーロン船　ハーリー　爬竜船《はりゅうせん》

銅羅や太鼓で賑やかに囃しながら、竜を型どった小舟が競漕する、中国伝来の行事。もとは神事であり年占の意味をもつ。七月の最終日曜日に行われる長崎ペーロンが有名。

ペーロンに関りもなく巨船出づ　下村ひろし

魚眼には球体を駆けペーロン船　丸山海道

## パリ祭《さい》　巴里祭《ばりさい》　パリー祭

七月十四日。フランスの革命記念日である。日本でも、映画「パリ祭」にちなんで、この日を巴里祭と呼び、芸術家などが集まって、楽しいひと時を過す。

巴里祭モデルと画家の夫婦老い　中村伸郎

真白なシェフのスカーフ巴里祭　菅原章風

濡れて来し少女が匂ふ巴里祭　能村登四郎

反核の署名終えたり巴里祭　久保砂潮

拘《こだわ》りのパンの焦げ目やパリー祭　関　礼子

巴里祭納戸に古きバスケット　鈴木黎子

割る前の冷たき卵巴里祭　田中純子

ゆき交へる下天の貌や巴里祭　伊藤　格

長きパンに短き袋巴里祭　吉田つよし

焼きたての麺麭の匂ひや巴里祭　廣崎龍哉

**鬼灯市**《ほおずきいち》《ほほづきいち》　酸漿市《ほおずきいち》　四万六千日《しまんろくせんにち》　千日詣《せんにちまいり》

七月九・十日の両日、東京浅草観音の縁日に立つ市。この日に参詣すると四万六千日の功徳が授かるといわれる。境内には、子供の虫封じ、女の癪に効能があるとして鉢植えの鬼灯を売る店が並び賑わう。

人去りしほほづき市のさびれ雨　石原八束
鬼灯市売り家目立つ露地を抜け　森田清司
鬼灯市や子規に恋の句あればなあ　松田ひろむ
四万六千日子忘れの日を賜らず　山田みづえ
大川を舟にて詣る四万六千日　小川一路
赤ん坊にも四万六千日の風　松岡洋太
雨季さなか四万六千日帰依す　石山佇牛
土砂降りの鬼灯市となりにけり　岡島昭二
つづく訃に四万六千日の雨　鈴木やす江
ビー玉をばらまく四万六千日　田辺波菜

**朝顔市**《あさがおいち》《あさがほいち》

七月六日から八日まで、東京入谷《いりや》の鬼子母神《きしぼじん》境内で開かれる市。江戸時代、この付近は、朝顔栽培が盛んであった。現在は都市化のため、江戸川や葛飾で栽培されたものが、葭簾ばりの店に並び江戸情緒を楽しませる。↓朝顔

朝顔を見にしののめの人通り　久保田万太郎
百度石朝顔市の風の中　橋本謙治

**植樹祭**《しょくじゅさい》　全国植樹祭

全国植樹祭は、国土緑化運動の中心的な行事として、一九五〇年（昭和二十五年）以降、天皇皇后臨席のもと、お手植えや参加者による記念植樹等を通じて、国民の森林に対する愛情を培うことを

目的に開催されている。かつては緑の週間に合わせ四月の第一週（春）であったが、一九六〇年以降は五月から六月に行われることが多くなった。↓緑の羽根（春）

祝辞みな未来のことや植樹祭　田川飛旅子
青空に声にじませて植樹祭　大串　章
植樹祭イーハトーブを歌いつつ　松田ひろむ
植樹祭日田に杉箸檜箸　牧野桂一
前景に岩木山据え植樹祭　石口　榮
植樹祭緑の点は地球の灯　松本真菜

## 山開《やまびら》き　ウエストン祭

かつて霊山は、信仰の対象であり夏期一定の期間以外は登山を禁じていた。その禁を解くことを山開きという。富士山は七月一日、谷川岳は七月第一日曜日、上高地は、六月第一日曜日に、山の神に安全を祈願する。↓川開き

深山蝶直ぐ舞ひ立てり山開き　瀧　春一
山開きたる雲中にこころざす　上田五千石
牛の声割り込んで来る山開　阿部佑介
天に満つ星の時間や山開き　宮地良彦
山伏問答峰に谺《こだま》し山開　高橋耕子
祓はれる帽子まつ白山開き　諸田登美子
富嶽太鼓雨に打ち出す山開　平賀扶人
金色の鍵奉る山開き　神沢英雄
山開くわが行く道を天に懸け　山下鴻晴
どの子にも木霊返して山開き　白根君子

## 川開《かわびら》き　両国の川開き

各地の大きな川で、七月下旬から八月上旬にかけて、花火などの催しを行い、納涼期の幕開けとする。特に東京隅田川の花火大会が有名。もとは、悪霊を祓い稲につく虫を追うための水の神の祭である。↓山開き

夕飯や花火聞ゆる川開き　正岡子規
きんつばの薄皮淡し川開　藤田湘子

## 海開《うみびら》き

七月一日ごろ各地の海水浴で行われる海水浴場開きである。海水浴客のための海の家、貸ボートなどが整えられ、安全を祈っての行事が行われる。↓海明（春）

立ち上る波へ塩打ち海開き　豊田八重子
巻貝に汐鳴りとどく海開き　宇都宮八重
大海を禰宜慎重に開きをり　伊規須富夫
海開き太平洋をまのあたり　小堀弘恵

## 東《あずま》《あづま》踊《おどり》《をどり》

東京の新橋演舞場で催される新橋芸妓の踊り。大正十四年から四月吉例行事であったが、現在は、五月二十八日から四日間行われる。京都の都踊りと共に、花柳界舞踊の代表的なものとして海外にも知られている。

まり千代の東をどりの鼻を見る　徳川夢声
濃き紅の東踊りの小提灯　下田実花

## 祭《まつり》

夏祭　祭獅子　祭太鼓　祭囃子　祭笛　祭提灯　祭髪　祭衣《まつりごろも》　宵宮《よいみや》　夜宮《よみや》　山車《だし》
神輿《みこし》　渡御《とぎょ》　御旅所《おたびしょ》　祭舟

夏季に行われる祭礼の総称。俳諧では祭は夏祭を意味する。古くは祭といえば、賀茂祭（葵祭）をさした。春秋の祭と違い農事と直接の関係はなく、疫病や水害などの災害からの加護を祈るものが多い。↓春祭（春）・秋祭（秋）

象潟や料理何食ふ神祭　曾　良
神田川祭りの中をながれけり　久保田万太郎
祭見にあひると亭主置いてゆく　文挾夫佐恵
佃囃子や露店は刻む音を高め　古沢太穂
男らの汚れるまへの祭足袋　飯島晴子
すぐ途切れ山国に会ふ夏祭　加藤瑠璃子
星と星指でなぞれば祭来る　小澤克己
お祭のあかるいところ横切りぬ　森村文子
客に酔い露店に酔いし御祭り　松村小夜子
気の長きわらべが祭牛を御す　沢村越石
焼もろこし良き香を放ち祭終ふ　荻野みゆき
川あれば町ありて夏祭あり　佐土原岳陽
篝火の水面《みなも》に揺れて船の渡御　原　道忠
蔵の戸を岩戸びらきに祭の夜　石川皓子
序の調べ静かに祭囃子かな　浅賀魚木
不祝儀の袋書きをり祭笛　水谷芳子
波音の高き湖畔を鍋の渡御　廣瀬凡石

祭獅子祓ひては子に泣かれゐる　丸山美奈子
からっぽの巣箱に届く祭笛　徳田すゞ江
祭獅子煽る日の丸扇子かな　黒田咲子
一合の米磨ぐ祭太鼓かな　片山依子
波寄せて月の渚の祭笛　岡崎憲正
時満ちて義経太鼓祭笛　大西岩夫
遠くなるほどに淋しく祭笛　関根章子
永代橋落ちんばかりの神輿かな　中田みなみ
生きのいい頭あつめてもむみこし　落合水尾
放送は子供神輿の来る知らせ　斉藤友栄
荒神輿強訴の如く宮を出づ　木村淳一郎
海風や佃膨らむ祭りまえ　小平　湖
夜宮てふこの懐かしき匂ひかな　冨士田英甫
旧道は子供神輿の通る道　林　來山
別れきて祭化粧を濃くしたり　高橋秋子
荒神輿ゆくに昼月弾みけり　松本千冬
好きな子のそばには行けず夏祭　村松壽幸

## 諏訪《すわ》《すは》の御柱祭《おんばしらまつり》《おんばしらまつり》

御柱祭　諏訪祭

長野県諏訪大社で、申と寅の年に行われる大祭。上社・下社の御柱を新たに取り替える行事。神山から樅《もみ》の巨木を伐り出す「山出し」、急斜面の「木落とし」など、勇壮で男性的なことで有名である。

御柱男振り見せ父を継ぐ　森田公司
御柱祭八ヶ岳に木遣の届きをり　渡邊那津
荒男群る乾坤《けんこん》つなぐ御柱　上野章子
蒼穹《そうきゅう》を天井にして御柱《おんばしら》祭　矢島　恵
御柱祭屋根の上なる喇叭《らっぱ》隊　柚口　満
御柱落すあめつち息をとめ　高木良多

## 競《くらべ》馬《うま》　賀茂の競馬　きそい馬

五月五日、京都上賀茂神社の馬場で行われる五穀成就、国家安泰を祈る神事。五月一日に馬を決める足揃え式がある。桜の冠、緋袍、萌黄の袴姿といった古式ゆかしい競技。

負馬の眼のまじ〱と人を視る　飯田蛇笏
白絹は勝者の肩に競べ馬　山田由紀子
大和鞍鐙《あまるべ》蒔絵や競べ馬　井上綾子
儀の長し悍馬《かんば》宥《しず》める競べ馬　田島君子

## 筑《つく》摩《ま》祭《まつり》　鍋祭《なべまつり》　鍋冠祭《なべかんむりまつり》　筑摩鍋

五月三日、滋賀県米原《まいばら》町の筑摩神社の祭礼。『伊勢物語』にもある古い祭で、娘が契りを交わした男の数だけ鍋を頭にかぶって供《ぐ》奉《ぶ》する奇習である。今は、少女らが紙製の鍋をかぶり、平安朝の面影をとどめている。

ものいはで著るや筑摩の鍋二つ　成　美
言はるゝがまゝにならびて鍋乙女　森田　峠

## 葵《あおい》祭《まつり》　賀茂祭《かもまつり》　北祭《きたのまつり》　賀茂葵《かものあおい》　懸葵《かけあおい》

五月十五日の京都上賀茂・下鴨神社の荘厳な祭礼。平安時代祭といえばこの祭をさした。葵祭とは近世になってから。葵を懸けた牛車《ぎっしゃ》や斎王を乗せた輿を中心に、供奉の行列が美しい平安朝ゆかりの優雅な祭である。

しづ〳〵と馬の足掻きや加茂祭　高浜虚子

飾らるる葵あくまで黒き牛に　桂　信子

## 三社祭《さんじゃまつり》　浅草祭

五月十七・十八日（古くは旧暦三月）、東京の浅草神社の祭礼。三社というのは、観音像を魚網で拾った漁師の真中知《まうち》・浜成《はまなり》・武成《たけなり》の三人を祀ったからである。古式の田楽舞、神輿の渡御などで賑わう。

妓が走る三社まつりの宵の雨　泉　春花

荷風なし万太郎なし三社祭　宇田零雨

## 三船祭《みふねまつり》　舟遊祭《しゅうゆうさい》　扇流し　西祭

五月の第三日曜日、京都嵯峨の車折《くるまざき》神社の祭礼。昔の大堰《おおい》川（桂川）御遊を模して、神輿の御座《ござ》舟《ぶね》、詩歌、管弦の舟をそれぞれ竜頭鷁首《りゅうとうげきしゅ》で飾り、嵐山の峡に浮かべて扇流しの神事が行われる。

神遊ぶ三船祭の水ゆたか　太田由紀

扇流しの扇の中の花一図　津根元　潮

## 御田植《おたうえ》《おたうゑ》　御田《おんだ》　神植《かみうえ》　御田祭《みたまつり》

田植の時に、田の神に豊作を祈る神事。神田で実際に田植することが多く、田遊び、田楽能などの芸能が発達した。伊勢神宮の「御田植」は五月中旬、大阪住吉大社の「御田」は六月十四日に行われる。

投げ苗の御田の舞の上をとぶ　高野素十

前山にひびく龍笛御田植祭　松本幸子

黒光りしたる御田の牛を引く　亀井　碧

御田植の素足のもどる石畳　数合信也

## 富士詣《ふじもうで》《ふじまうで》

富士道者　富士行者　富士講　富士禅定《ふじぜんじょう》　山上詣《さんじょうもうで》　浅間講《せんげんこう》

七月一日（江戸時代は旧暦六月一日）は山開きの日、白装束に鈴・金剛杖の行者姿で、富士権現奥の院に参る。江戸時代に広まった富士山信仰は、講を組み富士登山や、市中の富士塚参詣を行った。

斯う斯うと虻の案内や不二詣　一　茶

富士行者白衣に雲の匂ひあり　正岡子規

## 厳島管絃祭《いつくしまかんげんさい》《いつくしまくわんげんさい》

厳島祭《いつくしままつり》

六月十七日（もと旧暦同日）、広島県宮島にある厳島神社の祭礼。祭神は市杵島姫命《いちきじまひめのみこと》など三女神であるが、音楽の神である弁財天を祭る意で、彩色提灯をかかげた舟を浮かべ、渡御の折に管弦による雅楽が奏される。

管絃に艪音かさね月のぼる　長谷川史郊

大鳥居海に残して管絃祭　宮島英二

## 名越《なごし》《なごし》の祓《はらえ》《はらへ》

御祓《みそぎ》　夏越《なごし》　夏祓《なつはらえ》　川祓《かわはらえ》　川社《かわやしろ》　祓川《はらえがわ》　形代《かたしろ》　茅の輪《ちわ》　菅貫《すがぬき》

旧暦六月と十二月の晦日《みそか》は、一年を二期にわける祭の忌の日。六月晦日は、名越の祓をする。半年間の心身の穢《けが》れを祓う茅の輪くぐりや形代流しなど神事がある。

夕かぜや名越の神子《みこ》のうす化粧　大　江　丸

形代の袂ひろげて流れゆく　加藤三七子

火をあびつ形代さつと闇に入る　加藤知世子

ありあまる黒髪くぐる茅の輪かな　川崎展宏

形代にかけたる息の余りけり　綾部仁喜

神鶏の茅の輪をくぐる親子連　杉山青風

湖の風の吹き抜く茅の輪かな　猪股洋子
青青と匂ふ茅の輪をくぐりけり　高松俊子
祭後孤《ひと》り茅の輪を潜《くぐ》りけり　鬼頭進峰
阿夫利嶺《あぶりね》に雨の来てゐる茅の輪かな　樋口桂紅
夕風や茅の輪くぐりし身の軽さ　斎藤道子
ライオンの抜けてきさうな茅の輪かな　小野口正江
奥のあるやうに茅の輪を覗きけり　木村淳一郎
形代を記す本名しか持たず　大久保和子
形代の行方の水の真青なる　原田豊子
形代のわが名一画さへ略さず　小野恵美子
形代や書く筈の名の一人欠け　行廣すみ女
息かけて形代に顔なかりけり　小倉行子
白杖の先の触れたる茅の輪かな　板倉馨子
青空の向うへ茅の輪くぐりけり　篠原敏子
茅の輪くぐる四捨五入せし物忘れ　田畑はつ枝
人絶えし茅の輪に雀来てをりぬ　今井真寿美

## 祇園祭《ぎおんまつり》《ぎをんまつり》

祇園会《ぎおんえ》　祇園御霊会《ぎおんごりょうえ》　天王祭《てんのうさい》　山鉾《やまほこ》　祇園囃子《ぎおんばやし》　祇園太鼓　祇園山笠　鉾祭
鉾立　弦召《つるめそ》

七月十七日から二十四日まで行われる京都八坂神社（祇園社）の絢爛豪華な祭礼。十六日の宵山、特に祇園囃子も賑やかに練り歩く十七日の鉾巡行は圧巻である。もとは平安時代初期に疫災をなだめるために牛頭《ごず》天王を祀った。

祇園会や二階に顔のうづ高き　正岡子規
くらがりへ祇園囃子を抜けにけり　黒田杏子
祇園囃子聞えず地下のがらんどう　沢村越石
遠くより祇園囃子はこんちきちん　河村英美子
長刀のもつとも揺れて鉾廻る　稲松錦江
祇園会の過ぎ田に殖ゆるかぶとえび　田口彌生
出嫌ひの祇園祭にうかれ出し　峰山　清
鉾紅し嫁に来し日の衿の色　関戸靖子
降り足らぬ空の下なる鉾まつり　藤本時枝
鉾の稚児貴人のさまに振る舞へり　大槻制子
鉾巡行柩に似たるもの交へ　内田美紗
鉄瓶の坐りし屏風祭かな　明円のぼる

## 博多祇園山笠《はかたぎおんやまがさ》《はかたぎをんやまがさ》　山笠　博多祭

七月一日の「お潮井《しおい》とり」で始まる福岡市の櫛田《くしだ》神社の大祭、十五日の追山は、豪華な山笠が全速力で街を駆け抜ける勇壮な行事で博多では追山で夏が来るという。起源は、聖一国師が病気退散を祈祷したことによる。

博多山《や》笠《ま》男走れば街動く　鮫島康子

初寄りの山笠《やま》の法被の強《こわ》かりし　中野賢二

飾り山笠見し夜のあら煮旨《うま》かりし　堀之内末子

朝山笠や大きな肩の揃ひたる　津上清七

## 野馬追《のまおい》《のまおひ》

福島県相馬市の中村神社、南相馬市の小高神社と太田神社の妙見三神社合同の祭事。七月二十三日から三日間、甲冑に身を固めた騎馬武者が合戦絵巻さながらの神旗争奪戦などを繰りひろげる。相馬氏の始祖平将門が家臣に神馬を追わせ騎馬戦を模したのに由来するという。

駒とめて野馬追の武者水を乞ふ　加藤楸邨

野馬追の赤熊《しゃぐま》に隠る女武者　加藤房子

たまさかの浜風涼し野馬祭　縣　美知

野馬追のかのいでたちは郷大将　幸田和喜子

## 天神祭《てんじんまつり》　天満祭《てんまさい》　鉾流《ほこながし》の神事　どんどこ舟　川渡御《かわとぎょ》　神輿舟　天満の御祓《おはらい》

七月二十五日、大阪天満宮の祭礼。宵宮の鉾流《ほこながし》の神事、二十五日の川渡御は、この祭の圧巻である。天神信仰は、菅原道真が結びつき後に文学詩歌の神とされるが、元来、禊《みそぎ》であり、水で穢《けがれ》を洗い去る祭である。

舟渡御を見る皃《かお》あつき篝かな　青木月斗
天神祭しんどき暑さいたりけり　成瀬櫻桃子

## 安《あん》居《ご》

夏《げ》安居　雨《う》安居　夏《げ》　一夏《いちげ》　夏行《げぎょう》　夏籠《げごもり》　夏断《げだち》　夏入《げいり》　結夏《けつげ》　夏百日《げひゃくにち》　夏書《げがき》　夏花《げばな》

旧暦四月十六日から七月十五日まで、僧侶が一室に籠り精進修行すること。安居は梵語で雨期の意。釈迦が雨期の三ヵ月間、弟子の外出を禁じ屋内修行を定めたことによる。安居に入るを結夏《けつげ》、解くを解夏《げげ》という。↓冬安居（冬）

雨安居の人の世へだつ白障子　塩谷はつ枝
白雲の迅きがゆゑの安居かな　田中裕明
竹の実を噛みくだき居る安居かな　永田耕衣
ひらがなの母にまゐらす夏書かな　河野静雲
夏安居の鯉は明るく泳ぐかな　島田たみ子
晴れやらぬ心に夏書はかどりぬ　宇野幸子
孟宗の皮をひもどく夏断かな　伊藤　格
夏断ちして山脈闇へ帰りゆく　鈴木慶子

## 練《ねり》供《く》養《よう》

当麻《たいま》練供養　当麻法事　来迎会《らいごうえ》　迎接会《げいせつえ》　曼荼羅会《まんだらえ》

五月十四日、中将姫の忌日に行われる法会。奈良県当麻寺に籠った中将姫が、蓮糸で曼荼羅を織り、二十五菩薩の来迎を受け極楽往生したことを示す行事。娑婆堂《しゃば》に姫の像を安置し、奏楽の中、二十五菩薩に扮した稚児が長い渡殿を練り進む。

練供養まこと練る僧遅れ来る　磯野充伯
諸菩薩の丈に高低く練供養　秦　羚羊子
練供養待つ間の老婆多弁なり　小林実美
稚児つひに抱かれて雨の練供養　判治遼子
脚長き菩薩増えたる練供養　高松早基子
二上は雨にかくれて練供養　河合佳代子

## 伝教会《でんぎょうえ》《でんげうゑ》

最澄忌《さいちょうき》　伝教大師忌　長講会《ちょうこうえ》　延暦寺六月会《みなづきえ》

六月四日、比叡山延暦寺で行われる伝教大師の忌日会。天台宗の開祖伝教大師は、最澄（七六七～八二二）の諡号《しごう》である。昔は勅使が登山し、法華経の論義など盛大に行われた。

黒鯉は最澄の黒水無月会　森　澄雄

最澄忌山へ入りゆく鐘一基　柿本多映

## 鞍馬《くらま》の竹伐《たけきり》

竹伐　竹伐会《たけきりえ》　蓮華会《れんげえ》

六月二十日、京都鞍馬寺で行う行事。天下泰平、五穀成就を祈る。本堂前に置いた大きな青竹を、近江、丹波二座に分かれた僧が、太刀で伐り競う。その遅速により豊凶を占う。大蛇退治の伝説に因む勇ましい行事。

竹伐や錦につつむ山刀　鈴鹿野風呂

竹伐や面のやさし荒法師　藤本朝海

## 鑑真忌《がんじんき》

旧暦五月六日。唐招提寺開祖鑑真和上（六八八～七六三）の忌日。唐の高僧鑑真は、難破、失明など苦難の十二年を経て来日、日本律宗の開祖となる。国宝鑑真和上坐像は、天平彫刻の傑作といわれる。

鑑真忌いつ点りたる御簾のうち　行方克巳

膝行の礼をとりけり鑑真忌　横山嘉子

くれなゐの鴉を探す鑑真忌　岩淵喜代子

麻酔覚めふと鑑真の忌と思ふ　井浪立葉

塵なきを掃く学僧や鑑真忌　肥田埜勝美

先づ供ふ朴の一花や鑑真忌　池田弥寿

潮騒の届かぬ大和鑑真忌　湊　キミ
襖絵の雲が雨呼ぶ鑑真忌　谿　昭哉

**蝉丸忌**《せみまるき》　蝉丸祭

旧暦五月二十四日。延喜《えんぎ》の帝《みかど》の皇子、琵琶の名手、蝉丸の修忌。音曲芸道の祖神とされ、大津市蝉丸神社で祭礼が行われる。謡曲「蝉丸」に、盲目のため逢坂山に捨てられるが、琵琶の音をたよりに姉逆髪とめぐりあえたとある。

蝉丸忌半日鈍《にぶ》く京にをり　藤田湘子
蝉丸忌闇明るしと謡ひけり　井上芙美子

**業平忌**《なりひらき》　在五忌《ざいごき》

旧暦五月二十八日。在五中将在原業平（八二五～八八〇）の忌日。平安朝初期の六歌仙の一人。皇族の出であるが、在原姓を名乗り、和歌に情熱を注いだ。『伊勢物語』に描かれた「昔男」のモデルといわれる。

断髪のえりあし青し業平忌　日野草城
水音のどこから夢の業平忌　寺井谷子
業平忌少女のすなる男役　井上皆子
寝て脱げる靴下長し業平忌　緋乃道子

**万太郎忌**《まんたろうき》　傘雨忌《さんうき》

五月六日、久保田万太郎《まんたろう》（一八八九～一九六三）の忌日。東京浅草生まれ。義理人情を主題とした小説家・劇作家として有名。俳句も傘雨と号し、抒情的、印象的で分り易く、戦後「春燈」を創刊、主宰。句集『道芝』など。昭和三十八年没。七十四歳。

万太郎忌日の竹や軒を貫く　石川桂郎

今生の何がほんとや傘雨の忌　永井友二郎

## 健吉忌《けんきちき》

五月七日。文芸評論家山本健吉（一九〇七〜八八）の忌日。本名石橋貞吉。長崎生まれ。折口信夫《おりくちしのぶ》に学び、文学作品の評論多数。近世俳諧から現代俳句にいたる研究や、歳時記の編集など俳句界に大きな影響を及ぼした。野間文学賞、文化勲章受章。昭和六十三年没。八十一歳。

桜湯にまなこいたはる健吉忌　角川春樹

菖蒲引く手もとつめたき健吉忌　善積ひろし

## たかし忌《き》　牡丹忌

五月十一日。俳人松本たかし（一九〇六〜五六）の忌日。本名孝。東京神田宝生《ほうしょうりゅう》流能役者の家系に生まれる。病弱のため能を断念。高浜虚子に師事。色彩的、耽美《たんび》的な作風。俳誌『笛』を創刊。牡丹を愛したので牡丹忌ともいう。昭和三十一年没。五十歳。

たかし忌の白扇が打つ膝拍子　鷲谷七菜子

たかし忌の芥子《けし》卓上に花散らす　大橋敦子

## 晶子忌《あきこき》　白桜忌《はくおうき》

五月二十九日。歌人、与謝野晶子（一八七八〜一九四二）の忌日。本名は与謝野志やう《しょう》。旧姓は鳳《ほう》。大阪堺市の生れ。歌集『みだれ髪』は当時の女性としては先例のない激しい情熱的な表現で一躍脚光を浴びた。一九〇四年（明治三十七年）九月、『君死にたまふことなかれ』を『明星』に発表。与謝野鉄幹と結婚。五男六女をもうけた。

人怖れず世に阿らず晶子の忌　大橋敦子
晶子忌の蛍も恋の火を育て　井沢正江
晶子忌や針をつきさす赤い布　藤岡筑邨
紅のおはじきいつの晶子の忌　小平　湖
晶子忌の未来図探す旅ひとり　宮　沢子
金髪の大和撫子晶子の忌　松田ひろむ
晶子忌や色の褪せきし万華鏡　中村ふみ
泣かれるも泣くもなき世を晶子の忌　松本真菜

## 多佳子忌《たかこき》

五月二十九日。俳人橋本多佳子（一八九九～一九六三）の忌日。本名多満。東京本郷生まれ。杉田久女に俳句を学び、後に山口誓子に師事。激情的、叙事的な句風で感銘を与えた。俳誌「七曜」を主宰。句集『紅絲《こうし》』『命終』など。昭和三十八年没。六十四歳。

多佳子忌の高階に泛くエレベーター　桂　信子
海の紺いつまでも紺多佳子の忌　塩川雄三

## 桜桃忌《おうとうき》《あうたうき》

太宰忌

六月十九日。小説家太宰治（一九〇九～四八）の忌日。本名津島修治。青森県生まれ。無頼派、破滅型と称され、代表作「人間失格」「斜陽」など。昭和二十三年六月十三日、愛人と玉川上水に入水自殺。六月十九日に遺体が発見された。晩年の短篇「桜桃」から名づけられる。

太宰忌の身を越す草に雨の音　飯田龍太
桜桃忌わが身藻抜けの上衣《うわぎ》つるす　加倉井秋を
夜学生教へ桜桃忌に触れず　沢木欣一
黒板に人間と書く桜桃忌　井上行夫
ペンだこも小さくなりぬ桜桃忌　福島　胖
深沈と父が魚釣る太宰の忌　駒志津子
一日を濡れ傘持ちて太宰の忌　内田美紗
天金の一書重たき桜桃忌　伊藤喜太郎
生涯に水子一人や桜桃忌　黒木　胖
ときめきは遠くより来る桜桃忌　白石みずき

**楸邨忌《しゅうそんき》《しうそんき》**　達谷忌《たっこくき》

七月三日。俳人加藤楸邨（一九〇五〜九三）の忌日。本名健雄。山梨県大月市生まれ。水原秋桜子に師事。後に「馬酔木《あしび》」的唯美調から人間内面の表現を希求する人間探求派として「寒雷」を創刊主宰する。句集『寒雷』『火の記憶』『野哭』など。平成五年没。八十八歳。

梅雨冷のふところに猫楸邨忌　中　拓夫
楸邨忌硯の海を満たしをり　細田恵子
かたちなきものを見つむる楸邨忌　森田公司
夏潮の青が青生む楸邨忌　松田淳子
泰山の起伏のゆるび楸邨忌　石　寒太
宙に一瞬水の塊楸邨忌　須川洋子
句座にゐて空見てゐたり楸邨忌　佐藤サチ
試歩一歩旅への一歩楸邨忌　井浪立葉
空近く咲く花ばかり楸邨忌　佐藤ゆき子
北へ発つ胸に火の音楸邨忌　中澤康人

**茅舎忌《ぼうしゃき》《ばうしやき》**

七月十七日。俳人川端茅舎（一八九七〜一九四一）の忌日。本名信一。東京生まれ。昭和五年「ホトトギス」の巻頭、注目を集める。宿痾《しゅくあ》の脊椎カリエスを病む。求道的な生き方と共に「茅舎浄土」といわれる荘厳澄明な句の世界は、他の追随を許さぬものがある。昭和十六年没。四十四歳。

茅舎忌の朝開きたる百合一花　高野素十
茅舎忌のありあけの月消えがてに　柴田白葉女

**秋桜子忌《しゅうおうしき》《しうあうしき》**　喜雨亭忌《きうていき》　紫陽花忌《あじさいき》　群青忌《ぐんじょうき》

七月十七日。水原秋桜子（一八九二〜一九八一）の忌日。本名豊。高浜虚子に師事、「ホトトギス」

で活躍するが後に離脱し、「馬酔木」を主宰。主観写生を樹立し新興俳句運動の中心となる。句集『葛飾』『霜林』など。昭和五十六年没。八十九歳。

秋桜子忌葡萄の露に指濡れて　瀧　春一

炎天のわが影ぞ濃き喜雨亭忌　能村登四郎

## 河童忌《かっぱき》

我鬼忌《がきき》　龍之介忌

七月二十四日。小説家芥川龍之介（一八九二～一九二七）の忌日。昭和二年のこの日、芸術と現実の矛盾に苦しみ自殺。俳号を我鬼、『澄江堂句集』がある。好んで河童の絵を描き、死の前年の小説「河童」に因み河童忌という。三十五歳。

青年の黒髪永遠《とわ》に我鬼忌かな　石塚友二

河童忌や水の流れのうすあかり　かみ・としほ

河童忌の火屑をこぼせ百日紅《さるすべり》　佐々木　咲

河童忌や一生徒のみ肯はず　兼安昭子

## 不死男忌《ふじおき》

甘露忌《かんろき》

七月二十五日。俳人秋元不死男（一九〇一～七七）の忌日。本名不二雄。別号東京三《ひがしきょうぞう》。横浜市生まれ。新興俳句運動を推進し、昭和十六年いわゆる俳句弾圧事件に連座し、獄中生活を送る。戦後「氷海」を創刊主宰。句集『街』『瘤』『甘露集』など。昭和五十二年没。七十六歳。

走馬灯廻らぬもあり不死男の忌　堀内一郎

缶切りの要らぬ缶詰不死男の忌　日暮ほうし

湯に踊る燗徳利や不死男の忌　佐野克男

腹熱き共寝の犬や不死男の忌　越高飛騨男

## 草田男忌《くさたおき》《くさたをき》

八月五日。俳人中村草田男（一九〇一〜八三）の忌日。本名清一郎。中国廈門《あもい》に生まれ、松山市に帰る。高浜虚子に師事。後に「萬緑」を創刊主宰。人間探求派、思想性と詩性を統一した第三存在を希求した。句集『長子』『火の鳥』『来し方行方』など。昭和五十八年没。八十二歳。

炎天こそすなはち永遠の草田男忌　鍵和田秞子

ありたけの風鈴を吊り草田男忌　増成栗人

# 動物

## 鹿《しか》の子《こ》　鹿《か》の子《こ》　子鹿　親鹿

鹿に出会うには奈良公園などへ行くとよいが、五、六月ごろになると木かげや古寺のほとりの草むらに母鹿に連れられた鹿の子を見ることができる。生まれた年はまだ角がなく茶褐色の毛並の艶と白い斑も美しく、大きな耳と顔にあふれるような二つの瞳が可愛らしい。若芝の上を、か細い脚をはこびながら親鹿の傍を離れない姿を観察することができる。↓春の鹿（春）・鹿（秋）

鹿の子のあどなひ顔や山畠　桃隣

鹿の子にもの見る眼《まなこ》ふたつづつ　飯田龍太

鹿の子のこちら向く耳立ちにけり　石田郷子

しなやかに子鹿覚えし横坐り　田中はな

## 袋《ふくろ》角《づの》　鹿の袋角　鹿の若角

牡鹿の角は毎年春から夏にかけ、根元から落ちて、新しく生え変わる。はじめはやわらかい皮をかぶっていて、血管の通っているのが見えるが、これを鹿茸《ろくじょう》という。感覚は鋭敏で、その中にたかぶりを秘めているようにも思える。角は成長し、やがて立派な骨が形成される。↓落し角（春）

やはやはと女人が触れる袋角　宮川杵名男

四肢折って人を眼で追ふ袋角　岩坂満寿枝

## 蝙蝠《こうもり》《かうもり》　かわほり　蚊喰鳥《かくいどり》

鼠に似た哺乳類ではあるが、指の間にはねのような膜があって飛ぶことができる。昼間は洞窟や屋根裏などの暗い所に、奇妙な格好でぶら下がって眠っているが、夕暮れから夜にかけて出没し昆虫を捕食する。西洋では魔女の化身として嫌われているが、中国では「蝠」が「福」に通じるとして喜ばれる。種類は多いが一般的によくみかけるのは家蝙蝠という種類である。

かはほりや革のとびらの賭博場　吉田静二

かはほりや門火暗き沼の宿　成嶋瓢雨

蚊喰鳥水門低き日を掲ぐ　菊井稔子

蝙蝠の糞下駄箱に阿弥陀寺　佐野みつ

蝙蝠や月射しゐたる溶岩《らば》に磁気　一志貴美子

かはほりや寺領一万坪の闇　櫛井芳子

## 亀《かめ》の子《こ》　銭亀

石亀の子で、銭に似ていることから別名銭亀ともいわれる。五、六月ごろに水辺の砂の中に産卵し、五、六十日くらいで孵化する。夜店などで売られて子供たちからは人気があり、水盤や池に飼って鑑賞される。

銭亀売る必ず白き器にて　斎藤夏風

銭亀を間に夫婦喧嘩かな　吉田健一

## 雨蛙《あまがえる》《あまがへる》　枝蛙《えだがわず》　青蛙《あおがえる》　夏蛙《なつがえる》

アマガエル科の青い小さな蛙で、梅雨どき雨気が漂って今にも降り出しそうになってきたとき、柿や桑などの低い木の枝でよく通る声で鳴き、まるで鳥の声を思わせる。体長は四センチほどで別名枝蛙の名もあり、色は淡緑色で、若葉の茂みなどにいると保護色となり仲々見分けにくい。時には

褐色に帯びた色に変ずることもある。↓蛙（春）

雨呼んで身の軽くなり雨蛙　加藤瑠璃子
竹林の整ひゐたる枝蛙　折野美恵子
集金は残り一軒雨蛙　納谷一光
李白の詩学びそびれし雨蛙　布施キヨ子
引く草の色より抜けて雨蛙　大滝時司
一湾の汐満ちてきし雨蛙　矢部八重
とまる木の色となりたる雨蛙　鈴木豊子
枝蛙病臥の妻に灯をともし　鈴木五鈴
枝蛙のど風船にして鳴けり　松田弘子
葉隠れの武士にはあらず青蛙　藤本悦子

## 河鹿《かじか》　河鹿蛙　河鹿笛

清い渓流や山の湖などに棲む小さな痩せた蛙で、黒味がちで斑があり、あまり美しさは感じない。しかし初夏になると谷川で聞く澄んだ声はすばらしく、鳴き声が鹿と同じように見事であるため、山の鹿に対して河の鹿と言われた。近年は自然環境の破壊が急速に進み、なかなかその姿が見られなくなった。

河鹿笛村は小さきほどよかり　齊藤美規
四五人の一人が聞きし初河鹿　外山智恵子
窯出しの壺の渋みや河鹿鳴く　小熊秀子
昼河鹿働く日々の力抜く　旗川青陽
屏風岩河鹿が鳴けば谺する　塚田正子
夜更けて河鹿鳴き出す長良川　磯野充伯
昼河鹿ささやくほどの声流し　今本まり
石となり流れとなりて河鹿待つ　寺島美園

## 牛《うし》《うし》蛙《かえる》《かへる》　食用蛙

アカガエル科の大型種。体長一〇〜二〇センチ。緑色または暗褐色で不規則な黒い斑点が散在している。世界各国で食用とされ、鳥肉や魚肉に似て柔かく美味である。大正時代に輸入されたものが繁殖した。牛のように太い、よく響く声で鳴く。水辺に住むが、大雨の夜などに道路に出没する。夏の季語として分類する歳時記もある。

牛蛙ぐわぐわ鳴くよぐわぐわ　金子兜太
牛蛙昨日のつづきの我であり　加藤瑠璃子
田の闇にゐて一匹の牛蛙　森田清司
牛蛙魚板ふたたび打てば止む　川澄祐勝
光る藻のうおおんうおおん牛蛙　福富健男
牛蛙鳴けば漣生まれけり　梅本幸子

## 蟇《ひきがえる》《ひきがへる》　蟾蜍《ひきがえる》　蟾《ひき》　蝦蟇《がま》　がまがえる

日本原産の蛙の中では最も大きく、背中は黄褐色または黒褐色でいぼがあり、腹は灰白色である。動きが非常に鈍く、姿が何となく陰うつでグロテスクな姿は鬼気迫るものがある。梅雨どきの朝など、庭隅で鳴いている蟇の声は鬱々として何かもの寂しい。三月ごろ地中の冬眠から覚めて産卵し、再び冬眠して初夏になって這いだしてくる。昼間は草むらなど湿地に隠れていて、夜になると出てきて昆虫や小虫を捕食する。外形は気味が悪いが、童話の中の親指姫の中の蟇や歌舞伎の中にもがまがえるが登場するなど、意外に親しまれている面もある。

蟇《ひき》ないて唐招提寺春いづこ　水原秋桜子
蟇誰かものいへ声かぎり　加藤楸邨
蟾蜍長子家去る由もなし　中村草田男
文珠堂森の鈍《どん》びきがえるかな　古沢太穂
泥になる寸前で醒めひきがえる　森村文子
わが一泊の島の大地よ蟇の恋　久保田ナホ
蟇遠く見つめるものは何　渡辺ハツヱ
一家言ありさう蟇の罷り出る　金田一てる子
蟇鳴いて芸人塚は高座風　山下美典
天皇に苗字はなけれ蟾蜍《ひきがえる》　望月秀子
蟇片目つむって夜陰かな　安田優歌
蟇一瞥《いちべつ》くれて向き変へる　中村初枝
陶匠の門より蟇のまかり出づ　伊東とみ子
蟇と合ふ為の化粧をしてゐたり　星野明世

蟇自若たり石のごと身じろがず　三宮初詣
蟇汝にも余生あるならむ　西川五郎
蟇出づるすでにこの世の昏さ曳き　西村梛子
もっさりと目の前にゐし蟇　吉江八千代
蟇出て来よ今日も暮れたぞよ　細木芒角星
蟇おのが重みに耐えて歩み出す　坂本山秀朗
僧兵のやうな貌《かお》して蟇出づる　高橋ひろ子
土剥がれたるごと蝦蟇《ひき》の動きけり　常重　繁
吾が息を盗みて蟇の一歩二歩　風間みどり
蟇穴を出づ得たり貌《かお》したり　竹中しげる

## 山椒魚《さんしょううお》《さんせううお》　はんざき

イモリの近縁で、サンショウウオ目の両生類の総称。魚の名があっても魚ではない。わが国各地山間の渓流・湿地や洞窟などに棲み、幼生は外鰓を持っていて卵も蛙のものによく似ている。色や匂いが山椒に似ていると言われるがはっきりとしない。また、別名はんざきとも言われる。絶滅の危機を恐れて保護をしている地方もある。

はんざきのあたりの夜のまくれなる　岡井省二
はんざきの眠りや獣咆哮す　水鳥ますみ
はんざきの世捨ての貌が水の底　豊長みのる
はんざきの石の上なる眠りかな　高橋将夫
はんざきのあたりは空いてをりにけり　小菅佳子
岩風呂にはんざきとなりひそみをり　末永雅子
山椒魚揚げて酌む酒哀しけり　松本正一
石よりも石の顔して山椒魚　栗原稜歩

## 蠑螈《いもり》《ゐもり》　井守《いもり》　赤腹《あかはら》

日本固有の動物で、サンショウウオの一種イモリ科に属する両生類で、形は守宮に似ているが、守宮が家に棲むのに対して、井戸、池、沼、小川等水中に棲む。体は黒褐色だが腹が赤い斑のため「赤腹」と言われる。「井守の黒焼き」は、「ほれぐすり」の妙薬とも言われるがその効能は確かではない。

浮み出て我を見てゐるゐもりかな　高浜虚子　パレットをゐもりの水に洗ひけり　齋藤耕心

## 守宮《やもり》　壁虎《やもり》　家守《やもり》

トカゲ目トカゲ亜目の爬虫類の一群の総称。蜥蜴に似ていて体は平たく、鱗は微小で全体的に暗灰色。指の裏に吸盤をもち、これで天井や壁などにつかまる。夜になると出てきて虫などを捕食する。毒は持っていないが、その姿などから人からあまり好まれない。

やもり鳴き皿を割つたるやうな月　高瀬恵子お四国に宿を守宮と借りにけり　本杉桃林遅滞稿はげます夜ごと守宮来て　浅野　正声明と闇の間を這う守宮　高島光陽子

## 蜥蜴《とかげ》

トカゲ目トカゲ亜目の爬虫類。一〇センチ～二〇センチ位でほぼ日本全国に棲息する。背は暗緑色で鮮緑色の三筋の縦縞が走り、光沢があって美しい。炎天下、鋼のような青光りする背を輝かせ、灼けつく石の上にじっと獲物を狙っている姿は不気味であるが、何かいい難い詩情を感じさせる。寒い時期は冬眠しているが、春暖かくなると地上に這いだしてくる。昼行性で、昆虫、蜘蛛、蚯蚓などを捕食する。敵の襲来を受けると自衛手段として自らの尾を切って逃げるが、切れた尾はまた再生する。

石をまわって蜥蜴神託をわする　八木三日女　青蜥蜴空瓶粉にして埋める　真山　尹
矢印へ来て身を反らす青蜥蜴　瀬戸美代子　寝袋が二つ干されて青蜥蜴　川﨑美知子
子蜥蜴に人見知りなどなさそうな　岸田雨童　闘志かなふりむきざまの蜥蜴の眼　高橋姿月
鋏鳴る音に素早き青蜥蜴　杉山青風　密教の渓より出でず青蜥蜴　水野すみ子

柔らかき少年の掌の青蜥蜴　前川　実　天才は病院にをり黒蜥蜴　鳥居真理子

## 蛇《へび》

くちなわ　ながむし　青大将　山棟蛇《やまかがし》　縞蛇　烏蛇

トカゲ目ヘビ亜目の爬虫類の総称であるが種類は極めて多い。爬虫類のなかでも最も特殊な体形をもち、体は細長く円筒形、小鱗で瓦状に覆われ、まぶたも、外耳もなく、舌が細く二又に分かれて小動物や鳥の卵などを食べる。有毒のものと無毒のものとに大別されるが、昔から不吉なものとして嫌われてはいるが、その反面、田畑に害を与える小動物を食べて、人間には益のある動物であったり、神やその使いとして崇められることも多い。古くから「へみ」と呼ばれたり、巨大なものについては「おろち」と呼ばれていた。↓蛇穴を出づ（春）・蛇穴に入る（秋）

水ゆれて鳳凰堂へ蛇の首　阿波野青畝
くちなはに切られし水のすぐ繋ぐ　宮坂静生
母の粥炊きつつ蛇を見ていたり　山崎政江
蛇打たれ笑い崩るる如く死す　対馬康子
樹より蛇落ちてちりぢり一行詩　染谷佳之子
蛇きっとゐる足音立てて行く　佐藤洋子
くちなわの流されつつも渡りきる　渡辺　皓
蛇捕の袋は生きてをりにけり　山岡姿舟
足どりの蛇を恐れてをりにけり　鳥越久美子
くちなはの遮るもののなき孤独　吉野十夜
くちなはの泳ぎきつたる水緊る　根岸善雄
蛇の野は美しきかな躾糸《しつけいと》　森川麗子
神木のどこにも触れず蛇落つる　淺原尚嗣
酒呑んでぐうたらぐうたら村の蛇　吉田さかえ
重さ無き蛇の葉ずれの音なりし　弓木和子
蛇が寄る女の髪を焼きし穴　岩崎信子
蛇去つて僕のどこかで蛇行せり　市場基巳
蛇ゆきしあと真青なる風立ちぬ　宮本径考
見てならぬ見ては居らぬと青大将　勝田享子
蛇が交尾す落下傘降下中　西大桝志暁

蛇進む砂ひとつぶも身につけず　大野今朝子
眼を逸らすとき蛇の喧《わら》ひけり　小林洸人
蛇生るる少年の瞳のあをあをと　星野歌子

蛇若し蛇より長き棒を持つ　斎田史子
くちなはの入り隠沼の水にほふ　河野石嶺
水に落つ蛇のまなこに映るもの　市堀玉宗

## 蛇衣《へびきぬ》を脱《ぬ》ぐ

蛇の衣　蛇の殻　蛇の蛻《もぬけ》　蛇皮を脱ぐ

梅雨明けのころになると蛇は脱皮して成長する。抜け殻は蛇の形をして白く光沢があり、木の枝や石垣などにひっかかっているのを見かける。それを「蛇の衣」「蛇の蛻」などというが、完全な形で残っているものは少ない。この抜け殻を財布に入れておくと金が溜まるという迷信がある。

病院の出口はふたつ蛇の衣　沢田正博
両眼も脱いでをりたる蛇の皮　安田春峰
蛇の衣吹かるるために木にかかり　稲荷島人
蛇の衣目のあとまでも抜けてをり　岩佐こん

揺れてをり蛇のかたちに蛇の衣　木下野生
走り根につまづいてゐる蛇の衣　木山杏理
今年また同じところに蛇の衣　清田一夫
蛇脱ぎしばかりの衣のうすみどり　宮内克樹

## 蝮《まむし》

蝮蛇《まむし》　赤まむし　蝮捕　蝮酒

日本に棲息するクサリヘビ科の毒蛇で、体長三〇センチ〜一メートル、体はやや太くて短く、頭は三角形で平たく首が細い。暗褐色の全身に黒い円形の斑紋がある。湿地帯に行くと「マムシに注意」という看板を見かけるが、毒性があるので人からは嫌われている。蝮酒は生け捕りにしたものを焼酎につけたもので、黒焼にしたものは強壮剤としても効果があると言われている。

武蔵丘陵蝮寝ている夜明けかな　金子兜太
国旗挿すところに蝮干しゐたり　植松千英子
生け捕りの蝮を下げて立ち話　西岡フサ子
蝮酒仕舞ひし戸棚恐れけり　石野冬青
昼酒の手許狂はず蝮捕　河内きよし
ぶつ切りの蝮あぶりて山仕舞　海野勲

## 羽抜鳥《はぬけどり》　羽抜鶏

夏になると多くの鳥の羽毛が抜け変わる。鳥によってその時期は異なるが、十姉妹やインコ、カナリヤ等の飼い鳥は六月頃、雉は七月の中旬、雁や鴨などは九～十一月頃にかけて抜け変わり、風切り羽まで抜けてしまって、生え揃うまでしばらく飛べなくなる。最も一般的なのは鶏で、羽の抜けた姿は見すぼらしく哀れで、鶏冠の色まで艶が失せてしまって、しょぼしょぼ歩く姿は滑稽である。

羽抜鶏生みし卵を笊《ざる》に盛る　加古宗也
羽抜鶏見事に鬨《とき》をつくりけり　大木あきら
羽抜鶏影を掃かれてをりにけり　柴崎七重
眼光はピカソのごとし羽抜鶏　堀越せい子
一羽より一匹となり羽抜鶏　斎藤由美
スランプや聖者の貌《かお》の羽抜鶏　淺沼眞規子
羽抜鳥逃ぐるに羽根をつかひけり　中里結
羽抜鶏なほも律儀に産卵す　加藤富美子
羽抜鶏男は無口通しけり　成田昭男
奪衣婆にいためられたる羽抜鶏　黒川芳穂
強がりのわれにも似たり羽抜鶏　吉木フミエ
羽抜鶏走れ痛いの痛いの飛んで行け　正木海彦

## 時鳥《ほととぎす》　子規《ほととぎす》　杜鵑《ほととぎす》　蜀魂《ほととぎす》　杜宇《ほととぎす》

カッコウ科の渡り鳥で、背は灰褐色、腹は白色に黒の斑の横縞がある。卵をウグイスの巣などに産む「託卵」という習性がある。四月から五月の中旬にかけて南方から渡ってきて、晩夏に南へ渡っていく。鳴き声は「テッペンカケタカ」とか「特許許可局」と聞こえる。古来から、人はこの鳥に親しみ詩歌によく詠まれていて、「時つ鳥」「魂迎鳥《たまむかえどり》」「賎子鳥《しずこどり》」「子規《しき》」「不如帰《ふじょき》」などの別名が多い。

ほと〻ぎす大竹藪をもる月夜　芭　蕉
谺《こだま》して山ほと〻ぎすほしいまゝ　杉田久女
焼酎が蕉村名のれりほととぎす　矢島房利
ほととぎす足袋ぬぎ捨てし青畳　鈴木真砂女
湿原に地みち板道ほととぎす　尾亀清四郎
ほととぎす釜に煮立てし山の水　糸井美緒
ほととぎす大山垣は灘に果て　岸原清行
深吉野に別れの朝のほととぎす　塩田章子
白髪の天上母のほととぎす　中澤康人
ほととぎす富士は噴く火をなおはらむ　宇咲冬男
聞き洩らす皆が聞きたる時鳥　大久保和子
ほととぎす非武装平和まぼろしか　鈴木　弘
パソコンの画面に迷路ほととぎす　山本京子
尾瀬小屋の布団新しほととぎす　林田潤子
木綿注連を賜はる朝や時鳥　御子柴光子
梓川より時鳥かすかなり　樹林有紀子
起きぬけの濁り温泉熱しほととぎす　白澤よし子
牧夫らの鋤鍬ながしほととぎす　澤田緑生

## 郭《かっ》《くわく》公《こう》《こう》　閑古鳥《かんこどり》　かっこ鳥

カッコウ科の渡り鳥で、体の色は時鳥とほとんど同じで、背は灰青色で風切羽は暗褐色、胸腹部は白地に斑の横縞がある。四月から五月にかけて南方から渡ってきて、夏が終わると南へ渡って行く。山麓・平野などに棲み、「カッコゥ」「カッコウ」と艶のある鳴き声は、古来から人々に親しまれ、明るく牧歌的で、時鳥に比べると西洋的なイメージがあるとも言える。時鳥と同じように「託卵」

の習性がある。「閑古鳥」という古名もある。

かっこうや何処までゆかば人に逢はむ　臼田亞浪
郭公や仰臥のままに四十過ぐ　宮岡計次
郭公や木曾緩やかに海めざす　長村雄作
遠郭公山の天気を聞きもらす　岡本猿人
郭公や畑へと戻す鉢の土　吉田つよし
自惚も少しあらねば初郭公　須田奈津子
郭公の鳴くは粉雪降るやうな　百瀬邦一郎
夢の世や郭公よりも早く起き　富樫　均
郭公の一日墨にまみれけり　丸山比呂
奥むさし晴れて二声閑古鳥　山下青柳
郭公の森に予期せぬ物が建つ　博林米子
郭公や浄めの塩は肩に振り　加藤美佐子
鳴かずにはをれぬ郭公つづけざま　岩崎　裕
始発バス郭公の声入れて発つ　明才地禮子
幾重にも水音ときに遠郭公　野中亮介
郭公の荒磯に蹄いて尻屋崎　相ヶ瀬水啼
郭公や山のポストに日が当り　矢崎ちはる
郭公やゲレンデのあと空いて居り　大高扇人
郭公や山の裾まで宿の庭　杉村昌信
木道のからりと乾き閑古鳥　八木マキ子

## 筒鳥《つつどり》

大きさと色が郭公によく似たカッコウ科の渡り鳥で、四月頃渡来し、高原や低山地帯に棲む。ぽんぽんと竹筒をたたくように低い声で鳴き、聞きとりにくいことから山の隠者などとも言われ、何か寂し味のある声は幽玄そのものである。同類のカッコウ科の鳥でも、時鳥や郭公よりもしみじみとした潤いのある声であるが、あまり詩歌に詠まれていないのが残念である。

森遠し筒鳥は世の外に鳴き　猪俣千代子
筒鳥や橋の下草片敷けば　石田波郷
筒鳥やひたすらキーを打つ窓辺　永沢達明
筒鳥や遙かを船のゆくごとし　黒鳥一司

## 慈悲心鳥《じひしんちょう》《じひしんてう》　十一《じゅういち》

カッコウ科の夏鳥で、鳩よりやや小さく、小形の鷹に似ている。慈悲心鳥は古名で、「ジュイッチー ジュイッチー」と鳴くことから十一と呼ばれ、「ジヒシーン」ときいて慈悲心鳥と呼ばれる。背は暗灰青色、尾羽に褐色の横斑がある。高山の樹林に棲み、大瑠璃などの巣に托卵し飼育もまかせる習性がある。

慈悲心鳥おのが木魂に隠れけり　前田普羅

慈悲心鳥悉《ことごと》く濡る樺の肌　和田照海

慈悲心鳥の声聴く亡母と霧に濡れ　鷲見緑郎

十一や坊主地獄へ人の列　渡辺立男

## 仏法僧《ぶっぽうそう》《ぶつぽふそう》　姿の仏法僧

夜、森の深くで鳴くこの鳥は、鳴き声が「ブッポウソウ」と聞こえることから、昔から霊鳥とされてきたが、昭和十年、研究家によりそれが誤りであることが発表され、この鳴き声は木葉木菟であることが判明した。実際の姿の仏法僧は、ブッポウソウ科の渡り鳥で、鳩より少し小さめで、東南アジアで越冬し、四月頃日本に渡来し山中に棲み、九月頃帰ってゆく。↓木葉木菟

仏法僧山中の樹々沈みゆく　高橋良子

坊宿り仏法僧の三布ほとり　平岡保人

## 木葉木菟《このはずく》《このはづく》　声の仏法僧

フクロウ科の鳥で、森林に棲み夜間に活動する鳥だが、現在は数が減少し絶滅状態に近く、山梨、長野、岐阜、宮崎の各県では天然記念物に指定している。「ブッポウソウ」と鳴くことから「声の

仏法僧」と呼ばれ、三河の鳳来寺山や甲州の身延山などに棲息する。体長は三〇センチ位で、最も小形のミミズクで体の色は黄褐色。その鳴き声は夏の夜空の涼しさの象徴のようである。↓仏法僧・青葉木菟

学僧を破戒に誘ふ仏法僧　高橋弘道
仏法僧指呼に聞ゆる雨後の山　山本一三子
硯彫る四五戸の村や木葉づく　富田うしほ
八重島を雲の湧きつぐ木葉木菟　斎藤梅子

## 青葉木菟《あおばずく》《あおばづく》

フクロウ科の鳥で、青葉となる五月頃南から渡ってくる夏鳥。鳩と同じくらいの大きさで、夜、ホーホーと二声ずつ続けて鳴くので「二声鳥」という名もある。背は黒褐色、腹面は白色に黒褐色の縦斑がある。耳のような羽角がなく丸い顔をしているので木菟の名がある。都会や近郊の森でも、欅のような大木の洞に巣を作る。俳句に詠まれるようになったのは昭和の初め頃からである。↓木葉木菟

夫恋《つま》へば吾に死ねよと青葉木菟　橋本多佳子
バーボンを舐めて聞かうよ青葉木菟　泉田秋硯
病む母の寝落ちし頃ぞ青葉木菟　鈴木裕之
青葉木菟さびしいよこんなに独りだよ　松田ゆう子
透析《とうせき》も六年目なり青葉木菟　鳥飼美穂
月の出の後れてをりぬ青葉木菟　中野陽路
青葉木菟闇の深さをまた鳴ける　関根章子
結界の木霊となりける青葉木菟　栗栖恵通子
青葉木菟子芋ひと旅買いにけり　早乙女健
青葉木菟別れていのち濃くなりぬ　佐瀬智恵子
青葉木菟産着のかたち縫ひ急ぐ　杉山岳陽
一灯の下のひとりや青葉木菟　野末たく二
逆縁の奈落を鳴けり青葉木菟　神戸周子
青葉木菟峠に女工哀史あり　松本千冬

**夜鷹《よたか》**　怪鴟《よたか》　蚊吸鳥《かすいどり》

ヨタカ目ヨタカ科の夏鳥で、四月頃渡来し北海道から四国の低山帯の雑木林などに棲息する。体長は三〇センチ位で鳩と同じくらいの大きさ。夜行性で夕刻から活動して飛びながら蛾などの昆虫類を捕らえる。キョッキョッキョッと忙しく鰹節を削るような鳴き声で、一種の凄味のある鳴き方である。蚊吸鳥という別名もある。

夜鷹啼く人の吐息の片隅で　幸田昌子

飯櫃《めしびつ》の音さもしさや夜鷹鳴く　長谷川かな女

**老鶯《ろう/らう おう/あう》**　老鶯《おううぐいす》　夏鶯《なつうぐいす》　乱鶯《らんおう》　残鶯《ざんおう》

春を過ぎて鳴く鶯で、夏鶯ともいうが、別に老いたる鶯をいうのではない。古くから鶯は春の季語とされてきたが、夏になってもまだ鳴くその声を、老いたるものと主観的に捉えている。夏は鶯の繁殖期で、巣を作るために平地から山中に入ってしまうことが多いが、晩夏になって繁殖期を過ぎると鶯が鳴かなくなるが、そのことを「鶯音を入る」という。↓鶯（春）・笹鳴（冬）

二番茶の畝老鶯の声の透く　木下千鶴子

老鶯や白さやさしき吉野和紙　加古宗也

老鶯は鳴き慣れてなほ怠らず　狭川青史

老鶯の高音加わる音楽葬　土田桂子

老鶯や臥して童女の心なる　乾　燕子

墓守の箒三昧夏鶯　増田治子

老鶯や軍神といふ美少年　上森成子

夏鶯秘湯の湯加減足でみる　柴田百咲子

老鶯や松を二十重に防砂林　青木重行

筆を選りをり老鶯を聞くとなく　田部黙蛙

残鶯に高低ありぬ婚《はる》杳か　禰寝雅子
老鶯や温泉疲れの贅重ねつつ　小田尚輝
老鶯の鍛へしこゑの冴せり　武井与始子
島に生れ育ち鶯音を入るる　岩本栄子

## 雷《らい》鳥《ちょう》　雷《らい》鳥《てう》

キジ目ライチョウ科に属する留鳥である。日本アルプス、立山や白山などの二千メートルを越える高山に棲息する。日本では特別天然記念物として保護している。冬は白色となり雪に紛れる保護色となり、夏は岩の色にも似た黒地に茶の斑があり、腹部は白い。動作は鈍くあまり高く飛ばないので猛禽類から襲われやすく、朝夕の薄明かりの時や雷雲が近づいた時などに姿を見せるのでこの名がある。

雷鳥の巣にぬくみある夕立かな　吉田冬葉
雷鳥の雛見て脈のこくこくと　滝澤眞保子
磁石出す我を雷鳥みつめをり　西田浩洋
雷鳥や霧吹くのみの岩世界　岡田貞峰

## 燕《つばめ》の子《こ》　子燕　親燕

家の軒裏や梁の上に巣をかけた燕はまもなく雛をかえす。新緑のころ餌をくわえて親燕が帰ってくると、可愛らしい雛たちが巣の中から餌を争うよう大きな嘴をあけて待っている。五月ごろに孵るのは一番子と呼ばれるもので、盛夏のころは二番子と呼ばれる。成長すると飛翔力を備えるようになり、親と共に南方へ帰っていく。↓燕（春）

子燕の五つゐて息甘からむ　大石悦子
鍛冶町に空家が目立ち燕の子　本間一萍
子燕の老舗育ちと駅育ち　小野とみゑ
子燕に空といふものまだあらず　後藤兼志

干網の雫あまたや燕の子　塚原白里　旅日記つばめの子だけ画いて寝る　下阪淑峰
燕の子顔中口にして騒ぐ　五十嵐　櫻　燕の子今日は次郎が飛び立ちて　武藤善尚

## 鴉《からす》の子《こ》　烏の子　子烏　親烏

自分の縄張りをもつ習性のある鴉は、春になると高い樹の上にややがさつな巣造りをし、青緑色の地に褐色の斑点のある卵を産む。親鳥は六〇日間雛を養うといわれ、やがて地上にちょこんと下りたった姿が可愛らしい。昔から「鴉に反哺《はんぽ》の孝あり」といわれる故事があるが、雛の時に養われた恩返しに、口の中に含んだ食物を口づたえに親鳥に食べさせる孝行心があるという例えにもされている。

石を積む遊びを覚え烏の子　河内きよし　烏の子白は不徳と教へられ　堀切武雄
子鴉の脚にまつはる火山灰　真山　尹　あかときの啼き遅るるは鴉の子　日向洋子

## 駒《こま》鳥《どり》　こま

スズメ目ツグミ科の鳥で、鶯ぐらいの大きさで、雄の背は赤褐色、胸は灰白色、頭部と尾の赤みが強く美しい。高原の叢林に棲み、日本各地に分布している。その声が馬のいななきに似ているので駒鳥と名付けられたというが、実際にはそのような感じはせず、ヒンカラカラと夏の喜びに満ちた高い声で鳴く。

駒鳥の声転びけり岩の上　園　女　駒鳥の来鳴きて岳の雪ゆるぶ　倉橋羊村

## 葭《よし》切《きり》　行々子《ぎょうぎょうし》　葦雀《よしすずめ》

スズメ目ウグイス科の夏鳥で、大葭切と小葭切の二種があり、普通よく見かけるのは大葭切である。鶯に似て、大きく背は淡褐色で黄白色の不明瞭な眉斑があり、下面は黄白色。水辺に近い葭のしげみに棲んでいて、やかましく鳴く。「ギョッギョッギョッ」と昼夜を問わず鳴くので「行々子」ともいわれる。

誰もが箸使ひはじめて葭雀　中嶋秀子
葭切や一番星の低く出て　永久甲三
葭雀水にみづいろ戻りたる　市場基巳
よしきりや借りて読まざる黙示録　土橋石楠花
葭切に鳴かれてをりぬ昼の酒　森　潮
有《う》郁《や》無《む》郁《や》の河川の境行々子《ぎょうぎょうし》　山中順子

## 翡翠《かわせみ》《かはせみ》　翡翠《ひすい》　川蝉《かわせみ》　しょうびん

ブッポウソウ目カワセミ科の鳥で、大きさは雀ぐらいで、嘴が長く、背は青緑色で美しく、「空飛ぶ宝石」ともいわれる。渓流や池沼沿いの木の上から水中の小魚などを狙い、一直線に降下して捕える。留鳥で四季を通して見かけるが、新緑の水辺にいるのが最も映えることから夏季とされている。崖に横穴を作って巣をつくる。

翡翠の一度失せしが露の穂に　下坂速穂
翡翠の色あざやかに霧を出し　川端庸子
翡翠は荒ぶる神の囮《おとり》かも　宮地良彦
翡翠や水の越し得ぬ巌ひとつ　宇咲冬男

## 鷭《ばん》

ツル目クイナ科の鳥で、大きさは鳩ぐらいで、全体に黒色であるが嘴が赤いのが特長である。池沼の草の間や水田に棲み、蹼《みずかき》はなくてもよく泳ぎ、潜水も巧みだ。尾をあげながら「クルルクルル」と鳴くが、これが人の笑い声に似ていることから、俗に「鷭の笑い」といわれる。五月から七月にかけて真菰や蘆の中に巣をつくり卵を産む。

鷭一羽くびほそめつつ湖さわがす　加藤知世子

立ち去るや沼風に来る鷭のこゑ　及川　貞

## 浮《うき》巣《す》　鳰《にお》の浮巣　鳰の巣

水鳥が沼や湖で浮いている水草の上に作った巣のことで、鷭も浮巣を作るがことに「鳰の浮巣」が有名。水面に、芦、蓮、真菰などの茎や葉を支柱にして台形の巣を作る。水位によって上下するが、茂みの中なので外敵からは見つかりにくい。この中に数個の卵を産み、二十日ほどで孵化するが、抱卵中に巣を離れる時は、水草や屑で覆って外から見えなくする。

鳰の巣の浮み出けり宵月夜　成　美

浮巣見て浮巣談義の大きな日　安嶋都峯

鳰の巣の揺るさざなみも近江かな　安住　敦

空つぽの鳰の浮巣の見えにけり　仲田益子

## 通《とお》《とほ》し鴨《がも》《がも》

初冬の湖沼に渡来する鴨は、翌年の早春に再び北方に帰っていくが、夏になっても帰らないで残り、巣を営んで雛を育てるものがある。青芦が伸びた湖沼に、静かな水輪の中に浮かんでいる姿は、やや場違いの感じで面白いが、どことなくさびしげで哀れな印象を受ける。四季を通じて日本に滞留する軽鳧《かる》は、通し鴨とはいわない。↓鴨（冬）

通し鴨禁漁にして禁猟区　松島艶子
からまつの風が水皺に通し鴨　荒川清人
草地より靄の生まるる通し鴨　柳澤和子
貝殻を洗うてをれば通し鴨　黒田咲子

## 夏《なつ》鴨《がも》　軽鴨《かるがも》　黒鴨

軽鴨は夏の間も日本に留まり繁殖するので夏鴨と呼ばれる。暗褐色の羽なので「黒鴨」とも呼ばれ、水辺に棲息する。↓鴨（冬）

刎頚の友のごとくに夏の鴨　佐藤鬼房
夏鴨へくらき敷居を跨ぎけり　摂津よしこ
夏鴨も二羽いてペイネ美術館　鳥越やすこ
夏の鴨水掻き干してゐたりけり　原　光栄

## 軽《か》鳧《る》の子《こ》　軽鴨《かる》の子

軽鳧は四季を通じているが、たいてい草地のへこんだところに、枯葉に自分の綿毛をまぜて巣を作り、五月ごろに産卵し二十四日ほどで卵をかえす。東京でも、皇居の近くのビジネス街の一角の人工の池から親鳥に連れられてヨチヨチ歩く光景がテレビなどでよく紹介される。↓通し鴨

軽鳧の子が飛ぶなり旅の能登の海　田村木国
軽鳧の子や都心の波に逆わで　磯　直道

## 鵜《う》　海鵜　河鵜

ペリカン目ウ科の水鳥の総称。川鵜と海鵜に大別されるが、海鵜は川鵜より大きく、おもに太平洋

側の北海道や三陸沿岸の島や九州沖ノ島などでも繁殖している。長良川の鵜飼に使われるのは海鵜である。頸は細長く全身黒色で、海岸・湖沼付近に群棲し、潜水が上手で魚を鵜呑みにする。鵜は群れながら餌を採る習性がある。↓鵜飼

鵜の宿の灯して雨に聡くをり　神谷美和　こぼつ火を浴ぶはやり鵜の嘴しづく　兼間靖子

川波の眩しき昼の鵜川かな　井上喬風　ひと潜り波やりすごし鵜の浮かみ　戸井田厚

## 水鶏《くいな》《くひな》　水鶏笛

ツル目クイナ科の鳥の総称で、全長は二九センチ位で、くちばしと足が長く尾は短い。背は褐色で黒斑があり、顔は灰鼠色、腹には白色横斑がある。北方から飛来し、水辺の草原に棲息する。雄の鳴く声が戸をたたく音に似ていることから、和歌では、その鳴き声を「たたく」と表現され、夏の風物詩の一つでもある。

この宿は水鶏もしらぬ扉《とぼそ》かな　芭蕉　焚け焚けと囃す水鶏や夜窯を守る　岸川鼓虫子

戦災悲話水鶏叩けど叩けども　中村草田男　水鶏笛きつと芭蕉を呼び寄せる　松田ひろむ

雨止まぬままに夜が来る水鶏宿　岡本玉野　水鶏笛宝石箱にしまひ置く　石脇みはる

## 青鷺《あおさぎ》《あをさぎ》

サギ科の鳥で、全長は約一メートル。日本のサギ類の中で最も大きく、背は灰色で翼は青黒色、後頭に長い飾り羽がある。九州以北の地域の水田、湖沼、湿地に棲息し、魚や小動物を捕食する。高い樹の上に巣を作り集団でいることが多い。

青鷺の田の面へ風を呼びもどす　杉本則江
五位鷺の弥勒《みろく》に似たる足運び　相川玖美子

## 白《しら》鷺《さぎ》　大鷺《だいさぎ》　中鷺《ちゅうさぎ》　小鷺《こさぎ》

コウノトリ目サギ科の鳥で、全身が純白色。背には箕毛《みのげ》がある。大鷺、中鷺の二種は渡り鳥で、小鷺は留鳥で田や畦などで一番多く見かける。初夏に林の高い樹の梢に営巣して雛を育てる。親鳥は朝、湖沼に出かけ小魚を捕らえて雛の餌にする。白鷺の純白な姿態は青田のみどりに映えて美しい。

白鷺のはるかな白に居りにけり　不破　博
白鷺のかがやくことをいざ知らず　鈴木夏子

## 鯵刺《あじさし》《あぢさし》　鮎刺《あゆさし》　鮎鷹《あゆたか》

チドリ目カモメ科アジサシ亜科の鳥の総称。水鳥であるが飛翔性があり、燕のように海面を飛び交う。翼は細長くとがり、尾は燕尾で、日本沿岸でよく見られるのは全長三〇センチ位の小鯵刺で、羽毛は白色、頭と後首が黒い。魚を発見すると空中から獲物を目掛けて急降下して捕らえるのでこの名がある。鮎などを捕るので鮎刺、鮎鷹などとも呼ばれる。春に来て南方に帰る夏鳥である。

鯵刺の突きし水輪や朝ぼらけ　原田浜人
鯵刺の百発百中にはあらず　二本柳力彌
木の橋をくぐり鯵刺しすれ違ふ　広瀬とし
鯵刺の曙の切りこむ水の靄　岡本まち子

**大瑠璃**《おおるり》《おほるり》　瑠璃

スズメ目ヒタキ科の夏鳥で、雄の背が瑠璃色であるためこの名がある。雀位の大きさでピー、シー、シーと高く澄んだ美声で囀るために、鶯、駒鳥と共に古来から三名鳥の一つとされてきた。渓流べりや谷間に雄雌で棲息するが、はっきりとした縄張りをもった鳥である。

大瑠璃の声聞く窓を開け放ち　山口ひろし

大瑠璃や岩壁すでに夜明けたる　石野冬青

**三光鳥**《さんこうちょう》《さんくわうてう》

スズメ目カササギヒタキ科の夏鳥。尾は紫黒色で、腹は白く尾は極めて長く優美である。五月ごろ渡来し、本州・四国・九州の低地や暗い密林の中に棲む。ツキヒホシ（月日星）、ホイホイホイと鳴くところから三光鳥の名がある。

三光鳥背戸への小橋湿りがち　水野爽径

失恋に三光鳥がホイと言ふ　小林貴子

**夏**《なつ》　**燕**《つばめ》

燕は春南方より渡来して、四月下旬から七月下旬にかけて二度産卵をする。産卵後一ヵ月余りで巣立ちをする。親燕は子燕を育てるために、青くなった田や野を忙しく飛翔し、餌を運ぶ姿が見られる。春渡ってきたばかりの頃の燕とは違ってさらに敏捷でかつ育った印象を与える。↓燕（春）

夏つばめ同齢者皆一家なす　能村登四郎

天網を繕っている夏燕　山口　剛

こんもりと残る中州や夏つばめ　渡辺芳子
夏つばめ帆桁に若き脚揃ふ　濱田のぶ子
夏つばめ日曜の窓開け放つ　吉田八重子
飛び交へる矢とも屋島の夏燕　伊東とみ子
夏つばめ是非なき黒を身にまとひ　岡本菊絵
お手玉のトコトンはずみ夏つばめ　黒川治子

## 眼《め》白《じろ》

スズメ目メジロ科の鳥の総称。背面全体が緑色で、下面喉の周りがあざやかな緑黄色、雀よりもやや小形である。腹部の中央が白く、特に目の周りに光沢のある白いふちどりがあるので「眼白」と呼ばれる。鳴き声がよいので、かつては飼い鳥として親しまれた。秋から冬にかけて人里に降りて来て、枝や電線に群れをなして並んで押し合いすることから「目白押し」という言葉が使われる。特に椿などの花にきてその蜜を好んで吸う。

見えかくれ居て花こぼす目白かな　富安風生
目白鳴くあなたが遠い日曜日　隈元拓夫

## 四十雀《しじゅうから》《しじふから》

スズメ目シジュウカラ科の鳥。雀よりやや小形で、頭頂・のどなどは黒、背は緑黄、頰と胸腹とは白、胸腹の中央に縦の黒色帯が一本ある、ツツピン、ツツピンと鳴いて鳥の中でも早く春を告げる鳥で、小群で都会付近にも現れる。四十の雀と書くいわれは、たくさんに群れるという説と、雀四十羽に対してこの鳥一羽という交換条件があったという説がある。

追ひすがり追ひすがり来て四十雀　石田波郷
山晴るる日は呼び合ひて四十雀　中島畦雨

## 山雀《やまがら》

スズメ目シジュウカラ科の鳥。四十雀よりやや大きく、雀よりは小さい。頭上・咽喉は黒色。額から頚にかけて黄白色。背の上部と胸・腹は栗赤色なので他種とは区別ができる。翼・尾羽は肺青色。日本各地の低山帯に棲み、晩秋から冬にかけて山麓や平野にやってくる。昆虫などを食う。敏捷・怜悧で籠鳥として愛玩、神社などでおみくじを引く鳥としても親しまれた。

山雀の声が滝吹く谷伝ひ　臼田亜浪

山雀よ主義者夢二を呼んでいる　松田ひろむ

## 日雀《ひがら》

スズメ目シジュウカラ科の小鳥。眼白よりやや小さく、色彩・習性は四十雀によく似ている。頭と喉は黒く、背は青みがかった緑色で腹部は白く、黒線はない。鳴き声は四十雀に似てツッピン、ツッピンと張り詰めた金属的な声で鳴く。

日雀来てをり朝の日が森に　柴田白葉女

雲中に入りしままなる日雀かな　伊予田由美子

## 緋《ひ》鯉《ごい》《ひごひ》

色鯉《いろごい》　白鯉　錦鯉

コイの一変種で、食用とする黒い真鯉に対して、色のついた観賞用として飼育されたものをいう。全身黄赤色・紅色または白色あるいは雑色のもの、斑点のあるものなど数々の品種がある。水に彩る緋鯉の姿は、まさに暑い夏には涼味を誘うものとして多くの人に喜ばれていた。特に新潟県の錦鯉は有名で珍重されている。

パスワード忘れて緋鯉錦鯉　松田ひろむ
屈託もなくて緋鯉の浮き沈み　渡辺たか子

## 濁《にご》り鮒《ぶな》

梅雨のころになると、川が増水して濁ってしまうが、それに乗じて鮒は遡上し水田や小川に産卵する。これを四つ手網を張ったり、叉手網《さであみ》で掬ったりして捕獲する。「濁りを掬う」ともいわれ、鮒の銀鱗が濁った水の中から垣間見られ、梅雨晴れの日射しに輝く風景は何とも美しい。↓乗込鮒（春）・寒鮒（冬）

濁り鮒けむりのにほふ山河かな　柏村貞子
よくあげてゐるは弟濁り鮒　尾形恵以子

## 鯰《なまず》

梅雨鯰《つゆなまず》　ごみ鯰

ナマズ科の淡水産の魚で、体長は五〇センチほど。頭部へ偏平で、口は大きく長短二対の長い口髭《くちひげ》がある。背びれは極めて小さいが臀《しり》びれはよく発達して尾びれと結合する。体表は粘液で覆われてぬめりがあるが、鱗がない。背部は青黒く、腹部は白い。形のわりに美味で煮付け、蒲焼、鍋など食用にもなる。湖沼や、水田などの泥底に棲み、夜出て来る習性がある。春になって産卵期を迎える。

鯰の子己が濁りに隠れけり　五十崎古郷
鯰料理雨存分にふらせけり　林　たかし
爆音の真下に居たり梅雨鯰　船越淑子
鯰得て身軽に老いし沼漁師　中村翠湖

## 鮎《あゆ》　香魚《こうぎょ》　年魚《ねんぎょ》　鮎の宿

アユ科の魚で、体長は約三〇センチ、背はオリーブ色をしている。秋に川で生まれた稚魚は、海に下り小さな動物を食べて過ごし、春になって若鮎となって川を遡上する。急流に棲み、珪藻などの水苔だけを食べ、秋の産卵後は、落鮎と呼ばれ一生を終える。ぬるぬるとした粘りのある体から発する瓜のような匂いがあり香気があることから、香魚とも呼ばれるが、塩焼きにして蓼酢で食べるのが一番美味。六月一日が鮎漁の解禁日で、一斉に釣り人が川に出向き釣りを楽しむ。寿命は普通一年とわずかで「年魚」の字を当てるが、越年鮎も知られている。各地の山川で見られるが、特に長良川、日田川、仁淀川、球磨川などの河川が産地としても有名である。→若鮎（春）・落鮎（秋）

飛ぶ鮎の底に雲ゆく流れかな　鬼　貫
鮎の腸《わた》抜く夜半《よわ》すこし声かすれ　長谷川秋子
鮎減って村に一女が誕生す　橋本昭一
弱りたる鮎水の色はなれきし　中野　弘
鮎放流早きは既に瀬をのぼる　寒川逸司
跳ねしまま焼かれて鮎の軽さかな　林　享子
鮎寿司のその背にのこる星の色　山崎時二
川音の方へ片寄り生簀鮎　黛　執
串打つて鮎の命の手にうつる　星野秀則
鮎宿の瀬への近道ありにけり　山下美典
仏壇のある間も泊めて鮎の宿　林　爽山
棲む水の色もて鮎の売られけり　佐藤棗女
鮎釣れぬ夫に天城の鮎の菓子　関　千恵子
天鮎の下る一級河川かな　渡辺くみ女

## 岩魚《いわな》《いはな》　嘉魚《かぎょ》　巌魚《いわな》　岩魚釣

サケ科の魚で、体長約三〇センチ、体は黄褐色、背面は藍緑色を帯び、腹面は白色で、体側には暗緑色の地に淡色斑点と小朱点があり、本州の河川の最上流にすむ陸封魚で、あまり移動しない。水生昆虫や陸生昆虫の落下するものを食べるが、ときには小魚や蛇まで呑み込み猛々しい。釣れたてのものに塩をつけ夏炉の榾火で焼いて食べると美味。北海道及び本州に分布し、本州では南に行くにしたがって山間部の水温の低い水域にのみ棲む。

青虫を呑みし岩魚の脂鰭　高垣美恵子

岩魚焼く炉辺に引き寄せられにけり　鈴木貫一

まはりより苔這ひ上り岩魚小屋　大木格次郎

よく釣れる岩魚に峡の昏れてきし　児島倫子

## 山女《やまめ》　山女釣

サクラマスの稚魚ないし陸封魚で、海へ下らず冷たい渓水にとどまって熟魚となる。体長は三〇センチ足らずで、体側には楕円形の十個の黒斑の並ぶ清楚な魚で、小朱点のないところがアマゴと異なる。温水を嫌い春になると水温の低い上流へ遡上する。塩焼き、揚げ物などにして食べると美味。漁期は六月ごろで、その動きは敏捷で神経質な習性で、これがかえって釣り人を喜ばせている。

大串に山女滴なほたる、　飯田蛇笏

山女の斑明らかに水の底ゆけり　大谷碧雲居

## 金《きん》魚《ぎょ》　和金《わきん》　琉金《りゅうきん》　蘭鋳《らんちゅう》　出目金《でめきん》

フナの飼養変種で、観賞用の魚である。著しい変形が見られるその原種の主なものは十六世紀初めに中国から輸入されたもので、日本でもさまざまな新品種が生み出されたが、それ以前から緋鮒をもとにした和金と呼ばれる品種もあった。色は紅・白または紅白交じり。和金、琉金、珠文金《しゅぶんきん》、出目金など、極めて多くの種類がある。部屋の中に水槽や金魚鉢を置いて愛らしい姿と涼しげな様子を観賞できる。金魚田は金魚を養殖、飼育するための水田で、奈良の大和郡山や東京都の江戸川区などがよく知られている。

青き思い出金魚の墓の石一つ　杓谷多見夫
生き物は飼はぬつもりの金魚の死　石毛幸恵
死ぬときも派手に和蘭陀獅子頭　櫂　未知子
水替へてつれなきさまの金魚かな　伊東慶子
金魚澄みフランス人形裾ひろげ　本居桃花
夜の金魚ときどきかほをよせてくる　曷川　克
一人居の金魚肥満にしてしまふ　伊東みのり
江戸川や金魚もかかる仕掛網　依光陽子
井の中に金魚を飼つて漁師町　天野小石
おほかたは水の重みの金魚買ふ　龍野　龍
番号札をたらひに金魚品評会　間島あきら
鳥除けの糸を巡らす金魚池　今井三重子
音階の狂ふオルガン金魚浮く　高橋敦子
琉金の尾のへらへらと水に炎え　山﨑禎子

## 熱帯魚《ねったいぎょ》　天使魚《てんしうお》　闘魚《とうぎょ》

熱帯地域に生息する魚類の総称であるが、輸入されたものや、養殖されたものが、家庭やオフィスなどで観賞用として飼育される。色彩が鮮やかなうえ美しい形態なので愛好家に人気がある。エンゼルフィッシュ、ソードテール、グッピーなどが代表的だが、その種類は百種類以上にのぼる。近年は水温の調節も容易で気軽に飼われるようになった。

熱帯魚庭のくらがり野につづく　石橋辰之助

左右より来て胸合はす熱帯魚　朝倉和江

熱帯魚静かなるとき唇合はす　星野紗一

新宿伊勢丹虹目高《グッピー》の胎落《はら》ちさうな　宮坂静生

## 目《め》高《だか》　緋目高　白目高

メダカ科の淡水魚で、体長は約三センチ足らずで日本中で最も小さい魚である。背は淡褐色、腹部は淡色、背中線に暗色縦線がある。川や池などにいるが小さくて可愛いので水槽などで飼われる。目が大きく飛び出しているのでこの名があるが、この呼び名は関東地方だけで、地方によっては異名が多く、談議坊《だんぎぼう》などと呼ばれるところもある。

ゆく道や目高追う声追うてくる　兵庫池人

ベビーバスのアトムと泳ぐ目高かな　岡田久慧

緋の目高布袋葵の根に孵る　遠藤アサ子

緋めだかの集散に目の狂ひだす　竹田登代子

水の輪のもつれず目高解散す　尾上安弘

楽園のめだかはじける速さかな　杉浦一枝

池の水動かしている目高かな　斎藤みさき

目高ゐる学校とまでいかぬ数　森　郁江

## 黒《くろ》《くろ》鯛《だい》《だひ》　ちぬ　ちぬ釣

スズキ目タイ科の海産の魚で、体長は約四〇センチ、鯛型で青黒く、金属色の光沢がありきれいな体型と色をしている。日本・中国の沿岸に分布し波止場などの近海に多い。眼がよく警戒心の強い魚で、主に貝類や甲殻類を好んで食べる。関西ではチヌ、関東ではカイズ、チンチン、クロダイと呼ばれる。釣り魚として人気があり、洗い、塩焼き、うしおにして美味である。

黒鯛《ちぬ》を食ふほくろのひとつ灯の当り　吉井幸子
黒鯛《ちぬ》釣を迎へにゆきし帆掛舟　斎藤夏風

**初鰹**《はつがつお／はつがつを》　初松魚《はつがつお》

初鰹といえば、素堂の「眼には青葉山郭公初松魚」の句を思い出すが、江戸っ子にとっては、早くは四月ごろにとれた走りの鰹を珍重し、女房を質に置いてでもと言うほど、高価を出しても買い求めることを誇りにした。黒潮に乗って内地の沿岸に回遊してくるのは若葉のころである。「勝魚」とも書く鰹は意気のよい魚として江戸っ子の気性にぴったりであった。↓鰹

眼には青葉山郭公《ほととぎす》初松魚《がつお》　素堂

初鰹夜の巷に置く身かな　石田波郷

御僧は説《と》かず娶《めと》らず初鰹　清水基吉

初鰹亭主関白つらぬきて　澤田緑生

**鰹**《かつお／かつを》　松魚《かつお》　鰹釣　鰹船

サバ科の海産の魚で、体長約九〇センチにも達するものもある。背は鉛青色、腹は銀白色、体側に数条の縞状の濃青色の線がある。熱帯、温帯の海に広く分布し、日本へは春から夏にかけて黒潮に乗って北上し、特に土佐沖や房総沖でたくさん漁獲される。重要な食用魚で刺身、煮付のほか、生《なまり》節《ぶし》・鰹節を製造し、内臓は塩辛とする。

鰹釣名人にしていごつそう　清崎敏郎
出航の灯がいきいきと鰹船　芳野正王
鰹釣る灘の紺より引き抜いて　稲松錦江
ぶらさげるために鰹の尻尾あり　結城美津女

**鯖**《さば》　鯖釣

サバ科サバ属の総称。体長は三〇～四〇センチ、サバ型といわれる美しい体形を持ち、背部は青緑

色で特異の波流紋があり、下方は銀白色、真鯖《まさば》、胡麻鯖《ごまさば》、グルクマ（沖縄ではグルクンと呼ぶ）がある。特に真鯖が一般的で美味とされる。灯に集まる習性があるので夜、舟に集魚灯をつけて漁をする。この漁火を「鯖火」と呼んでいる。非常に腐りやすいことから「鯖の生き腐れ」といわれる。

↓秋鯖（秋）

鯖売りと赭土《あかつち》山を越えにけり　三好達治

鯖火殖えつつ島々の闇となる　岡村紀洋

**鯵**《あじ》《あぢ》　真鯵《まあじ》　室鯵《むろあじ》　夕鯵　鯵売

アジ科の魚で、側線上に菱形の楯鱗《じゅんりん》があるものをいう。鯖に似て小さく、長さ六～七センチから三〇センチ位まで。種類が多く、中でも真鯵、室鯵などが有名。生きているときは褐色に近い。大衆に親しみのある魚で、夏の夕方河岸に着いたばかりのものを売り歩くので「夕鯵」ともいわれる。四月ごろが産卵期であるが、夏から秋が漁期。

病廊を来たる跣足《きゃたつ》の小鯵売り　石田波郷

鯵売の来るに一本桐が立ち　波多野爽波

**鱚**《きす》　きすご　鱚釣

キス科の魚で、体長一五～三〇センチで、体は筒型で長く、優雅な形をしている。背びれは二基、鱗は小さく、背部は淡青色、腹部は帯黄白色で美しい魚である。六、七月ごろ産卵期には岸辺の浅いところへ乗りこんできたり、時には川に遡ることもある。釣魚としても親しまれ、かつて東京湾の脚立《きゃたつ》釣りという釣り方で知られた青鱚はほとんどが絶滅した。塩焼や天ぷらなどにして食卓にのぼる。

たゆたふは鰆舟ならむ日向灘　松本　進
潮たらす瞬時の鰆の美しく　中村増尾
虹の色持ちたる鰆を釣り上ぐる　田中佳嵩枝
鰆ひらく美濃孫六の出刃使ひ　歌津紘子

## べら　べら釣

ベラ科の魚の総称で、体長二〇～三〇センチ位と小形で、赤・青・緑・紫など体色は美しく、雄雌で色彩・名称が異なり、雄は青べらといって淡褐色に青味を帯び、雌は赤べらといって赤味を有する。暖海沿岸の岩礁や藻の間にすむ。雌として成熟し、産卵後は雄に性転換するものが多い。キュウセンが最も一般的で、面白いほどに釣れるが、あまり美味とはいえない。

潮離る丶寸前ベラのなまめきて　横山白虹
焼きて煮てべらの七色失せにけり　立花豊子

## 飛《とび》魚《うお》　とびお　つばめ魚《うお》　あご

トビウオ科の魚の総称。体は紡錘形で体長は三五センチほど。口が小さく、胸びれは極めて発達していて、翼にも似ている。海面をけって滑空する姿は壮観である。尾鰭は二またに分かれ下葉が長い。速力は五〇～七〇キロともいわれ、二〇〇メートル以上も飛ぶことがあるという。体色は蒼黒色、下方は淡色、本州中部以南から沖縄にかけての海域に分布し、九州の長崎では飛魚のことを「あご」と呼び、干物やだしとしても使われる。

死はきらきらと飛魚の弧を描く　松本恭子
あご飛べり水平線をひきのばし　南　一雄
飛魚のつぎつぎとべり隠岐近し　田中佳嵩枝
大灘の没《もぐ》り日に染まり飛魚とぶ　岡村紀洋
少年の旅へ飛魚加わりし　奥村比余呂
飛魚の水中すでに風つかむ　岩崎法水

## 赤《あか》鱏《えい》　鱏《えい》　鱝《えい》

アカエイ科の魚で、暖かい海を好み、海底の泥の上をはって生活している、わが国の沿岸で普通に見られる。腹側に黄赤色のふち取りがあり、名前の由来になっている。菱形でお盆のような体盤のみでは約一メートル、尾を入れると全長は約二メートル。体盤にあって眼のように見えるのは鼻孔、尾には毒針を持つ。食用に適する種があり、肉は夏が美味で、フランス料理にも使われる。

赤鱏は毛物の如き目もて見る　山口誓子
赤鱏の乾きやまざる鰭を振る　加藤楸邨
赤鱏の眼のひとつある切身かな　茨木和生
引かれゆく赤鱏浜を均《なら》しつつ　塚原白里

## 鱧《はも》　水鱧《みずはも》　鱧の皮

穴子や鰻に似ているが、はるかに大きく、体長は一二〇センチに達するものがある。顎が細長く、口は眼の後方まで裂け、鋭い歯が発達しているのが特徴である。本州以南の大陸棚や沿岸に生息し、昼間は海底の砂中や岩の間にひそみ、夜間にはい出して魚や貝をあさる。白身の淡泊な高級魚で、鮨、てんぷら、照焼などで食されるが、関東ではややなじみが薄い。関西では穴子や鰻に劣らず調理されており、膾や湯引きにして、また祭の料理としても欠かせない。小骨が多いので料理には熟練した骨切の技が必要。

飯鮓の鱧なつかしき都かな　其角
鱧食うべ杉箸の香の宵祭　岩井英雅
一日を下京にゐる鱧料理　橋本榮治
活絞めの鱧の頭の落ちさうに　浅井陽子
骨切りの鱧に庖丁息あはす　宮島晴子
トロ箱につの字に並び祭鱧　村松堅

## 穴子《あなご》　海鰻《あなご》　うみうなぎ

鱧と同じウナギ目アナゴ亜目に属し、頭部や体の側面にある明瞭な側線や鱗のないことが特徴。比較的浅い沿岸域に棲み、昼間は岩の間にひそみ、夜間にはい出して餌をあさる。真穴子は太平洋側の内湾に特に多い。味は淡泊で上品、てんぷらや鮨種として欠かせない。関西では高砂や淡路島の穴子が特に名高い。一般的に関東では真穴子、関西ではごてん穴子を尊ぶようだ。また、高知地方で珍味とされる「のれそれ」は黒穴子のレプトセファルス（幼生）である。

ひらかれて穴子は長き影失ふ　上村占魚
一舟の夜へつづくなり穴子筒　柴崎七重
港を出る船のあかるさ穴子釣　瀧　春一
竿先の鈴闇に鳴る穴子釣　松本幹雄
あなご鮨うまし夕潮満ち来たり　谷　迫子
底潮の荒れかこちをり穴子釣　野原春醪

## 蛸《たこ》　章魚《たこ》　真蛸　麦藁蛸

泳ぐことが下手で湾内や近海の底をはう生活をおくるものと、潮流に乗って浮遊するものに大きく分かれる。多くの人になじみの、一六〇種と最大の種類を誇る真蛸は前者である。大きさも五メートルの水蛸から数センチの豆蛸とさまざまであり、雌は五月頃から岩の巣穴の天井や壁などに卵を産みつける。硬組織は頭蓋と嘴ぐらいしかなく、腔内に吸い込んだ海水を噴き出す力で遊泳する。一年中食するが、殊に祭料理に欠かせない。房状の卵塊は「海藤花《かいとうげ》」と呼ばれ珍味である。「麦藁蛸」は麦秋の頃の蛸で、京都では「麦藁蛸に祭鱧」と称して味を賞賛する。→飯蛸（春）

章魚突の潜けり肢体あをくゆれ　山口草堂
西行の歌の磯なり蛸を干す　服部鹿頭矢
章魚沈むそのとき海の色をして　上村占魚
麦藁蛸動いて眼みせにけり　早乙女　健
蛸の足花房のごと畳まれし　宮島晴子
また開きの話あれこれ蛸の壷　武藤ともお
糶《せ》られゐる蛸がこつそり箱を逃げ　高橋向山
章魚乾く裳裾びらきに串打たれ　首藤翠波

## 烏賊《いか》　烏賊釣　烏賊火

コウイカ目とツツイカ目に含まれる軟体海生動物の総称。胴長数センチのヒメイカから全長約二十メートルになるダイオウイカまでいる。八本の腕のほかに二本の伸縮する触碗を持ち胴にはひれがある。食用となるものが多く、もんごう烏賊は焼き物や刺身に、肉の薄いするめ烏賊は蕗や大根と炊く。↓蛍烏賊（春）・花烏賊（春）

銀行員等朝より蛍光す烏賊のごとく　金子兜太
女の手烏賊を一枚にして止まず　古舘曹人
十あまり数へて烏賊火増えもせず　西村和子
婚礼の途中烏賊焼く匂いかな　小平　湖
烏賊釣火燃ゆる玄海蒙古塚　牧野桂一
吾ひとつ烏賊に三つの心の臓　石口　榮

## 鰻《うなぎ》　鰻掻　鰻の日

日本の鰻はマリアナ諸島の西の海域で産まれ、レプトセファルス（幼生）に育つ。やがて北赤道海流や黒潮に乗りながら、シラス鰻（稚魚針鰻）からクロコを経て、日本の河川を遡る。そこで昼は土手の穴や泥中に潜み、夜は甲殻類、水中昆虫、小魚、蛙などの餌を求めて活発に動き回る。なお、産卵のためには再び川を下るので、鰻は産卵と生息の場を異にする回遊魚である。わが国では年間一〇万トンの鰻の消費があるが、そのほとんどは河川にたどり着いたシラス鰻を採り、二年ほど養

殖したものである。一年中食されるが、暑さ負けの滋養補給によく、また土用の丑の日に因み、夏の季感が強い。↓土用鰻

うなぎやの大小すてし氏素性　富安風生
あかつきの湯町を帰る鰻捕り　飯田龍太
鰻入りパスタ何しろ思ひつき　泉田秋硯
鰻食ふための行列ひん曲る　尾関乱舌

## 鮑《あわび／あはび》

鮑取　鮑海女

偏平なので二枚貝のように見えるが、雌雄異体の大型の巻貝である。海底の岩礁に付着して過ごし、昆布、若布、荒布の褐藻類や青海苔類を食べる。わが国には黒鮑、メガイ鮑、マダカ鮑、蝦夷鮑ほかが生息し、中には三〇センチ近くに成長するものもある。海女がもぐって採るほか、商品極値が高いために、各地で稚貝の放流や養殖がなされている。焼く、煮る、水貝などいろいろな賞味方法があるが、肉はすこぶる美味である。

鮑桶ことに傾きいくり浪　鈴鹿野風呂
鮑海女天に蹠《あうら》をそろへたる　橋本鶏二
鮑海女綱締めの腰ひとゆすり　平子公一
䱜《せり》を待つ樽に鮑の伸び縮み　斉藤とみ
ひたひたひた夜の音ひらふ大鮑　岡井省二
鮑は身を皿に伸しゐて雷くるか　吉田ひで女

## 海酸漿《うみほうずき／うみほほづき》

海に棲む巻貝類の卵嚢《らんのう》である。植物の鬼灯と同様に子供たちが口に含み、鳴らして遊ぶのでこう呼ばれる。貝の種類によって形や大きさも違う。卵嚢の多くは透明や淡い芭であるが、夜店や縁日では黄や赤に染色したものが売られている。先端が細く反って尖っているアカニシのものは薙刀酸漿、幅が広くて軍配型のナガニシのものは軍配酸漿、乳房型の房州ボラのものは徳利酸漿、半球型

のミガキボラのものは饅頭酸漿など形から名付けられている。

妹が口海酸漿の赤きかな　高浜虚子　宵さみし海ほゝづきの海の香も　長谷川春草

海ほほづき流れよる木にひしと生え　杉田久女　海ほほづき鳴らして父も母も無き　利根川妙子

## 蝦蛄《しゃこ》

ジュラ紀に出現してから現在まで、基本体形が余り変化していない最も下等な節足類で、脱皮を繰り返しながら成長する。熱帯から温帯にかけて分布し、潮の行き交う浅瀬などでごく普通に見かける甲殻類でもある。中には深海で生息する沖蝦蛄の類もいるが、食用とする蝦蛄は肉食性で、磯近くの泥中に浅いU字形の巣穴を掘って生息する。鮨の種となるが、産卵期は五月から八月で、その頃の子持ち蝦蛄は殊に美味。

先生の馬に似し歯や蝦蛄を食ふ　吉岡禅寺洞　おほいなる蝦蛄の鎧のうすみどり　見学御舟

## 蟹《かに》

山蟹　沢蟹　川蟹　磯蟹

わが国に生息する蟹は多種にわたるが、夏の季語としては、谷川の沢蟹、河口の赤手蟹や弁慶蟹、干潟の米搗蟹、磯辺の岩蟹や磯蟹などに代表される、子供が採って遊ぶような、甲幅が一〇センチにも満たない小さな蟹のことである。見かけた場所によって山蟹、川蟹、磯蟹、砂蟹のように便宜的に呼ぶこともある。日本海沿岸で採れる松葉蟹やずわい蟹、北海道の毛蟹や花咲蟹など食用にする大型のものは、夏の季語ではない。

蟹赤し野菜を洗ふ海女の前　米澤吾亦紅　家に来て蟹は鋏を使ひをる　寺沢一雄

子にゐがきやる青き蟹赤き蟹　福永耕二　年年歳歳沢蟹すばしこくなりぬ　山根真矢

## 土用蜆《どようしじみ》

蜆は一年中あるものだが、夏の土用に食べる蜆は夏負けを防ぐ効果があると伝えられている。江戸時代の書『食品国歌』にも「蜆よく黄疸を治し酔を解す」とあり、弱った肝の滋養補給になるというので珍重された。寒蜆は味が良く、夏の蜆は俗に「土用蜆は腹薬」と言われる。汗を流しながら熱い味噌汁をすするのは腹をあたため、かつ暑気発散のためにもよいであろう。↓蜆(春)

振り声も土用蜆や明石町　小坂順子
離乳食土用蜆の上ずみを　遠藤アサ子

## 船虫《ふなむし》　舟虫

浜辺の岩礁などに群生する、体長四センチほどの草鞋の形をした小虫。引き揚げられた漁船の甲板や室内などをはい回るのでこの名がある。海水浴や磯釣には身近な存在で、人の足音を察知すると素早く四散する。群の数はまちまちだが、四、五十匹から多くて百匹程度である。人に害はなく、水垢や死んだ魚を餌とする。

舟虫の微塵の足に朝日さす　百合山羽公
舟虫に海女はしたたる身を置けり　米澤吾亦紅
舟虫とまじはるこゝろなくなりぬ　杉山岳陽
船虫や岬は賽の河原とも　鈴木恵美子
舟虫や船尾に饐《す》えしシャツ干され　長谷川ヱミ
舟虫の散らばる礁場潮ぐもり　中村みづ穂
舟虫のとまれば脚のみなそろふ　阿部夕礁
舟虫の礁うごきしこと知らず　鈴木志げる
廃船に棲む船虫はよく走る　高橋弘道
船虫の逃げ足水を流すごと　梶　和雄

舟虫や浦にひとつの遭難碑　松本千冬
舟虫の岩動きしと思ふほど　平山眞澄

## 海月《くらげ》　水母《くらげ》　水月《くらげ》

海月と一口に言っても、形も大きさも色もさまざまだが、半透明の傘を広げた姿で海水を漂うミズクラゲの種類が一般によく知られているだろう。大量発生し、発電所の取水を妨げ、また刺し網、定置網などに被害をもたらし、漁業関係者に嫌われることもある。中には沖縄のハブクラゲのように毒を持つ種もおり、海水浴で刺されると火傷のように赤く腫れあがったり、しびれたりする。別名を電気クラゲと呼ばれるカツオノエボシは、数メートルに伸びる触手で人にショックを与える。中大型種で傘の寒天質が厚い備前水母《くらげ》や越前水母は塩や味噌に漬けたり、三杯酢にして食べ、また、中華料理の材料としておなじみである。

わだつみに物の命のくらげかな　高浜虚子
水母《くらげ》の躯ほのかにくもり芯見せず　久保田　博
波がきて水母にまへとうしろかな　後藤兼志
海原に雨しみてゆくくらげかな　川村研治
海月伸び縮みして海濁らせる　松岡君枝
現世の隙間隙間の海月かな　小林貴子
帆船をつなぎしドック海月浮く　小田　亨
わたくしのどの辺が海月なのかな　五島高資
波音に耽りこころまで海月　吉持愁果
海月沈む或る落城をおもいつつ　平島一郎
流れつゝうすれてゆきし海月かな　徳永球石
撒骨に傘ひろげたる海月かな　延広禎一
種の浜にはりついてゐし海月かな　平橋昌子
水母軍団大川端を遊弋《ゆうよく》す　小牧七草
水母ゐるむかし石炭積出し港　花田由子
電気水母もう出る頃か土不踏《つちふまず》　猪股洋子
一身のあまたの水母なりしかな　岡井省二
浮くことになつてから浮く青水母　市場基巳

これくらゐ水母と浮けば独りなり　小林喜一郎
長潮の日のあるうちの水母かな　西田　孝

## 夏《なつ》の蝶《ちょう》《てふ》　夏蝶　揚羽蝶　梅雨の蝶

春の蝶と比べ大型で、飛翔力もある。強い夏日を鱗翅《りんし》に受け、輝きながら力強く舞う揚羽蝶はその代表的なものである。多くの花が開き気温も高い日には、揚羽蝶の吸蜜や吸水行動をしばしば観察できる。また、幼虫は食草がはっきりしているので、クス科、モクレン科、ミカン科、セリ科、ウマノスズクサ科の草木では羽化を観察できる。「梅雨の蝶」は広い意味で夏の蝶であるが、雨の合間に低く飛んだり、畑に群れたりして、やや異なるおもむきがある。→蝶（春）

夏蝶の歯朶ゆりて又雨来る　飯田蛇笏
夏の蝶高みより影おとしくる　久保田万太郎
夏蝶の目まぐるしけれ花を切る　及川　貞
入院の行李ひとつや梅雨の蝶　山田文男
黒揚羽軋《きし》める音をこぼしけり　宮坂静生
神の杜出でて連れ舞ふ梅雨の蝶　鈴木飛鳥女
森深く泳ぎて白し梅雨の蝶　白岩三郎
黒揚羽ロールシャッハを飛び立ちて　倉島成子
夏蝶や夫の尺度の外に出て　中山芳江
夏蝶や孫の産着の水洗い　桑山撫子
夏蝶の越ゆる国境検問所　水田光雄
黒揚羽鎌倉古道横ぎれり　橋本美智代
黒揚羽茅葺門のくぐり初め　鈴木フミ子
真昼間の影と押れ合ふ黒揚羽　木村晶子
橋を来る揚羽に双手ひろげたる　遠山陽子
黒揚羽軒をさまよふ雨もよひ　関塚光子
大揚羽砂漠の風をまとひ来し　原　朝子
どの木にも触れずにゆきし黒揚羽　宮崎すみ
揚羽来て水琴窟《すいきんくつ》の音を乱す　蛯原喜荘
柱状節理《ちゅうじょうせつり》揚羽蝶まぎれ入る　駒　志津子
基地の街碧すぢ揚羽は怒り肩　藤田直子
裏富士や男に憑《つ》きし碧揚羽　小山森生

## 夏蚕《なつご》　二番蚕《にばんご》

飼育をする時期によって蚕は春蚕、夏蚕、秋蚕と区別され、初夏に飼い始めるのが夏蚕である。夏蚕も一般に蚕と呼ばれている家蚕《かさん》で、暑さによって飼育の仕方は細かな点で差異を生じるが、基本はすべて春蚕と同じである。孵化した幼虫は桑の葉のみを食べ、四回の脱皮を経て体長六、七センチの五齢幼虫となる。蚕飼の近くに行くと、蚕の匂いが漂うので印象が強い。上族《じょうぞく》は七月上、中旬だが、糸の量や質が春のものと比べて劣る。↓蚕飼（春）・蚕（春）

夏蚕いまねむり足らひぬ透きとほり　加藤楸邨
神棚に護符いく重ね夏蚕飼ふ　皆吉爽雨
山のバス夏蚕の匂ふ軒につく　殿村菟絲子
掌に夏蚕透きとほり就職か進学か　宮坂静生
二番蚕のねむりに入るや青ぐもり　太田蓁樹
唇のごとくつめたき夏蚕かな　大澤ひろし

## 夏の虫《なつのむし》

夏の虫は夏の昆虫類の総称である。しかし、「飛んで火に入る夏の虫」の諺ではないが、俳句の場合は蛾を含めた火取虫について言うことが多い。時代をさかのぼって調べれば、火取虫との違いも明らかになるのだろうが、現在では厳密な区別は崩れたようだ。鱗粉を撒き散らして灯に舞う蛾の姿は、盛んな夏の息吹そのものである。

すき立ての髪にとまるや夏の虫　昌房
片羽もえて這ひ歩行《あるき》けり夏の虫　闌更

## 火取虫《ひとりむし》　灯取虫　灯虫《ひむし》　蛾《が》　灯蛾《ひが》　燭蛾《しょくが》　火蛾《かが》

昔は行灯や手燭に蛾が飛び込んで灯を消したので、本来は火に集まる蛾を指すのだろうが、現在は夏の夜の灯火をめざして来る虫を総称しているようだ。金亀子《こがねむし》のような飛翔音を出すものから、鱗粉を撒き散らす蛾までいろいろであるが、昆虫や蛾は火に集まる習性があり、室内の灯を慕い、窓ガラスや網戸に張り付いているのをよく見かける。都会の公園の明かりに虫が群がるのは、何より夏の風情が濃い。

婢《はした》等の低きともしへ灯取虫　中村草田男
火取虫羽音重きは落ちやすし　加藤楸邨
幽冥《ゆうめい》へおつる音あり灯取虫　飯田蛇笏
灯蛾や医師鮮紅の薬吾に与へ　橋本榮治
火蛾舞いて己れの魂をたたきけり　磯　直道
高きに灯あれば高きに火蛾狂ふ　長田久子
火蛾群るる捜索隊の投光器　友田直文
火蛾の灯に読んで亦泣き亡母《はは》の手記　樹生和子
一通づつ燃やす闇より火蛾生まる　直江裕子
蛾を殴ちし痕の消えざる手帳かな　静間まさ恵
手酌して火取虫にも似たるかな　岩田由美
句談議の灯をとりに来し秘境の蛾　井出和幸

## 天蚕《やままゆ》　山繭《やままゆ》　天蚕《てんさん》　山蚕《やまがいこ》

家蚕に対し、野外で飼育する蚕という意味で野蚕と呼び、絹糸を作る蛾の類がいる。その代表的なものが山繭である。一般には天蚕とも言い、大型の蛾で緑色の美しい大きな繭を作る。天蚕糸は家蚕の糸とは違った薄緑の光沢があり、丈夫なので繊維のダイヤモンドと呼ばれ珍重される。わが国での飼育は長野県穂高地方で江戸の天明年間に始まり、現在も同地には天蚕糸を使った製品を置く店や研究施設がある。

山繭のひとつづつ居て垂れさがる　阿波野青畝
山繭の夕営みの白ほのと　加倉井秋を
山繭とたしかめがたき淵のうへ　大島民郎
山繭のもぬけの殻を拾ひけり　本杉桃林
山繭の風に耐へ来し色ならむ　河野友人
山繭やわが分身の一句欲し　荒木久美子
山繭に沢風荒き安曇郷　根岸善雄
日照雨《そばえ》来ぬ山蚕のみどり地を這ひて　田中俊尾
天蚕を振りて故山の風を聞く　平賀扶人
天蚕の繭のみどりを機《はた》の糸　中州芳子
確かめておく天蚕の在りどころ　児玉輝代
天繭を蚊帳かけ守る峡の人　森久保美子

## 毛《け》虫《むし》　毛虫焼く

全身を体毛でおおわれている蝶や蛾の幼虫の総称。色や大きさはさまざまだが、草木の葉や野菜を食い蒐らす害虫である。毒を持つものもおり、その針毛もしくは棘に触れるとかゆみや痛みを生じるが、そうでなくても感じのよいものではない。石油の染み込んだ布を竿先に巻いたり、挟んだりして火をつけ、庭木の毛虫の群を焼くのが「毛虫焼く」である。

毛虫ゆきぬ毛虫の群にまじらむと　軽部鳥頭子
毛虫焼くいつしんの掌の一静止　河野多希女
弱《よろ》法師毛虫焼かんとまかり出づ　静　良夜
七色のいのちなりけり毛虫焼く　相川玖美子
山国の毛虫ふさふさ生きるとは　宮坂奈々
たっぷりと昭和に生きて毛虫焼く　藤原美峰
するすると降りてゆらゆら毛虫かな　近藤ソノ
毛虫焼くとき美しき男の唇　渋川京子
毛虫焼く小言も板につきしかな　油井和予
毛虫焼き蒼天戻る枝の先　北村典子
毛虫焼く鬼子母神様子には見せず　岡田詩音
美しきことのみ言へず毛虫焼く　原　好郎

## 尺《しゃく》蠖《とり》　尺取虫《しゃくとりむし》　寸取虫《すんとりむし》

尺蛾の幼虫。指で物の尺を計るように、身を屈伸して歩むのが名の由来。樹木の色とまがう保護色や、腹脚でしっかり梢につかまり、枝分かれした小枝のような形をして止まる擬態を持つ。成虫の多くは夜行性で、灯火にもよく飛来する。

尺取が棒となりたる疾風かな　阿波野青畝
登りつめて尺蠖天をさぐりけり　小山百一翁
尺蠖の棒立ちとなり枯れはじむ　本澤晴子
尺蠖や測り疲れて一文字　吉田水乱
尺蠖の歩く蚕部屋の竿秤　皆川美恵子
来し方や尺蠖ほどの節度なく　春名耕作
葉を食べて尺蠖茎になりすまし　小林いまよ
鍬の柄に尺蠖が立ち雨季に入る　木村仔羊
尺蠖の夕日は掴みがたきかな　大類孝子
さりげなく尺蠖虫を転がしぬ　吉井幸子
棒立ちし寸取虫の思案貌　杉山青風
しやくとりに己が余生をはかららる　日笠靖子

## 夜盗虫《よとうむし》《よたうむし》　やとう　よとう

野菜に害をもたらす夜行性の蛾の幼虫を一般に夜盗虫と呼んでいるが、本来はヤガ科の夜盗蛾の幼虫のみを言う。体長は四センチほどの芋虫で黒みを帯びた褐色をしており、生れた頃は緑色。昼間は根の際の地表や土中に隠れ、夜になると白菜、キャベツ、大根、人参、ホウレン草の作物の葉、園芸の草花などを食い荒らすのでこの名がある。年数回発生して、蛹《さなぎ》で越冬する。

今死ぬにころころ肥えし夜盗虫　加藤楸邨
徹夜の眼天地に夜盗《やとう》虫見のがさず　北山河

## 蛍《ほたる》

初蛍　蛍火　源氏蛍　平家蛍　夕蛍　蛍合戦

わが国では四五種の蛍が知られているが、そのうち成虫が発光するのは少数派で、また、発光は熱を伴わない完全な冷光である。蛍の光は夏の風物詩として古来より親しまれ、日本人の歌心を揺り動かす神秘的な力を持つものの一つである。体長約一センチの平家蛍は五月下旬から、それより一・五倍の大きさの源氏蛍は六月中旬から一ヵ月が発生期で、成虫は水滴以外には何も口にせず、数日の寿命である。幼虫は蛍としては例外的に水棲で、カワニナを主な餌とし、水の澄んだ河川や水田、用水路に生息する。また、「蛍合戦」は蛍が集団となって飛び交う生殖行為を指す。

↓蛍狩

蛍火の鞠《まり》の如しやはね上り　高浜虚子
山中の蛍を呼びて知己となす　飯田蛇笏
蛍火や疾風《はやて》のごとき母の脈　石田波郷
蛍とぶまだ薄闇のやはらかき　能村登四郎
ゆるやかに着てひとと逢ふ蛍の夜　桂　信子
死蛍《しにほたる》夜はうつくしく晴れわたり　宇多喜代子
蛍火の明滅滅《めいめつめつ》の深かりき　細見綾子
よろけやみあの世の蛍手にともす　横山白虹
髪濡るるまで蛍火に立ちつくす　朝倉和江
むかし頬打たせしことも蛍の夜　平子公一
常闇のわが目にも来よ恋蛍　木村風師
蛍火を追うて蛍の心地かな　早乙女　翠
蛍火の一明二滅草の上　根岸善雄
蛍火の一つは月に向ひたる　柳澤和子
宇治川に近き宿とる蛍の夜　安田晃子
蛍とびほうふつとある掌の湿り　松本紀子
桐下駄の音を追ひゆく蛍の夜　橋本榮治
蛍火の高みて孤つ未知の青　駒　志津子
蛍の己れの闇をふりほどく　秋尾　敏
恋蛍火遊びといふ遊びせむ　宮本美津江

はかなさのたとへば一夜蛍かな　小出秋光
手囲ひをほどけば丸き蛍の炎　早川典江
命《めい》終《じゅう》か祠《ほこら》ごもりの草《くさ》蛍《ほたる》　小枝秀穂女
蛍の逸《はや》りて水に火をこぼす　石飛如翠
源平にかかはりもなし恋蛍　本岡歌子
落ちこぼるほうたる来よや我と寝ん　小林正子
蛍火や飛鳥にいまも土の橋　大森三保子
蛍火に魚彷彿《ほうふつ》としてゐたり　瀧澤和治
貫はれて七日生きたる蛍かな　本杉勢都子
蛍も星も見えなくしたる人　近藤七代
父母も疾くまいりませほうたる来い　清水静子
一水に闇の明滅初蛍　鶴田佳三
部屋に蛍とばしひとりの祭かな　和田耕三郎
恋蛍光を重ね合ひにけり　石河義介
白檀《びゃくだん》の数珠に触れたる蛍かな　竹内悦子
蛍の夜老人ひとり戻らざる　澤本三乗
蛍の乱舞に闇は縷のごとし　有本たけし
てのひらの蛍てのひらだけ照らす　松村富雄
死蛍に跨がってゆく耕衣かな　須賀典夫
蛍火のひとつ一つに心あり　渡辺暁巳
月の輪の闇美しき蛍かな　米倉紅陽
身のうちの祠を出入りして蛍　半田信子
一木にまだ日の残り蛍待つ　田沢公登
蛍火の毬のごとくにはずみけり　稲荷島人
いつまでの余生ぞ蛍見てゐたり　三谷貞雄
蛍火や息吸へば燃え吐けば消ゆ　井手直

## 兜《かぶと》虫《むし》　甲虫《かぶとむし》　さいかち虫

コガネムシ科の大型の甲虫。背面は黒茶色の光沢があり、頭部と前胸部の両背面から伸びる立派な角を雄は持ち、兜のようなのでこの名がある。数多い昆虫の中で、いつの世も子供たちに親しまれ、愛されている昆虫であろう。八月頃に腐葉土や朽ち木の中に産みつけられた卵は幼虫のまま冬を越し、翌年の夏に成虫になり、樹液を吸って生活する。櫟や楢のほか、さいかちの樹液が好みで「さいかち虫」とも呼ばれる。

ひつぱれる糸まつすぐや甲虫　高野素十
兜虫漆黒の夜を率てきたる　木下夕爾
寝て起きて頭の中の兜虫　一條友子
甲虫思ひはいつも出奔《しゅっぽん》す　新谷ひろし
孫を呼ぶ楽しみにとる甲虫　吉田きみ
兜虫一滴の雨命中す　奥坂まや

## 天《かみ》牛《きり》　髪切虫　かみきり　鉄砲虫《てっぽうむし》

カミキリムシ科の甲虫。世界で約三万五〇〇〇種、わが国でも七〇〇種以上と種類が多く、色や大きさはさまざまであり、生態も多彩。体より長い対の触角を持ち、鋭く頑丈な顎で幹や枝に穴をうがち、林業に損害を与える。茎や幹など植物体中で育ち、摂食する量の多い幼虫も、森林に被害をもたらす害虫である。成虫を指でつまむと、発音板を擦り合わせてギギギと鋭い音を発し、また髪の毛を差し出すと噛み切るので髪切虫の名が付いた。

髪切虫奥飛騨は日の清冽に　岡田貞峰
髪切虫空をよぎりて駅雨来る　太田蓁樹
わたくしも天牛ほどの声は出す　田邊香代子
少年の髪切虫を泣かすかな　青柳志解樹
天牛の飛立つ髭を立てにけり　中村ユタカ
空馳けてゆく天牛の鎧武者　松本詩葉子

## 玉《たま》虫《むし》

タマムシ科の甲虫。金緑色の地に紫紅の二本の縦線が走る背面を持って紡錘形。真夏の白昼の炎天下、活発に飛び回る習性があり、飛ぶときは金属光沢の七彩に輝いて特に変幻を極めるが、朝晩や曇天には行動が鈍る。独自の色は鳥に対する警戒色だと言われている。吉兆ともされて「吉丁虫」

の名があり、紙に包み箪笥《たんす》に入れておくと衣装が増える、という言い伝えがある。法隆寺の国宝、玉虫厨子にも使われているように、高貴な輝きの金属光の羽は装飾にも用いられる。

玉虫の羽のみどりは推古より　山口青邨
わが頭上玉虫舞ふは吉祥か　福永耕二
うしなひし玉虫おもふ昼の海　渡邊千枝子
玉虫を拾はむ手より影をなす　杉山岳陽
玉虫や没き子のもの、家に減る　能村登四郎
玉虫をふりはなさんと枝騒ぐ　小路紫峡
抛り上ぐ玉虫高きより飛べり　松村富雄
叶はざる恋に玉虫似て光る　加藤三七子
玉虫の幽《くら》きみどりやくちづけす　長崎玲子
たまむしをつけ行乞《ぎょうこつ》の白脚絆　南　典二
森いつも若し玉虫生れ出づ　中西碧秋
玉虫の眼に夜が残りをり　野末たく二

## 金亀子《こがねむし》　黄金虫《こがねむし》　かなぶん　ぶんぶん　ぶんぶん虫

コガネムシ科の甲虫の総称。童謡にも歌われていてなじみが深い。種類は多いが、食性の違いから、食糞性と食葉性の二種に大きく分けることができる。植物の葉を食べ害虫とされるものもあるが、多くは腐植土、朽ち木、獣の糞や死骸を分解して自然に帰す働きをしている。また、背面の美しい光沢色は、個体変異が多く非常に多彩である。夏の灯火に飛来して、独楽が捻るような羽音をたてながら激しくぶつかるので、「かなぶん」「ぶんぶん」の呼び名を持つ。室外に放り出してもまた飛んで来る。掴まえて床に投げつけると、死んだふりもする。

金亀子擲《なげう》つ闇の深さかな　高浜虚子
かなぶんぶんとまれ幼なの十字墓　沢　聰
モナリザに仮死いつまでも黄金虫　西東三鬼
黄金虫闇から闇へ回り込む　新谷ひろし
取りあへず壁にぶつかり金亀虫　白岩三郎
山小屋の灯に星よりの金亀子　西村梛子

## 天道虫《てんとうむし》《てんたうむし》　瓢虫《てんとうむし》　てんとむし

テントウムシ科の甲虫で種類が多い。半球形で背面には光沢があり、際立つ赤、黒、黄の斑紋を持つが、もともと多種のうえに遺伝的変異が著しく、色も斑紋の数もさまざまである。天道虫の種類の大半は、アリマキや貝殻虫などの害虫を捕食する益虫であり、成虫で越冬する種類がほとんどで、ナミテントウの集団越冬はよく知られている。

天道虫北の星座を背負いくる　冬館子音
てんと虫一兵われの死なざりし　安住　敦
天道虫だまし悪気のなかりけり　大竹朝子
天道虫その星数のゆふまぐれ　福永耕二
頭陀僧の肩に七星てんと虫　小林実美
涙目のやうな空へとてんと虫　木村喜子

## 穀象《こくぞう》《こくざう》　穀象虫　米の虫

オサゾウムシ科の黒褐色の体長二、三ミリほどの甲虫で、米櫃を開けると米に混じって点々と見つけられることがある。米に付く害虫で足が早く、口吻《こうふん》が突き出て象の鼻のように見えるのでこの名がある。日差しに米を当てると遁走し、触れると死んだふりをする。毒ではないが、米櫃の中を群でうごめいている様など、感じのよいものではない。

穀象の群を天より見るごとく　西東三鬼
穀象や父母に諍ひありし晩　栗原利代子
穀象を夢の中まで歩ませて　杉山岳陽
穀象の吻《くちさき》あげて逃げにけり　小林　武
穀象を見ずいま秤る真白米　岡本まち子
穀象のひたすら逃ぐるほかはなし　来間鷹男
穀象に砂漠の如く米を干す　松原恭子
いまの世に穀象虫ののこりけり　吉田鴻司

## 斑猫《はんみょう》《はんめう》　道おしえ

大きな複眼、鎌状の大顎、細長い触角を持つ体長約二センチほどのハンミョウ科肉食性の甲虫。背面は金属光沢があり、碧緑色の地に唐草模様の白い斑紋が美しいが、劇毒を持ち、刺されると害を受ける。日中、細長い脚で敏捷に走り回りながら餌を求めているが、昆虫としては例外的な速さと言ってよい。山道、海岸や河原、砂丘、墓地など地表が露出した場所に多くおり、足元からさつと飛び立って、数メートル先に降り、振り返るような動作をする。近付くとまた飛び立って同じ動きを繰り返す。あたかも人を導くようなこの習性から「道をしへ」と呼ばれるが、俳諧味のあるしぐさである。

道をしへ鉞力《ぶりき》細工の如く居る　藤後左右
斑猫とくらがり越ゆるひとりかな　森　澄雄
斑猫に故旧のごとく迎へらる　千代田葛彦
斑猫のみちびく城の隠し径　長戸弥知香
恋遂げし斑猫の斑の燦燦と　我妻草豊
道をしへ飛びたるあとに何もなし　笹目翠風
虚子風生敏郎の絆道をしへ　三谷貞雄
道をしへ天神様のいふとほり　山下かず子

## 落《おと》し文《ぶみ》　鶯の落し文　時鳥の落し文

栗、楢、櫟などの若葉が裁ち切られ、樽形の筒状に巻かれて地面に落ちていることがある。オトシブミ科の小さな甲虫の雌が作ったもので、中には卵が生み付けられている。分泌した粘着物や糸を使わず、非常に巧妙かつ効率的に折られており、容易にほどくことはできず、食糧をかねた幼虫の棲み処となる。昔の人はこれを小鳥の仕業とみて、鶯やほととぎすの「落し文」と名付けた。風雅かつ俳諧味に通じる見立てであろう。

落し文ありころころと吹かれたる　星野立子
落し文経巻めけば手につつむ　皆吉爽雨
解きがたくして地に返し落し文　伊沢正江
一切沈黙安土城祉の落し文　橋本榮治
落し文巻きの悪しきは踏まれけり　吉田未灰
翁越えし径と伝へて落し文　手島靖一
落し文拾ひ開けずにをれぬ人　山辺浩子
落し文拾ふ覗き見ごころにて　服部たか子
磁場が起きさうポケットの落し文　滝沢　環
山伏の呪文に解けて落し文　馬場修子
落し文相聞歌碑の辺にひろふ　作田文子
公園の奥が淋しい落し文　永井三江
横笛庵落し文手に訪《と》はむかな　山岸治子
繭了へて山蚕ののこす落し文　澤田緑生
緑ゆえ開かずにおく落し文　高橋将夫
落し文業平塚へつづく径　高野千代
回廊の風に逃げゆく落し文　杉村昌信
落し文亡夫《つま》には文を書かざりき　長谷川ユキエ
峠より風音かはる落し文　立木節子
落し文夥《おびただ》しきを懼《おそ》れけり　西村　琢

## 米搗虫《こめつきむし》　叩頭虫《こめつきむし》

コメツキムシ科の甲虫。世界でおよそ一万種、国内でも約四百種が知られている。一～三・五センチほどの黒褐色の舟形の甲虫で、わが国では水中を除き、高山や島嶼ほかいたるところに生息している。仰向けに寝かせると、体側に脚を縮め、前胸を屈伸させ、反動で空中に跳躍して身を正すのでこの名がある。跳躍するときの音から、「ぱっちん虫」「ぱちぱち虫」とも言う。土や朽ち木の中に棲む幼虫は針金虫と呼ばれ、農作物に害を与える。

勤《いそ》しみし米搗虫が鳴き厭きし　相生垣瓜人
飛び跳ねて逆さばかりの米搗虫　廣瀬町子

**源五郎《げんごろう》《げんごらう》**

池や沼、水田など比較的流れの緩やかな水域に棲む体長約四センチのゲンゴロウ科の水生甲虫。体は楕円形で、光沢のある黒褐色をしている。空気は腹部背面と上翅の間にためているが、ときどき水面に浮かんで空気の交換をおこなう。後脚は櫂の形のようになっており、泳ぎに適するように遊泳毛も具えている。肉食性で死んだ魚を食べたり、夜間に水中を出て飛び、小動物を捕食したり、灯火に飛来することもある。

蓼科の雲稚《おさな》かり源五郎　小林貴子

掌に掬ふ水に山あり源五郎　岡田久慧

**鼓虫《まいまい》《まひまひ》**

まいまい　水澄《みずすまし》

鞘翅目ミズスマシ科の甲虫で、比較的流れの遅い水域に棲む。ミズスマシとも呼ばれる水馬（あめんぼ）と混同されやすいが、源五郎を小さくしたような光沢のある黒色で、体長は一センチほどの瓜実形。脚は平たく、遊泳毛を具え、水面上と水中を同時に見ることができる複眼を持ち、水生生活に高度な適応力がある。池や沼の水面をめまぐるしく旋回するので「まいまい」と言われる。

まひまひや雨後の円光とりもどし　川端茅舎

心字池心字を習ふ水すまし　百合山羽公

憩ふとは流さるること水すまし　望月　明

まひまひの水輪ぶつかりあふてゐし　安藤まこと

## 水馬《あめんぼう》《あめんばう》　あめんぼ　みずすまし　水蜘蛛《みずくも》

「水蜘蛛」「川蜘蛛」とも言い、体長五ミリから二センチほどの細長い半翅目アメンボ科の昆虫。水面に落ちて溺れている昆虫を捕食し、一生を水上で過ごす。三対の長い脚でバランスをとりながら、表面張力を利用して池や小川の面を軽快に走り回る。体全体に微毛が生え、表面は油性の物質でおおわれており、水をはじく。飴のような匂いがあるのでこの名がある。地方によってはアメンボをミズスマシと呼ぶところもあるが、両者は別な昆虫である。

静まれば流るる脚やみづすまし　太祇

水馬青天井をりんりんと　川端茅舎

余りにも一所懸命みづすまし　橋本榮治

あめんぼと雨とあめんぼと雨と　藤田湘子

水馬を見にゆくと言へば笑はるる　山田みづえ

いちにちは越の田遊びあめんぼう　松田ひろむ

流れなきところを流れ水馬　大木あまり

あめんぼになりたき両手源流に　山内　愛

区境は池のまん中水馬　児玉輝代

一族にしては多過ぎ水馬　田中佳嵩枝

水すまし旅了へし身の緊らざる　鷲澤喜美子

水馬思ひ思ひの輪を重ね　関　弥生

あめんぼの衆を恃まぬ一つかな　大内迫子

光の輪いくつも生れて水馬　門居米子

影たえず流されてゐる水馬　稲井優樹

あめんぼのふんばれば水ひかりけり　淺倉寒月

水馬の影水底にありにけり　吉江八千代

行く雲のひとひらに乗り水馬　深沢暁子

## 蟬《せみ》　油蟬　みんみん　熊蟬　にいにい蟬　啞蟬　初蟬　朝蟬　夕蟬　夜蟬　蟬時雨

セミ科の昆虫の総称。庭や公園、校庭の樹木に、また電柱に来てたくましく鳴く、夏の風物詩には欠かせない昆虫の一つ。梅雨明けにニイニイと弱い声で鳴く小型の「にいにい蝉」が現れ、真夏には暑さを一層増幅するようなジイジイという声の「油蝉」、シャーシャーとやかましく鳴く大型の「熊蝉」、山地ではミーンミーンと鳴く「みんみん蝉」と、本州では出現する蝉が変わっていく。また、種によって鳴く時間帯が違い、朝の爽やかさ、夕べの寂しさ、と受ける感じも異なる。鳴き声は仲間を近くに集めるためと雌を誘うためのもので、数種の例外を除けば、鳴くのは雄のみ。雌は「唖蝉」と呼ばれる。「蝉時雨」は多くの蝉が一斉に鳴く声を時雨の音にたとえた表現。↓蜩（秋）・法師蝉（秋）

閑《しずか》さや岩にしみ入る蝉の声　芭蕉
蝉時雨子は担送車に追ひつけず　石橋秀野
蝉鳴けり泉湧くより静かにて　水原秋桜子
嘘をつき了せざる日の油蝉　杉山岳陽
水の景ばかりを歩き蝉時雨　水田むつみ
夕蝉に足袋脱ぐ膝を立てにけり　ほんだゆき
ただ一度蝉の通りし蝉の穴　吉田汀史
心頭を滅却しても蟬時雨　野中亮介
蟬声のぜんまいゆるびつつ秋へ　白岩三郎
唖蝉を集め古木は優しい樹　池上拓哉
少年に木の紋章の蝉かがやく　伊丹公子
蝉時雨空の真ん中穴あいて　秋元大吉郎
手枕に畳目の痕蝉しぐれ　田中みち代
熊蝉の放射してゐる銀の糸　小檜山繁子
動かざる落ち蝉拾ひ鳴かれけり　萩原正章
杜の蝉少年達を生捕りに　大石浩平
断水の家の表も裏も蝉　井上比呂夫
島の蝉転びて啼くや世阿弥の地　小林　武
つくづくと太陽に飽き蝉に飽き　藤原美峰
蟬取りの腹がへつたとんで来る　佐々木北闘
白神《しらかみ》の無音の朝《あした》千の蝉　新谷ひろし
蝉の森奥へ奥へと日が黄ばむ　千代田葛彦
みんみんの声の円盤廻り出す　有働　亨
青蝉の只中におく耳二つ　名取　晃

通夜の燭じじと燃えつく夜の蝉　小谷紫乃
みんみんの響く真赤な砂糖壺　山田径子
吾に捕はるみんみん蝉を叱りけり　山田みづえ
月光に縁の蒼みし蝉の穴　小山森生
蝉しぐれ山の高さのそれ以上　工藤ひろえ
うつぜんと京に七口蝉しぐれ　山田珠み
蝉時雨わたし消されてなるものか　伊関葉子
蝉時雨リフトの足を漕ぎ急ぐ　田宮真智子
池の上にも及び来し蝉時雨　大橋はじめ
遊び足りぬ輩のごとく夜の蝉　藤崎幸恵
油蝉黙れ締め切り日はあした　室岡純子

一村のおもたくなりし油蝉　雨宮抱星
身罷りし師へ夕蝉の声絞る　西田孤影
みんみんは父かなかなは母の唄　小原澄江
みんな帰るなと渓《たに》の瀬がみんみんが　山本嵯迷
ひろしまの蝉の木夜は少年棲み　伊達みえ子
二の腕の太くなりしを蝉しぐれ　津波古江津
蝉しぐれおーいと縄文土偶の子　岡崎万寿
蝉とりの腕奮ふほど力入れ　賀谷祐一
運ばれてゆく熊蝉の軽さかな　久保田　元
一山を蝉に占められ瑞巌寺　廣瀬壽子
馬の宿廃墟となりし蝉しぐれ　石川保子

## 空《うつ》蝉《せみ》　蝉の殻　蝉の脱殻

蝉の幼虫は木の根の汁を吸って成長し、六、七年目になると地上に出て幹や枝にすがり、早朝か、夕方から夜半にかけて羽化するが、背が割れて脱皮したあとの殻を空蝉という。その軽さに言うに言われぬあわれさがある。「蝉の殻」「蝉の脱殻」とも称する。『万葉集』で「うつせみ」に空蝉や虚蝉の字を当て、『源氏物語』に「空蝉の巻」があるように、空蝉という言葉には古くより人の命のはかなさ、存在の虚しさがニュアンスに含まれており、はかなさや無常感のたとえとしても使われている。

空蟬の一太刀浴びし背中かな　野見山朱鳥
空蟬や山河にもどる朝のいろ　大嶽青児
空蟬に天の一刀過誤もなし　橋本榮治
空蟬となりて完全無欠なる　松尾隆信
旧姓といふ空蟬に似たるもの　辻美奈子
落蟬の蟻乗せしまま歩き出す　篠田重好
空蟬の背中に冷気残りをる　窪田英治
空蟬や妻に肩借す寺の階　原　石水
空蟬を一つしじまにゐて醒めず　高垣美恵子
空蟬の反り身にかかふ石祠《いしほこら》　梅澤朴秀
空蟬の胸を抱へて草の上　島田藤江
てのひらに空蟬のせて山のこゑ　田中里佳
空蟬の谺とならず谿《たに》昏れる　山田晴彦
空蟬の今抜けし色濡れてをり　臺　きくえ
子規の碑にまだ柔らかき蟬の殻　天野滋子
青春の過ぎにしこころ蟬の殻　福島清恵
この蟬殻しんから欲しきものならず　山西雅子
空蟬の爪のくいこむ被爆の木　助田素水

## 蜻蛉《とんぼう》生《うま》る

蜻蛉の幼虫は「やご」または「太鼓虫」と言い、三センチほどの肉食性の獰猛な虫で、ほとんどの種が池や沼などの水深一メートル以下の淡水域に生息する。活動は夜間型で、水底を歩いたり泳いだりして、主にボウフラやオタマジャクシなどを食べて育つ。水中で九回から十四回の脱皮をした後、六、七月頃の早朝、水辺の草にすがり脱皮をして成虫になる。生れたばかりの蜻蛉は体が柔らかく、色も淡く、しばらく草の上などにじつとしているのが観察できる。

蜻蛉うまれ緑眼煌《こう》とすぎゆけり　水原秋桜子
沢瀉《おもだか》に泉の蜻蛉生れけり　根岸善雄

**糸蜻蛉《いととんぼ》**　灯心蜻蛉《とうしんとんぼ》　とうすみ蜻蛉　とうすみ

イトトンボ亜目のトンボの総称。前後翅がほぼ同形の小型のトンボで、体が糸のように細く、また灯芯《とうしん》のようにも見えるので「糸蜻蛉」「灯芯蜻蛉」の名がある。わが国では四〇種ほどであるが、鮮やかな色彩に複雑な斑紋を体に持つ種が多い。どれも飛ぶ力は弱く、止まるときは蝶のように翅《はね》を立てて合わせる。水辺近くで飛ぶ、か細い姿には涼しげなあわれさが漂う。幼虫の生息場所である池や沼などの止水域周辺に多くいる。

とうすみはとぶよりとまること多き　富安風生
暁紅の忘れ形見の糸とんぼ　佐藤鬼房
流れゆくものに止まりて糸蜻蛉　遠山りん子
糸蜻蛉山水影をとどめざる　根岸善雄
二歳児に捕らえられたる糸蜻蛉　摂待信子
棟上げの写る水田の糸蜻蛉　高田里江
糸蜻蛉あとじさりてはとどまれる　大竹朝子
糸蜻蛉ふっと止りし草細し　小林律子

**川蜻蛉《かわとんぼ》《かはとんぼ》**　おはぐろとんぼ　おはぐろ　かねつけ蜻蛉

カワトンボ科のトンボの総称。四月から六月にかけて見られる。大きさは普通の蜻蛉と変わらないが、体型は糸蜻蛉に近い。雄の翅は橙色、雌は透明で、翅を閉じたり開いたりしてゆっくりと水の上を飛ぶ姿は涼感を誘う。川蜻蛉は山間の清流から平地の灌漑用の水路まで、流水の代表的な蜻蛉であったが、水域の環境破壊が進み、最近は著しく減少している。かねつけ蜻蛉、鉄漿蜻蛉《おはぐろ》はその名の通り翅、体とも黒い。川蜻蛉の種類は糸蜻蛉同様、止まるときは蝶のように翅を立てて合わせる。

川蜻蛉木深き水のいそぎをり　能村登四郎
青田村おはぐろとんぼ迎へ出て　野澤節子
おはぐろ蜻蛉連れて保津川下りかな　水原春郎
おはぐろ蜻蛉無声映画の齣《こま》落し　湧井信雄

## 蟷螂《かまきり》《たうらう》生《うま》る

蟷螂《とうろう》生る　子かまきり

六月頃、草木の枝や茎に付いた、表面に雛のある茶褐色の塊の卵嚢《らんのう》から孵化する。卵嚢内には数百の卵が詰まっており、うようよという感じで一気に誕生する。生れてくる子蟷螂は小さいながらも親とそっくりの姿である。

蟷螂の斧をねぶりぬ生れてすぐ　山口誓子
子蟷螂知らぬところで日が沈む　永井二三江
蟷螂や生れてすぐにちりぢりに　軽部烏頭子
ぞろぞろと仏の国の子かまきり　丸田文子

## 蝿《はえ》《はへ》

家蝿　五月蝿《さばえ》　青蝿　金蝿　銀蝿

蝿類の中で最も身近なのは体長が六〜八ミリの家蝿であり、海岸から高山まで、また都市から農村まであらゆるところに生息し、人の生活にすっかり入り込んでしまった昆虫である。成虫の色は黒、灰色、褐色などさまざまであるが、食物に集まり、人にしつこくまつわる。追うとすぐに逃げるが、また飛んでくる執拗さは、「五月蝿《うるさ》い」の当て字そのものである。季語としては庶民の生活に密着していて俳諧的であるが、植物の葉や茎を食べて成長する種もいるものの、よく見かける蝿は塵芥や腐敗物、動物の糞に集まり、汚いだけでなく、病原菌を運び、不衛生であるために忌み嫌われる。

しばらくは蝿を打ちたり韓退之　其角
やれ打つな蝿が手をすり足をする　一茶

馬の蠅牛の蠅来る宿屋かな　夏目漱石
人探すことも忘れて蠅叩く　田沼文雄
葬送の賛美歌蠅を手ではらう　井上真実
金蠅の叩かれやすく生れたる　小林洗人
サリーの娘蠅追ひながら糸紡ぐ　浦本悦女

## 蚊《か》

藪蚊　縞蚊　蚊柱

蚊は水さえあれば陸地のどこにでもいると言ってよいが、人の生活の中に入ってきて、蠅と並んで嫌われる昆虫の代表格である。羽翅目カ科の昆虫の総称。蠅ほど不潔ではないものの、マラリアや日本脳炎の病原体を媒介するので注意を要する。雄は植物の汁を吸っているが、雌は卵の発育のため、人を刺して腹が膨れるまで血を吸う。雌がブーンと鳴くのを「蚊の声」と表現することがあり、また交尾のため、夕べの軒下でおびただしい数の雄の蚊が群れ飛び、柱のように見えるのか「蚊柱」であり、一種の寂しさがある。

草抜けばよるべなき蚊のさしにけり　高浜虚子
蚊の声やひと日机に縛されて　石塚友二
我を喰ひし外人墓地の蚊なりけり　本井　英
蚊　柱　へ　傾　く　南　十　字　星　中島畦雨
どぶの蚊も荷風も遠くなりにけり　立花湖舟

黄河より砂漠へとんで蠅着きぬ　落合水尾
奇術師の涙のやうに蠅とまる　大石雄鬼
本堂に大きな蠅の生まれけり　小島　健
蠅といふ字に蠅の脚ありさうな　寺杣啓子
大砂漠一匹の蠅音もなし　永井敬子

蚊の気配薄茶静かに置かれけり　友水　清
蚊柱に家長かくれて立ち揺れる　須賀典夫
蚊柱の移動しながら太くなる　山中順子
草蚊追ふうまごに語る戦の日　土田桃花
藪蚊に血吸はれ何でも出来さうな　松田理恵

## 孑《ぼう》孒《ふら》　ぼうふり　棒振虫

小さい釘の形をした蚊の幼虫である。田や池、溝や水槽などの溜り水に蚊が産卵して、二日後には孵化し孑子となる。水面にぶらさがって呼吸しながら、水中のプランクトンを食べ、また、水底の餌を食べたりするのだが、浮いたり沈んだりする屈撓の格好が、棒を振っているように見えるのでその名がある。十日後にはもう羽化して成虫となる。

孑孒のおどろくさまのあからさま　赤松蕙子
ひとつぶの雨に孑孒驚きぬ　ほんだゆき
孑孒の屈伸沈みゆくときも　馬越冬芝
孑孒に見えゐる空の無彩色　上原富子

## 蠛《まく》蠓《なぎ》　めまとい　糠蚊《ぬかが》

ゆすり蚊の一種。野道や畦道、木陰に群れている微細な昆虫で、人が来るとうるさいほど顔前につきまとう。その習性がいかにも目を狙っているように感じられ、「めまとい」の名が付いた。風のない夏の夕べによく見かけ、あわれがある。なお、交尾のための群飛は蚊、虻、蚋など二翅類の行動上の特徴である。

まくなぎの阿鼻叫喚《あびきょうかん》をふりかぶる　西東三鬼
蠛蠓の群活路なく退路なし　百合山羽公
蠛蠓にやまとうるはしそのまんま　松澤　昭
蠛蠓の没日を慕ふ知覧かな　堤　保徳
まくなぎに横綱牛の角振れり　稲荷島人
蠛蠓に問ひつめられてゐるやうな　塚原いま乃
まくなぎの右脳の中に入りきたる　松本詩葉子
まくなぎの群はひつぱりあひにけり　藤本美和子
弥陀遠くなるまくなぎを払ふたび　遠井俊二
まくなぎの修羅落日を濁しけり　佐藤国夫

蟻螻や仔牛の角のむず痒き　田中俊尾　めまとひや未舗装の道残りゐて　中村ふみ

三成の塚まくなぎの修羅の中　青　陽子　まくなぎを片手払ひに磨崖仏　長尾鳥影

めまとひを手繰り寄せたる童歌　菅野茂甚　恋の邪魔して目まとひの払はるる　長尾　雄

## 蚋《ぶよ》

蟆子《ぶと》　ぶよ　ぶゆ

東日本でブヨ、西日本ではブトとも言われ、山野の湿気のあるところに棲む、蚊を小さくしたような吸血性の昆虫。幼虫は常に渓流に生息し、水が流れない池沼にはいない。晴天時には朝夕に、曇天では日中も活動する。雌の成虫は蚊や蚤と同様、人や動物の発散する二酸化炭素を感知し、近寄り血を吸うが、蚊に刺されたよりも痛痒い。刺されることにより蚋の持つ毒が体内に注入されるためである。赤く腫れあがったり、人によっては水疱が生じる。

蟆子に血を与えては詩を得て戻る　中村草田男　山頭火終焉の家蚋多き　池内けい吾

午過ぎの畑やにはかに蚋殖えて　根岸善雄　蚋よけの笹の葉ふりて行きにけり　橋本末子

## ががんぼ

蚊蜻蛉　蚊姥《かのうば》　大蚊

ガガンボ科はハエ目の中で最大の科であり、全世界に約一万四〇〇〇種と膨大なだけでなく、脊椎動物や捕食性昆虫にとって重要な餌である。生息地域や習性が多岐にわたり、幼虫は陸生、水生、その中間の半水生とさまざまである。成虫の外見は蚊を大きくしたような昆虫だが、蚊のように吸血することはない。多くが短命で、飛ぶ力が弱く生息するところは幼虫の生息地域に限られている。脚は極端に細長く、その姿はどこかユーモラスで、「かとんぼ」とも呼ばれ、俳諧味がある。

蚊に似ているが、一般に蚊よりも大型のために「蚊ヶ母（姥）」と称されたのが、ががんぼと転訛したものであろう。灯火に飛来する習性があり、細長い脚を捕らえようとすると、脚を落としてたちまち逃げてゆく。

ががんぼが目の見えざりし父にくる　百合山羽公
ががんぼのためらふを日に放ちけり　鈴木有紗
置き去りし蚊とんぼの脚債のごと　石塚友二
ががんぼの肢のくづるる壺の口　橋本美智代
ががんぼの影曳く旅の北枕　平子公一
ががんぼや水明盆に月載りて　伊丹さち子
かとんぼの触るるともなく壁づたひ　藤田嗣義
ががんぼの羽のこぼれし放浪記　松原みや子
ががんぼの踏ん張る足の欠けてをり　五十嵐唐辛子
ががんぼの弱腰押して飛ばしけり　黒米満男

## 草蜉蝣《くさかげろう》　草蜉蝣《くさかげろふ》　臭蜉蝣《くさかげろう》

柔らかな体を持ち、眼が金緑色、体が青緑色の蜉蝣に似たクサカゲロウ科の昆虫。最も原始的な完全変態類である。成虫は低地から山地までさまざまなところに生息し、昼間は草陰や樹間にひそみ、夜間に活動してアリマキや貝殻虫ほかを食べる益虫である。淡緑色で透き通った網目模様の翅を持ち、緩やかに飛翔する。前後翅は同形で、開くと三、四センチの種類が多い。蜉蝣は命のはかなさによくたとえられるが、草蜉蝣は成虫越冬の雌で半年も生存した記録がある。「優曇華《うどんげ》」はこの虫の卵である。

草かげろふ月光に舞ひ出でにけり　森田峠
草蜉蝣よく晴るる日を吉日に　増成栗人
草かげろふ来しが写経を妨げず　白岩三郎
草かげろふ髄に夕日のひびきけり　草刈勢以子
草かげろふいつよりぞわが夢あはき　根岸善雄
仏頭にとまるとすれば草蜉蝣　水野恒彦

## 優曇華《うどんげ》

草蜉蝣は本来、人家近くの草木に卵を産み付けるのだか、灯火に誘われて屋内に入り込み、柱や天井、電灯の笠に産み付けることがある。それを優曇華と言う。テグス糸状の一五ミリほどの直立した柄の先に卵が付き、十数本の束になるとちょうど花の雄しべのように見える。古来より人びとの関心を引き、草蜉蝣の卵と判らなかった当時は、三〇〇〇年に一度開花するという、仏典の中の想像上の植物「優曇華」と誤認され、地方によって、吉兆とも凶事の前兆とも言われた。

わが息にうどんげもつれそめにけり　阿波野青畝
優曇華や金箔いまも壇に降る　水原秋桜子
優曇華や寂と組まれし父祖の梁　能村登四郎
優曇華や夜も昼もなき雨の底　橋本榮治
赭き月出づ優曇華の孵る夜か　根岸善雄
優曇華や真夜の梁《うつばり》きしみゐて　岸　典子
優曇華や寺に小町の九相図　三矢らく子
疲れ眼に優曇華白きもの点ず　中村菊一郎
優曇華や不死身の夫《つま》もこの度は　藤本静子
柱拭くとき優曇華の高さかな　水野恒彦

## 薄翅蜉蝣《うすばかげろう》《うすばかげろふ》

昼間は薄暗い木の枝などにいて、夕方になると姿を現し、小昆虫などの餌を捕らえる肉食性の昆虫。体長が四センチほどで蜻蛉に似ており、長い触角を持ち、翅を体の上で折り畳んで止まることが異なる。透き通った翅でいかにも頼りない飛び方をする。「蟻地獄」はこの虫の幼虫であるが、巣穴を作るのは国内の一七種のうち五種のみで、その他の幼虫は土砂の表面下で大顎を開けて餌の来るのを待つだけである。混同されやすいが、薄翅蜉蝣も草蜉蝣も蜉蝣とは全く別種である。

↓蟻地獄

うすばかげろふ翅重ねてもうすき影　山口青邨
今宵また薄翅かげろふ灯に　星野立子
うすばかげろふ昼は看取りの者もたぬ　寺田京子
薄翅かげろふ息づける灯を残しおく　藤原たかを

## 蜻蛉《とんぼ》　とんぼう　やんま　麦藁とんぼ　塩辛とんぼ

トンボ目に属する昆虫の総称。大きく美しい複眼を持ち、レースのような翅をきらめかせ、迅い速度で飛びながら蚊や蠅などの害虫を掴まえて食べる益虫で、幼虫成虫とも肉食である。よく知られた塩辛蜻蛉や麦藁蜻蛉、大型の鬼やんまや銀やんまなど種類も多く、色や習性もさまざまである。世界では五〇〇〇種を越え、わが国でも二〇〇種近くが生息しているが、最小種は体長約一・八センチの八丁蜻蛉、最大種は体長約一一センチの鬼やんまである。大人たちには過ぎし日のノスタルジーを、子供たちには限りないあこがれを感じさせる昆虫である。最近、「トンボの楽園」や「トンボ王国」とか名付け、蜻蛉のサンクチュアリを作ろうという運動が全国的に起こっているのもその証左の一つであろう。↓赤蜻蛉（秋）

遠山が目玉にうつるとんぼかな　一茶
蜻蛉行くうしろ姿の大きさよ　中村草田男
聖時鐘蜻蛉ら露を脚へ飛ぶ　林翔
鬼やんまビルの谷間を水平に　田口美喜江
蜻蛉の哇へて来たる風の帯　宮澤さくら
数へゐて俄か蜻蛉の空となる　高橋良子
極上の空より殖ゆる蜻蛉かな　挟土美紗
風に出て蜻蛉風に紛れざる　服部くらら
気まぐれと気ままは違ふ蜻蛉飛ぶ　塗師康廣
夕蜻蛉日にみな向きて羽根を伏せ　大野多美三

舐めてみたらと思ふ塩辛蜻蛉かな　永瀬千枝子
鬼ヤンマ眼に空のいろ山のいろ　秋月城峰
すれ違ふ人の如くに鬼やんま　田中はな
この川を栖処に往き来鬼やんま　有恵伝成

## 蟻地獄《ありじごく》《ありぢごく》　あとずさり　擂鉢虫《すりばちむし》　あとさり虫

薄翅蜉蝣の幼虫で、灰褐色の蠅虎《はえとりぐも》に似た一センチ弱の虫。縁の下や松林の乾いた土砂などに擂鉢状の小さな穴を作り、そこに虫が落ちると、中に引き摺りこんで鉤形の顎で捕らえる、という特異な捕食方法を持つ。捕食するのは名前の通り蟻が最も多いが、たまたま巣の近くを頻繁に歩く虫が蟻に過ぎず、蟻を好んでいるわけではない。巣の形から「擂鉢虫」とも称され、また、蟻地獄を地表に置くと前に進めず、あとずさりばかりするので「あとずさり」とも称される。↓薄翅蜉蝣

蟻地獄松風を聞くばかりなり　高野素十
砂うごきゐる白昼の蟻地獄　鷲谷七菜子
山中に時の澄みゆく蟻地獄　山上樹実雄
蟻地獄病者の影をもて蔽ふ　石田波郷
今日の雲けふにて亡ぶ蟻地獄　能村登四郎
倖せか蟻地獄など数ふるは　杉山岳陽
鍵ささぬ木喰堂や蟻地獄　渡辺立男
墓穴とは斯く斯くしかじかあとずさり　大木涼子
朗々の勤行堂下蟻地獄　邑上キヨノ
殺生のまだなき深さ蟻地獄　野村久子
天平の伽藍の下の蟻地獄　野村美恵
蟻地獄夕日は灘に燃えしぶり　井口千枝子
海鳴りと底つなげゐる蟻地獄　広瀬とし
少年の孤独捕へし蟻地獄　清水節子
蟻地獄たしかに兵のこゑ聞けり　中沢匡司
あとずさりして落日の蟻地獄　とよなが水木
蟻地獄仏足石の影およぶ　荒川幸恵
蟻地獄まひるの僧の影を吸ふ　高橋邦夫

小祠に豆粒ほどの蟻地獄　細井将人
蟻地獄何事もなき砂落ちぬ　西岡正保
蟻地獄観音様の前にあり　高田マサ江
親鸞の分骨堂の蟻地獄　新村富代

## ごきぶり　油虫《あぶらむし》　御器《ごき》かぶり

ゴキブリ科の昆虫の総称。蜻蛉とともに古い起源を持つ昆虫であるが、現在でも台所ばかりでなく、家中のどこにでも現れ、身近に棲む不衛生な害虫である。体は偏平な長卵形で、黒、茶、褐色をしており、全身に油を塗ったような光沢を持つので「油虫」とも呼ばれる。夜行性で、昼間は物陰にひそみ、多くは集団を作って生活している。素早く走り回り摑まえようとすると翅《はね》を開いて飛び去ることもある。「ごきぶり」の語源は御器を噛るからとも、御器を被った形をしているからとも言われている。↓ありまき

ごきぶりを目に追ひ電話つづけをり　長屋せい子
氷河期もこやつであればごきかぶり　橋本榮治
ごきぶりや孤りのこころ試されて　徳田千鶴子
転居の荷解くやごきぶり蹤き来たる　藤原たかを
髭の先までごきぶりでありにけり　行方克巳
ごきぶりや氷河を滑り来たる艶　小檜山繁子

## 蚤《のみ》　蚤の跡

ノミ科の昆虫の総称。最小の種は体長が一ミリ以下の小昆虫だが、一センチに近い種もいる。成虫の体は左右に偏平で褐色または黒褐色をしており、翅《はね》はないが跳躍力があり、人をはじめ温血動物の肌に取り付いて血を吸う。吸われた跡は非常に痒い。畳の縁や床板の間に産卵し、幼虫はごみの中の有機質を食べて育つ。古来より人の暮らしと切っても切り離すことのできない害虫だが、最近

の殺虫剤のおかげで人間に付く蚤は激減した。ヒトノミだけでなくネズミに寄生するノミ類も人間を吸血することがあり、特にケオプスネズミノミは、ペストを媒介することで有名。最近では、ペットの犬や猫に付く蚤が人に移ってもたらす害が指摘されている。

蚤虱馬の尿する枕もと　芭蕉
ひとりをかし旅の蚤はた家の蚤　千代田葛彦
あるじ我病みをり蚤にふえられて　林翔
戦後久し犬には犬の蚤がいる　田中久子

## 紙魚《しみ》

衣魚《しみ》　きらら　雲母虫《きららむし》

銀白色の鱗におおわれた体長一センチぐらいのシミ科の昆虫の総称である。体は偏平で古書の隙間で生活するのに適している。昆虫としては最も原始的で、翅はなく、これといった変態もしない。形が魚に似ているのでこの名があり、銀白色に光っているので「雲母虫」とも呼ばれる。衣類や本の糊を好んで舐め、雲形の穴を開けるので、衣類や紙類の害虫とされている。

ひもとける金塊集のきら丶かな　山口青邨
紙魚に逢うため松本の古本屋　石井美左於
紙魚走りゐる最澄に空海に　橋本榮治
わが書庫の紙魚と契《ちぎ》りし月日あり　星野半酔
紙魚の書を愛する父を怖れけり　白岩三郎
拾得の顔を這ひたる紙魚の跡　鎌田たづ

## 蟻《あり》

山蟻　蟻の道　蟻の塔　蟻塚　蟻の列　蟻の門渡《とわた》り

ハチ目アリ科の昆虫の総称。海岸から高山まで日本全土に生息し、日常生活でよく見る昆虫である。種類は多いが全ての種が、女王蟻を中心に、高度に組織化された集団で社会生活を営んでいるのが特徴である。地中の巣から出てきて、庭でよく目にするのは雌の働き蟻で、巣作り、採餌、子育てほかいろいろな労役をしている。雄は有翅が一般的で繁殖期のみに出現する。蟻が営巣のために掘り出した土を積みあげたのを「蟻の塔」とか「蟻塚」と言い、一列に連なって這っているのを「蟻の門渡り」と言う。

樹肌わたる蟻にはやある暮色かな　原　石鼎
蟻殺すしんかんと青き天の下　加藤楸邨
しづけさに山蟻われを噛みにけり　相馬遷子
蟻の道つづき人の世飢えてけり　赤城さかえ
蟻のひきずる飽食のひとかけら　松澤　昭
蟻の胴くびれし無常迅速よ　宮坂静生
蟻もまた臍《ほぞ》を噛みつつ死ぬものか　千代田葛彦
十年経て見ゆるは何ぞ夜の蟻　橋本榮治
墓舐めて山蟻の尻みづみづし　白岩三郎
密林の奥へ消えゆく蟻の道　大森光栄子
辛抱の蟻も混りて急ぐかな　笠川輝子
潰したる蟻の固さは魂ならむ　清水睦子
蟻塚を崩す覚悟の如きもの　堀川節子
待たされて蟻踏んづけてしまひたる　玉木克子
生命線たどれば蟻の列に遭う　安達　昇
絵日記のクレヨンの上蟻過る　秋武久仁
人には人の蟻には蟻の為すことあり　塗師康廣
とつこの湯より修禅寺へ蟻の列　服部一放
群がつて蟻が密議す黒密議　塩川雄三
志賀越えの名残仏に山の蟻　大東晶子
晩学に終りなかりし夜の蟻　渡辺祥子
蟻の列足元にある待ち時間　米山節子
山蟻の這ふ牛若のゆかり石　小林成子
足弱のわが前を行く蟻迅し　冨岡掬池路
蟻の列ドーム廃墟の裾にかな　静　良夜
大蟻の不意に顔出す販売機　小島裕子
陽を浴びて既に始まる蟻の道　岩崎恒子
餌をはこぶ蟻にボルガの舟歌よ　滝口　悟

## 羽蟻《はあり》　飛蟻《はあり》

夏の繁殖期は翅を持った女王蟻と雄蟻が出現する。種により定まった時期時刻になると、翅を得た女王蟻と雄蟻は巣から外に飛び立ち、群れ舞って交尾する。蒸し暑い夜に、羽蟻が灯火を慕い群がることがあるが、かなりうっとうしい感じがする。交尾後、雄蟻は死に、女王蟻は翅を捨て、地中に戻り産卵し、幼虫を育てる。

暗やみの中に富士あり羽蟻の夜　高浜虚子
終ひ湯をつかふ音して羽蟻の夜　清崎敏郎
老斑の遂にわが手に羽蟻の夜　篠田悌二郎
失せものに心のこりて羽蟻の夜　及川　貞
かぎりなく出でしが羽蟻忽と消ゆ　岡本まち子
羽蟻落つ過不足のなき夫婦かも　藤原たかを
滅ぶもの築きゆくもの羽蟻とぶ　北﨑　武
羽蟻出づ殺されにまた殺されに　秋武つよし
羽蟻落つ「暗夜行路」の終章に　和田祥子
西に火を噴く山ありて羽蟻の夜　浦　みつる
羽蟻の夜返事の遅き人と居て　石垣希余子
無駄と言ふ貴重な時間羽蟻とぶ　大塚千光史

## 螻蛄《けら》

バッタ目ケラ科の昆虫。体長は三センチほどで色と形がコオロギに似た虫。湿った土中に棲み、穴を掘るのに適した前後脚、頭部をしており、作物の根を食べるので害虫とされる。侮蔑の言葉である「虫螻《むしけら》のたぐい」の対象である。さらに飛翔、土掘り、泳ぎと何でもできるが、いずれも拙く見えるため、芸域は広いがどれも拙いことを「螻蛄の芸」というようになった。また、ミミズには体内外ともに発音器がなく、秋の季語の「蚯蚓鳴く」は、夜になるとジージーと単調な連続音で雄の

螻蛄が鳴くのを誤ったとも言われる。→螻蛄鳴く（秋）

天日に農婦聳えて螻蛄泳ぐ　石田波郷
螻蛄つゝとつゝと泳げる空はるか　海野良三
螻蛄の脚たんぼの水に喜べり　倉橋尚子
螻蛄飛んで二天に闇のなかりけり　善積ひろし

## 蜘蛛《くも》

袋蜘蛛　蜘蛛の囲《い》　蜘蛛の巣　蜘蛛の糸　蜘蛛の子　女郎蜘蛛《じょろうぐも》

脚が八本あるので、分類上は節足動物であり昆虫ではない。わが国にいる種類だけでも一二〇〇種と多く、色や大きさはさまざまである。生態によって造網性、徘徊《はいかい》性、地中性の三種に大きく分かれる。わが国の蜘蛛のうち造網性が六割、徘徊性が四割を占め、地中性は十種にすぎない。造網性の蜘蛛は数種類の糸を分泌し網を作るが、網の形や捕虫方法は種類によつて多彩である。蜘蛛は肉食性で、ほとんどの種が毒腺を持っており、獲物に牙を立てて麻痺させる。ただし例外を除いて、人に被害を与えるほど毒は強くない。日常生活で身近にいながら、どこか不気味さがあるが、蠍《さそり》と同じ仲間と聞けば何となく納得がいく。

くもの糸一すぢよぎる百合の前　高野素十
美しき罠編んでゐる夜の蜘蛛　花宮伸子
張り緊めて金剛力や蜘蛛の糸　石塚友二
まなかひに蜘蛛下りて来し蔵王堂　岡安紀元
ぎくしやくと蜘蛛の動くは囲を張れる　依光陽子
蜘蛛の囲に大きな月のかかりたる　藤本悦子
光りとも影とも見ゆる朝の蜘蛛　加藤水虹
思惟像の肘を吊りたる蜘蛛の糸　菊地弘子
鬼蜘蛛の囲も借り足長ぐもの網　天野博子
一糸より作り始めし蜘蛛の網　三須虹秋

## 蠅虎《はえとりぐも》《はへとりぐも》　蠅取蜘蛛

わが国の代表的な徘徊性の蜘蛛で、体長は二ミリ〜二センチほどである。蠅虎は網を張らず、家の周囲や室内を敏捷に動きながら、蠅などの小動物を捕食する。運動能力に優れ、英語でジャンピング・スパイダーと呼ばれているように跳躍が得意であり、歩脚末端に粘毛が密生し、滑らかな垂直面も登ることができる。また、徘徊性の蜘蛛は獲物の捕獲に余り糸を使わず、獲物に忍び寄って、いきなり跳びかかり噛みつく。一般的に蜘蛛の視覚は発達していないが、蠅虎は視覚がよく発達しているのも理解できる。

蠅虎鉄斎の書にはしりけり　阿波野青畝

弓削島の蠅取蜘蛛に波高し　磯貝碧蹄館

## 百足《むかで》　蜈蚣《むかで》

見ていて気持のよい姿態ではなく、咬まれるとかなり激しい痛みが走るということから、実態以上に忌み嫌われている多足類の代表格である。体は偏平で細長く、多数の関節に一対ずつの脚を持つが、種類により数は異なる。体長は三〜二〇センチ。ゲジゲジに似ているが、ひとつひとつの脚が短い。かなりの速さで疾走でき、適度の湿地を好み、大顎で咬みつき、毒液を出して小虫を麻痺させ、ゆっくりと咀嚼する。

打擲《ちょうちゃく》せし百足虫朽葉の香をのこす　野澤節子

罪を負ふごとく百足の逃げ惑ふ　百合山羽公

### 蚰《げじ》《げぢ》蜒《げじ》《げぢ》

体長三センチほどの節足動物だが、七センチになるものもいる。十五対の脚を持ち、音もなく長い歩脚で疾走する。百足と同じく肉食性で、主に生きている昆虫を食べる。家の内に入ってくるのは、屋内の虫を捕食するためで、人に危害を与えることはない。触覚を頼りに捕食する地中性の強い百足類と違い、発達した複眼を持っていて、飛んでいる蠅や蛾を掴まえることができる。床下や山林などの湿地に棲み、捕らえようとすると、長い歩脚を脱落して逃げる。脚の自切は弱い動物が最後にとる防衛手段である。忌み嫌われる人を「げじげじ野郎」というが、百足と異なり、実際のゲジゲジは無害で、害虫を食べる益虫である。

蚰蜒や歳月くらく身を染むる　能村登四郎

蚰蜒に松の切株匂ひけり　高橋栄子

### 蛞《なめ》《なめ》蝓《くじ》《くぢ》

なめくじり　なめくじら

体の表面の水分を逃さないように、ぬめぬめとした粘液が淡褐色の全身をおおい、体長は四センチから一五センチほどで、蝸牛の仲間である。貝殻を持っていないが陸生の巻貝に属する。蒸し暑い雨季や台所の湿気の多いところを好み、夜行性で、這った跡は雲母を塗ったような筋が残る。畑の作物に害を与えることがあるが、冬の低温期には活動せず、落葉や倒木の下に集まり冬眠する。梅雨季の憂鬱な心の陰影をも投影した季語である。

たそがれは微光とならむ蛞蝓　能村登四郎

なめくぢのどことなく位置ずれてをり　後藤兼志

魂の抜けてゐる日ぞ蛞蝓　杉山岳陽

なめくじり這へり仏足石の上　根岸善雄

暁ときの朱き花食べなめくじり　原　不沙
蛞蝓の地球回るに追ひつかず　堀川節子

## 蝸牛《かたつむり》　蝸牛《かぎゅう》　ででむし　でんでんむし

陸生の巻貝で、二、三センチほどの渦巻形の貝殻を背負い、植物の葉を食べるため農業害虫に属する。日中は葉陰や木陰に潜み、雨天や夜間になると現れて活動する。湿気を好み、梅雨期の雨後などには垣根や庭の植え込みなどいたるところで見ることができたが、近年急激に減少している。童謡にもあるように、伸縮自在な長短二対の角があって、長い方の突端に眼がある。蛞蝓は欝々とした雰囲気を持つが、蝸牛はどこか明るく、童心がよみがえる。わが国の蝸牛の貝殻の巻き方は多くが右巻きである。林檎マイマイを使ったフランス料理のエスカルゴは有名である。

やさしさは殻透くばかり蝸牛　山口誓子
蝸牛おのが微光の中をゆく　千代田葛彦
金管を身に纏く楽士かたつむり　岡田貞峰
号泣の眼の端をゆくかたつむり　対馬康子
蝸牛生涯かけて飲む薬　斎藤道子
義仲寺に生まれて乾らぶかたつむり　松田ひろむ
かたつむり刺の上にて今日を終る　白川順子
三日月の雫に生るるかたつむり　原　朝子
誘惑の雨ででで虫の殻叩く　前川　実
でで虫の中まで透けて辛崎よ　平橋昌子
豆ほどのでで虫踏むな持ち去るな　栗原加美
のぼりつめ風を見ているかたつむり　益田　清
蝸牛版木は蔵に眠りゐて　本居三太
理髪屋のでで虫傾ぎ傾ぎゆく　柴野公子
戸袋の節穴ほどの蝸牛　田中美沙
太き殻引きずり上げし蝸牛　高橋清柳
でで虫の夢さましたる櫂しづく　栗田ひろし
月明の岩より湧きし蝸牛　田中冬子

大でむし大きく伸びて曲りけり　岡安紀元
蝸牛月を運んでをりにけり　和田耕三郎
でで虫の殻あをく透く朝の雨　小山森生
メビウスの輪を抜け出せぬ蝸牛　下村まさる
でで虫の小さきは小さき殻を負ひ　大野隆史
先生の鞄より出る蝸牛　光成敏子
でで虫や国見大木戸雨けぶる　佐藤　博
濡れそぼつ無縁仏のかたつむり　市橋　進

## 蛭《ひる》　山蛭《やまひる》　馬蛭《うまひる》

蚯蚓と同じ環形動物で雌雄同体、いろいろな種類がある。中でも血を吸う蛭は体長三、四センチほどで、水田や池沼に棲み、偏平な円柱形の体の前後に一つずつ吸盤《きゅうばん》があり血を吸う。いったん吸いつくとなかなか離れず、姿は伸縮の度合いで著しく変化する。昔は田植や田草取の際によく蛭に吸われたが、農業の現代化にともない水田の蛭は激減している。「山蛭」は体長三センチほどで、山地に棲み、草にとまっていたり、木の上から降ってきたりする。「馬蛭」は体長一五センチほどにもなる大型で、水田や池沼に棲み、吸血性はない。また、昔から蛭の吸血性を利用した民間療法が行われている。

蛭落ちて山雨の冷えの走りけり　鷲谷七菜子
山蛭や鉈目のふかき栂の幹　渡辺立男

## 蚯蚓《みみず》　蚯蚓出づ

わが国で普通に見かける縞蚯蚓は体長一〇センチ前後だが、ハッタジュズイミミズのように、ぶら下げると六～八〇センチほどになるものもある。環帯を持ち、雌雄同体である。土中に棲み、夜行性で、夜間地上で行動し、朝になると地中に戻るが、蒸し暑い雨季には昼間も地上に這い出してくる。土とともに枯葉や枯草を食べて有機質へ変えるので土壌作りに役立ち、また地中に多くの穴を掘るので、通気や通水で植物の成長を助けている。さらに釣の餌や漢方薬にも使われるが、外見は気持のよいものではない。↓蚯蚓鳴く（秋）

みちのくの蚯蚓短し山坂がち　中村草田男
蚯蚓這うゴロゴロ石の乾きけり　倉橋尚子
大蚯蚓夕陽のかげを引きずりて　岸　典子
とび跳ねてゐたる蚯蚓が這うてゆく　市場基巳

## 夜光虫《やこうちゅう》《やくわちゅう》

プランクトンの一種。直径一ミリほどで、最も下等な動物に属する。海面に浮遊し、波などの刺激が加わると発光する。夏の夜、沿岸や波打ち際で青白く燐光を放つのは神秘的で美しい。水温などの影響で多量に発生すると臭気を発し、赤潮の原因にもなる。

漂へるもの、かたちや夜光虫　岡田取陽
夜をかけて海の呼ぶ声夜光虫　野澤節子
帰郷の夜たちまち更けぬ夜光虫　福永みち子
泳ぎ来て髪にとどめし夜光虫　黒坂紫陽子
夜光虫眠るを覚まし櫓を漕げり　秋光泉児
夜光虫泊り重ねて隠岐にあり　細田恵子
夜光虫ひと日仕へし海女のもの　久保田雅代
夜光虫したたる櫂を収めけり　工藤義夫
ゆきずりの夜光虫なり始発駅　小野口正江
大勢で来て夜光虫燃えたたす　島田たみ子

# 植物

## 余花《よか》《よくわ》

初夏になってもなお咲き残っている桜の花のことをいう。山間や北国などで、青葉若葉の中に見かけることがあり、春の盛りの桜とは違って、どこか淋しい風情があわれと見られている。「余花の雨」「余花の午後」などの使い方もある。なお古い時代の歳時記には「夏桜」「青葉の花」と詠まれた例も残っている。↓残花（春）

余花に逢ふ再び逢ひし人のごと　高浜虚子
余花ありてここより勿来《なこそ》古道なる　佐々田まもる
余花白し若狭《わかさ》の旅のはじまりに　加藤三七子
鹿笛に鹿応へ鳴く余花の雨　平野芳子
一瀑《ばく》に余花明りして久慈も奥　岡田佐久子
ベトナムへ続く鉄路や余花の雨　赤松一鶯

## 葉《は》桜《ざくら》

山桜の種類は花の咲く前からすでに萌えはじめるが、ふつう「そめいよしの」などは、花が散りかける頃から葉が萌えはじめ、みずみずしい若葉になる。花の桜と違って訪れる人も少ないが、また別の美しさがある。「桜葉となる」というふうに使うこともでき、この頃特有の冷えるような季節感を想い起こさせる季語でもある。

葉ざくらや南良《なら》に二日の泊り客　蕪村
葉桜の中の無数の空さわぐ　篠原梵

葉ざくらとなり鉄棒に亡兄《あに》がいる　室生幸太郎
葉桜や誰もゐぬ日の貸ボート　大森理恵
葉桜や海を見たるは十五歳　柳澤和子
葉桜や金婚式は彼の国で　郡山とし子
葉桜に正体みせぬ大使館　横山白虹
葉桜の下にて赤子見せ合うて　橋本美智代
一亭へ葉桜昏《くら》くくぐりけり　森高たかし
葉ざくらや吟醸に口すべりだす　高橋青矢
あの世また暗くなるらし葉ざくらに　古屋　勇
葉ざくらや女人高野の仏たち　西原桃代

## 桜《さくら》の実《み》　実桜

「そめいよしの」をはじめ観賞用の一重桜も花のあとは実を結び、六、七月頃には赤く熟して落ちる。いわゆる桜桃よりははるかに小さく、味は甘酸っぱくほろ苦い。むかしはよく子供たちが、口もとを染めて食べているのを見かけたが、大人にとっても、ふと一粒、二粒手に取ってみたくなるような野趣があり、野鳥がよくついばんでいる。

桜の実赤し黒しとふふみたる　細見綾子
かつ見たる救世観世音桜の実　森　澄雄
桜の実鳥語の母音ずぶ濡れに　高岡すみ子
実ざくらや小夜《さよ》中山に飴なむる　坂口匡夫

## 薔《ば》薇《ら》　薔薇《そうび》　薔薇園《ばらえん》

世界各地に分布する薔薇の自生種は約二〇〇種、日本にも十数種あり、これらの交雑による園芸種は約六〇〇〇種に及ぶ。主として欧米で品種改良がなされ、一季咲き・二季咲き・四季咲きなどがあるが、近年はほとんど四季咲きが主流で初夏が最盛期となる。庭や鉢植え、あるいは切り花として観賞されているが、大輪系・小輪系・房咲系のほか、蔓性種もあり、花形・花色などきわめ

て多種多様で、いずれも甘い芳香があるなど、世界的に好まれるすべての条件を備えている。→茨の花

薔薇園《そうびえん》一夫多妻の場をおもふ　飯田蛇笏
戦闘機ばらのある野に逆立ちぬ　仁智栄坊
夜空涯《はて》なし星・薔薇・同志明日を期し　古沢太穂
待つ刻があり蔓薔薇の蔓長く　津根元潮
ゴンドラの首すべり行く薔薇の上　横山白虹
木洩日や黒ばらは紅深きゆゑ　原　不沙
白薔薇も白秋の詩も雨に濡れ　山田佳乃
理に合はぬ事一身に薔薇芽吹く　高橋良子
薔薇に逢ひ旧師旧友白髪に　秦　羚羊子
人恋ふや胸に灯せるバラは黄に　石橋末どり
薔薇咲いて公園の朝始まりし　成宮紫水
匂いなくケネディという白き薔薇　広瀬敦子
言葉にて受けし傷膿《う》む薔薇の苑　寺井谷子
大輪の薔薇それぞれに顔を持つ　安部　桂
フラッシュを浴び来し薔薇を卓に置く　大島きんや
わが生も晩期諾《うべな》ふ薔薇黄なり　早崎　明
薔薇は灯にカーテン暗き風包む　犬島美代子
薔薇咲くや一小節に音符満ち　野中亮介
薔薇あまた咲かせて苦労かかへこむ　檜　紀代
百本の薔薇に匹敵する言葉　生野　雅
薔薇切って薔薇より赤き血の滲む　長山順子
王妃名の薔薇濃し杳き断頭台　久保千鶴子
白薔薇買ふ山下りんの絵を見し日　森尻禮子
薔薇園の渦より男抜けていく　森　玲子

## 茨《いばら》の花《はな》

花茨　野茨の花　花うばら

山野・川辺のいたるところに自生するバラ科の低木で、高さ一・五〜二メートル程の蔓性の枝に、多くの鋭い棘《とげ》がある。葉は鋸歯《きょし》のある小さい羽状複葉。五月頃芳香のある白花の五弁花が多数集って円錐状に開く。ちょうど野川に田水の通う時分で、ゆたかな流れに枝を浸して咲くところなど

野趣十分である。秋には球形の小さい実が赤く熟して美しい。↓薔薇

愁いつつ岡にのぼれば花いばら　蕪　村
雁木のごと寄する白波花うばら　野原いくえ
花茨《うばら》この世は遠きランプかな　鳴戸奈菜
花茨仲間はづれの女の子　白石美喜枝

## 牡《ぼ》丹《たん》　ぼうたん　富貴草《ふうきそう》　白《はく》牡丹　緋牡丹　黒牡丹　牡丹園

バラ科ボタン属の落葉低木。高さ六〇センチ～二メートルぐらいになる。中国原産とされるが、ヒマラヤのブータン地方とする説もある。中国では「百花の王」として栽培の歴史が古く、わが国への渡来は聖武天皇（七二四～七四九年）の頃と伝えられ、数百種に及ぶ品種がある。古くは寺院の庭などに多く植えられたが、後になり一般の庭園や民家の庭などにも、観賞用として植えられてきた。五月頃香り高い大形の美花を開く。花色は紫・紅・白・黄などがあるが、その豊麗で気品のある姿は、古くから詩歌や絵画に珍重され、富貴草の異名をはじめ、深見草・名取草・二十日草・となり草・からぼたんなど、多くの別称で取材されている。根は薬用になる。牡丹の名所は各地にあるが、奈良県の長谷寺・當麻寺《たいまでら》、福島県須賀川《すかがわ》の牡丹園などが著名である。

牡丹散《ちり》て打《うち》かさなりぬ二三片　蕪　村
富貴とはかかることかな牡丹賞づ　水原春郎
牡丹見てそれからゴリラ見て帰る　鳴戸奈菜
白牡丹星のとなりの星に棲み　花谷和子
満身の重み預けて牡丹咲く　久永小千世
総門をくぐれば牡丹曼陀羅図　日比野里江
葉に紛れをりし牡丹のひらきたる　加藤高秋
風あると言へば牡丹にもありし　成川雅夫
天二物与へず牡丹散り易し　中村　彌
叱らるる犬のうれしき牡丹かな　きちせ・あや

白牡丹そのまま月の牡丹かな　神蔵　器
白牡丹緋牡丹と瞳の漂泊《うかれ》ゆく　きくちつねこ
たまきはるいのちなりけり白牡丹　加藤三七子
牡丹崩れ風の行方は誰も知らず　駒村多賀子
めひらけば牡丹つぶれば隠岐が見ゆ　仲田藤車
牡丹今し溢るる力もて開く　桜木俊晃
牡丹剪り風は寄辺を失ひぬ　山口照子
老いて子に従わぬ母牡丹咲く　倉本　岬
牡丹《ぼうたん》に顔の大きな男かな　村上高悦
白牡丹ほのかな紅も許さざる　吉田静子
白牡丹には静心ありにけり　山田桂梧
あけぼののしづけさにあり白牡丹　三宅句生
胎の子に話しかけをり白牡丹　内山えみ
白牡丹大河のひびきたたへをり　角谷昌子
美しきものに翳あり白牡丹　滝川名末
白牡丹風の大きくなりて過ぐ　林田隆士
寂光をまとひて崩る白牡丹　高橋良子
地にゆらぐ影も王者よ白牡丹　鈴木早通甲
白と決めし死までのいろや大牡丹　伊藤松風
緋牡丹のまなじり玄し盧遮那仏《るしゃなぶつ》　斎藤梅子
牡丹守音なく雑事こなしおり　藤森小枝
雨折れの一花剪《き》りゆく牡丹守　山岸治子
いく百の蕾こぞりて牡丹園　小川濤美子
クレヨンの歩き出したる牡丹園　中川順子

## 紫陽花《あじさい》《あぢさゐ》　四葩《よひら》　七変化《しちへんげ》

ユキノシタ科の落葉低木。高さ一・五メートルぐらい。額紫陽花を原形とする日本原産種といわれる。「四葩」の名は、花びらのように見える四枚の萼《がく》を中心に細かい花をつけるところからで、庭、公園、学校などに広く栽植されている。六月頃、枝の頂きに四片の小さい花が多数集まって毬状に開く。花色ははじめ白がかっているが、次第に藍紫を増し、のち紅紫を帯びてくるというように、色が変わるので、「七変化」といわれる。五月雨のなかにみずみずしく咲く紫陽花の姿は多く

の人々に好まれ、近年は北鎌倉の明月院など、紫陽花の名所が生まれている。↓額の花

由良の門に水銀《みずがね》色の四葩かな　小林貴子
睡る子に時間をもらう濃あじさい　向山文子
紫陽花や文だけの友鎌倉に　来住野臥丘
われを含まず老人圏の濃紫陽花　菊池志乃
紫陽花や割れんばかりに遊戯室　高瀬あけみ
あぢさゐに修理して住む四畳半　長谷川貴枝
山あぢさゐ手鏡に風あふれしめ　田中とし子
あぢさゐの海に溺れて鰓《えら》呼吸　伊藤敦子
病室へ来し紫陽花の色変はる　朝倉和江
蔓あぢさい定年の空青かりき　鈴木竜骨
裁縫所跡紫陽花の花ざかり　古屋悠二
傷癒ゆるごとしあぢさゐ芽吹けるは　亀割　潔
あぢさゐのあしたの彩の見ゆるかな　森田里華
巻き戻す亡母の一生濃紫陽花　石井紀美子
碑《いしぶみ》に恋唄紫陽花まだ蕾　小池龍渓子
紫陽花に十二単衣《ひとえ》のあるらしく　藤田次恵
濃《こ》紫陽花一輪匂う床柱　中嶋正子
七曜の雨なきは憂し七変化　西川良子

## 額《がく》の花《はな》　額紫陽花

ユキノシタ科の落葉低木で、紫陽花の原種。自生もするが庭に植えることが多い。高さ一～二メートル。五、六月頃枝先に青紫色の小花を集めて開き、周囲に装飾花と呼ばれる仮花を五、六個つける。花形は紫陽花のように毬《まり》状ではなく、ほとんど平ら。紫陽花とくらべてややさびし気だが、静かな美しさがある。↓紫陽花

あけがたや額の咲くより空ひくゝ　石橋秀野
控へ目に縁切寺の額の花　杉山青風

## 石楠花《しゃくなげ》

亜高山帯や、その渓谷に自生するツツジ科の低木で、高さは約二メートル〜四メートルに及ぶものもある。種類はきわめて多く、日本には約四〇〇種自生する。五月頃、枝先に鐘形の花が八〜十数個集まって咲く。花の色は紅葉・淡紫・白・黄など産地によって異なるものもある。「西洋シャクナゲ」と呼ばれる欧米での改良種は一般に花色が濃厚。昔から室生寺の石楠花は有名だが、山中で見かける野生の石楠花には「山の花」としての清楚な美しさがある。

しゃくなげ太芽十二神将躍るかな　松田ひろむ
地獄谷すなわち石楠花谷として　花谷和子
事務の人石楠花の花隠れなる　依光陽子
這松《はいまつ》の下に石楠花隠れ咲く　田中澄枝

## 百日紅《さるすべり》

百日紅《ひゃくじっこう》　白さるすべり

ミソハギ科の落葉高木。古く中国より渡来し、寺院の庭に栽植されたが、後に庭園樹として一般に好まれるようになった。高さ三〜七メートルぐらい。幹や枝は淡い褐色でつるつるしており、サルもすべるというのでこの名がある。七月から九月に桃・紅・紅紫・自色など、三センチ程の花が枝の先端に群がり咲く。咲きはじめると次から次とよく咲き、盛夏にふさわしい感じの花である。

さるすべりシャワーをはじく胸がある　浦野菜摘
先に逝くことは裏切り百日紅　阿部佑介
母の忌や白さるすべり壺に挿し　鈴木ゆき子
百日紅父を思いて母のことも　伊関葉子
三鬼の墓切り詰められし百日紅　吉沢紀子
ゆつさゆさ風の集まるさるすべり　広谷一風亭

聞かぬふり通し続けて百日紅　岡田厚子大屋根の庇の先のさるすべり　佐野左右也

## 梔子《くちなし》の花《はな》

梔子　山梔子

アカネ科の常緑低木。高さ一～二メートルで、暖地に自生もするが、多くは庭木として栽植されている。六、七月頃香り高く肉厚の六弁花を開くが、その雪白の花色はまことに美しい。八重咲きはやや濃厚な感じである。花の後の果実は晩秋黄赤色に熟し、染料・薬用になる。熟しても裂開しないことから「口無《くちな》し」の名がある。日本の花暦では、ユリとともに、七月の花として選出されている。↓梔子の実（秋）

山梔子や築地《ついじ》の崩れ咲きかくし　麦水

錆びてより梔子の花長らへる　棚山波朗

## さつき

杜鵑花《さつき》　皐月《さつき》　五月躑躅《さつきつつじ》

ツツジ科の常緑低木。高さ三〇～九〇センチぐらい。さつきという名は、五月に咲く「さつきつつじ」の略であり、「杜鵑花」と書くのは、杜鵑《ほととぎす》の鳴く頃咲くというところに由来している。六月頃ラッパ状の五裂花を無数に咲かせる。江戸時代から栽培が盛んで、庭に、盆栽に愛培され、花色は紅紫・桃・白色・咲分けなど、おびただしい品種がある。

さつき咲く庭や岩根の黴ながら　太祇

並び咲き醤油工場の花さつき　高井美智子

## 繡線菊《しもつけ》

バラ科の落葉低木。各地の山野に自生するが、観賞用として庭園にも植えられる。高さ一メートル内外。五、六月頃枝先に、淡紅・白色の小さい五弁花が傘状に集まって開く。花名のシモツケは、下野《しもつけ》の国（栃木地方）に多く自生していたためとも、また一説には霜を置いたように咲くので「霜つけ」と呼ばれたともいわれる。シモツケと呼ばれているものに、もう一つシモツケソウがある。

しもつけを地に並べけり植木売　松瀬青々

しもつけの花びら綴ることばかり　後藤夜半

## 繍毬花《てまりばな》

手毬花　おおでまり　花てまり

スイカズラ科の落葉低木。高さ二〜三メートルで、樹形は一定しない。葉も花も紫陽花に似ているが、葉はやや円形で上面に皺がある。五、六月頃、多数の白い花がかたまって手毬状に開く。その花色ははじめは黄緑色で目立たないが、花の名の示すように、真っ白な手毬のような姿はすがすがしく、初夏のイメージをゆたかにする。

病棟に病連衆ありてまり花　石田波郷

曇天の耐へに耐へをる大でまり　篠田悌二郎

## 金雀枝《えにしだ》

延宝年間にヨーロッパより渡来したマメ科の落葉灌木で、庭木として栽培される。花期は五〜六月頃。茎の高さは一・五メートル位で、よく育つと三メートルに達する。初夏に細かな三つ葉の腋に葉より大きな黄色の蝶形花を咲かせて垂れるさまは、目をひく光景である。

えにしだの夕べは白き別れかな　臼田亞浪

金雀枝の丘をそびらに調香師　井上閑子

金雀枝や構へてみても女かな　徳永弘子

金雀枝やカエサル如何に息絶へし　大林淳男

## 泰山木《たいざんぼく》の花《はな》

北米原産の常緑喬木で明治初年に渡来した。モクレン科で二十数メートルの大木になる。和名は樹の全体の様子を、中国の泰山になぞらえたともいわれている。五、六月頃、直径一五センチぐらいの大形の白い花を空に向けて開き、強い芳香を放つ。

雲流れ泰山木の花のころ　柴田白葉女
泰山木終りの花が発光す　八木尋子
泰山木一花を残し日昏れけり　榎本尹子
泰山木咲くたび小さくなるわたし　橋本敏子
泰山木咲くはっとしてほっとして　益田　清
町医者のおおらか泰山木咲けり　野村あつし

## 夾竹桃《きょうちくとう》《けふちくとう》　桃葉紅《とうようこう》

インド原産の常緑灌木で、幹の高さは三メートル余りに達し、庭園に植えられたり街路樹として観賞される。葉は竹の葉に似ていて厚い。夏、梢にたくさんの花を開き芳香がある。花期は長く、紅色の他に淡黄色・純白色などがあり、八重咲もある。開花期が長く、夏中いたるところで目に触れる。

夾竹桃さかなさみしき貌《かお》をして　宮坂静生
玉音を聞きしこの駅夾竹桃　榊原麦子
夾竹桃日暮は街のよごれどき　福永耕二
古き町運河に沿へり夾竹桃　水野爽径
巷間や夾竹桃は白に出て　菅家瑞正
夾竹桃黙祷一人ひとりかな　菱田久恵

## 南天《なんてん》の花《はな》　花南天

難を転ずる縁起木として、日本人には馴染みのふかい樹木。メギ科の常緑低木で、高さは二〜三メートル、株は叢生する。茎の先端に白い小花が円錐状に集まって咲き、冬には赤く結実する。白い実をつける白南天と呼ぶ品種もある。

南天や米こぼしたる花のはて　也有

引越の荷が南天の花こぼす　加藤水虹

## 凌霄《のうぜん》の花《はな》　凌霄《のうぜん》　のうぜんかずら

中国原産の蔓性落葉木で、古くから渡来し観賞用として庭園に植えられている。茎は長く伸び、所々に生じる根により垣根や樹木にからみながら三〜六メートルまで繁る。葉は鋸歯のある羽状複葉で、有毒植物であり、花蜜は眼に有毒といわれる。七月頃、オレンヂ色のラッパ形の花を数多く咲かせる。「全《まった》き花多し凌霄の下掃かず　遠藤はつ」のように地上の落花も趣きに富んでいる。

凌宵の花昏れがたくあでやかに　高橋淡路女

凌霄や家うち暗き城下町　風間和雄

閂《かんぬき》を抜かぬ門なり凌霄花　大高弘達

凌霄の花が引っ張る蔓の先　中畑耕一

凌霄をくぐりて禅へ参じけり　山崎羅春

凌霄や花眼と言へる眩しさに　河本沙美子

凌霄に散る楽しみのありしかな　長崎玲子

凌霄花に触れ葭倉に入りにけり　石脇みはる

## 梯梧《でいご》の花《はな》　海紅豆《かいこうず》

沖縄地方の海岸に多く見られるマメ科の落葉高木である。近年は本州の暖かい海辺にも植えられている。三月から六月にかけて、南国の情趣を感じさせる真紅の花を開く。花はマメの花に似ており、葉は小葉が三枚一組になった複葉で幹には短い棘がある。そのため刺桐ともいう。

海紅豆二艘の水脈《みお》のせめぎあひ　小林貴子　デイゴ散るいまもどこかに火の匂ひ　銀林晴生

遠き日の直情しんと花梯梧　福谷俊子　咲き残るデイゴに島の小学校　田中良子

## ハイビスカス　仏桑花《ぶっそうげ》　ぼさつばな　琉球むくげ

中国原産の常緑小灌木で、多くは温室花として栽培する。幹は高さ一・二メートル程で、葉は広卵形または卵形の光沢ある深緑である。夏から秋にかけて葉の腋から長い柄を出し、漏斗形の大きな花をつける。五片の花弁から、赤く長い蕊《しべ》をつき出して咲く。花色には赤・白・黄・絞りなどがあり、朝に開き夕にはしぼむ。

島の唄流れ来る夜の仏桑花　小田尚輝　仏桑花散りしける地へ投地礼　永岡うろお

## 時計草《とけいそう》

トケイソウ科の蔓性多年草。日本へは江戸時代初期には渡来していたらしい。原産地はブラジルからペルーの熱帯地だが、案外耐寒性があり、東京以南ではよく育ち、頑丈な蔓になって越冬している株もある。枝は細く、掌状に裂けた葉を互生し、巻きひげで他のものに絡んで伸びる。自または淡紫色をした直径一〇センチほどの花が夏から秋にかけて咲く。花弁と花弁状の萼が五片ずつ交互に外周に配置され、その中央に副花冠が放射状に広がって時計の文字盤に見え、中心にある、独特な形の雌蕊を時計の針に見立てたもの。暖地では果実が黄熟し甘く、これを果物として食べたりジュースにするのはオオミノトケイソウや、クダモノトケイソウ（パッション・フルーツ）で、日本では八丈島や九州以南でないと多量に実らないと聞く。

時計草たそがれ長きことは知る　後藤比奈夫
からくりのまことしやかに時計草　行方克巳
時計草どれも三時を指しゐたる　深水玲子
問わんとすことを問われて時計草　西尾千佳子
時計草三つ四つ別の午後ひらく　浦野菜摘
さよならの片手を下ろす時計草　佐野三三子
時計草湖底の声を聞きながす　原　尚子
時計草記憶回路がパチパチパチ　桑田和子

## 茉莉花《まつりか》《まつりくわ》

素馨《そけい》　ジャスミン　匂蛮茉莉《においばんまつり》

インド原産の常緑灌木で暖地性である。五、六月頃、幹も緑色の枝先に芳香のある白い花をつける。花の白さが仏陀の歯の白さにたとえられ、東南アジアの仏教国では仏前に供える。観賞用だけではなく、ジャスミン茶、あるいは香料のジャスミン油ともなる。根に麻酔の成分があるので、薬用としても利用された。

茉莉花の香指につく指を見る　横光利一
茉莉花へ虫の貌《かお》して近づけり　谷口ふみ子

## 花《はな》　橘《たちばな》

橘の花　右近の橘

ミカンの花の古名で、九州・四国・中国・和歌山・静岡など海浜地方の山地に野生する常緑樹である。六月頃夏を告げる花として梢に五弁の香り高い花を開く。この花の高貴な芳香は古来より人に愛賞され『万葉集』をはじめとして数多の詩歌に詠われている。「五月《さつき》まつ花橘の香をかげば昔の人の袖の香ぞする」(『古今和歌集』)のように追憶を誘う花とされる。垂仁天皇の御代、田道間守《たじまもり》が常世《とこよ》の国に渡り求めて帰った「非時香果《ときじくのかぐのこのみ》」が橘の最初といわれるが、日本在来の小蜜柑や地蜜柑も暖かい地方に残っていて食用となる。昔のタチバナは橘類の総称と考えてよい。京都紫宸殿の右近の橘は日本橘の培養種である。

嵯峨御所の橘薫る泊りかな　阿波野青畝
人にあふも花たちばなの香にあふも　山口青邨

## 蜜柑《みかん》の花《はな》　花蜜柑

普通は温州蜜柑《うんしゅうみかん》をさし、日本でできた常緑灌木性の柑橘《かんきつ》で、現在では西日本の暖地に広く栽培され、静岡・和歌山・愛媛・広島などは産地として知られている。柑橘類の中ではやや小形だが、三メートル程となり葉は楕円形で大きく濃緑である。五、六月頃、葉の間に香り高い白色五弁の小花を多数つける。雌蕊は長く、雄蕊の先に突き出ている。密柑山の花盛りは甘い香りがただよう。→青蜜柑(秋)・蜜柑(冬)

うたゝねをわが許されて蜜柑咲く　中村汀女
花みかん潜水艦の来てをりぬ　松下章子

## 柚子《ゆず》の花《はな》　柚《ゆ》の花　花柚子

中国原産の常緑小喬木で、他の柑橘類と違い寒地にも栽培される。四メートル程の樹で、枝に棘を持つ。五、六月頃白色五弁の芳香を放つ小花が開き、蕾は香味料にされる。この樹に実るのが柚子

であり、柚酸とも書く。↓柚子（秋）

柚の花やむかししのばん料理の間　芭蕉

おとなしき馬に柚の花匂ひけり　二羽光枝

柚の花はいづれの世の香ともわかず　飯田龍太

乙女らの笑い通れり柚子の花　有角正巳

## 橙《だいだい》の花《はな》

インド原産で、古く中国南部地方より渡来した柑橘類で暖地に広く栽培される。初夏の頃、葉の腋に数個の芳香の高い白色花を開く。果実は球形で冬に熟し、いわゆるだいだい色を呈す。取り残すと翌夏再び緑色となるため「代々《だいだい》」の名がある。

母病めり橙の花を雀こぼれ　石田波郷

橙の花と熊楠《くまぐす》の家教はる　矢島渚男

## 栗《くり》の花《はな》

花栗　栗咲く

ブナ科の落葉樹で、とくにニホングリと呼ばれ、日本中いたるところで自生、または栽培されている。六月頃、紐状の黄白色の穂花が、一樹全体に噴き出すように咲き、甘いような青臭いような匂いを放つ。雌雄異花の虫媒花で、人目につく紐状の穂花は雄花である。花粉を与えた後に、茶色に変色して房ごと落ちる。

栗の花照れど曇れど水うまき　石橋辰之助

髪の根の熱くなりたる栗の花　神谷美枝子

やがてまた茶髪もほろび栗の花　緒方敬

濁りなき老いもあるべし栗の花　角野良生

山彦は呼べぬ齢や栗の花　赤塚五行

月蝕やおろおろ匂ふ栗の花　浅野照子

## 柿《かき》の花《はな》

山中に自生する落葉喬木だが、長年の改良による多数の園芸品種が栽培される。幹の高さは六～九メートルに達し、丸形の葉の表面には光沢がある。雌雄同株で梅雨の頃、葉の根元に黄色を帯びた白色で地味な花をつける。雄花は小形で数個の花序に咲き、雌花は大形単生の壺状合弁の花で、緑色の萼片《がくへん》がある。落花のあとには萼に包まれた青い実が育っている。↓柿（秋）

役馬の立ち眠りする柿の花　一　茶
柿の花こぼれて久し石の上　高浜虚子
我に淡き父の思ひ出柿の花　宮崎陽子
柿の花落ち尽すかに落ちにけり　加藤洋子

## 石榴《ざくろ》の花　花石榴

小アジア原産の落葉喬木で高さが一〇メートルにもなるものもある。葉は長楕円形で艶があり、六月頃赤い多肉の筒状の萼《がく》をもつ鮮やかな赤橙色の花を多数つける。梅雨空のもと、この花色は実に印象的である。わが国では平安朝の頃より花が観賞され、実が食されるようになったのは徳川時代以降であって、主として花木として改良が進んだ。花石榴は八重咲が多く、白・淡紅・朱・絞りなどがある。

若者には若き死神花柘榴　中村草田男
子を奪りし人あどけなし花石榴　高橋良子
蔵町を戞々《かつかつ》と馬車花ざくろ　山岸治子
八十のゲーテに恋の花石榴　妹尾亮山

## 青梅《あおうめ》《あをうめ》　梅の実　実梅　小梅

梅の若葉が茂ってくる梅雨時に、急速に梅の実が育ってくる。未熟の青い梅の実で、熟して黄色になったものは実梅という。青梅は香気が高く酸味が強い。梅酒の原料にしたり、砂糖で煮たり、梅干にしたりする。豊後《ぶんご》梅は果肉が厚く大粒であり、信濃梅、甲州梅は小粒である。

うれしきは葉がくれ梅のひとつかな　杜　国
梅の実の尻に子どものころの痣《あざ》　宮坂静生
青梅を噛めばひとりの秋津島　田中信克
よろこびて撰果機くぐる実梅かな　西岡一郎
さびしさは銀青梅の育つ夜　菅原和子
青梅のあたりの風を見てゐたり　吉野裕之
青き梅風に見えなくなりにけり　加藤かな文
仏壇に実梅の青の十ばかり　毛呂刀太郎
梅熟るる畑三町網を張る　大野こまさ
梅の実に青き陽が射す子が欲しや　市川愁子
路地実梅いろ染めてより数を増し　椎塚つね子
梅は実に赤銅色の鰹塚　澤柳たか子

## 青柿《あおがき》《あをがき》　柿青し

柿は花が終るとすぐ実を結びはじめ、一ヵ月もすると青い葉の蔭に親指大の実がたくさんつくが、目立たない。風雨の翌日など、地面に可愛い青い実がびっしりと転がっていてそれと気づく。渋くてとても食べられない。樹上の青柿も地に落ちたものも句材として面白いものである。↓柿（秋）

青柿のすとんと落ちし本籍地　池上拓哉
青柿や錆びし飼葉の切断機　清水百合子
青柿や塗師《ぬし》と呼ばれて優男《やさおとこ》　清水緑子
青柿や昔のままの釣瓶井戸　上山和子

## 青胡桃《あおくるみ》《あをくるみ》　生胡桃《なまくるみ》

胡桃の果実がまだ青くて小さいものをいう。羽状複葉の葉蔭に青梅のような果実が、四つ五つかたまって生っているが、表面には柔らかい毛が密生している。全国に野生している「おにぐるみ」「ひめぐるみ」のほかに、菓子用として栽培されている「かしぐるみ」もある。↓胡桃（秋）

しつかりといまを遊べと青胡桃　清水基吉
青胡桃白雲は夜も太りをり　伊東　肇
沢風の沢のぼり来る青胡桃　加古宗也
青胡桃木曽にむかしの風の音　千手和子
青胡桃穂高は朝の雲放つ　伊藤淳子
育てしは男の子ひとりや青胡桃　久保山敦子
風がきてことりことりと青くるみ　幸田昌子
牛寄りて憩ふ水場の青胡桃　細井光男
青胡桃役に立たずよ男の子　柳沢桂子
天竜の本流となる青胡桃　須山おもと

## 木《き》苺《いちご》

きいちごは木苺・黄苺にも通じる。多くの野生種があるが、狭義にはバラ科の落葉低木で、一・五メートル程になる「もみじいちご」のことである。葉はもみじに似て幹葉に棘があり、熟すと黄金色の実を垂れる。やわらかくて甘味が濃く、山野行の子供達にとって魅力的な果実である。

火の山の齢《よわい》木苺木の更に　中島斌雄
口中にして木苺の朝の冷　黒坂紫陽子

## 青葡萄《あおぶどう》《あをぶどう》

まだ熟さない青青とした固い実の葡萄をいう。この場合は成熟しても緑色をしているマスカットなどの品種のものは指さない。生産は山梨県が最も多く、岡山・長野の両県が続く。花は五、六月果実と同じように房になって集まって咲く。この青葡萄から濃紫黒・紅赤・黄緑色と、それぞれの品種によって色づいてゆく。↓葡萄（秋）

青葡萄密なりあたり暗きまで　相馬遷子
青ぶどう夜明けは山のうしろから　鈴木美千代
ひしひしと月夜玉張る青葡萄　石原林々
青葡萄白亜の像の目とせばや　西岡正保

## 青林檎《あおりんご》《あをりんご》

林檎の早生種には、青いまま収穫する種類がある。アメリカ原産の「祝」がそれである。夏の暑いさなかに味わう青林檎は、噛じると清例な酸味がすばやく口中に広がる。「掬ぐや直ぐ口に泡立つ青林檎　林翔」の句の「泡立つ」が、青林檎の味を言い得ている。↓林檎（秋）

青林檎しんじつ青し刀を入る　山口誓子
青林檎夜汽車の椅子のかたさかな　小宮山勇
青林檎機嫌の悪しき妻と居る　矢坂祐一
晩年のいまが入口青林檎　星　多希子

## 楊《やま》梅《もも》　山桃《やまもも》　やまうめ

暖地性の常緑高木で高さ一五メートルにも達する。雌雄異株で三、四月頃花をつけ、入梅の頃暗紫色の苺に似た実を結ぶ。甘酸っぱく軟らかで生食されるが、生のままでは輸送も保存もむずかしいので、塩漬けや砂糖漬けにしたり果実酒をつくる。ヤマモモは中国名。語源は山の桃、あるいは山百々、つまりたくさんの実がなることの意からきている。

磯ぎはをやまもも舟の日和かな　惟　然
農繁期楊梅に子らよぢのぼる　阿波野青畝

## さくらんぼ　桜桃《おうとう》の実　桜桃

野生種、栽培種を問わず桜類の仲間の果実を俗にさくらんぼと呼んでいる。普通さくらんぼといえば、食用にするため栽培されている小アジア原産の西洋ミザクラの実のことである。寒冷な気候を好むので山形、青森、長野県などが生産地となっている。愛らしい形と色で夏の訪れを告げてくれる。↓桜桃の花（春）

さくらんぼ碧海《あおうみ》流れやまざりき　小檜山繁子
奉る祝詞の前のさくらんぼ　田中汀岷
娘には甘き父なりさくらんぼ　成宮紫水
さくらんぼのせて夜更けの掌と思ふ　佐藤信三
張られたる網に入口さくらんぼ　山本きよ子
寝転んで読む悪女伝さくらんぼ　野村尚子
さくらんぼ並べてありぬ仏頭と　佐藤秋水
さくらんぼいつまでも手をつなぎたし　越智由美
さくらんぼ月山の風甘くなる　姉崎　昭
朝市の人みな素顔さくらんぼ　工藤眞智子

## 山桜桃《ゆすら》の実《み》　山桜桃《ゆすらうめ》　英桃《ゆすらうめ》　ゆすら

バラ科の落葉低木で高さ二～三メートル。朝鮮半島、中国北西部からチベットにかけて原産し、江戸時代初期に渡来。実は、直径一センチぐらいの球形で六月頃紅色に熟しルビーのように美しい。ゆすらの名は枝葉が茂るので少しの風でも揺れやすいからとか、また韓国語のイサラ（移徒楽…移植して楽しむ）からきているともいわれる。↓山桜桃の花（春）

叱られて口が酸つぱいゆすらうめ　尾熊靖子
ママのほか信じられぬ子ゆすらうめ　岩松草泊

## 李《すもも》

中国の長江が原産とされているバラ科の落葉高木。古くから栽培され親しまれた果実で、『古事記』にも記載がある。現在、日本で広く栽培されているのはニホンスモモと呼ばれる品種である。梅雨明け頃、梅よりも少し大きめの実が黄色または紫紅色に熟す。多汁で酸味が強いところからスモモの和名が生まれた。李は中国名。このニホンスモモを品種改良したものが巴旦杏である。現在、店頭に出まわるプラムは西洋スモモである。↓李の花（春）

葉がくれの赤い李になく小犬　一　茶

禿頭の悪童もいる李の里　金子兜太

李食む午前の汗を流しをり　野澤節子

ぶちまけて李祭の李売り　佐々木和子

## 杏《あんず》

杏子《あんず》　唐桃《からもも》　杏の実

バラ科の落葉高木で、中国が原産。栽培歴の古い果樹で花も美しい。別名カラモモとも呼ばれる。七月上旬から梅よりも大粒の実が橙黄色に熟す。日本では長野県安茂里《あもり》、松代がアンズの里として有名である。果実は甘酸味があり生食のほか、乾果、ジャム、砂糖漬などに利用する。種子は咳止めとなるほか、杏仁油《きょうにんゆ》、杏仁水を作り、軟膏や毛髪油となる。↓杏の花（春）

医者どのと酒屋の間《あい》の杏かな　召　波

死も生も恋も一字よ杏好き　角田夕花

## 巴旦杏《はたんきょう》《はたんきやう》

ニホンスモモの品種改良された果樹で、山梨県が原産。スモモより大粒で牡丹杏とも呼ばれる。甘

み も多くなったが、生食では桃にかなわない。内に空洞のできる欠点もある。乾燥させて料理に使ったり、果実酒に用いる。

ひと籃《かご》の暑さ照りけり巴旦杏　芥川龍之介

四歳の唇《くち》の大きさ巴旦杏　松田ひろむ

巴旦杏幼な古ごと皆似たり　水原秋桜子

巴旦杏の酸味配られ女旅　津波古江津

賞与得てしばらく富みぬ巴旦杏　草間時彦

巴旦杏がぶりと夢を失ひぬ　大江かずこ

## 枇《び》杷《わ》　枇杷の実

関東以西に野生しているバラ科の常緑高木で高さ一〇メートルにもなる。葉は長楕円形で厚くて堅く、裏面には淡褐色の密毛がある。十一月頃芳香のある黄白色の目立たない小花を開く。初夏に熟すオレンジ色の実には、意外なほど大きな種が入っている。改良種の茂木（長崎）とか田中（房州）などは大粒で立派である。材は堅く装飾用で葉は薬用に利用される。↓枇杷の花（冬）

欄々《らんらん》とをとめ樹上に枇杷すゝる　橋本多佳子

無伴奏組曲夜の枇杷太る　浦川聡子

枇杷に灯る色のはるばる着きしごとし　宮津昭彦

老人に枇杷熟るることくり返す　鳥居真理子

## パイナップル　鳳梨《ほうり》　あななす

熱帯アメリカ原産の常緑草木。一メートルほどの輪状に広がった葉の中心に、淡い紫色の花をつける。パイナップルは、この花の後に結ぶ二〇センチ前後の楕円形の実である。透明な黄色の果肉は多汁で香りも強い。英名のパイナップルは、松かさ状のリンゴという意味で、果実の姿を表現している。

パイナップル驟雨は香り去るものを　野澤節子

パイナップル切る同行の数に切る　上田日差子

## バナナ

熱帯アジア原産の芭蕉科の多年草。高さ約四メートル。葉は芭蕉に似て大形楕円形。初夏大形の花軸を出し赤紫色の苞《ほう》に包まれた淡黄色の単性花を穂状につける。花のあと一房二〇ぐらいの実を結ぶ。わが国には一年中輸入されるので、現在ではやや季節感に乏しい。

これやこの珍《うづ》のバナナ、をそろそろ剥く　日野草城

バナナ食ぶ月海上に泛びけり　河村すみ子

## 夏木立《なつこだち》　夏木

夏の茂った木立をいうのであるが、同じ木でも低木では情感が薄い。丈の高い木の立ち並んだ姿を主としていう。単に夏木といえば一本の木のことを指す。景も自然と大きく格のある季語である。「先づたのむ椎の木もあり夏木立　芭蕉」の句に見るように、堂々とした夏木の集まりである。

先づたのむ椎の木もあり夏木立　芭蕉

山見えぬ国もあるべし夏木立　廣瀬悦哉

神水の霊気いただく夏木立　三崎由紀子

人去りて神の残りし夏木立　香下寿外

しまうまの縞のあざやか夏木立　大隅三虎

制服の見えかくれゆく夏木立　大崎晶子

夏木立安心無事のたたづまひ　佐藤篤子

寛政の絵馬の嘶《いなぎ》き夏木立　中村みよ子

一リットルの大きな水筒夏木立　山田英子

箒目の匂いのままの夏木立　姉崎蕗子

## 新《しん》樹《じゅ》

みずみずしい若緑の葉をつけた初夏の立木のことをいう。新緑が色を主にした風景の総合美なら、新樹は若葉の樹木全体をいい、みずみずしい樹幹などすぐに思い浮かぶ。音感もよく新鮮な感じがする。新緑とはかなり趣きを異にしている。↓新緑

図書館は坂の上なる新樹かな　高木喬一
夜の新樹旅に華やぐ妻の声　岩田沙悟浄
皇居辞し新樹に集ふ祝ぎ衣　藤田貞子
湖の舟に四方の新樹かな　樋口桂紅
新樹冷ゆ子の書庫にある革命史　河合澄子
絵ガラスの聖書物語新樹光　守屋房子
息合はせ漕ぎ出す舟や新樹光　小島由理
背の児のこぶしが握る新樹光　中村圭作

## 青《あお》《あを》葉《ば》

青葉山　青葉風

若葉が育ち緑濃く生き生きとしてくるさま。若葉の柔らかみと比べ、生い茂った葉の色合いも濃くなると、季節も闌けたことを感じる。平安時代から使用されているが、その季語は、若葉ほどに季節として定着していなかった。「あらたふと青葉若葉の日の光　芭蕉」があるが、青葉若葉とは緑、萌黄色の濃淡が混然としている状景であり青葉のみを季語とした句例は芭蕉にはない。後に「蝶ひくし青葉ぐもりといふ曇り　久保田万太郎」のような季感としても用いるようになった。↓若葉

あらたふと青葉若葉の日の光　芭蕉
蝶ひくし青葉ぐもりといふ曇り　久保田万太郎
唐門の竜の眼うるむ青葉冷　武田一枝
青葉冷え古りゆくものの身に余り　岡崎ゆき子

杜《もり》青葉ランプの火屋《ほや》のうす濁る　永瀬千枝子
釣舟の水面をすべる青葉冷　今井茅草
青葉闇いつか絵本にありし森　鈴木興治
青葉闇菩薩のまなこけぶりたる　佐野秋翠
手作りの竹垣といふ青葉風　篠原憲子
人によし鳥獣によし青葉風　原　和子
指櫛に嬰の髪梳く青葉風　水下寿代
鎌倉のてくてくマップ青葉風　竹田摠一郎
恋沢の竹一管の青しぐれ　落合水尾
曾良の忌の科の木青葉しぐれかな　小田中柑子
絵馬幾重いくへに青葉時雨かな　樋口桂紅
白壁や青葉明りの秋篠寺　大河内京子

## 若《わか》葉《ば》　若葉風　若葉雨　若葉寒《わかばさむ》

新緑、新樹、青葉と同景であるが、喬木、灌木の別なく初夏の樹木の初々しく、みずみずしい葉の総称である。ただ、木によって色合いが微妙に異なり、趣きも変わってくる。そのため柿若葉、椎若葉、樫若葉、樟若葉などと呼んで、若葉の個々の美しさを強調する詠み方もする。↓新樹・青葉・新緑・万緑

書庫暗し若葉の窓のまぶしさに　竹下しづの女
ひとりいて梨目ガラスに若葉かな　神谷美和
山若葉秘湯その名も地獄谷　平野ひろし
土にある影のあらあらしき若葉　井上康明
若葉風能楽堂をふき抜ける　吉田喜美子
ピカソ展若葉に染まる人の列　山本圭子
目立屋の小さき座蒲団若葉風　松岡きよ
仏心に触るる思いの若葉風　長浦千津子
天蚕の卵が育つ若葉風　加藤良子
子規旧居伸びほうだいの若葉かな　高橋今日子
落葉松わかば山傾けてやわらかし　川戸飛鴻
山若葉昼を点せる旧ホテル　塚田順子
撫若葉風の形のちぎれ雲　江原富美子
若葉風車掌ぐらりと切符切る　工藤眞智子

若葉冷ゆ少女が幹に融けし後　田島　隆

日かげれば野の冷え急や若葉摘む　成重昭女

## 新緑《しんりょく》　緑　緑さす

初夏の木々の若葉どきの緑をいう。夏の陽の下、雨の中、どこにあっても鮮やかな緑が際立つ。万緑が、新緑も深緑も合わせ、見渡す限り緑であるといった大景を表現するのに対し、新緑は、萌え出したばかりのみずみずしさ、やわらかさ、明るさに季節を享受する言葉である。↓新樹

新緑や石をこえゆく水の音　曽我玉枝

新緑の野点の席に雲流る　小林律子

綿菓子やみどりの風に眠くなる　鈴木龍生

どの鯉も泳ぎどの木も緑立つ　山田麦車

火を潜りきしガラス器のうすみどり　岡崎淳子

大内の森の緑のいよよ濃し　宮成鎧南

獄中の爪書き「母よ」緑さす　岩崎波久

少年の顔となりたり緑さす　中村祐子

湧水の砂噴き上げるみどりの夜　水野すみ子

新緑のうねり隣家を遠くせり　大山昭雄

新緑の深さ競ひて医科法科　小松原みや子

新緑の槐の陰に小鮒売　小林螢二

新緑の名城公園散策す　籠谷充喜

地下鉄の出口Aより緑さす　烏丸道子

## 茂《しげ》り　茂る　茂み　茂し

木の枝葉が重なり合うように繁茂している状景。草が生い茂っている状景は「草茂る」としている。夏山の樹木の茂りは日も入らず雨も洩らさぬほどであり、昼でも暗い空間を作ることが多い。「樫茂る」「樟茂る」などともいう。↓万緑

笹の葉に飴を並べる茂りかな　一茶

癒えてなほ癒えざるものや茂りくる　笹本千賀子

大仏のゆるがぬ樟《くす》の茂りかな　浅井一志　刺青の裸体茂りを出て来たり　六角　耕

## 万《ばん》緑《りょく》

夏、見渡す限りの草木が緑なす様をいう。王安石の「万緑叢中紅一点、動人春色不須多」にこの言葉はあり、「万緑の中や吾子の歯生え初むる　中村草田男」の句によって一般化され季語として定着したといわれる。生え初めた吾子の白い歯は、一人の生命体としての存在を誇示した証しであり、それが生き生きとした大自然の緑とみごとな調和をなしている。夏の大地に、新緑より強い調べでみなぎる生命感を表出していると捉えたい。↓若葉・茂り

万緑の中や吾子の歯生え初むる　中村草田男
万緑や死は一弾を以て足る　上田五千石
万緑叢中花柄《がら》の忘れ傘　守田椰子夫
万緑に大吊橋の軋む音　山下美典
万緑や囚徒拓きし直線路　松本泰志
万緑や一樹吹きしぼられてをり　串上青蓑
万緑の点となるまで車椅子　小田欣一
万緑の動いて風の五浦かな　福島壺春
万緑や猿の子はもう猿の貌　山田麦車
万緑に染りて命綱外す　中居梨津子
万緑や死はもろもろの管とれて　三嶋隆英
万緑や森の鳥語はみな愛語　藤原たかを
万緑を水に活けたり竹生島《ちくぶじま》　杉浦和生
万緑や天狗棲むには山低き　石山佇牛
水軍の島万緑に盛り上り　西村旅翠
万緑や波をつくりて紙を漉《す》く　近藤静輔
万緑やこけし笑まわす筆さばき　田畑はつ枝
深吉野は深き万緑無音界　梅本幸子
万緑や瀬音のふかき峠道　林　宏
万緑や現在位置を朱で示し　蛯子雷児
目つむれど尚万緑の中に在り　森田幸夫
万緑の狭間の海や船ゆけり　藤田鶴之丞

肘若し万緑に弓ひきしぼり　野崎ゆり香
万緑を抜けし列車は蒼白に　小林　武

## 木下闇《こしたやみ》　木《こ》の下闇　下闇　青葉闇　木暮《こぐれ》　木暮《こぐれ》る　木暗《こぐら》し

夏の木々の茂り合いが日をさえぎり、昼でもほの暗くひんやりしている様子をいう。緑蔭が木洩れ日や風を伴うさわやかな木蔭であるのに対して、木下闇は常に日光の届かない湿り気を帯びた木蔭で、下闇ともいう。「木暮、木暮る」が『万葉集』に用いられているが、季感を持ってはいない。

少女来て少年さらふ木下闇　小島　健
興りしも亡びしもみな木下闇　竹中弘明
木下闇木喰仏の高笑ひ　志城　柏
下闇にぽかと明るき穴ありぬ　勝又一透
やはらかき土に躓《つまず》く木下闇　片柳百合子
回峯の行者跳びゆく木下闇　岩井寛枝

## 緑蔭《りょくいん》　翠蔭《すいいん》

夏の盛り、大きく伸ばした枝々の青葉が作る蔭。木下闇とは違って、炎天の対照として存在する木蔭である。炎暑の中から一歩緑の影に入った時の心地良さはいうまでもない。明るく生き生きとした景の中に、都会的、近代的な感覚を持った季語といえる。

緑蔭を来し冷たさの耳飾り　朝倉和江
緑蔭に佇ちて一樹の声を聞く　桑原光代
緑陰の蕊まで駆けて犬戻る　原　和子
ゲルマンの大緑蔭に汽車入りぬ　栗坪和子
緑陰に馬を忘れて行きにけり　高室呉龍
引退にあらず緑蔭に住まふのみ　小山いたる
緑陰や釈迦説法の石坐る　安藤葉子
ばくちの木大緑蔭をなせりけり　松田千代子

緑蔭にバスの半身乗り入るる　黒木豊子
緑蔭の埴輪にこにこ人を待つ　塩﨑翠羊
緑蔭の風さそひだす研師かな　十川陽子
菩提樹の緑蔭ひろき異人墓地　木付千登子
緑蔭の読書深まり人嫌ふ　山本一糸
緑蔭に菊水の紋散らしあり　竹中弘明
補聴器や緑蔭に聞く風の私語　高橋喜代司
緑陰に入ればたちまち世捨人　森川　潔
椅子一つあらば緑蔭いかによき　沢　聰
翠蔭の「石狩挽歌」碑を唄ふ　伊東よし子
緑蔭を出てかくれなきわが身かな　佐藤脩一
緑陰に罠かもしれぬ椅子ひとつ　望月哲士
緑蔭にトランペットを吹く少女　三浦辰郎
緑蔭に盲導犬の気を抜かず　志摩陽子
緑蔭に石割る鑿《のみ》の火を放つ　小林洋正
緑陰を出て外面を構へけり　菊池三千雄

## 柿若葉《かきわかば》

夏のはじめにいち早く萌黄色に育つこの若葉は、光沢のある艶やかな丸い葉が印象的である。濡れ色の葉が日に透くとき、重なり合った葉がみどりの濃淡を作るとき、夏の晴れた一日の象徴となる明るさを持っている。

父の代の風が吹きをり柿若葉　高橋沐石
雨見えぬままに濡れゆく柿若葉　中塚忠則

## 椎若葉《しいわかば》《しひわかば》

椎茂る　青椎《あおしい》

ブナ科の常緑喬木。主に関東以西に自生し、庭木や盆栽などにも植栽されている。古葉は深緑色で黒ずんだ色合いを持っているが、若葉は淡緑色で滑らかな明るさがある。椎の実は、この樹種の種で食用ともする。若葉が樹冠を覆うようになると古葉が散る。

椎若葉一重瞼を母系とし　石田波郷
椎若葉白々と墓地暮れにけり　富田木歩

**樫若葉《かしわかば》**　樫茂る　青樫《あおがし》

樫にはアカガシ、イチイガシ、シラカシ、アラカシのほか種類が多い。材質が堅いことからこの名があるという。若葉には紅色の強いのと緑色のとがあるが紅色も育つにつれて色が褪めてくる。きらきら光るさまとみずみずしさはやがて大樹にふさわしい濃緑色と変わっていく。

樫青し写真の父は木銃捧げ　友岡子郷

青年の言葉は匂う樫若葉　松田ひろむ

剃りてなほ明恵髭濃し樫若葉　小澤　實

ナイターの余光ざわめく樫若葉　根岸たけを

**樟若葉《くすわかば》**　楠若葉《くすわかば》　樟茂る　青樟《あおくす》

樟は日本の樹木の中では最も巨大で四〇メートルに達するものもあり長寿を保つ。寺院や神社などに多く保存されているのを見ることができる。萌芽力が強く巨木の頂きからつややかな光沢を持つ萌黄、鮮黄色の若葉が湧くように育ってくるのは、この木ならではの独特の美しさであるといえる。↓樟落葉（夏）

石固き邪宗の坂ぞ樟若葉　桂　樟蹊子
流鏑馬《やぶさめ》の二の矢当らず楠若葉　相沢須磨子

**若《わか》《わか》楓《かえで》《かへで》**　楓若葉　青楓

若葉が萌えでた楓のこと。初夏の風に揺らぐ薄緑の若葉は明るく目覚めるばかりで紅葉のみごとさに匹敵する美しさである。初夏の樹々の中でもぬきんでて清らかな美しさを持つ楓は、古今の歌や文中にも多く用いられている。『万葉集』、『源氏物語』などにも「若楓」の言葉が見られ『徒然草』では「卯月ばかりの若楓、すべてよろづの花紅葉にまさりて、めでたきものなり」と讃えている。

楓にかぎって「若楓」と称されているのは、こうした古くからの賞美があるからであろう。↓楓の芽（春）・紅葉（秋）

叔母逝《ゆ》いてかるき悼《いた》みや若楓　飯田蛇笏
膝の上京菓子となる若楓　中嶋秀子
差しのべし手に染むばかり若楓　小川濤美子
青楓能楽堂へ風を訪ふ　金子恵美
杉の間に一きはしるき若楓　臺きくえ
動くものみなやわらかし若楓　内藤雅子

### 葉《は》柳《やなぎ》　夏柳　柳茂る

葉の茂りはじめた夏柳のこと。むしろ、夏柳といった方が一般的でわかり易い。街の並木として銀座の柳は有名だが、疏水のほとりなどに植えられているのをよく見かける。水辺に枝垂れた柳がいっせいに風に吹かれるさまは、詩情をそそられる涼しさである。↓柳（春）・枯柳（冬）

ゆく水を静かに送る夏柳　三田村弘子
夏柳荒涼として二日月　十川桂子

### 梧《あお》桐《ぎり》　梧《あを》桐《ぎり》　梧桐《ごとう》

中国原産のアオギリ科の落葉喬木で、庭園などで見かける。桐とは別種であるが同じように直立して一〇メートル余りとなる。幹もみどり色であるのが特徴。掌状の大きな葉が緑蔭を作り、「梧蔭」ともいう。花は六月頃黄白色の小さな花を集めて、円錐花穂状に咲かせるが、あまり目立たない。だが、「青桐の花しゃんしゃんと鳴るごとし　川崎展宏」のような詠まれ方もしている。伝説上の鳳凰はこの木にしか止まらないとされている。

青桐の花しゃんしゃんと鳴るごとし　川崎展宏
梧桐の日の重たしや鳩の街　吉田鴻司

## 土用芽《どようめ》

梅雨が明けて土用のころに伸びる新芽。梅雨どきはどの木々も旺盛に枝葉を伸ばす。生垣などは、この時期に選定し形を整える。それが土用の頃に新芽を吹く。またクス・シラカシ・エノキなどは土用になって再び芽を吹く。さらに病気・害虫の刺激などによる場合もある。これらを土用芽と呼ぶ。

土用芽や原爆知らぬ子の背丈　下村ひろし

土用芽の日ぐれは紅くよみがへる　草村素子

土用芽の元気いただき八十に　小髙沙羅

土用芽や三十路のままの父の髪　藤岡尚子

土用芽や縁切榎の肌撫でて　磯部薫子

土用芽や円周率を諳んじる　石口　榮

どのくらい寝たのだろう土用の芽　横山小鼓

土用芽の垣のうちそと土用の芽　松本真菜

## 病葉《わくらば》

繁茂した落葉樹の青葉の中に、病虫害によって変色した葉を見ることがある。朽葉《くちは》である。秋の落葉を待たずに赤や黄白色に変色して散る。万葉、古今以来の古語であり変色した中にいくらか残る緑色も趣きが深い。「わくら葉の梢あやまつりんご哉　蕪村」が少ない江戸作例である。近代では「病葉や学問に古る白浴衣　原　石鼎」などの心奥を託す詠み方もされている。

わくらばの火の盛んなり小諸口《こもろぐち》　国見敏子
病葉の日当たる方へ散り行けり　棚山波朗

## 常磐木落葉《ときわぎおちば》《ときはぎおちば》

杉落葉　樫落葉　椎落葉　夏落葉

松・杉・樫・榧《かや》・樟などの常緑樹は、初夏の頃から新しい葉が育つにつれて秋の落葉期を待たずに去年の古葉を落すのであるが、意外と目立たないことが多い。公園などで、常磐木の堅い葉が唐突に落ちてくるのに出合ったりすることで、落葉を意識する。常緑と称される木々ではあるが、新しい葉に代り緑のままで落ちる葉のありようは、人間の営みにもある不可避な摂理《せつり》を知らされる思いがする。

目礼の巫女に掃かれて夏落葉　雨宮抱星　夏落葉嫉妬と言ふ字女偏　植田みつ女
東西南北夏落葉夏落葉　黒崎治夫　杉落葉落ちてぶつきらぼうの嵩　山敷恵三
金瓶《かなかめ》は茂吉の村や樫落葉　中谷五秋　樫落葉天には住めぬさび色に　豊田都峰

## 松落葉《まつおちば》

散松葉《ちりまつば》

広義の常磐木落葉に含まれるが、松は古くから生活に密着した樹木として別格である。空から真直ぐ落ちてくる様子も独特である。初夏の風の松林を歩くと、青い松葉が降るように散っているのに出合って驚くことがある。「降りしきる松葉に日傘かざしけり　星野立子」は松落葉の様子が実感される句である。冬の季語である「敷松葉」は、松落葉を集めて、庭園に敷きつめて雅趣を求めたものである。

降りしきる松葉に日傘かざしけり　星野立子　松落葉径を安宅の関跡へ　相馬蓬村

## 卯《う》の花《はな》

空木《うつぎ》の花　花うつぎ　姫うつぎ　山うつぎ　卯の花垣

全国の山野によく見かける高さ二、三メートルの落葉潅木。旧暦の四月（卯月）に咲くことから卯の花というが、学名はウツギの花である。白色五弁の花が円錐状に集まって咲く。「卯の花の匂う垣根に…」という小学唱歌の中で歌われている卯の花である。『万葉集』にも多く詠まれ、雪見草、初見草、夏雪草、垣根草などの雅名がある。「卯の花腐し」は、卯の花の咲くころの長雨のことである。

うの花の散るや遊行の砂の上　蝶夢
卯の花や彳《たたず》む人の透き通り　麦水
息継ぎし岩根に揺るるやまうつぎ　田中澄枝
卯の花の匂ふ山路の雨意の風　廣瀬凡石
干し網は卯の花垣の向うにも　浜崎素粒子
鍾乳洞守る家あり花卯木　鴫原さき子

## 桐《きり》の花《はな》　花桐

桐は中国原産の落葉高木で、日本へは古くに朝鮮半島を経て入ったとされる。初夏のころ、淡紫色の大形の唇形花を長さ五〇センチほどの円錐花穂状につける。高く咲く花は遠目にも美しく、また地に散り敷いたさまもあざやかである。

花桐に二階の人の午寝かな　原石鼎
桐の花咲けば匂へる闇のいろ　千代田葛彦
父さきに逝きて安堵《あんど》や桐の花　宮坂静生
妙義嶺の日を呼び込んで桐の花　壁下美代
深吉野の水引いてゐる桐の花　鈴木龍生
桐の花むかし紺屋の中の庭　平手むつ子
自転車を降りて仰ぎぬ桐の花　藤野艶子
桐の花余命告げられをりにけり　高木みつ子
ふり返りつつの歩みや桐の花　斉藤知子
花桐の濃き影を置く蔵屋敷　赤井淳子
東京に高き空あり桐の花　山本柳翠
一村を金剛界に桐の花　稲村茂樹
桐咲いて会津の里に入りしかな　雨宮はじめ
犬つなぐいつもの桐に花の咲く　安倍日出
ゆく河や天に向かいて桐の花　弘田紀子
学寮のパンツ一列桐の花　岡崎万寿
蔵の街蔵より高く桐の花　田村英一
花桐のしばらくつづく家並かな　平山眞澄

## 胡桃《くるみ》の花《はな》　花胡桃

五月、新葉が出るころ開花し、雌雄同株である。雄花の花穂は前年の枝の葉腋から緑の尾のように垂れ、雌花は新しい枝先に直立し、五個から十個ほど集まって咲く。花柱は紅色。目立たない花だが、どことなく優雅である。種子は食用になる。

緑濃きリボンを揺らす花胡桃　羽根田邦子
人老いて胡桃の花の下通る　前澤宏光

## 朴《ほお》《ほほ》の花《はな》《はな》　厚朴《ほお》の花　朴散華《ほおさんげ》

朴はモクレン科の落葉高木。ホオには包むという意味があり、大きな葉に食物を包んだことがその名の由来と思われる。五月頃、大きな葉の間にクリーム色の、直径一五〜二〇センチもあろうかと思う大輪の花をつけ、花弁は九枚ある。花弁の中には雄蕊・雌蕊が重畳《ちょうじょう》し、芳香を放つ。

朴散華《さんげ》即ちしれぬ行方かな　川端茅舎
花朴を知命のいろとして見たり　丸山海道
朴の花月となるべくただよへり　加藤三七子
朴散つて天の高さのもどりけり　加藤耕子
朴開く山雲と息合はせては　宮田正和
朴の花その水上に山の神　井村美治子
朴咲いて夜は煌《きら》めく白鳥座　岡部六弥太
朝空を青一枚に朴の花　濱口秀村
朴の花谺《こだま》のごとく咲きふえし　山城英夫
朴散華老いねば見えぬもののあり　野村久子
朴咲きぬ天界おのづから青し　ほんだゆき
逃げ出せぬ不思議な昏さ朴の花　山崎せつ子
残雪光天より享けて朴ひらく　岡田貞峰
深き谿《たに》ほど夕暮の朴の花　伊藤久夫
朴ひらく甲武信《こぶし》の峡の月明に　天野北斗
一山にまぎれず朴の走り花　藤原かつ代

## 橡《とち》の花《はな》

栃《とち》の花《はな》　栃咲く

全国各地の山地に自生し、高さ三〇メートル内外の大木に成長するものが多い。五月頃、白い五弁の花を、大きな円錐花序を立てて咲かせる。いくつもの白い花穂が空に向かって咲いている様は美しく、街路樹や公園の植樹にも用いられる。ヨーロッパの街路樹や庭園木として有名な「マロニエ」は西洋橡の木と呼ばれているが、こちらはピンク色の花である。近年、日本でも植えられるようになった。

栃咲くやまぬかれ難き女の身　石田波郷
橡の花巣箱に円き闇ありて　荒井民子
分水嶺からの一水橡の花　伊丹三樹彦
川隔て咲く栃の花人の声　清水貴久彦

## 槐《えんじゅ》《ゑんじゅ》の花《はな》《はな》

花槐《はなえんじゅ》

高さ二〇メートルほどの落葉高木、中国原産。日本へは古くに渡来し、街路樹や公園、学校などでよく見かける。小枝は緑色で梅雨明けのころ、その先に淡黄白色の蝶形の花をたくさん咲かせる。華やかではないが、昔から縁起の良い木とされ好まれるほか、この花には薬効成分を含み、止血や高血圧などに用いられる。

槐の花序みあげるいつの日も長子　伊丹公子

花槐降る一画を抜け出せり　東野昭子

颪あをき多摩も奥多摩花槐　中丸涼

花槐夕べの風の中にあり　星利生

## 棕櫚《しゅろ》の花《はな》

棕梠《しゅろ》の花　椶櫚《しゅろ》の花

九州南部原産。中国原産の唐《とう》棕櫚に対して和棕櫚《わじゅろ》という別名もある。暖地を好むが、日本では東北地方まで戸外で育つ。幹は暗褐色の繊維に包まれ、切れ込みの深い扇形の葉は直径五〇~八〇センチ。五、六月頃太い花軸を出し淡黄色の粟粒のような小さい花を多数穂状に垂れる。雄株と雌株があり、雌株には直径一センチほどの果実が黄色に熟す。

梢より放つ後光やしゅろの花　蕪　村
棕櫚の花邪宗は海を越えて来し　大村昌徳
棕櫚の花重たく垂るる懈怠《けたい》かな　渡辺隆子
棕櫚の花砂降るごとくこぼれけり　朝芝喜代子

## 水木《みずき》《みづき》の花《はな》

水木咲く

ミズキ科の落葉高木。山地に自生。五~六月ごろ小さな花を密に付け、遠目には全体が白くみえる。樹液を多く含む。下駄、箸、玩具などに利用。土佐水木、日向水木、花水木とは別。↓花水木

一尾根下る水木の花を下に見て　川島彷徨子
水木咲く高さ那須嶽噴く高さ　斎田鳳子

## アカシアの花

ニセアカシアの花　針槐《はりえんじゅ》の花

一般にアカシアと呼ばれているものは、ニセアカシア（針槐）のこと。五月頃、芳香のある白い蝶形の花を密集した房状に開いて垂れる。花が散って地面を白い花びらが覆う。

蜂飼いのアカシヤいま花日本海　古沢太穂

風塵のアカシア飛ぶよ房のまま　阿波野青畝

花アカシアへぽろっとこぼす男運　小平　湖

とりあえずにせあかしあまで走るかな　政野すず子

## 山法師《やまぼうし》《やまぼふし》の花《はな》

山帽子《やまぼうし》　山桑《やまぐわ》

梅雨の頃、山中で枝いっぱいに白い花を咲かせる落葉高木。四弁の花と見えるのは正しくは花序の

苞（総苞《そうほう》）で、その中心に頭状の花のかたまりがある。このかたまりを法師の頭、総苞を頭巾《ずきん》に見たててこの名がついたようだ。総苞は初め緑色だが葉とともに開いたあと白色になる。

旅は日を急がぬごとく山法師　森　澄雄
山法師花の白帆をあさかぜに　益本三知子
西方の霧が明るむ山法師　能村登四郎
山ぼうし咲き利賀村は山逞《たくま》し　野村仙水
山法師咲けば濃くなる旅の鬚　田川飛旅子
聖火リレーゆく道の辺の山法師　玉澤幹郎
風音を過客《かきゃく》と聴けり山法師　鈴木鷹夫
山法師かも対岸の白き揺れ　酒井龍也

## 忍冬《すいかずら》《すひかづら》の花《はな》《はな》

忍冬《にんどう》　忍冬の花　吸葛《すいがら》　金銀花《きんぎんか》

山野に生ずる常緑の蔓性低木。初夏の頃白または淡紅色の唇形花を、新葉の腋《えき》に二個ずつならべて開き、甘い香りが漂う。花を摘み、蜜を吸って遊ぶので吸葛の名がついた。また一部の葉は寒さに耐え忍んで冬を越すので忍冬ともいい、花は初め白色、やがて黄色に変わるところから金銀花の名もある。

遠き日の水辺の匂ひすいかずら　久本澄子
すひかづら波郷を知らで波郷門　渡邊和夫

## 大山蓮華《おおやまれんげ》《おほやまれんげ》

天花女《おおやまれんげ》　深山蓮花

モクレン科の落葉低木。三センチ余りの白い数弁の花を下向きに開く。雄蕊雌蕊はたくさんあり、鮮紅色の葯《やく》が中央に鮮やかに映える。ハスの花に似た花で山に自生するところからついた名であろうか。奈良県下の大峰山、大台ケ原には大群生地がある。

大空に天女花《おおやまれんげ》ひかりたれ　原　石鼎
二間床大山蓮華匂ひ立つ　高城玲子

## 楝《おうち》《あふち》の花《はな》《はな》

　　樗《おうち》の花　花樗　梅檀《せんだん》の花

センダンの古名である楝は本来衣《ころも》の襲《かさね》の色目のこと。夏に用いる、表は藤色、裏が青のものを楝と呼ぶ。この花が夏に咲き、藤色であるところから楝になぞらえたもの。五〜六月頃、葉が伸びきった後に、葉腋から柄《へい》を伸ばし、淡紫色の五弁花を多数咲かせる。花の直径は二センチほど。花をつけた姿は美しく、遠目には藤と見まがう（「楝の実」は秋）。「梅檀は双葉より芳し」の梅檀は別種、ビャクダンのこと。

梅檀の花や二階へ声届く　椎名書子
梅檀の梢ゆたかや夕の風　樋口津ぐ
水にじむ砂に散りしく花あふち　横山房子
楝咲く大学の中川流れ　中谷葉留
年々に花減り楝老いけらし　岩川みえ女
花楝やがて紫雲になるつもり　江川由紀子
樗咲くむかし番所の狼煙台　松本幹雄
寺町は坂がち楝ひそと散る　柏木志浪

## 黐《もち》の花《はな》

モチノキの花のことで、モチノキは樹皮から鳥黐《とりもち》をつくることに由来する名である。幹の太るのが早く、高さも五〜一〇メートルに育つ。雌雄異株。四季を通し濃緑で光沢のある楕円形の葉が美しい。五月頃、前年枝の葉腋に淡黄緑の四弁花を咲かせる。雄花は数個固まってつき、雌花は一〜二個つく。晩秋、球形で一センチほどの果実が紅熟する。

黐の花神秘は人の眼に見えず　三橋鷹女
七ツ星光る山家や黐匂ふ　岡田日郎
虚空には日の流れをり黐の花　水野爽径
仏陀笑むおぼろに黐の花振りて　内田秀子

## 椎《しい》《しひ》の花《はな》《はな》　花椎

シイノキは、本州、四国、九州の暖地に自生する常緑高木。六月頃、今年の枝の上のほうの葉腋にまばらに雌花が、下のほうの葉腋には密に黄色い小さな雄花が穂状に咲く。栗の花に似た強烈な匂いを放ち、虫を呼び寄せて受粉する。果実は翌年の秋に熟す。本州西南部に多い丸い果実のツブラジイ、関東地方に多い先のとがった長い卵形のスダジイがある。

蒸す夕日おもおもと入れ椎の花　稲垣法城子　　真っ向に椎の花山遠流のくに　政野すず子
椎の花十代遠くなりにけり　三村純也　　二上山へ押し寄せてをり椎の花　中澤康人
匂ひ来る方へ明るく椎の花　浅賀魚木　　それぞれに娶りてひとり椎の花　高橋良子

## えごの花《はな》　山苣《やまぢさ》の花

エゴノキの花のことで、エゴノキの語源は、果実を口にすると果皮が喉を刺激してえごい（えぐい）ことに由来するのではないか、とされている。材が傘のろくろに使われていたことから、ろくろぎ。また、ちしゃのきの名もある。五、六月、小枝の先に小さな白い五弁花を下向きに咲かせ、愛らしい。

奈良坂にわが身漂ふえごの花　山上樹実雄　　葉杓子にすくふ湧き水えごの花　桑原かず子
えごの花参段どれも外れたる　橋爪鶴麿　　えご散るや清瀬はいまも清瀬にて　多田薙石
えごの花地に叩きつけ雷雨過ぐ　堀古蝶　　えごの花みんな揺れゐて静かなり　中村みよ子

## 合歓《ねむ》の花《はな》　ねぶの花　花合歓

ネムノキの花のことで、ネムノキは、夜、葉を閉じ合わせ、眠っているように見えることに由来する名。古名は「ねぶ」で、『万葉集』にも登場する。六〜七月頃、小枝の先に花柄を伸ばし、淡紅色の花を傘状につける。五枚の花弁は小さく目立たず、四センチほどの糸のような雄蕊がたくさんあり、これが紅色で美しい。

象潟《きさかた》や雨に西施《せいし》がねぶの花　芭　蕉
合歓咲くと川より早く歩きをり　宮坂静生
象潟の再会合歓の花の下　池田義弘
眠る児の睫翳《まつげかげ》さす合歓の花　村上安子
九頭龍《くずりゅう》の暮れてなほある合歓明り　小林牧羊
花合歓の夕日ただよふ別れかな　霊園文子
合歓咲けりブルーラインを彩りぬ　高階糸子
合歓の花荒き翅音の虫が来る　福本須代子
海に向く方円墳や合歓の花　若宮八恵
ねむの花淡海《おうみ》泊りも二夜すぎ　福井　登

## 沙羅《さら》の花《はな》　夏椿《なつつばき》　あからぎ　さるなめ　姫沙羅《ひめしゃら》

沙羅はしゃらと発音されることもある。仏教で釈迦入滅時の伝説とともに聖樹とされる、インド産の「沙羅双樹（沙羅樹）」に間違えられたことに由来する名といわれる。和名は、ツバキに似た花が夏に咲くところから、ナツツバキ。また、さるすべり、しゃらつばき、などと呼ばれることも。本州、四国、九州の山地に自生し、庭木としても好まれ、とくに茶庭、寺院などに植えられる。七月頃、ツバキによく似た五弁の白い花を、葉腋に一つずつ、上向きに咲かせる。直径五〜七センチの大きな花だが、朝咲いて夕べには散る一日花。本物の沙羅双樹は日本に野生せず、寺の境内の「沙羅双樹」も夏椿である場合がほとんどである。これの仲間で小形のものが姫沙羅。

花を拾へばはなびらとなり沙羅双樹　加藤楸邨
洗はれて朝の嶽濃し沙羅の花　矢島渚男
天界に待つ人増えて沙羅の花　伊丹三樹彦
たっぷりと朝の気含む夏椿　稲辺美津
残生はあるがままにと沙羅の花　増田治子
一夜寝て一夜うしなう夏椿　小池万里子
散るための雨を吸ひをり夏椿　高橋栄子
和紙よりも縮れ微妙に沙羅の花　山下美典
沙羅の花苔に降りつぐ夜ならむ　船越淑子
沙羅の花はらりはらりと音ふやし　小澤初江
沙羅咲けり夜ひる白き夢こぼれ　酒井章鬼
飛石のほどよき湿り沙羅の花　西畑幸子

## 海桐《とべら》の花《はな》　花とべら

トベラは、鬼を入れないために扉に挟む風習があったところから「とびら」と呼ばれ、それが転訛したものとされる。日本の海岸の代表的な低木。五～六月頃、枝の先に五弁の小形の花が集まって咲く。初めは白だが、後に黄変する。枝や葉には異臭があるが、花はクチナシに似た強い香を放つ。雌雄異株。庭や生垣などにも使われる（「海桐の実」は秋）。

教会と別な白さの花海桐　伊丹三樹彦
海桐の香夜を走りづく波白し　岡田貞峰

## 玫《はま》瑰《なす》　浜梨《はまなし》

北国の浜辺に自生し、ナシのように食べられる果実をつけるところから「はまなし（浜梨）」とされ、それがなまったもの。玫瑰の字は、類似の別種の漢名の誤用。高さ一～一・五メートル。六～八月、濃紅紫色のバラに似た花を咲かせる。北海道の野付《のつけ》崎は有名な群生地。園芸品種には、花色が白やピンクのものがある。真っ赤に熟れる実は秋の季語。

玫瑰や今も沖には未来あり　中村草田男　玫瑰や鬼城リフトで辿り着く　木下和子
はまなすは浜の砦よ夏怒濤　藤木倶子　はまなすや字名《あざな》にのこる鰊群来　澤田緑生
玫瑰や沖に昨夜の時化《しけ》濁り　今　寛人　玫瑰や親潮といふふかき紺　豊長みのる
玫瑰の咲くや果なる海女《あま》部落　大橋場一草　玫瑰や沖に一筋潮の道　西谷不二江

## はまぼう　はまごう

クマツヅラ科ハマゴウ属の落葉小低木。暖地の海辺砂地に群生。幹は長く砂の上をはって横走。枝は四角形で、立ち上がって三〇〜六〇センチになる。葉は対生し、長さ二〜五センチ、楕円形。七〜九月、枝先に花序を出し、深紫色の唇形花を短穂状につけ、花後球形果を結ぶ。果実は直径五〜七ミリで淡墨色。その果実は蔓荊子と称し強壮・清涼剤とする。

濁流へはまぼうの花なだれたる　山田みづえ　はまぼうに潮の干満色違ふ　西畑幸子
はまぼうの花みな海に向ひゐる　野末美代子　はまごうや波打ちぎわのむらさきに　松田ひろむ

## 桑《くわ》《くは》の実《み》《み》　桑いちご

蚕の飼料となるクワは、四〜六月に淡黄色の小花をつけ初夏には実を結ぶ。キイチゴに似た小さな集合果で桑苺ともよばれる。緑色から白、紅色に変わり、成熟すると黒紫色になる。酸味があって甘く、生で食べたり、果実酒やジャムにすることもある。

野桑熟れ親指ほどの円空仏　吉田汀史　桑の実を食《とう》ぶ師弟の永かりき　根岸たけを
桑の実は食べごろ波の音ばかり　高瀬恵子　桑の実や男素直になる歯並み　椎塚つね子

## 夏桑《なつぐわ》《なつぐは》

山に自生するものもあるが、現在ではほとんどが畑で栽培されている。夏蚕《なつご》の頃は、枝もたくましく茂り、青々とつやつやとした葉で埋まる。上州や信州などの養蚕地の桑畑が、風にさわさわ揺れる様は、さわやかであり、のどかでもある。↓桑（春）

夏桑に渡り廊ある湯治宿　波多野爽波
夏桑や日は南中の武甲山《ぶこうさん》　光信喜美子

## 竹落葉《たけおちば》

竹は北米、ヨーロッパ、オーストラリアを除く、ほとんどの地域に自生しており、とくにアジアでは、古くから人々の生活と深くかかわり合ってきた。日本では観賞用に庭園などに植えられることも多い。初夏に新葉が出ると古い葉が枯れ落ち、秋にはみずみずしい姿となる。

竹落葉どこへも行かぬ一と日あり　加藤三七子

石庭の石濡れやすし竹落葉　神子砂丘子

仮名散らすかにひらひらと竹落葉　岡崎鶴子

国東《くにさき》の仏と遊ぶ竹落葉　佐藤　都

竹落葉空つつ抜けでありにけり　吉田きよ子

やすらぎの大地なりけり竹落葉　細木芒角星

## 竹の皮脱ぐ《たけのかわぬぐ》《たけのかはぬぐ》

竹皮を脱ぐ　竹の皮散る　竹の皮

筍が生長するにつれて、その皮を下のほうから脱いでゆくようすをいう。竹の皮は、物を包んだり草履を編んだり、民芸品の材料など、いろいろの用途がある。

竹皮を脱いで一気に反抗期　杉山とし
皮を脱ぐ竹に逡巡ゆるされず　夏目英子
皮を脱ぎまだ竹騒に加はらず　津森延世
皮脱ぎて竹も金剛界に入る　高橋克郎
竹皮を脱ぐや一夜に川濁り　長崎玲子
竹皮を脱ぐ十節目が人の丈　奥谷亞津子
竹皮脱ぐ少し迷ひのあるように　摂待信子
竹皮を脱ぐ晩年の青写真　石川美佐子
しづけさやいづれの竹が皮を脱ぐ　斉藤小夜
ばりばりとむき竹の皮捨てるだけ　平間裕子

## 若《わか》竹《たけ》　今年竹　竹の若葉

竹は各節に細胞分裂する生長帯をもち、生長した節間部の皮は不用となって、はがれ落ちるが、すべての皮を落とすと、健やかな若竹となる。幹の緑が若々しく、節の下部に蝋質の白い粉を吹くため、緑の幹に白い輪が目立つのも若竹の特徴。

若竹や日はまだ八つの通り雨　几　董
群を抜く若竹にしてしなひをり　飯村周子
己が胃をつくる残生今年竹　竹中龍青
今年竹叩きて踵《きびす》ひるがへす　橋本美智代

## 篠《すず》の子《こ》　笹の子　芽笹

言葉の意味はスズタケの筍《たけのこ》のことであるが、篠は、細い竹、小さい竹の総称として用いることが多いから「篠の子」もこれらの筍を含むものと考えたい。よく食用とされるのは、スズタケでなくマガリダケの筍で、五～六月頃に横に這った地下茎から新芽（筍）を出す。

篠の子や小暗き顔のふり返り　岸田稚魚
篠の子のなめらかに日を流しをり　きくちつねこ
篠の子を買ふ朝市の飛騨訛　千手和子
篠の子をつんつん育て島老ゆる　井上ひろ子

## 燕子花《かきつばた》　杜若《かきつばた》

この花を衣にすり付けて染色したので「書付け花」と呼ばれ、その転訛したものとの説もある。日本原産で、日当りのよい湿地に群生する、アヤメ科アヤメ属の多年草。古くから日本人に愛され『万葉集』にもこの花を詠んだ歌がある。紫の花弁の中央に白を配し、頭上をかすめる飛燕を想わせる。

天上も淋しからんに燕子花　鈴木六林男
雨音は彼への挽歌かきつばた　松本千鶴子
燕子花水がいちにち流れをり　宮田正和
細書きの筆買ひに出る燕子花　岡田菫也
仏前に山の風来る燕子花　狭川青史
燕子花高きところを風が吹き　児玉輝代

## 渓蓀《あやめ》　花あやめ　野あやめ

昔から「いずれあやめか杜若」などと、美人の形容にも用いられるように、両者とも青紫色の大きな六弁花を咲かせ、剣状の葉もよく似ている。が、アヤメの葉の方が細く、花蓋《かがい》に網状の模様があるので区別できる。この模様を文目《あやめ》といい、ここからアヤメの名が生まれた。アヤメ科アヤメ属には、華麗な花をつける仲間が多い。

衣をぬぎし闇のあなたにあやめ咲く　桂　信子
日向のあやめの日陰のあやめ家系絶ゆ　福谷和子
我とわが舌を舐むるにあやめ咲く　三橋敏雄
手油を重ねし棹やあやめ舟　岡安紀元
連隊は祖父とあやめを置き去りに　宇多喜代子
味噌蔵にみそ玉眠る花あやめ　瀧　登喜子

**花菖蒲**《はなしょうぶ》《はなしやうぶ》　白菖蒲　菖蒲園　菖蒲田

葉がショウブの葉に似ており、美しい花をつけるところからの名。菖蒲湯に使われるショウブとは別である。シベリア原産のノハナショウブを原種として、観賞用に品種改良された、日本の園芸品として世界的に有名な植物で、一〇〇〇以上の品種があるといわれている。大きくは江戸系、肥後系、伊勢系に分けられ、江戸系は比較的簡素で群生させて観賞するものが多い。藍、紫紺、紅紫、白、絞りなどがあり、白か薄紫に濃い紫の脈の走るものが特徴。肥後系は花が大きく、切花、鉢物に向く。伊勢系は、花弁に繊細なひだや折目がある優しい姿が特徴。アメリカなどで改良された外国種もある。

足首の埃たたいて花そうぶ　一　茶
大槍の残る庄屋や白菖蒲　鈴木裕之
連吟の流れくるなり花菖蒲　桂川美穂子
業平《なりひら》の名の際立てる花菖蒲　浜本直子
浮世絵の一色とんで花菖蒲　小松原みや子
あつてなき順路の混みし菖蒲園　岩佐こん
空よりも水の明るき白菖蒲　伊豫田道子
見つめゐて身に白流る白菖蒲　高橋良子
花菖蒲父は近衛《このえ》の騎兵たり　佐藤をさむ
憂きことの晴るる如くに菖蒲咲く　大木格次郎
男結びの時間で暮れる菖蒲園　田口美喜江
白菖蒲白は無念のいろならむ　斎藤梅子

**菖蒲**《しょうぶ》《しやうぶ》　白菖《しょうぶ》　あやめぐさ

日本全国に分布し、川岸や池沼などに自生するサトイモ科の多年草。剣状の葉が並んで立ち、文目《あやめ》のようであるところから、あやめぐさとも。花の美しいアヤメとは無関係。五〜七月、葉に似た花茎の途中に長さ五〜六センチの肉穂花序《にくすいかじょ》を斜めにつけるが美しくはない。しかし葉や地下茎には芳香があり、これが邪気を払うとされ、五月の節句に、軒につるしたり、風呂の湯に入れ（菖蒲湯）て無病息災を願う。

あやめ草足にむすばん草鞋の緒　芭　蕉
菖蒲にも髪にも蜜のごとき雨　中嶋秀子

## グラジオラス　唐菖蒲　和蘭《オランダ》あやめ

南アフリカ原産。一九世紀初め、欧米で盛んに交配改良が行われ、日本へは明治の初めに渡来した。春に球根を植えれば六〜七月には茎は六〇〜一二〇センチに直立し、剣状の葉を左右二列につける。茎の先に穂状の花序をつけ下から咲き上っていく。三〜一〇センチの花は紅、淡紅、黄、白、絞など、花色は多く、花壇を彩る。

グラヂオラス妻は愛憎鮮烈に　日野草城
鼓笛隊グラジオラスの耳ひらく　雨宮きぬよ

## 鳶尾草《いちはつ》　一八《いちはつ》　紫羅傘《いちはつ》

アヤメ属のなかでいちばん先に咲くところから一初（一八）という名がついたという説もある。「鳶尾」は漢名で、花の姿に由来するとされる。斑点のある紫色で、花弁の中央に鶏冠《とさか》状の突起があるのが特徴。乾燥に強く根張りがよいので、古くは、わら屋根の棟に植えて大風を防いだこともあるという。

わら屋根やいちはつ咲いて橋の下　村上鬼城　いちはつや遠き系図に歌人の名　村上光子

一八や何を食べても喉渇き　吉沢紀子　一八を活けて冷たき畳かな　長沼利恵子

## 芍《しゃく》 薬《やく》

ボタン科ボタン属の宿根草。中国北部から朝鮮半島北部の原産で、日本には薬草として一四世紀に渡来した。漢名の「芍薬」を日本語読みにシャクヤクとよんだ。「立てば芍薬、座れば牡丹」の形容は、ボタンが低木で枝が横に広がるのに対し、シャクヤクは草本で、まっすぐに立って花をつけるところからきたようである。一〇片内外の花弁をもつ大型の花である。

芍薬の蘂《しべ》の湧き立つ日向かな　太　祇　芍薬やつくゑの上の紅楼夢《こうろうむ》　永井荷風

## ダリア　天竺牡丹《てんじくぼたん》

メキシコやグァテマラの冷涼な高地に原生する。日本へは一八四二年にオランダ人によってもたらされた。一般に輸入されるようになったのは明治以降。シングル咲き、アネモネ咲き、デコラ咲き、ポンポン咲き、カクタス咲きなど変化が多く、花色も豊富。直径五センチから四〇センチに達するものまである。

一掬の水をダリアに恋人に　小林貴子　標札は夫婦別性ダリアの緋　井上宗雄

## サルビア　緋衣草《ひごろもそう》

夏から秋にかけて真っ赤な花を咲かせるサルビアは、その色からヒゴロモソウという和名がつけられた。日本では春播き夏咲きの一年草として育てる。ブラジルが原産地で、ヨーロッパに渡り、日本へは明治中頃に渡来した。園芸品種には紫や白い花もあり矮性種《わいせいしゅ》もある。いずれも茎は方形で先に花序を立て、シソ科共通の香気をもつ。

サルビアの真赤な殺し文句かな　徳永球石

ちひさく叫ぶサルビアの果つるとき　能城檀

## ラベンダー

シソ科の小低木。地中海沿岸地方の原産で、芳香性のハーブとして人気が高い。株立ちして五〇センチほどになり、綿毛が密生した白緑色の細い葉をつける。夏の初めに細長い花穂《かすい》を立て、青紫の小さな唇形花をたくさん咲かせる。香料や薬用として古くから利用されてきた。日本では主として富良野など北海道で栽培される。

ラベンダー風があってもなくっても　石口りんご

ラベンダーと相性よくて記憶力　杉浦一枝

むらさきの靄を引き寄すラベンダー　菊地弘子

花壇の香統べる三鉢のラベンダー　松浦英夫

## 向日葵《ひまわり》《ひまはり》　日車《ひぐるま》　日輪草《にちりんそう》　天蓋花《てんがいばな》　天竺葵《てんじくあおい》

花が太陽に向かって咲き、太陽の動きに従って回ると信じられたところからの名。キク科の一年草。北米の中西部原産、日本には十七世紀に中国経由で渡来したとされる。高さ一メートル以上、三メートルにもなるキク科の一年草。直径三〇センチに及ぶ黄色の花を咲かせ、いかにもたくましい感じである。種からは油をとり、食用ともする。

行進曲のごとし向日葵群立つは　早崎　明
向日葵が咲く軍服の兄がゆく　ほんだゆき
向日葵の蕊の密集湖照りぬ　石田阿畏子
向日葵や幼な顔してホテルマン　上島幸重
大向日葵種みつみつと強面《こわおもて》　市川アツ
ひまはりに触れて力をもらひけり　岡島伴郎
向日葵咲く向日葵好きの妻に咲く　三苫知夫
向日葵に見透かされたる計りごと　杉山青風
顔中を実だらけにして向日葵よ　茂木貞夫
打ち明けてより向日葵をまぶしめり　田村英一
向日葵や腹減れば炊くひとり者　原　石鼎
向日葵の空かがやけり波の群　水原秋桜子
向日葵や信長の首斬り落とす　角川春樹
向日葵を直射しヘッドライト消ゆ　今井　聖
向日葵の重さに堪へてゐたる日よ　松本誠司
向日葵に今日の元気を貰ひたる　藤原未知子
落日に向日葵の背を向けしまま　吉田ひろし
贋物は暑しゴッホの向日葵よ　本城佐和
ぼろぼろな空のひまはり畑かな　村中證子
向日葵を倒し大地を明け渡す　中居梨津子

## 葵《あおい》《あふひ》

花葵　銭葵　蜀葵《からあおい》　立葵

アオイ科で大形の花をつける草本の俗称。昔、葵と言ったのは冬葵で薬草として植えられたが、現代ではタチアオイかゼニアオイのことを指す場合が多い。徳川家の紋はフタバアオイの葉を三枚組み合わせて図案化したものだが、フタバアオイはウマノスズグサ科で、全く別の植物である。タチアオイは花の美しさからハナアオイとも呼ばれ、中国、シリアの原産で日本には室町時代に渡来し、古名は「からあおい」。梅雨の頃、葉のわきに大形の五弁の美しい花をつけ、順次咲きのぼる。濃い紅、淡紅、白、紫など花色はさまざまで、八重咲きもある。ゼニアオイは花の形が銭に似ているからといわれるが、こちらはヨーロッパ原産で江戸時代に渡来。初夏のころ淡紫の花弁に濃紫の脈が入った花を次々に咲かせる。

門に立つ母立葵より小さし　岸　風三樓

立葵いよよ素知らぬ暮天かな　金井徳夫

悪相の猫が居座る立葵　秋武つよし

立葵いざや山雨を私しす　諸角和彦

## 紅蜀葵《こうしょくき》　もみじあおい

北米原産で、明治初期に渡来し観賞用に栽培される。七〜八月頃、雄蕊の長い、鮮紅色で大輪の五弁花を一つずつ横向きに咲かせる。漢名は、その花色から紅蜀葵というが、和名のモミジアオイは、葉が掌状に深く裂けて楓に似るからであろう。茎は数本かたまって直立し、一〜三メートルほどになる。

紅蜀葵常住はだかなる昼を　臼田亞浪

紅蜀葵軽き拳の寝入りばな　井沢ミサ子

## 黄蜀葵《おうしょくき》《わうしよくき》　とろろあおい

根に粘液を多く含むところから、とろろにたとえ、和名はトロロアオイ。アジア東部原産で、製紙原料用、観賞用として栽培される。高さ一〜二メートルの、まっすぐに伸びた茎の上部に、七月中旬から秋にかけて黄色い五弁花を横向きに咲かせる。花径は二〇センチほどで中心部は濃い紫褐色。フヨウの仲間で、朝咲いて夕方にはしぼむ一日花である。

黄蜀葵の花雪崩《なだ》れ咲き亡びし村　加藤楸邨

歩きゐて日暮るるとろろ葵かな　森　澄雄

## 罌粟《けし》の花《はな》　芥子の花　花罌粟

ケシ科の越年草。「芥子《けし》」という字は、もともとカラシナのこと。「子」は種のこと。ケシとカラシナの種が似ているところから室町時代に誤用され定着した。東欧、近東地方の原産で日本へはインドから渡来した。高さ一〜二メートルで五月頃、紅、紫、白などさまざまで八重咲きもある。未熟な果実の乳液からは阿片・モルヒネが出来るため、一般の栽培は禁じられている。↓雛罌粟

芥子咲けばまぬがれがたく病みにけり　松本たかし
罌粟の毒乾きて黒くなりにけり　五十嵐播水
鬼罌粟の赤きにつむる術後の眼　深谷雄大
花芥子や嫉妬かゞやく千古の神　八木三日女
仮墓の石あつくなる罌粟の花　渡辺夏紀
罌粟真っ赤思考回路を外れ真っ赤　戸田かづ子
夜をひさぐ女唄あり罌粟の花　大塚亜木良
息つめて風のありかを芥子の花　佐竹　泰
予感みなつぎつぎひらく罌粟の花　小河信國
罌粟白しその風格を見て帰る　岩坂満寿枝

## 雛罌粟《ひなげし》　虞美人草《ぐびじんそう》　ポピー

鳥の雛のように愛らしい花の様子からヒナゲシと呼ばれる。別名「ぐびじんそう」は、歴史上の三大美女の一人「虞美人」から来ている。西アジア、ヨーロッパ中部原産。日本に渡来したのは徳川時代だといわれる。花期は五〜六月頃、白、赤、ピンク、紫という美しい色合で、薄紙で作られたような花が、ヒョロ長い茎の頂に咲く。↓罌粟の花

ひなげしの曲がりて立ちて白き陽に　山口青邨
虞美人草只一人を愛し抜く　伊丹三樹彦
ひなげしの咲く国境を越えにけり　増澤和子
網張りしポピーまつりの起伏かな　森田清司

## 罌粟坊主《けしぼうず》

芥子坊主《けしぼうず》　罌粟の実

罌粟の花の散った後の球形の実である。はじめ青緑色で、後、黄色となり、振れば中の種が鳴る。粟粒よりも小さい種は、「罌粟粒のようだ」と小さいことの形容に使われるが、薬味料となる。ある種の罌粟は、実がまだ青いうち、これを傷つけて浸み出す乳液から阿片をとるが、これは栽培を禁じられている。

芥子坊主こつん〳〵と遊ぶなり　田村木国

首ふって花と踊るや芥子坊主　石原八束

いつまでも海明かるくて芥子坊主　橋本良子

ザビエルは西より来たり罌粟坊主　牧　辰夫

## 夏菊《なつぎく》

キクは品種が多く、最近は栽培方法も変わってきているので、一年中、花屋の店先で見ない時期はないようになっている。しかし、キクといえば、やはり秋を思わせる花である。その中にあって、六月～八月の暑い季節に開花する種類のキクを夏菊という。夏咲きのキクの仲間には、ユウゼンギク、エゾギクなどがある。エゾギクはアスターとも呼んでいる。↓菊（秋）

夏菊の小しゃんとしたる月夜かな　一　茶
夏菊のなにか哀しき話かな　久保田万太郎

## 矢車菊《やぐるまぎく》

矢車草

キク科の一年草。矢車を思わせる花の形からついた名。ヤグルマソウの名で通っているが、日本の深山に自生するユキノシタ科の「やぐるまそう」もある。古代エジプト以来、ヨーロッパで広く栽培され、日本へは幕末に入り、観賞用に栽培されており、五～七月にかけて青藍色の四センチほどの径の頭花をつける。

住みのこす矢車草のみづあさぎ　中村汀女

矢車草教会で逢ふ恋いまも　宮脇白夜

矢車草病者その妻に触る、なし　石田波郷

水浅黄は汀女の色の矢車草　青木重行

## 孔雀草《くじゃくそう》《くじやくさう》　波斯菊《はるしゃぎく》　蛇《じゃ》の目草《めそう》

キク科の一年草。北米原産で明治初期に渡来。高さ三〇～六〇センチ。六～十一月、細長い花柄の先に三センチほどの鮮黄色の花を咲かせ、基部に濃赤褐色の蛇の目模様が入る。孔雀草と呼ばれるものが、実はもう一種ある。フレンチ・マリーゴールドで、こちらはメキシコ原産で和名は紅黄草《こうおうそう》。黄紅色の頭状花をつけて美しい。やはり初夏から秋まで咲く。

蕊の朱が花弁にしみて孔雀草　高浜虚子

起きぬけにおどけし母や孔雀草　山田みづえ

## 石《せき》竹《ちく》　唐撫子《からなでしこ》

中国原産で、古く日本に渡来し、その名は『万葉集』にも登場する。草丈は一五～四〇センチ。花期は本来六～七月だが、改良が進み、四季咲きも多い。花弁の先が細かく裂けた小さな五弁花で、白紅ピンクなど多彩。ナデシコ科の多年草だが、園芸上は一年草として扱われることが多い。

蕾ながら石竹の葉は針の如し　正岡子規

石竹や美少女なりし泣きぼくろ　倉橋羊村

## カーネーション

ヨーロッパ、西アジア原産だが、十四世紀にはすでにイギリスでさかんに栽培されていた。その後改良が進められ、日本へは江戸時代にオランダから渡来した。カーネーションの語源は、原種の花が肉色系であったことからラテン語のカルニスに由来する説、また、イギリスで冠によく用いられたので戴冠式（コロネーション）からきている、という説もある。高さ六〇～一二〇センチの多年草。緋赤、桃色、白、紫などもあり、宿根草のものは切花に、一年草のものは秋まきで五～六月頃開花し、花壇に向く。母の日の花としても知られる。母の日は一九一四年にアメリカで制定されて世界各国に広まり、日本では大正の頃からいわれ始めた。

花売女カーネーションを抱き歌ふ　山口青邨

カーネーションのフリル少女期早く過ぎ　嶋田麻紀

## 睡《すい》蓮《れん》　未草《ひつじぐさ》

漢名そのままの音読み「睡蓮」は、ハスに似た花が夕方には閉じるさまを「睡《ねむ》る蓮《はす》」に見立てたもの。未《ひつじ》の刻（午後二時）からつぼみはじめるとも言われて未草《ひつじぐさ》の名もある。ヒツジグサは、正しくは日本に自生する小型の睡蓮を指すが、睡蓮の通称として用いることもある。七～八月頃、花茎を伸ばして水面にハスに似た五～八センチほどの花を開く。花色は、白のほか、赤、黄、ピンク、紫など。栽培の歴史は古く、公園や植物園、また神社や寺にも睡蓮で有名な池が処々にある。

睡蓮の一花のために水に寄る　桂　信子
睡蓮の水紋あつめ如来の膝　伊丹公子
睡蓮やふと日月は食しあう　安井浩司
母が子を呼ぶころ睡蓮閉じるころ　小池万里子
十二時の睡蓮女体ゆるうして　保尾胖子
独りとはあらたまることひつじ草　上田多津子
睡蓮の座のつながつてしまひたる　谷口忠男
睡蓮の下にかすかな魚語あらむ　小林京子

せめぎあひては睡蓮の白ばかり　中野陽路
五合庵出て睡蓮に瞬きぬ　丸山比呂
モネ晩年の睡蓮の闇水中に　松田ひろむ
睡蓮の一花水浴美人めく　江川虹村
亡き人のみな座りたる未草　伊澤孝子
未草版画のやうな朝が来て　池上貴誉子
睡蓮をささへる水の暗さかな　大西比呂
睡蓮や人界の音遠ざけて　田中好美

## 蓮《はす》の浮葉《うきは》

浮葉　蓮の葉

初夏の頃、池や沼の面に蓮が若葉を出してうす緑のその円い葉を貼りつくように浮かべる、それが蓮の浮葉である。その形から銭葉ともいわれる。『枕草子』にも「うつくしきもの」の中にとり上げられているが、若葉のすがすがしさがある。やがて水面に茎が伸び、巻葉が出て大きく葉を広げると葉はにわかに増え、水面を覆い尽くすようになる。

密生の葉をもがき出て蓮浮葉　沢木欣一
蓮浮葉細かき雨に透きて濃し　西村公鳳
吹かれゐる鉢の浮葉や招提寺　中嶋縫子

蓮の葉のおいでおいでと翻《ひるがえ》り　川井玉枝
曇天をうけとめてゐる蓮の葉　後藤兼志
日をのせて幼な浮葉のとびとびに　平子公一

## 蓮《はす》の花《はな》　はちす　白蓮《びゃくれん》　紅蓮《べにはす》　蓮華《れんげ》

スイレン科の水生の多年草。インド原産で中国から渡来し、池、沼、水田などに栽培される。盛夏に、水上に花茎を伸ばし、紅色、淡紅色、白色などの大きな五弁の花を開く。芳香があり、仏教では極楽に咲く花としている。花のあと逆円錐状の花托の蜂の巣のような穴に種子ができる。根茎は晩秋に末端部が肥大し、いわゆる蓮根となり、実とともに食用。

白蓮《しらはす》白シャツ彼我ひるがえり内灘《うちなだ》へ　古沢太穂
蓮の花ひとりになる日考へず　木野愛子
てのひらに蓮の紅玉つゝみたし　沢木欣一
白蓮の朝あな貴《あて》にあな艶《あで》あに　前山百年
幻の西施《せいし》や雨の蓮浄土　山下佳子
一斉に蓮の花揺れ楽湧けり　高橋良子
亡き人の顔のやう蓮咲いてゐる　増田豊子
水の音聴きつけ大賀蓮ひらく　中村菊一郎

## 蘭《らん》　蘭の花　胡蝶蘭《こちょうらん》

蘭は種類が非常に多く、中国や日本の暖地に自生するものは俗に東洋蘭といわれ、西洋から渡来した洋蘭は花の美しいものが多い。あるものは香りを愛《め》で、あるものは花を観賞《し》する、そのほとんど、開花の時期は春、夏であるにもかかわらず、従来の歳時記では、鈴蘭・紫蘭以外の蘭は秋の季とされていたようだ。誰にも知られている胡蝶蘭、カトレア、シンビジュームなどは近頃、一般家庭でも栽培され、贈答にもよく用いられる。↓春蘭（春）

白き蘭やがて匂へり見つゝあれば　加藤楸邨
雨ばかりなれば蘭の香人につく　細見綾子
蘭の香にかなひて眠る薄瞼　飯田龍太
君子蘭八方に顔向けており　中野由美

## 百合《ゆり》　鬼百合　姫百合　鹿《か》の子百合《こゆり》　山百合　笹百合　白百合　透し百合　鉄砲百合

ユリは花が大きくて風に揺れやすいので、「揺れる」からきた名であるとする説がある。単にユリという名の植物はなく、ユリはユリ属の植物の総称である。北半球に約七十種、日本には十五種ほどが自生し、うち七種は日本特産種である。ユリはすべて地中深くにユリ根とよばれる鱗茎をもつ鱗茎植物である。原種は花形により四つの系統に大別される。テッポウユリ系（花がラッパ形で花弁の先が軽く反って横向きに咲くものが多い）。ヤマユリ系（花は漏斗状、花径が非常に大きく、花びらは強く反り返る。球根は食用とされ甘味がある）。スカシユリ系（盃形、茶碗形、星形の花を上向きにつけ、香りはない）。カノコユリ系（花弁が強く反り返って球形になるものが多いが、反りが弱く、星形や鐘形になるものもある。下向きに花を咲かせ、花色は豊富）。ユリは古くから人びとに親しまれ、『古事記』の神武天皇の条に、すでに「山由里草」の名が見える。また『万葉集』にも詠まれている。

百合咲けば百合の高さにもの思ふ　小檜山繁子
百合匂う地球は月を抱きにけり　細井啓司
白百合の今年も白し師の忌来る　守部幸代
山百合の純白守り抜く香なり　廣瀬町子
鬼百合がしんしんとゆく朝の空　坪内稔典
黒百合の花に鎌尾根霧吹きし　蓮實淳夫
笹百合の咲く古里の山偲ぶ　久保ふさ子
離島なる鉄砲百合は丈なさず　末廣紀恵子
姥百合の花素気《そっけ》なく棒立ちに　重見和子
姥百合の種子翔ぶ風の見えねども　加藤芙美子

**含羞草《おじぎそう》《おじぎさう》**　眠草《ねむりぐさ》　ミモザ

葉にちょっと触れると、すぐ小葉をたたみ、さらに強く触れると葉柄の根元から折れたように急に垂れ下がる様子が、おじぎしたように見えることからきた名。ブラジル原産、日本へは一八四一年、オランダ船によって持ち込まれた。夏に、葉腋から球状の花序を生じ、ネムノキのようなピンクの丸い花をつける。葉は長楕円形の小葉からなる羽状複葉で、これも合歓《ねむ》に似ている。学名からミモザと呼ばれるが、銀葉アカシア、フサアカシアがこの花に似ていることから、誤用され現在では「ミモザ」といえば銀葉アカシアを指すことになった。↓ミモザの花（春）

含羞草いつも触れゆく看護婦あり　石田波郷

おじぎ草ねむらせてゐて睡うなりぬ　大石悦子

**金魚草《きんぎょそう》《きんぎよさう》**

花びらが風に揺れる様が金魚がゆらゆらと泳ぐのに似ており、また、花びら自体も尾びれの長い金魚に似ているための命名であろうか。南ヨーロッパ、北アフリカの気候のよい地中海沿岸原産で、わが国へは江戸末期に渡来した。観賞用に栽培され、品種は豊富。二〇センチ前後から一メートル近くに育つものまである。五～六月頃、茎の上部にたくさんの花を、下から順に穂のように咲かせる。一つの花は二～五センチで花びらは柔らかく、ほのかな甘い香りがある。花色は品種によってさまざま。

金魚草よその子すぐに育ちけり　成瀬櫻桃子

金魚草ひらがなだけの手紙来て　栃木恵津子

**花魁草**《おいらんそう》《おいらんさう》　草夾竹桃《くさきょうちくとう》

北米原産のハナシノブ科の多年草。日本へいつ渡来したかは不明だが、大正初期にはすでに全国的に栽培されていた。大きな花序が花魁の髪形に似ているからオイランソウ、夾竹桃に似た花を咲かせるからクサキョウチクトウという。草丈は七〇～一二〇センチで、茎は一株から数本直立する。品種改良が盛んに行われ花色は黄色と濃青色以外ほとんどある。

花魁草外人墓地に咲きいでし　岡本　眸

一むらのおいらん草に夕涼み　三橋鷹女

**縷紅草**《るこうそう》《るこうさう》　るこう　留紅草

熱帯アメリカ原産の蔓性の植物。庭や垣根にアーチ作りにしたり、鉢植にして栽培される。茎は一～二メートルに伸び左巻きに物にからみつく。葉は羽状に分裂し、葉の腋から長梗を伸ばして、白または深紅色の漏斗形の五裂の花をひらく。

縷紅草垣にはづれて吹かれ居り　津田清子

軽みとは哀しみのこと縷紅草　瀧　春一

**松葉牡丹**《まつばぼたん》　日照草《ひでりそう》　爪切草《つめきりそう》

肉質の葉は松葉に、花は小さいながらもボタンに似ていることに由来する名。厳しい真夏の日差しのなかで咲き続ける花で、太陽が遠ざかるとさっと花を閉じてしまう。爪で茎を切って土に挿しても簡単に根づくことから爪切草。スベリヒユ科の一年草でブラジル原産、日本へは一八四四年～四七年頃渡来したといわれている。茎は多数分枝して広がり、赤褐色の茎に、一～二センチの円柱形の葉を螺旋状につける。径三センチくらいの五弁花を咲かせるが日中だけ開き、夕方には閉じる一日花。赤、ピンク、黄色、白など鮮やかな色が多い。

松葉牡丹玄関勉強腹這ひに　中村草田男

日照草子規の晩年いまさらに　星野麥丘人

## 仙人掌《さぼてん》の花

覇王樹《さぼてん》

サボテン科には二千種近くがある。南北アメリカ大陸の乾燥地の原産だが、南アフリカでは湿った熱帯の森林で樹上に着生して生育するものもある。自生地では寿命が二百年を超え、高さが一六メートルに達する巨大なハシラサボテンの仲間もある。日本に渡来したのは江戸初期とされる。茎は塊状、柱状などさまざまな形をもち、多肉で刺のあるものが多い。花は茎から直接生じ、大形で赤、黄、橙など色鮮やか。ウチワサボテン類の切り口から出る粘液が石鹸代わりになることから、「サボン」が転じてサボテンという名になったとの説がある。花期は四～七月が一般的で、いちばん大輪花を咲かせるクジャクサボテンでは、直径三〇センチになるものがあり、多彩で華麗。昼咲きと夜咲きがあり、夜咲きのものはほとんど一夜花である。

仙人掌の針の中なる蕾かな　吉田巨蕪

仙人掌の花の中より大遺跡　天岡宇津彦

## アマリリス

ヒガンバナ科の宿根草。熱帯アメリカ原産のヒッペアトルム属の数種をもとした園芸品種。数百種の品種があるが、花は弁質厚く六弁花で白・桃・サーモン・赤など。葉も艶があり豪華である。幕末にキンサンジコ（金山慈姑）ジャガタラズイセン（咬吧水仙）ベニスジサンジコ（紅筋山慈姑）

が渡来している。アマリリスは旧属名。本来のアマリリス属には、南アフリカ原産のベラドンナリリー（ホンアマリリス）がある。本種は夏植球根で秋咲きである。

原爆の地に直立のアマリリス　横山白虹

ビル風をよけて落ち合うアマリリス　杉浦一枝

咲き誇るほったらかしのアマリリス　中井郁子

物言いのいつも直球アマリリス　石口りんご

**日日草**《にちにちそう》《にちにちさう》　日日花《にちにちか》

炎天下、日々元気に咲くキョウチクトウ科の一年草。マダガスカル原産。幕末にオランダから渡来。茎は直立して二〇～六〇センチに育ち、光沢のある長楕円形の葉をつける。七～九月、葉腋に高杯形で三～九センチの花を咲かせる。下部は長い筒状で、上部は五裂する。花色は白、ピンク、赤、紫紅色で、中心に濃いめのぼかしのものや混合のものもある。

根つめて歳月逝かず日日草　大牧　広

日輪を隠す日光日日草　池田澄子

**百日草**《ひゃくにちそう》《ひやくにちさう》

花の時期がとても長いことに由来する名。頭花にはたくさんの舌状花があって、外側から順に次々と咲き進んでいくこと、また一つ一つの花弁が紙質で厚く、丈夫であるため長く咲くことができる。メキシコ原産のキク科の一年草。どこでもよく育ち、広く栽培されている。草丈四〇～六〇センチ、色は紅色系が主であったが、最近の改良品種には小輪のものから、径一〇～一五センチの大輪まである。花色は紅、黄、紫、ピンク、白、橙など、咲き方も八重咲き、ダリア咲き、ポンポン咲きなど変化が多い。

これよりの百日草の花一つ　松本たかし
百日草がんこにがんこに住んでいる　坪内稔典

## 千日草《せんにちそう》《せんにちさう》　千日紅

観賞花として庭園に栽培するヒユ科の一年草。三〇センチあまりの茎に、長楕円形の葉を対生し、茎の上に花を一つつけ、緑色の二片の苞をしいて、紅色の毬状をなす。百日草よりも長く咲きつづけて、冬、霜にその葉が萎えても、なお花を保ちつづける。紫のも、白いのもある。

一日を善意に疲れ千日紅　川村昭子
み仏に切る紅白の千日紅　野口丈二

## 鬼灯《ほおずき》《ほほづき》の花《はな》《はな》　酸漿《ほおずき》の花

ナス科の多年草。東アジアの温帯から熱帯にかけて分布し、自生もするが、わが国では古くから栽培されている草で、高さ三〇〜九〇センチの直立した茎は枝を分かち、円形で鋸歯のある葉をつける。六〜八月頃、葉の腋から花梗を出し、黄白色の小さい花をナスと同じく下から上へと一個ずつ咲かせていく。目立たないが趣のある花である。ただし、観賞されるのは実の方で、これは秋の部を参照されたい。↓鬼灯（秋）

ほほづきの花のひそかに逢ひにけり　安住　敦
かがみ見る花ほほづきとその土と　皆吉爽雨

## 青鬼灯《あおほおずき》《あをほほずき》　青酸漿《あおほおずき》

まだ熟さない夏のほおずきを言う。長い梗の先に青い外苞をかぶって果実を包み、葉蔭に垂れるが、目立たず可憐である。↓鬼灯（秋）

立ちならび青鬼灯の見ゆるかな　高野素十

青鬼灯少女も雨をはじきけり　石田波郷

## 小判草《こばんそう》《こばんさう》　俵麦《たわらむぎ》

イネ科コバンソウ属の一年草。ヨーロッパ原産で明治時代に渡来した。麦に似、細くやわらかな葉を立て、三〇～五〇センチほどの茎に一・五～二センチ長さの小穂を垂らす。その形が小判に似て熟すと藁黄色になるところからの名である。やはり穂の形から、俵麦ともいわれるが、俵にしては平たい。ドライフラワーなどに使われる。

引き抜いて意外に軽し小判草　関口加代子

むさし野や午後は風出て小判草　伊藤いと子

小判草遠くのやうな音に鳴る　森田桃村

小判草摘んで千両ほどの音　小金千鶴

## 鉄線花《てっせんか》《てっせんくわ》　てっせんかずら　クレマチス

中国原産の落葉蔓性植物。五～六月頃に、葉腋から長い花柄を伸ばし、五～八センチの白または紫色の形のよい六弁花を咲かせる。蔓が強く針金（鉄線）のようであるから付いた名といわれる。園芸品のクレマチスは中国産のテッセン、日本産のカザグルマなどを交配してヨーロッパで作られた四季咲き種である。

てっせんの花のさきなる濁世かな　松澤昭

表札は家元とあり鉄線花　角野桂治郎

開くてっせん老人の眼の隙を突き　守田椰子夫

鉄線花垣上り切り宙に咲く　小川みどり

## 岩菲《がんぴ》

中国原産のナデシコ科の多年草。花を観賞するために江戸時代から庭園などで栽培されている。五、六月頃、直径五センチほどの赤黄色の美しい五弁花を開く。撫子に似て、花弁は鋸の歯のように不規則に裂けて平らに開いている。

傘寿わがいと愛づ色に岩菲の朱　富安風生
燃えて燃えて岩菲はかなし藪の中　加藤知世子
山鳥の入りし茂みや花岩菲　石塚友二
岩菲咲く老柳荘の木洩日に　浅賀魚木

## 紅花《べにばな》

紅の花　紅藍花《べにばな》　紅粉花《べにばな》　末摘花《すえつむはな》

キク科の多年草。茎は一メートルぐらいで細長い葉を互生し、縁には刺がある。六月頃紅黄色のあざみに似た花をつける。山形県最上川地方で多く栽培され、半夏生の前後の日の朝、露のかわかぬうちに小花を摘み、臙脂《えんじ》すなわち紅の材料にするほか、種子から油をとり、花を薬用に、また若葉を食用にする。末摘花は古名。

紅の花枯れし赤さはもうあせず　加藤知世子
五株ほど立つてあかるし紅花畑《べにばたけ》　飴山實
朝露をこぼさずに摘む紅の花　山田冬馬
紅藍花を活けて風呼ぶ座敷蔵　近藤静輔

## 茴香《ういきょう》《ういきやう》の花《はな》《はな》

ヨーロッパ南部原産のセリ科の多年草。古く、日本に薬草として渡来した。茎の高さ約二メートル。葉は糸状に大きく裂け茎とともに香りがある。六月頃枝先に細かい黄色の五弁花を傘状に群がりつける。果実は楕円形で香気が強く、酒や菓子などの香味料に使われる。長野県に多く栽培されている。

茴香のありしともなく咲きにけり　増田手古奈　茴香の花や雨後の日ちりばめて　戸塚佳子
茴香の茎を離れし花群るる　亀井糸游　茴香のたちまち翳となる丸み　中村菊一郎

## 玉《たま》《たま》巻く芭蕉《ばしょう》《ばせう》

芭蕉の巻葉　玉解く芭蕉

バショウ科の中では最も耐寒性があり、中部以西の地で栽培されている。初夏の頃は芭蕉の若葉の最も美しい時で、鮮やかな緑の葉を細く巻いており、これを美しくいったもの。巻葉はやがて開いて二メートルほどにもなるが、これが玉解く芭蕉。玉は、玉串、玉藺などともいうように美称である。

真白な風に玉解く芭蕉かな　川端茅舎　風さやか芭蕉巻葉のゆるみをり　山田みづえ

## 芭蕉《ばしょう》《ばせう》の花《はな》《はな》

花芭蕉

夏から秋にかけて葉の間から緑色の花茎をつき出して傾きながら大きな花穂をつける。バナナと同じように基部近くの各苞に二列に十から二十の花をつけるのが雌花で、先端の方に苞ごとに二十ほどの花が二列にあるのが雄花である。↓芭蕉（秋）

島の子と花芭蕉の蜜の甘き吸ふ　杉田久女　義仲寺に文蔵二つ花芭蕉　古田とき女

## 苺《いちご》　覆盆子《いちご》　苺摘み　苺畑

今日、いちごといえば、栽培のオランダいちごをさす。江戸末期にオランダ人によって長崎にもたらされた。バラ科の多年草で、晩春に白色五弁の花を開き、果実は球形、卵形、または楕円形で熟すと紅色になる。いちごの実は花托《かたく》の肥大したもので、その表面についている粒粒が果実である。ビニールハウス栽培、露地栽培、また、静岡県久能山の石垣いちごのように石やブロックの保温力を利用する方法も各地で行われている。→冬苺（冬）

ただ苺つぶし食べあふそれでよし　中村汀女
夢すくふごとく苺を洗ひけり　進藤明子
怠たりて疲れて苺なども食べ　中村草田男
苺煮る匂ひだんだん甘くなり　箱守田鶴
出羽の国朝のつめたき苺喰ふ　細見綾子
コソボ空爆冷んやりと苺ジャム　鈴木映
スーパーの大鏡より苺買ふ　菅原章風
胎の子の名前あれこれ苺食ぶ　西宮舞

## 茄子苗《なすなえ》《なすなへ》

二月に種をおろし、その後二、三度移植して丈夫な苗をつくる。三〇センチほどになると畑へ定植する。茄子は夏の代表的な野菜で作りやすく家庭菜園や鉢植えなど盛んに行われている。

茄子苗や茄子紺といふ茎の色　瀧春一
茄子苗の三寸のびてどつと伸ぶ　上原富子
茄子苗はつきたるらしき誕生日　細見綾子
茄子苗のさまざまありて他はなし　長沼利恵子
茄子苗に支へ棒して逝きにけり　辻恵美子
茄子苗や童女も土をひとすくひ　和田祥子

## 瓜《うり》の花《はな》

胡瓜《きゅうり》、甜瓜《まくわうり》、越瓜《しろうり》など瓜類の花の総称。ウリの名はないが、西瓜《すいか》、南瓜《かぼちゃ》、糸瓜《へちま》、蒲薦《ひょうたん》などの花も瓜の花としてよい。五、六月頃、白または黄色の雌雄花を開く。いずれも五裂した花の形は類似している。↓瓜

雷に小屋は焼かれて瓜の花　蕪　村
少年のいがぐり頭瓜の花　菅谷泰夫

## 胡瓜《きゅうり》《きうり》の花《はな》《はな》

ウリ科の一年草。原産地は東インド。初夏に黄色の皺のある五弁花を次々に咲かせる。雌雄同株。蔓茎は巻鬚となって物にからんで伸びる。実は食用。また、花のついた幼ない実を刺身のつまに使ったりする。

たしかなにか忘れているに胡瓜咲く　上田五千石
二つ三つ胡瓜の花やきつね雨　鈴木しげを

## 南瓜《かぼちゃ》の花《はな》

黄色のやや大きめの合弁花。六月の梅雨の最中にひときわ鮮やかな色を放つ。雌雄同株で、雌花は花の下に丸い子房を持つ。蔓は勢いよくどこへでも伸び、屋根の上などへも這い上がる。熱帯アジア原産で、カボチャの音はカンボジヤがなまったものと言われている。

南瓜咲く徒花《あだばな》ばかりにぎやかに　右城暮石
灯台の道に這い出て花南瓜　梅本しげ子
這ひ出でて田水に乗れり花南瓜　荏原京子
朗々たる南瓜の花に巻かれ棲む　中村和弘

## 糸瓜《へちま》の花

晩夏から初秋にかけて鮮やかな黄色の五弁花をつける。他の瓜類の花と同じように雄花と雌花が同株に生じる。蔓性で、棚に這わせて日よけにしたりする。花が終ると大きな長い実が垂れ下がる。茎を切って液を採り、化粧水として用いる。

糸瓜咲いて痰のつまりし仏かな　正岡子規
吾子に来し週番日誌糸瓜咲く　中根美保

## 茄子《なす》の花

初夏から秋にかけて咲く紫色の美しい合弁花で先端は五裂し、うつ向きにつく。直径三センチほど。昔から「親の意見となすびの花は千に一つのむだがない」と言われる。栽培品種が多く、実は胡瓜とともに日本の夏の代表的野菜。↓茄子

また落ちてぬれ葉にとまる茄子の花　飯田蛇笏
年寄りの話大事に茄子の花　石川幸子
うたたねの泪大事に茄子の花　飯島晴子
亡き人のものの減り行く茄子の花　片山由美子
茄子の花巧言令色《こうげんれいしょく》滅ぶべし　沢木欣一
生涯を村より出ず茄子の花　小池龍渓子
手塩てふ言葉なつかし茄子の花　松島千代
棄石を打つ閑けさや茄子の花　今関幸代
ふんわりと転ぶわが芸茄子の花　小林清子
一身に音なき雨を茄子の花　小川侑子

## 馬鈴薯《じゃがいも》の花《はな》

じゃがたらの花

六月頃、白あるいは淡紫色の茄子の花に似た合弁花を咲かせる。花弁の先は五裂しており一本の茎

にいくつも群らがって咲く。ジャガタラ（今のバタビア）を経て長崎に伝わったので、ジャガイモと呼ばれるようになったという。地下に大小多数の根茎を生じ、それが馬の鈴のように連なっているので馬鈴薯《ばれいしょ》とも言われる。美しく風情のある花である。

馬鈴薯の花の日数の旅了る　石田波郷
東京の宅地に畑薯の花　木檜和久
じゃがいもの花の地平の濁らざる　小檜山繁子
じゃがいもの花の日の日暮れのしわしわと　羽原青吟
じゃがいもの花のまばゆき戦中派　守谷まもる
じゃがいもの花に曰くのけぶらへる　木方朝子

## 胡麻《ごま》の花《はな》

ゴマ科の一年草。高さは一メートル以上にもなる。花は桐の花に似た鐘状で二・五センチほど。淡い紫の可憐な花を夏の早朝から開く。品種により、白、淡紅色などもある。アフリカ原産で、日本へも中国から伝わった。高温で乾燥した気候に適す。↓胡麻（秋）

胡麻の花に虻むらがりて農夫の死　細見綾子
胡麻咲かせ流人めくなり岬人　能村登四郎

## 独活《うど》の花《はな》

夏から初秋にかけて葉のつけ根から三〇センチほどの花穂を伸ばし、枝を出してその先に白い小花を球形に咲かせる。雌雄同株で、上部に両性花下部に雄花がつく。山野に自生し、また畑に栽培する。ウコギ科の多年草で全体に毛が多く、香気がある。丈は一メートル以上にもなる。野性のものをヤマウドと言ったりするが特に区別はない。また、シシウドはセリ科の植物で別ものである。↓独活（春）

山淋し萱《かや》を抽《ぬき》んで独活の花　島村　元
草原の起伏に独活の花は枯れ　橋本鶏二
独活の花雨とりとめもなかりけり　古館曹人
子を連れて畑に出るや独活の花　森川光郎

## 山葵《わさび》の花《はな》

初夏に淡黄白色の四弁が十字形に開き、その一つ一つが短かい総状に群がり咲く。葉は心臓形。山間の清らかな沢などに自生するが、多くは渓流を引き、栽培する。葉や花穂を浸しものや酢のものにして食するほか、根はおろして香辛料にする。伊豆の天城山や、長野県安曇野《あずみの》などで多く栽培されている。↓山葵（春）

風立ちて山葵の花の紛れぬる　清崎敏郎
行く水に影もとどめぬ花わさび　渡辺恭子
故郷とはひそかに泣かす花わさび　丸山佳子
水よりも日のつめたくて花わさび　宮坂静生
せせらぎに葉裏を映し花山葵　金森早雪
花わさび鉄砲水の受難の碑　小山今朝泉

## 韮《にら》の花《はな》

ユリ科の多年草。全体に特有の匂いがある。葉の間から三〇～四〇センチほどの茎を出して、先端に白い小花を球状に群らがり咲かせる。アジア大陸に分布。日本でも古くから栽培され、山野にも見られる。細長い線状の葉を食用にする。

足許にゆふぐれながき韮の花　大野林火
韮の花長生きの母ありがたし　星野麥丘人
夕闇は人知れずきて韮の花　水上英子
荒畑の名残に咲ける韮の花　吉江八千代

## 豌豆《えんどう》《ゑんどう》　莢豌豆《さや》

マメ科の一、二年草。秋に種を撒くと春花が咲き、初夏にはみずみずしい緑色の莢をつける。若くやわらかいものを莢のまま摘んで食べる。これを莢碗豆という。最もやわらかいものは絹莢である。莢ごと食べるもののほか豆だけを剥いたグリンピースとしても収穫する。色彩、歯ぎれよさなど初夏の季節感が新鮮である。実が赤褐色のものもある。↓豌豆の花（春）

ひとづまにゑんどうやはらかく煮えぬ　桂　信子
憩ふため豌豆を剥く時もあり　南　ひさ子
豌豆摘む少し濁れる朝の空　江崎和子
風騒ぐ日の豌豆をつかみ買ふ　広瀬とし
豌豆の出たがつてゐる莢の色　滝野三枝子
豌豆剥く母の戒《いまし》めこもごもと　平吹史子
母の色してきぬさやのまぶしかり　鈴木智子
さやえんどう煮るかにかくも金婚日　外澤秀子

## 蚕豆《そらまめ》　空豆《そらまめ》　はじき豆

緑色の莢を空に向けてつけるのでそらまめといわれている。やや固めの莢の中に親指ほどの平たい薄緑色の豆を宿す。地方によって呼び方が異なり、京阪では、はじき豆ともいう。豆類の中では最も早く、五月初め頃には出る。

そら豆はまことに青き味したり　細見綾子
はじき豆出初めの渋さ懐かしき　青木月斗
蚕豆の飯のゆふぐれ待たるるよ　森　澄雄
蚕豆のふくらんで行く反抗期　下沢とも子
喧噪の中蚕豆の皿来たり　後藤眞吉
絵手紙の蚕豆淡し美味しかな　小平　湖

**筍**《たけのこ》　笋《たけのこ》　竹の子　たかんな　たかうな

竹には、孟宗竹《もうそうちく》、苦竹《まだけ》、淡竹《はちく》、紫竹《くろちく》、大明竹《だいみんちく》などと種類が多い。地下茎から生ずる若芽が竹の子で、晩春、初夏の頃、地面にわずかに頭を出した頃掘って食べる。食用となるのは孟宗竹、苦竹、淡竹などで、このうち最も早く出回り、やわらかく美味なのは孟宗竹である。淡竹の子、苦竹の子はやや遅れ、味も孟宗竹に劣る。

筍の光放つてむかれけり　渡辺水巴
筍はけだもの色の皮重ね　富田直治
母許や竹の子ばかり出されても　水田光雄
たかんなの男の子三尺五尺かな　山下かず子
すでに破れゐる竹の子の紙袋　児玉輝代
阿闍梨《あじゃり》墓この筍が倒したる　柴田豊子
筍の掘りごろなりし顔のぞく　港　澄子
筍を地酒のやうに提げて来る　赤塚五行
筍の皮剥《は》ぐみぎまえひだりまえ　田川信子
筍の出かかつてゐる日暮れかな　長峰竹芳
雨連れて八女筍のはしり箱　野宮猛夫
筍の身ぐるみ剥ぐに夢中なり　郡山やゑ子
筍の皮剥きをれば雨のおと　藤井　瞳
わが郷へ筍掘りの一群団　柴田久子
筍を掘る一鍬の勘どころ　友水　清
大した資産筍を掘り配る　早坂澄子

**蕗**《ふき》　蕗の葉　蕗畑　伽羅蕗《きゃらぶき》

キク科の多年草。春先に萌え出た蕗の薹《とう》が次第に伸びて円形の青々とした葉を持つ頃、その葉柄をとり、皮を剥いて伽羅蕗にしたり甘酢煮にしたりして食べる。中は空洞でやわらかくまた香りが高くほのかな苦みも好もしい。秋田蕗は葉柄が一・五メートルを越えるものがある。

近江より雪来て藺に降らす雨　加藤楸邨
母の年越えて藺煮るうすみどり　細見綾子
藺の葉を傾けし風一里塚　柏原眠雨
大藺の茂るこの地もアイヌの名　西村梛子
けだるさは藺の広葉の疲れより　赤澤新子
民芸館蔵窓ちさき藺の雨　新井悠二

## 瓜《うり》

初瓜　瓜作り　瓜畑

甜瓜《まくわうり》・越瓜《しろうり》・西瓜・メロン・南瓜・隼人瓜・冬瓜《とうがん》・糸瓜など、実を食用にするウリ類の総称。古くは甜瓜を指した。山上憶良の「瓜食めば子等《こども》思ほゆ。栗食めばまして偲《しの》ばゆ。何処《いづく》より来りしものぞ。眼交《まなかい》にもとな懸りて安寝しなさぬ」（『万葉集』巻五）にある瓜は甜瓜のことである。

水桶にうなづきあふや瓜茄子　蕪村
瓜冷やす尺水にして邃《おくふ》かし　相生垣瓜人
瓜泳ぐ昼寝の村の水汲み場　太秦女良夫
越《しろ》瓜や引き目鈎鼻絵図の顔　日暮ほうし

## 甜瓜《まくわうり》《まくはうり》

真桑《まくわ》

ウリ科の蔓性の一年草。茎は地を這い、葉はてのひらのように浅く裂けている。初夏の頃小さい黄色の花をつけ、結実すると晩夏には長さ一四、五センチ、径六、七センチほどの楕円形となり熟す。黄、緑色などの縞模様があり、甘く芳香があって美味である。インドの原産。日本でも古くから栽培され、岐阜県本巣郡真正町真桑が産地であったところからの名と言われている。

初真桑四にや断ん輪《わら》に切《きら》ん　芭蕉
真桑瓜農夫踞《かが》みて味ふも　山口誓子

## 西瓜《すいか》《すいくわ》　西瓜畑　西瓜番

球形もしくは楕円形で、皮の縞や大小はさまざま。果肉は赤が主、時に黄色のものもある。甘く、非常に多汁で、夏の渇いた喉を潤すのに好適。アフリカ原産で、日本へは江戸時代に中国から渡来したと言われている。西瓜はもとは秋に多く出回り、これまでの歳時記も秋の季語として扱っていたが、栽培法が進み、最近では盛夏に多く出回るようになり、現実的には夏の果物の感が強い。

こけさまにほうと抱ゆる西瓜かな　去　来
西瓜抱き産まざる乳房潰《つぶ》すなよ　鷹羽狩行
西瓜の赤封じこめたるガラス函　沢木欣一
象の前西瓜を砂に滴《したた》らす　星野紗一
西瓜到来祭のごとく人集《つど》ふ　山田みづえ
厚切りの西瓜善人ばかりなり　青木千秋
西瓜食ぶ大きな口と小さな口　和田友季子
風呂敷の薄くて西瓜まんまるし　右城暮石
包丁のつたなきに遭ふ西瓜かな　後藤眞吉
到来の西瓜に位牌かくれけり　白井爽風
デザートは日本の西瓜機内食　岡田佐久子
西瓜食ぶ海のにほひのレストラン　北川みよ子
職人の休憩の輪へ大西瓜　水口泰子
大ぶりの西瓜妻の座占めにけり　横山久子

## 胡瓜《きゅうり》《きうり》

ウリ科の蔓性の一年草。茎から巻ひげを出し、物に絡みつく。葉は表面に微毛を持ち、葡萄の葉に似ている。初夏に、黄色の雄花と雌花を咲かせ、それが終るといぼのある細長い円筒形の実を結ぶ。熟すと黄褐色になる。瓜類中最も早く熟すが、若い実を生で食用にする。

胡瓜もみ蛙の匂ひしてあはれ　川端茅舎
胡瓜にもある晩節や曲がりけり　佐々木とみ子

## 夕《ゆう》《ゆふ》顔《がお》《がほ》　夕顔の花

ウリ科の蔓性の一年草。茎の先が巻ひげとなって他に絡みつく。葉は心臓形。花は白色で五裂の合弁花。雌花と雄花がある。夕方開き朝にはしぼむのではかなげなイメージがある。花の後、円筒形の球状の実を結ぶ。それぞれナガユウガオ、マルユウガオというが、主にマルユウガオから干瓢《かんぴょう》をつくる。アフリカ・熱帯アジアの原産で日本でも古くから栽培されている。

淋しくもまた夕顔のさかりかな　夏目漱石
蝶のやうに畳に居れば夕顔咲く　長谷川かな女
夕顔や恋の遊びも終りとす　加藤三七子
うたたねの妻に夕顔ひらきけり　小島　健
夕顔のみな満月に瞠《ひら》けり　永峰久比古
夕顔のほぐるる間合鐘の鳴る　降旗八重子
夕顔を褒めてひと日を終りとす　太田蘆青
いま咲きし夕顔にはや蟻通ふ　成重昭女

## メロン　マスクメロン　西洋メロン

ウリ科の蔓性の一年草。夏に黄色の花をつける。実は熟すと淡い緑色になり、乾燥すると表面に亀裂ができ、白または黄色の網目をなす。甘く芳香があり、また果汁も多く、夏の果物として珍重されている。エジプト原産、日本へは明治にもたらされ、主に温室で栽培される。様々な種類があるが、代表はマスクメロンである。

炎帝につかへてメロン作りかな　篠原鳳作
しろがねの刃のためらはぬメロンかな　日野草城
恋に倦みメロンの網を撫でゐたり　小林貴子
メロンから拡がる夜の白い漁網　中嶋秀子
尼となる勇気もなくてメロン食ぶ　今泉陽子
ソクラテスの妻の顔してメロン食《は》む　大沢玲子

## 茄子《なす》　なすび　初茄子《はつなすび》　長茄子《ながなす》

葉は大きな楕円形。夏から秋にかけて紫色の花をつけ、紫紺色で光沢のある実を結ぶ。種類が多く、卵円形のもの長いもの丸いものがあるが、九州から中国西部には長茄子が多い。また淡色の白茄子もある。煮たり、炒めたり、焼いたり揚げたりいずれにも適し、胡瓜とともに庶民感覚豊かな夏の野菜として親しまれている。

採る茄子の手籠にきゆアとなきにけり　飯田蛇笏

右の手に鋏左に茄子三つ　今井つる女

茄子を焼く老いること今許されず　柏岡恵子

おそき子に糠床あさく茄子残す　岡田和子

## トマト　蕃茄《とまと》　赤茄子《あかなす》

南アメリカアンデス山脈の高地が原産。日本には明治後期に渡来した。ナス科の多年草で、夏に黄色い花が咲く。実は赤く熟し、独特の匂いがある。生でそのまま食したり、サラダに和えたり、ジュースやケチャップに加工したりする。

熟れすぎのトマトは強き日の匂ひ　大星雄三

あかあかと熟れてトマトの見捨てられ　山田まや

水戸つぽが食ぶや血の濃くなるトマト　岡田久慧

人買ひの道はトマトを熟れさすよ　井上ひろ子

## キャベツ　甘藍《かんらん》　玉菜　牡丹菜

アブラナ科の越年草。ヨーロッパ海岸地方の原産で、語源はキャベッジ。幅広い肉厚の葉を幾重にも固く巻き、大きな球になる。一年中需給できるが、夏に最も出回る。品種が多く、紫甘藍・子持甘藍・南部甘藍・札幌甘藍・縮緬《ちりめん》甘藍などがある。梅雨の頃、とう立ちして淡黄色の四弁花を総状につける。

等分のキャベツに今日と明日が出来　いのうえかつこ
あかんぼときやべつの玉と光ある　磯辺幹介
大寺を囲みてすべてキャベツ畑　小寺美佐子
鳥交る甘藍渦を巻返し　広瀬とし
満載のキャベツ嬬恋《つまこい》村を出る　秋山ふみよ
キャベツ割る人間の脳見てしまう　石口榮

## 夏大根《なつだいこん》　なつだいこ

普通大根は秋に蒔き冬に収穫するが、春に種を蒔き夏から秋にかけて収穫するものを夏大根という。小振で先が尖っている。辛みが強く味は劣るが、早い収穫で重宝がられる。

貧乏な青物店や夏大根　河東碧梧桐
朔《ついたち》はぴりりと辛し夏大根　染矢久仁

## 新《しん》藷《いも》　走り藷　新じゃが　新馬鈴薯

甘藷《さつまいも》は普通九月、十月頃収穫するが、夏のうちに市場に出回る早生のものをいう。皮が薄く、紅色で美しい。盆の精霊にこの藷を供える。味も走りだけに珍重されるが、最近は品種改良が進み、早成りの種類のものがある。

新藷を蒸してかにかく佳日なり　水原秋桜子
新甘藷を一本置けり童子仏　中山純子
新じゃがの紙より薄き皮なりし　河原芦月
新じゃがの小粒利かん気いっぱいに　赤澤新子

**夏《なつ》葱**　刈葱《かりぎ》

葱は普通冬のものだが、秋に種を蒔き夏に収穫するものを夏葱という。葉が細く、白い部分がほとんどない、いわゆる「葉葱」と呼ばれるもので、味は劣るが、葱のない夏に珍重され、薬味にしたり、汁に浮かべたりする。

夏葱に鶏さくや山の宿　正岡子規

夏葱を刻む乾きし刃音にて　草間時彦

**玉《たま》葱《ねぎ》**

ペルシアの原産で明治の初めに日本に渡来。ユリ科ネギ属の野菜。球形または偏球形で、刻むと刺激性の匂いを放つ。味も葱に似ているが葱より甘味がある。夏の収穫が最も多く、色も黄、赤、白と三種類あり、日本では黄色種が最も多い。貯蔵が効くので用途が広い。

玉葱をまはりに育て湖透けり　林　徹

玉葱を吊りて入日に近き家　柳澤和子

**辣《らっ》韮《きょう》**　大韮《おおにら》　らっきょ　薤《らっきょ》

ユリ科の多年草。中国原産。根元から野びるに似た細長い葉を出し、四〇センチほどの茎の先に、秋、紫色の小花を球状につける。地下に卵形の鱗茎を生じる。これが辣韮で、六、七月頃、肥大したものを収穫する。独特の臭気と辛みがあり、甘酢漬などにして食べる。

砂丘馬のうるみ眼《まなこ》や辣韮畑　畠中久枝

会はぬ日の辣韮三つぶまた三粒　津森延世

## 茗荷《みょうが》《めうが》の子《こ》《こ》　　茗荷汁

ショウガ科の多年草。山野に自生するが、大体は栽培される。高さ五〇センチないし一メートルほどの茎の地際に、夏から秋にかけて、淡紅色で六、七片の苞をかぶった蕾を地上に出す。円錐形で筍に似た形をしている。やがてこの頂きに淡黄色の三弁花を開くが、花の咲く前のものを食べる。刻んで薬味にしたり、汁に浮かべると香りが清々しい。七、八月のものを夏茗荷、九、十月頃のものを秋茗荷という。↓茗荷竹（春）・茗荷の花（秋）

日は宙にしづかなるもの茗荷の子　大野林火

上品も下品もあらず茗荷の子　福島　勲

初穫りのただ一粒の茗荷の子　杉山鶴子

この家を離れず老ひぬ茗荷の子　光信喜美子

## 蓼《たで》

花蓼、犬蓼、桜蓼、柳蓼など、タデ科の総称。初夏に細長く先のとがった葉をつけて繁茂する。食用にするのは柳蓼、本蓼、真蓼で、刺身のつまや吸物に、また、葉を擦りつぶしてだしと酢を加えた蓼酢は鮎の塩焼に欠かせない。薬用にもするが味は非常に辛く、俗に「蓼食う虫も好き好き」の諺《ことわざ》がある。↓蓼の花（秋）

桜蓼さしうつむきて媚にけり　富安風生

灯を置いて飯食ふ蓼の豪雨かな　西島麦南

## 紫《し》蘇《そ》　　赤紫蘇　青紫蘇　花紫蘇

シソ科の一年草。茎は方形、葉は卵形で暗紫色。夏から秋にかけて淡紅紫色の小花を総状につけ、その後小粒の実がなる。全草に爽快な強い香りがあり、葉は梅干を漬けるのに用い、実も塩漬にして食べる。また葉を漢方で解熱・鎮痛・健胃薬などに用いる。他に葉の青い青紫蘇、葉のちぢれた縮緬紫蘇もある。

禍福なし小箱に紫蘇を育てつゝ　原子公平

通し土間裏口よりの紫蘇畑　岩佐こん

紫蘇畑隣家つぶらのあにいもと　久保田和子

そのままにせる火事跡に紫蘇の花　栗原加美

## パセリ　オランダゼリ

セリ科の多年草。地中海沿岸の原産で、江戸時代に渡来。複葉で細かく裂け、人参の葉に似た鮮緑色。特有の香りがあり、若い葉を肉食のつまにしたり、サラダに入れたりする。夏のものだが近年は一年中手に入る。二年目に淡黄緑色の小花が咲く。

摩天楼より新緑がパセリほど　鷹羽狩行

健やかなパセリのための白き皿　鳥居おさむ

## 青山椒《あおさんしょう/あおさんせう》

山椒はミカン科の落葉低木。山地に自生するが、庭や垣根に植えたりもする。春、黄緑色の小花を密生し、秋に赤く熟すが、夏のまだ青々とした小粒の実を青山椒という。葉も実も非常に香り高く、香辛料に用いる。

なのりして摘むはたが子ぞ青山椒　大江丸

青山椒階段ふんで妻もたらす　沢木欣一

### 青唐辛子《あおとうがらし》《あをたうがらし》　青唐辛　青蕃椒　葉唐辛子

唐辛子はナス科の一年草。夏に白色の五弁花をつける。実は細長く熟すと深紅になるが、夏のまだ青いものを青唐辛子という。油で炒めたり煮たりして食べるが、独特の香りと辛味がある。↓唐辛子（秋）

青々とまびき束ねぬ唐がらし　西島麦南

つれなさの切なさの青唐辛子　三橋鷹女

### オクラ

アオイ科の一年草でアフリカ原産。夏から秋に黄色の美しい五弁花を開く。実は角状で若くやわらかいものを食用にする。粘液を含み、特有の風味がある。日本での栽培は近年のことで、早いものでは六月頃から、秋の終り頃まで収穫できる。

世を拗《す》ねしごとくに曲るオクラかな　森野経子

オクラ刻む音を弾ませみごもりし　根岸たけを

口楽しオクラの種を噛むことも　中村文平

厨楽しオクラきざめば青き星　大平芳江

### 麦《むぎ》　大麦　小麦　麦の穂　穂麦　麦畑

大麦、小麦、烏麦（燕麦《えんばく》）、ライ麦などの総称。冬に種を蒔くと四月頃には青々とした穂が出、五、六月には黄褐色に熟れる。夏の新緑の中に黄熟した麦畑は鮮やかである。主に大麦は飯に焚き、小麦は粉にする。烏麦はオートミールや家畜の飼料に、ライ麦は黒パンやウォッカの醸造に用いられる。↓青麦（春）

いくさよあるな麦生《むぎふ》に金貨天降るとも　中村草田男
風の老婆抱きすくめては麦を刈る　河合凱夫
爆音や乾きて剛《つよ》き麦の禾《のぎ》　中島斌雄
麦熟れて雉子の卵のかへる時　細見綾子
熟れ麦はほろびのひかり夕日また　石原舟月
落日の荘厳麦の穂が囃す　桜木俊晃

## 麦《むぎ》の黒穂《くろほ》　黒穂

麦は四月頃には花穂が出るが、これに黒穂菌がついて穂が真黒になる。黒い胞子を飛散させ伝染するので見つけ次第抜く必要がある。放っておくと全滅してしまう。最近は予防処理するためあまり見かけなくなった。「黒ん坊」「麦の黒んぼ」ともいう。

光秀の生国黒穂踏みて佇《た》つ　中澤康人
軽井沢麦の黒穂にきつね雨　小林貴子

## 早《さ》《さ》苗《なえ》《なへ》　捨苗　苗籠　早苗束　苗運び　早苗取　早苗舟　若苗　玉苗

春も深まった頃に苗代に蒔いた種が芽を出し、初夏には若緑のみずみずしい葉を伸ばす。これを抜き取って本田に移し植えるのだが、この頃の稲の苗をいう。やわらかく小さな葉を風にさ揺らすさまは誠にいとけない。束ねて籠などに入れて運ぶが、大きな田では舟に乗せて配ったりする。植え余った苗が水口に固めてあったり畦に捨ててあったりする。玉苗は美称である。

真清水に早苗浸してありにけり　沢木欣一
早苗束提げ山鳩の啼く方へ　横田綜市
早苗束夕影を濃くもたれ合ふ　原田しずえ
減反を強ひられ早苗余りさう　関根照子
空知野の早苗とどのふ鳶の笛　中條富子
犇《ひし》めきて早苗の丈の揃ひけり　森　とよ子

## 帚木《ほうきぎ》《ははきぎ》　帚草《ほうきぐさ》　コキア

アカガ科の一年草。中央、西アジアの原産で中国を経て古く日本に渡来。茎の高さ約一メートル。夏に多数の細い枝に細かい葉をいっぱいつけて茂り、葉腋に淡緑色の小花を穂状につける。次第に小枝まで赤味を帯びて美しい。これが枯れると束ねて箒にする。秋田県ではこの実を「とんぶり」といい酢のものやつくだ煮にする。「源氏物語」などに、ありとて見えて近づくと見えぬ木として描かれている。

帚木に影といふものありにけり　高浜虚子

ぼうぼうと夢の紅さの箒草　高橋謙次郎

## 棉《わた》の花《はな》

アオイ科の一年草。古くから繊維作物として栽培されている。高さ約一メートル。夏から秋にかけて白、黄色、まれに紅色の美しい五弁花を開く。卵形の果実が熟して裂け、中から白く長い綿毛が現れる。これを摘みとり綿をつくる。

大坂の城見えそめてわたの花　几董

綿の花衣食足らざる日のありし　柘植翠星

棉の花音といふもののなき所　細見綾子

棉の花ふとまた遠き未知かがやく　宇咲冬男

## 玉蜀黍《とうもろこし》《たうもろこし》の花《はな》《はな》　なんばんの花

イネ科の一年草。アメリカ熱帯地方の原産で大正初めに日本へ渡来。茎は二、三メートルにもなり、その先端に穂状の雄花をつける。雌花は中ほどの葉のつけ根につく。数枚の苞の中から毛状の花柱を出し風に散る雄花の花粉を受ける。出てまもない雄花のさみどり色は清々しく、また大きな剣状の葉を風に鳴らす様に季節感が濃い。↓玉蜀黍（秋）

毛の国のたうもろこしの花に艶　松崎鉄之介

ぬきんでて玉蜀黍のをとこ花　山岸珠樹

## 麻《あさ》

大麻《おおあさ》　麻の葉　麻刈　麻引　麻の花　麻畠

中央アジア原産で熱帯から温帯にかけて栽培されるクワ科の一年草。高さ一～二・五メートル。まっすぐに伸びた茎の上部で枝岐れし、黄緑色の小花を穂状につける。雌雄異株で雌花は上向きに錐状をなし、雄花は下向きに咲く。葉はてのひらのように裂けている。晩夏に刈りとり、茎の皮から繊維をとり麻糸にするほか、種子からは油をとる。また皮を剥いたあとの茎を乾燥させて盆の苧殻とする。

狼の子をはやしけり麻の中　許六

まつすぐに雨とほしをり麻畑　きくちつねこ

麻干して麓村とはよき名なり　高野素十

何か言ひかけ先に行く麻畑　福井啓子

## 太《ふと》《ふと》藺《い》《ゐ》

カヤツリグサ科の多年草。池や沼などに群生するが、庭に観賞用として植えたりもする。高さ一、二メートルになり、円柱状で太く、中は空洞。夏に黄褐色の小花を穂状につける。茎は刈りとって莚を織る。

雨の中雨が太藺に凝りにけり　阿波野青畝

太藺中何か起こりし水騒ぎ　星野立子

## 夏《なつ》草《くさ》　夏の草　青草

梅雨の頃から、水分をたっぷり吸った草はどんどん伸び、盛夏には丈高く逞しく育つ。色も緑濃く、野山では乱れに乱れ茫茫たるありさまになる。もはや引き抜くには適さず刈りとる事になる。が、刈ってもすぐ後から生い茂る。

夏草や兵共《つわものども》がゆめの跡　芭蕉
夏草をちぎれば匂ふ生きに生きん　細見綾子
夏草や詩人の妻のきつね貌　満田光生
夏草に足を奪られし未練かな　谷口亜岐夫
夏草や兵舎の跡は空堀に　大宮良夫
夏草や阿闍梨《あじゃり》ゆく道けものみち　秋山梅子
夏草や岬は船の消えやすし　深谷岳彦
牛声で夏草うまき牛を追う　佐々木らん

## 草茂《くさしげ》る　茂る草

単に「茂り」「茂る」といえば主に木々の枝や葉が緑濃く生い茂ったさまをさし、草にもいうことがあるが、「草茂る」は草に限定した言い方。「夏草」が、草そのものをさすのに対し、「草茂る」は草が生い茂った状態をいう。野山や田の畦や道端に、ところかまわず繁茂しその生命力を感じさせる。↓茂り

草茂る空の煉瓦の貯水槽　小山今朝泉
草茂る忠魂碑跡母校なる　広瀬一朗

## 草《くさ》いきれ　草のいきれ

夏草の生い茂った叢《くさむら》が夏の強い日ざしを受けて発する草の匂いと蒸したような気の混ざったのをい

う。春草のようなやわらかく芳しいものとは異り、噎せるような強烈さがある。特に雨のあと日が照りつけた時に顕著である。

草いきれ人死居《い》ると札《ふだ》の立つ　蕪村
草いきれ忘れて水の流るゝや　松瀬青々
うつし身や坐して聖地の草いきれ　宇咲冬男
訓練の犬放たれし草いきれ　川崎妙子
草いきれ人いきれして国土あり　細木芒角星
草いきれ生きてることは歩くこと　河津玲子
草いきれ島抜けのごと小舟あり　近藤ひかる
切れさうな月あらはれる草いきれ　三城佳代子

## 青《あお／あを》芝《しば／しば》　夏芝

芝はイネ科の多年草。日当りのよい地に密生する。茎は強く地面を這う。春に萌え出した若い芝が、次第に青みを増し、夏になると鮮やかな緑一色になる。庭園や土手に植えて芝生にする。

子の臀《しり》のまろさ青芝を圧《お》すまろさ　大野林火
金網に青芝あればすべて基地　沢木欣一
臥して見る青芝海がもりあがる　加藤楸邨
ことば立つこの青芝の心地よき　和田悟朗
青芝に夜の雨光り誕生日　佐藤脩一
青芝や家族賑やかなりし頃　富田のぶ子

## 青《あお／あを》蔦《つた／つた》　蔦茂る

蔦はブドウ科の蔓性植物。吸盤のある巻きひげで木や岩や石垣、壁などにくっつき這い上がる。葉は卵形で三つに裂け、夏には艶々とした青い葉をびっしりと茂らせる。日本の他、朝鮮半島、中国に分布する。↓蔦（秋）

青蔦や騎馬かつかつと警邏兵　大津希水
青蔦や窓に女と黒猫と　柳田芽衣

青蔦の窓より洩るる四重奏　岩崎眉乃

青蔦這ふ塔は縄抜け試みる　山中順子

## 青《あお》《あを》芒《すすき》《すすき》　芒茂る

芒はイネ科の多年草。秋に茎の頂に十数本の枝を出し大きな花穂をつけるが、まだ穂が出ないうちの夏の芒の青々としたのをいう。茎の高さ一メートル前後、葉は細長く剣状で緑が新鮮で美しい。なかには早々とうす緑の若穂を苞《ほう》に覗かせているものもあったりするが、その瑞瑞しさは格別である。

耳透けて眠るやすすき青き家　細見綾子
採り物として青芒神の舞　沢木欣一
青芒直なる人に疲れけり　字留野ひとみ

清冽を師系としたり青すすき　坪井洋司
青芒ぬけきし風の刃先かな　佐藤よしい
水底に消えし鴨山青すすき　土谷和生

## 青《あお》《あを》蘆《あし》《あし》　青葦　蘆茂る

蘆はイネ科の多年草。沼や川のほとりに群生する。秋に穂を出し高いものでは二、三メートルにも達する。青蘆は、六、七月頃の、青々と茂るさまを賞して言ったもの。細長くまだしなやかな葉が一面に生い茂ったさまは清々しい。蘆は別名「よし」と言うが、「悪《あ》し」を嫌い、「善《よ》し」に通じるのを好んで言ったもの。↓蘆の角（春）

青蘆の影賑やかに水の中　星野立子
青葦の葉ずれけふ生きけふ老いき　千代田葛彦
青芦の湖より広き父の胸　丸山佳子

あやうきに遊び青芦そよぐなり　実籾繁
青芦に似合ひの雨のあがりけり　島紅子
少年に似て韻文に似て朝の葦　守谷茂泰

## 夏《なつ》蓬《よもぎ》

蓬はキク科の多年草。山野のいたる所に生え特有の強い匂いを持つ。春に萌え出た芽がやわらかに伸び、夏には一メートルにもなる。葉は深い緑色で茎は固く木質化し、強さ荒々しさを感じさせる。夏の日照りに下葉を枯らしつつも茎をシャンと立て衰えない。↓蓬（春）

夏蓬やあまりに軽く骨置かる　加藤楸邨

さながらに河原蓬は木となりぬ　中村草田男

## 夏《なつ》萩《はぎ》　青萩

萩は秋の七草の一。九月頃蝶形の花を総状につけるが、夏の間に早々と咲くものを夏萩という。山地など秋の到来の早いところでは特にその傾向がある。東北地方に多い宮城野萩を別名さみだれ萩、あるいは夏萩というが、これも夏に咲くのでその名がある。花にはまだ間があるが葉が青々と茂って美しいのを青萩という。↓萩（秋）

さみだれ萩てふ名のやさし紅紫　細見綾子

夏萩や城の真下の理髪店　中沢律江

## 葎《むぐら》　葎茂る　八重葎

広い範囲にわたってぼうぼうと生い茂る雑草、またその茂みを言う。金葎《かなむぐら》は蔓性で茎が強く、鉤状の小さな刺があって他のものに強く絡んで一面に茂る。桑科の植物で秋に小花をつける。八重葎は金葎とは別種だが、特定のものを指すのではなく、「八重」は茂ったさまを形容したもの。↓枯葎（冬）

山賤《やまがつ》のおとがひ閉る葎かな　芭蕉
かぐや姫かへりし跡の八重葎　椎名書子

## 朝《あさ》《あさ》顔《がお》《がほ》
牽牛花《けんぎゅうか》　蕣《あさがお》　朝顔の実　種朝顔

ヒルガオ科の蔓性の一年草。茎は左巻きに何にでも絡みついて伸びる。葉は三裂して青々と茂り、夏の頃葉の腋に右巻きにねじれた細長い蕾をつけ、夜明けとともに開きはじめる。花はラッパ形で紫、白、紺、赤など様々な色のものがある。夏の朝、朝顔の涼しげに咲く様は格別だが、午にはしぼんでしまうはかなさがある。東アジアの原産で、奈良時代に薬草として渡来。種子を牽牛子《けんごし》といい粉末にして緩下剤などに用いた。江戸初期より園芸植物として多くの品種が作られ、鉢植えにしたり垣根に絡ませたりして観賞するようになった。旧暦七月の七夕の頃咲く花として牽牛花の別名がある。朝顔は従来秋の季語として扱われてきたが、現実には盛夏の花であり、秋になると色も形も見劣りがする。↓朝顔市

朝がほや一輪深き淵の色　蕪村
朝顔やにごりそめたる市の空　杉田久女
朝顔や百たび訪はゞ母死なむ　永田耕衣
戦没の霊をあり余る野朝顔　伊丹三樹彦
朝顔に矢竹継ぎ足す瑞巌寺　柏原眠雨
朝顔のねんねんひらく母の色　松本紀子
朝顔や母の小袖と同じ色　藤本悦子
スペインと同じ朝顔咲きにけり　加藤京

褒められて朝顔くろき種こぼす　鈴木栄子
朝顔の壊れてけふも咲きやまず　加藤かな文
朝顔の棚まだ隙間だらけなり　木下野生
朝顔の白を咲かせて無欲なり　桜木俊晃
女弟子多し午まで朝顔咲き　小林鹿郎
水やつて朝顔の紺ふやしけり　山本柳翠
朝顔を咲かせ呼鈴なき暮し　小野田明子
朝顔の藍一色のヘアサロン　垂見菊江

朝顔に空の色まだ定まらず　前田育子
朝顔の折り目正しき青さかな　嶋澤喜八郎
男手の朝顔双葉回復期　姉崎蕗子
朝顔に子の早起きは二日ほど　千才治子
朝顔の実取り袋に人恋ふ句　北川かをり
母の白父の紺あさがほひらく　久保山敦子

## 石《せき／せき》菖《しょう／しやう》　石菖蒲《いしあやめ》

サトイモ科の常緑多年草。渓流の縁などに自生するが、庭園に栽培もする。高さ二〇～五〇センチ。葉は剣状で初夏の頃淡黄色の多数の花が穂状につく。香りが強い。漢方で根茎を鎮痛・健胃剤にする。

石菖や窓から見える柳ばし　永井荷風
石菖やつまづき廻る水車　原　節子

## 竹煮草《たけにぐさ》

ケシ科の多年草。山野や荒野、土堤、路傍などどこにでも自生する。高さ一～一・五メートル、葉は菊の葉に似て大きく、裏面が白い。茎は空洞で、茎や葉に有毒の黄褐色の汁を含む。夏、茎の上部にいくつも枝を分け白色小花をつける。

これが竹煮草かと四五人を先へやる　細見綾子
竹煮草婆はころりと死にしかな　宮田正和
十一面の一つ悪相竹煮草　山田涼子
名を知ればどこにでもあり竹煮草　関根章子

## 紫《し》蘭《らん》

ラン科の多年草。本州中部以西の、やや湿った岩上や林の中に自生するが、多くは観賞用に庭に植えられ、蘭の仲間では、もっとも簡単に畑土に栽培できる。高さ三〇～七〇センチ。長楕円形の縦筋の多く入った葉が五、六枚、茎の下部から包むように互生し、五、六月頃、三〇～五〇センチくらいの花茎を伸ばした先に、唇のような形の花を五、六個、総状につける。紅紫色がほとんどであるが、まれに白色もある。鱗茎《りんけい》を糊、漢方薬として用いる。↓蘭

ゆふかぜのしゞにしらんの一トむしろ　久保田万太郎

局塚《つぼねづか》その面影の紫蘭咲き　下村ひろし

## 風蘭《ふうらん》

ラン科の常緑多年草。関東以西の山地の木々の幹や岩の上に着生する。茎は短く、葉は分厚く相抱くように生え、その間から、七月頃、三～一〇センチくらいの花茎を伸ばし、微香のある白い花を数個つける。園芸種が多く、鉢植えにして軒に吊るしたりすると気品がある。↓蘭

風蘭や二の滝へ行く岐《わか》れ道　鈴鹿野風呂

落ちそうな風蘭遊び足りしかな　堂島一草女

## 鈴蘭《すずらん》　君影草《きみかげそう》

ユリ科の多年草。北海道から近畿、九州北部の山地にまで自生し、観賞用にも植えられるが、感じとしては北海道の草原というイメージが強く、人々に広く親しまれている。下茎を伸ばして増え、そのところどころから葉と花茎を出す。長い楕円形の葉が二枚、下の葉が上の葉を包むように生え、五、六月頃、葉の間から花茎を伸ばし、白い釣鐘形の小さい花を総状につける。芳香があり、可憐で美しい。香水の原料とする。多く栽培されるのはドイツスズランで、香りも高く花も大きく、日本のものとは逆に、葉の上面が粉のように白いが、自生のものには変異が多く、明らかな

区別はしにくいという。

鈴蘭の谷や日を漉《す》く雲一重　中村草田男

鈴蘭や径白馬へひとすぢに　武石佐海

## 昼顔《ひるがお》《ひるがほ》　鼓子草《ひるがお》

野原や道端にふつうに見かける、ヒルガオ科の多年生のつる草。葉は矢じり形で五～一〇センチで、数センチほどの柄がある。六、七月頃、朝顔に似た漏斗状の淡紅色の花を咲かせる。朝顔、夕顔と違って、昼間の強い日差しを受けて開花するのでこの名があり、花の形が戦の時に用いられた鼓に似ているというので、鼓子花《こしか》の別名がある。地下茎で増え、ふつう結実しない。夏草にからまった花を見ると、暑い日差しを忘れて、ほっとした気分になる可憐さがある。

昼顔や行く人絶えし野のいきれ　几董

これ以上待つと昼顔になってしまう　池田澄子

ひるがほに電流かよひゐはせぬか　三橋鷹女

昼顔を吾が白骨の咲かすべし　和田耕三郎

昼顔の見えるひるすぎぽるとがる　加藤郁乎

昼顔や砂丘の果ての波の音　鈴木文野

昼顔や水平線に触れて咲く　北澤瑞史

昼顔にシーソー齢《よわい》ほど傾ぎ　倉本岬

昼顔やふるさとを向く流人墓　藤原たかを

昼顔のほかは働く男たち　石井禾人

## 浜昼顔《はまひるがお》《はまひるがほ》

海岸の砂地に自生するヒルガオ科の多年草。茎はツル性で長く地面を這い、他のものに巻き付く。葉は丸いハート形で厚く、無毛で光沢がある。五、六月頃、葉腋から花柄を出し、アサガオに似た淡紅色の花を上向きに咲かせる。

きら〳〵と浜昼顔が先んじぬ　中村汀女
御用邸へ浜昼顔の小径かな　岡野さち子

## 月見草《つきみそう》《つきみさう》　月見草《つきみぐさ》　待宵草《まつよいぐさ》　大待宵草《おおまつよいぐさ》

アカバナ科の二年草で北アメリカ原産、幕末、嘉永年間（一八四八〜五四）に伝わった。高さ六〇センチほどで、夏の夕方、直立した茎の付け根に、三、四センチの白い四弁の花を付け、翌日、しぼむと紅変する。現在ではほとんどみられない。今日、ツキミソウの名で呼ばれているのは、待宵草《まつよいぐさ》、あるいは大待宵草《おおまつよいぐさ》で、前者は南米チリ原産の多年草で、明治初年に渡来し、園芸植物として愛好されたものが海辺や河原に広まっている。高さ七〇センチくらい、葉は互生して細く、夏の夕方、茎の先の葉腋から鮮黄色の四弁の花を付け、翌朝しぼむと赤くなる。後者は海辺、河原などの荒れ地に生える大型の越年性の帰化植物で、北アメリカの原産と言われ、同じく明治初年に入って来たらしい。茎の先に連なって咲く花も大きいが、月見草という名にしては、風情に乏しい。この他にも別種の渡来植物もあり、名称が混乱している点があるので、注意して詠まないといけない。

ひとを訪はずば自己なき男ツキミソウ　中村草田男
月見草は身の丈の花吾子嗅ぐよ　林　桂
紅さしてきし真夜中の月見草　青柳志解樹
魚籠《びく》の中しづかになりぬ月見草　今井　聖
吊ランプもたらす女月見草　大木格次郎
妻を描き月見草描き戦死せり　たむらちせい
月見草夕べを過去としてしぼむ　甘田正翠
まづ揺れて開く気配の月見草　岩間光景
月見草夕べ誰かの来る予感　栗本秀子
月見草さつきの手紙読みかへす　丸山比呂

## 水芭蕉《みずばしょう》《みづばせう》

山中の湿地に生えるサトイモ科の大形の多年草。横に伸びた地下茎は太く、多数の根があり、悪臭を持つ。五、六月頃、根茎から高さ二〇センチくらいの花穂を立て、密集した花を付ける。一見、白く大きく、先の尖った楕円形の花のように見えるのは、これを包む仏焔苞《ぶつえんほう》で、本当の花は小さくて黄緑色をしているが、見るべきものはない。花が終わると、仏焔苞はしぼみ、代わって長楕円形の大きな柔らかい葉が広がる。そのさまが、バショウに似ているので、この名がある。尾瀬の湿原のものが童謡にもなってよく知られているが、各地の水の清らかな高原の池や沼などで見ることができ、雪解けを待って登って来たハイカーの目を楽しませてくれる。

水芭蕉こゑ発すれば汚《けが》れけむ　岸田稚魚
群落の息吹清しき水芭蕉　及川秋美
一花咲きたちまち百花水芭蕉　たむらちせい
帆をあげて天界めざす水芭蕉　三嶋隆英
水芭蕉高野に咲きて真白なる　塚田正子
水が研ぐ影も白妙水芭蕉　太田昌子
無垢といふ色にかがやき水芭蕉　白旗喜知子
源流のささやきに覚め水芭蕉　田中晄人

## 擬宝珠《ぎぼうし》《ぎばうし》の花《はな》《はな》

花擬宝珠　ぎぼし

ユリ科の多年草で、日本、中国、朝鮮半島には三〇種類ほど分布しているが、俳句では栽培種を含めて、スジギボウシ、イワギボウシ、ミズギボウシ、タチギボウシ、オオバギボウシなどの数種を指している。葉は先が尖った長楕円形で長い葉柄を持ち、一〇～二〇センチくらい。六、七月頃葉の間から長い花茎を出し、先が六つに裂けた漏斗型の花を総状に付ける。色は白、紫、淡紫など。

蕾のさまが橋の欄干の擬宝珠に似ているのでこの名がある。若葉は食用になる。

わが胸は小さくなりぬ花擬宝珠　石田波郷

過ぎし世はやさしかりしよ花ぎぼし　斎藤道子

## 真《ま》菰《こも》　真菰刈

イネ科の大形の多年草。池や沼などに生え、太い地下茎が横に這い、群をなして茂る。葉は長さ四〇〜九〇センチ、幅一〜三センチくらいで節がある。花は八〜十月頃咲く。端午の節句の粽を包むのに用いたり、盆になるとこれを刈り取り莚に編んだり、真菰の馬を作る風習がある。

古利根は楸邨の川真菰刈る　森田君子

逝きしひと真菰のなかの音沈む　松田ひろむ

## 著莪《しゃが》の花《はな》　胡《こ》蝶《ちょう》花《か》

アヤメ科の常緑多年草。山地の日陰や湿ったところ、木立の下などに群生する。高さ、三〇〜六〇センチくらい。葉は緑が濃く、剣状で固く光沢があり、叢生する。五、六月頃、その間から先端が分かれた茎を伸ばし、アヤメに似て小さい花を付ける。白色で紫がかっていて黄色の斑点がある。そのさまを蝶が舞うのに見立てて、漢名では胡蝶花と呼ぶ。

著莪の花日暮れは鳥の真似をする　橋爪鶴麿

著莪の花旅の日焼のいさぎよし　福永耕二

著莪の花竹の葉擦れの音の中　井上幹彦

神を呼ぶ笙《しょう》篳篥《ひちりき》や著莪の花　岸田雨童

著莪咲ける双子寺杖の束休み　岩渕英子

山の辺の石とて仏著莪の花　酒井智代

**沢《おも》潟《だか》**　花慈姑《はなくわい》

オモダカ科の多年草で、池や水田に生える。矢じり形の葉が隆起して顔を上げているように見えるので、オモダカの名がある。全体が慈姑《くわい》に似て小さい。夏、葉の間から長い花茎を伸ばし、白い三弁の小さな花を付ける。観賞用にも泉水などに植えられる。慈姑は食用となるが、これは花が美しいだけなので、花慈姑とも呼ばれるという。

やれ壷に沢潟細く咲きにけり　鬼　貫

荒莚沢潟細く活《い》けて住む　石田波郷

**河《こう》《かう》骨《ほね》《ほね》**　かわほね

池や小川に生えるスイレン科の多年草。太く横に這う地下茎は白く、白骨に似ているのでこの名があるという。水中の葉は薄く黄色を帯びているが、水を出た葉は厚くて緑が濃く、里芋の葉に似て、長さ二〇～三〇センチくらいになる。七月頃、長い花茎を伸ばし、その先に黄色の五弁の大きな花を、鮮やかに付ける。

陵《みささぎ》を遥拝すれば河骨咲く　伊丹三樹彦

河骨や金の待針湖に刺し　坂本祥子

河骨の群へまぎれしはぐれ鴨　三宅郷子

河骨の首の出てゐるこの世かな　湯浅康右

河骨の花の総立ち沼明り　小川玉泉

河骨のこつんと鯉の頭かな　明円のぼる

**水《みず》《みづ》葵《あおい》《あふひ》**　菜葱《なぎ》

ミズアオイ科の一年草で、水田や沼地に生える。全体に柔かく、根には多数のひげ根がある。深緑色の葉はハート形でつやがあり、七月頃、葉より突き出て総状の青紫の六弁花を付ける。菜葱は古名で、水葱とも書く。古くは葉を食用とし、栽培されたという。

秩父嶺の空さだめなき水葵　志摩芳次郎

娘子らの釧《くしろ》捲きけむ水葱《なぎ》の花　江口井子

## 菱《ひし》の花《はな》

ヒシ科の一年草。池や沼などに自生する。茎は水底から長く伸びて水面に達し、菱形の葉を茂らせる。葉柄はふくれて浮袋の役目をする。七月頃、白い四弁の花を葉の腋に付ける。秋には菱形の実を結び、これが池底に落ちて、翌年芽を出す。↓菱の実（秋）

ここで終わらじ風の出口の菱の花　河合凱夫

菱の花閉づる日差の薄れ来て　式地須磨

## 藺《ゐ》の花《はな》

藺草《いぐさ》　灯心草《とうしんぐさ》　灯心草の花　藺田

イグサ科の多年草。湿地に自生するが、水田でも栽培される。茎は叢生し、細長く一メートルにも及ぶ。葉は退化し、茎の下部に鞘状の鱗片となっている。六月頃茎の先に、淡い褐色の花を付けるが、見栄えはしない。茎は畳表、莚などに用いられるほか、茎の中の白い髄は灯心に使われた。

一叢《ひとむら》は湖の名残りの藺草かな　山根和子

山墓へ藺草刈る香のとどきけり　坂本孝子

## 蒲《がま》の穂《ほ》

蒲の花　蒲《がま》　御簾草《みすぐさ》

池や沼などに群生するガマ科の多年草。高さは二メートルくらいにまでなる。葉も長く叢生し、緑が濃い。雌雄同種で、夏、茎の上方に二〇センチくらいの、ビロードのような緑褐色で、ろうそく形の花穂を付ける。これが蒲の穂である。茎を編んで簾にしたことから御簾草の名があり、蒲の穂は油を注いで、蝋燭代わりに用いた。

蒲の穂のこんがり焦げし日和かな　木内怜子　まだ見えて風にのりゆく蒲の絮　吉江八千代

蒲の絮引っ張り合うて飛び立ちし　井上ひろ子　支流より奔流へ翔ぶ蒲穂絮　羽鳥つねを

## 藜《あかざ》　しろざ

アカザ科の一年草。若葉は食用となり、蔬菜として古く中国から伝来したものと言われるが、今は道端や空き地に自生している。茎は直立し、一メートル以上にもなり、葉は卵形で縁に切れ込みがある。七月頃、黄緑色の細かい花を穂状に咲かせる。茎を乾燥させると、軽くて丈夫な杖となる。若芽の赤くならないものを、しろざという。

やどりせむ藜の杖になる日まで　芭　蕉　戦中記鬱勃《うつぼつ》と紅噴く藜　大佐　優

## 虎杖《いたどり》の花《はな》　紅虎杖

タデ科の多年草。山野のどこにでも見られる。雌雄異株で、地下茎を伸ばして増え、若芽は独活《うど》に似る。茎は一・五メートルくらいになり、直立、またはやや斜めに傾き、中空で紅紫の斑点があり、酸っぱいが食べられる。七月頃、葉腋と茎の先に、清楚な感じの白い小花を穂状に付ける。紅虎杖は美しい紅色の花を付け、明月草とも呼ばれる。↓虎杖（春）

虎杖の花月光につめたしや　山口青邨　鳶低く来て虎杖の花煽る　柏原日出子

## 浜木綿《はまゆう》《はまゆふ》の花《はな》《はな》

浜万年青《はまおもと》

ヒガンバナ科の常緑大型の多年草で、関東以南の暖地の海岸に自生する。万年青《おもと》に似るが大型で、高さ一メートルくらいになり、鱗茎は円柱状。光沢のある肉質の葉を四方に広げ、盛夏、葉の間から太い花茎を伸ばし、その頂に芳香のある白い花を十数個、傘形に付ける。その咲くさまが、木綿《ゆう》を垂らしたようなので、この名がある。『万葉集』にも詠まれていて、古くから親しまれた花であるが、どこか現代的で、南国らしい感じが漂う。

遠のくものよ国生みの山も浜木綿も　金子兜太

浜木綿や「きくへ」としるす海女の籠　伊藤いと子

浜木綿の花の上なる浪がしら　神尾季羊

はまゆふの実や熊楠《くまぐす》のデスマスク　玉置順子

## 夏《なつ》薊《あざみ》

薊は春季とされているが、種類が多く、夏から秋にかけても咲いているのを見かける。夏薊というのは、特別な種類を指すのではなく、野薊のように夏に見かけるものをいうのである。春や秋の薊の感じとは異なって、夏の生命力に溢れた野山の緑の中に、紅一点、鮮烈に咲いているような印象を捉えるべきであろう。↓薊（春）

近づけば茎のありけり夏薊　伊東肇

事故の尾を曳く調停の夏薊　畠友子

背伸びして生きし日もあり夏薊　宮崎カツ子

夏薊海抜千メートルの駅　宮内容子

## 灸花《やいとばな》　屁糞葛《へくそかずら》

林や藪の木々や人家の垣根などに這いまつわる、アカネ科の蔓性の多年草。茎は左巻きで長く伸び、葉は楕円形で先が尖り対生する。盛夏、その葉腋に小さい鐘状の可憐な花を付ける。外側が白く、内側が紅紫なので、火のついた艾《もぐさ》のように見えるところからこの名がある。全体に悪臭があるので、へくそかずらと呼ばれるが、揚羽蝶などがよく寄る花でもある。

灸花疱瘡神にからみつく　滝沢伊代次

灸花微熱の五体もてあます　古川塔子

老いまじく歩けばへくそかずらかな　湯浅康右

へくそかづら本家分家を垣一重　岡田菫也

## 酢漿《かたばみ》の花《はな》　酢漿草《かたばみ》

庭や道端など至る所に自生するカタバミ科の多年草。多少毛のある茎は細長く地面を這い、節から根を出して増える。葉はハート形で三枚の小葉からなる複葉で、緑のものと紅紫のものとがあり、昼は開き夜は閉じる。五、六月頃から、葉の付け根に花茎を伸ばし、小さい黄色の五弁の花を咲かせる。花のあとは莢となり、種子を弾き飛ばす。蓚酸《しゅうさん》を含むため酸っぱく、漢方の皮膚病薬や真鍮《しんちゅう》を磨くのに用いられ、古くから家紋としても親しまれている。

かたばみの花より淋し住みわかれ　三橋鷹女
俤《おもかげ》やかたばみの花教へられ　岡村光代

## 羊蹄《ぎしぎし》の花《はな》　野大黄《のだいおう》

タデ科の大形の多年草で、野原や道端に見られるが、ことに湿地や水辺に多い。茎は六〇センチ～一メートルくらい。葉は長さ三〇センチほどの長楕円形で、牛の舌に似るところから「牛舌《ぎゅうぜつ》」と呼ばれる。根は太く黄色で、大黄《だいおう》の代わりに下剤として用いられる。初夏、茎の上部と葉腋に花穂を出し、節ごとに十余りの小さな淡緑白色の花を付ける。羊蹄は漢名で根の形に由来し、ぎしぎしは、実のなった枝を振るとぎしぎしと鳴ることから来ているという。茎や葉は酸味が強いが、これを抜けば、新芽は食用となる。

羊蹄や利根の流れの痩せしとも　大槻久美

潮焼けのぎしぎしの花城ヶ島　小山今朝泉

## 現《げん》の証拠《しょうこ》　げんのしょうこ　神輿草《みこしぐさ》

山野に自生するフウロソウ科の多年草。茎は細く節があり、枝分かれが多く、半ば地を這う。葉は掌状に切れ込み、暗紫色の斑点がある。夏、葉腋から花茎を伸ばし、一センチほどの梅に似た小さい五弁の花を付ける。花の色は西日本では紫紅色、東日本では白が多い。陰干しにしたものを煎じて飲むと、下痢止めに特効があるので、「現の証拠」の名があり、「たちまちぐさ」「いしゃいらず」などとも呼ばれる。熟した実が五裂したさまが神輿《みこし》の屋根に似ているというので、別名を「神輿草」ともいう。

謎などはもたざり現の証拠の花　河合凱夫

踏みさうなところに現の証拠かな　雑賀　遊

## 萱草《かんぞう》《くわんざう》の花《はな》《はな》　ひるな　花萱草　忘草《わすれぐさ》

ユリ科に属する多年草で、野原、土手などに自生する。高さ七〇センチくらい。葉は細長く線状で、盛夏、大きな百合に似た花を一日だけ開く。六弁の黄赤色の花を開くのは「のかんぞう」、八重咲きで赤褐色のは「やぶかんぞう」である。園芸種も多く、俳句ではどちらも萱草と詠まれる。この花の新芽を食べると憂いを忘れるという中国の習俗から忘草とも呼ばれるようになったという。「甘草」「莞草」も「かんぞう」であるが、全く別種で、キスゲ、ユウスゲなどは同種である。

萱草の夕日の色に咲き惜しむ　駒井えつ子
ひとつ萎えひとつは咲きて野萱草　榎田きよ子
萱草の花に日暮のピアノ鳴る　秋篠光広
高原にこころ違へし花萱草　津森延世

## 車前草《おおばこ》《おほばこ》の花《はな》《はな》　大車前《おおばこ》　おんばこ　かえるば

山野、道端など、どこにでもごく普通に見られる、オオバコ科の多年草で、人や車に踏み付けられても、たくましくどんどん成長するところから、車前草と名付けられたという。茎がなく、葉は長い柄を持った楕円形で根元から叢生する。夏、葉の間から二〇センチほどの花茎を伸ばし、緑がかった白色の小さい花を穂状に付ける。薬草として種々の効能があり、牧草にもされる。

話しつゝおほばこの葉をふんでゆく　星野立子
番所守車前草に足沈めたり　皆川盤水
車前草の紐のやうなる花かかげ　綿利信子
踏み応うおおばこ一村餓死の跡　紺野佐智子

## 十《じゅう》薬《やく》《じふやく》　蕺菜《どくだみ》　どくだみの花

ドクダミ科の多年草で、雑草としてどこにでも見られる。独特の悪臭があり、じめじめしたところを好むので嫌われるが、梅雨どき、白く咲いている趣には捨て難いものがある。地下茎を伸ばして広がり、茎は二〇～四〇センチくらいで、ハート形の葉の間から枝分かれして花を付ける。十字型の白い花と見えるのは苞で、本当の花はその中に淡黄色の穂をなしている。薬草として効用が多いため十薬の名があり、最近の健康ブームに乗って、陰干しにしたものをお茶として用いたりする。どくだみとは、毒を矯《た》めるの意で、江戸中期からの名称だという。

悪友に似て十薬の花点々　鈴木鷹夫
ばばさまの秘薬どくだみひろごれり　水原春郎
十薬や無事一日の湯のあふれ　工藤眞智子
十薬を煎じ詰めれば母がいる　長浜聰子
十薬の香もまた佳しと六十路かな　南　美智子
十薬や精養軒へ道しるべ　筒井泰子
十薬を抜く戦争を知らぬ子と　川崎俊子
薬畳となり十薬の深緑　飯村周子
十薬や寺の東司《とうす》の昼点り　松本三千夫
毒だみを軒いっぱいに干す山家　尾岸美代子

## 蚊帳吊草《かやつりぐさ》

雑草としてごく普通に見かけるカヤツリグサ科の一年草。高さは三〇センチほどで、葉は線形で細長い。初夏、一本の茎の頂に三葉を出し、黄褐色の線香花火のような花を付ける姿は、どことなく淋しい感じがただよう。この茎を両端から裂いて広げると、真ん中から四つに分かれて蚊帳を吊ったような形になるのでこの名があるというが、蚊帳そのものに馴染みが薄くなった現在では、もう一つぴんと来ないようである。

風知つて動く蚊帳吊ぐさばかり　大野林火
大原のひぐれかやつり草を吊る　豊田都峰

## 踊子草《おどりこそう》《をどりこさう》　踊草《おどりぐさ》　踊花《おどりばな》

シソ科の多年草。日陰に多く見かけ、高さは三〇～五〇センチ。茎は四角く、葉はハート形で対生し、先にぎざぎざがある。初夏、葉の付け根に淡紅色、または白色の唇形の花を輪状に咲かせ、その形が笠をかぶった踊り子に似ていて、可愛らしい。名の由来もここから来ている。若芽を食用としたり、根を煎じて腰痛に用いたりする地方もある。

きりもなくふえて踊子草となる　後藤比奈夫
おへんろの通り過ぎたる踊子草　今井千鶴子

## 射干《ひおうぎ》《ひあふぎ》　桧扇《ひおうぎ》　うばたま

アヤメ科の多年草で、海岸や山の草地に自生する。高さは一メートル内外。幅広い剣状の葉が二列に互生し、そのさまが桧扇を開いたようなのでこの名がある。盛夏、その葉の間から茎が伸び、先が分枝して赤い斑点のあるオレンジ色の六弁の花を咲かせる。花のあと実を結び、黒く美しいので、古名を「黒」とか「闇」にかかる枕詞である「うばたま」という。園芸種も多いが、ヒメヒオウギは別種で、花の色もやや異なり、筒形の先が六裂している。

射干や刻を忘れて読む少女　新井英子
鉄漿の甕よりい出て射干へ　久米惠子

**虎尾草《とらのお》《とらのを》**　おかとらのお

サクラソウ科の多年草で、正式には「おかとらのお」といい、俳句ではその近縁種のものをも含んで指すことが多い。普通、山地に自生し、地下茎で増える。茎は分岐せずに直立し、八〇センチくらいになり、葉は百合に似て先が尖り、短毛がある。六、七月頃、茎の頂に長さ一〇～二〇センチの穂のような白い五弁の花を総状に無数に付ける。そのしなったさまが、虎の尾に似ているというのでこの名がある。茶花などに用いると涼しげで、その名が俳諧的なところも捨て難い。

虎尾草の咲くべく木曽の高曇　宮坂静生
いぶき虎の尾湿原の精群るるかに　新井英子
分去れのこんこんの日と虎の尾と　松田ひろむ
虎の尾を一本持つて恋人来　小林貴子

**都　草《みやこぐさ》**　黄金花《こがねばな》　烏帽子草《えぼしぐさ》

日当たりのいい道端の草地に生えるマメ科の多年草。茎は地面を這い、二、三〇センチくらい。葉は三枚の小葉と一対の託葉とから成り、五枚に見える。五月頃、葉腋から長い柄を伸ばした先に、小さい黄色い蝶のような形の花を咲かせて、可憐である。昔、京都に多く自生していたのでこの名があるという。

宇陀の野に都草とはなつかしや　高浜虚子
磯草の都草とてひとつづり　石田勝彦

**駒《こま》繋《つなぎ》**　うまつなぎ

野原や土手などに自生するマメ科の小低木で、高さは五〇～九〇センチくらいで、全体が緑色で柔らかく、草のように見えるが、根、茎ともに強く、馬をもつなぎ止めることができるというのでこの名があるという。葉は羽状の複葉で、晩夏から初秋にかけて、紅紫色で蝶形の花を穂状に付け、のち円柱形の英を結ぶ。すべてが萩に似た感じと風情がある。

金剛の駒繋草よぢのぼる　本田一杉

ここよりは山坂けはし駒つなぎ　増田宇一

**狐《きつね》《きつね》の提灯《ちょうちん》《ちやうちん》**　宝鐸草《ほうちゃくそう》の花

ユリ科の多年草で、野山、竹藪などの陰地に多く、群生する。高さ三〇～五〇センチ。五月頃、ササに似て柔らかく互生した葉の葉腋から、緑白色の筒形の小さな花を一～三個垂らし、可愛らしい。別名の宝鐸とは、仏堂や塔などの四方の軒に垂らした飾り、すなわち風鐸のことで、この花の形がそれに似ているということに由来している。

宝鐸草咲いてやさしき杉の肌　山本順子

狐の提灯この断崖《きりぎし》は曽良と誰《た》れ　松田ひろむ

**捩《ねじ》《ねぢ》花《ばな》《ばな》**　もじばな　ねじればな　もじずり　文字摺草《もじずりそう》

野原、田の畦、芝生、湿地などに生えるラン科の多年草。茎は高さ一〇～三〇センチくらい。それを包むように細長い葉が二、三枚、根元から斜めに伸びる。五、六月頃、茎の頂に細く螺旋状にねじれた穂を出し、横向きに淡紅色の花をつづるように咲かせる。まれに白色、緑色のものもある。

茎も花穂もねじれているのでこの名がある。梅雨晴れの芝の上などに一本すっくと伸びたさまは、可愛らしい。観賞用として鉢植にもされる。

少年の考へはじめねじれ花　杉山ふさ　捩花や吾も少々変はり者　藤田かよ子

群れ咲いて一つの個性捩れ花　中田敏樹　捩花は糸の如くに咲きのぼる　脇田裕司

きはめずもよき手習ひや捩り花　大星雄三　ねぢれ花ねぢれねぢれて終わりけり　清水静子

## 破《やぶ》れ傘《がさ》

山地の木々の下に自生するキク科の多年草。高さは七〇～一二〇センチくらいで、葉は掌状に深く切れ込んでいる。若葉は綿毛に覆われ、すぼめた傘のような格好で土の中から出て、少しずつ開いて行くにつれて、傘の破れたような形になる。六月頃、直立した茎の先に白い花を穂状に付けるが、花よりも葉のさまが面白く、破れ傘とはうまく名付けたものと思わせる。

奥飛騨は水音太し破れ傘　佐藤斗星　それぞれに枯葉被《かず》きし破れ傘　鈴木弘

## 靫《うつぼ》草《ぐさ》　空穂草《うつぼぐさ》　夏枯草《うつぼぐさ》

日当たりのいい山野の草地に生えるシソ科の多年草。茎は四角く、高さ一〇～三〇センチ。葉は長楕円形で先が尖り対生する。茎、葉ともに毛がある。六月頃から、茎の先に円筒状の花穂を付け、紫色の唇形の花を咲かせる。花の形が矢を入れる靫に似ているところからこの名がある。花の後、穂は暗褐色になり、これを夏枯草《かこそう》という利尿剤として用いる。

高野みち歩くもえにしうつぼ草　神尾久美子　うつぼ草うすむらさきに窓昏るる　釘宮のぶ

## 一《ひと》つ葉《ば》

ウラボシ科の多年生の常緑シダの一種で、山間の岩の上、木陰などに多く、観賞用として庭園に植えたり、盆栽に仕立てたりする。葉は三〇センチほどで長い柄があり、長楕円形をしている。他のシダ類のように葉に切れ込みがないので、一つ葉の名がある。葉の質は厚く革のようで、表は緑が濃く、裏は一面に毛があり褐色の粉をふいたように見える。夏の新葉がことに美しく、涼しげである。

夏来てもたゞ一つ葉のひとつかな　芭蕉
一つ葉や遍路ふるみち濡れてをり　井上閑子

## 蛍《ほたる》袋《ぶくろ》　釣鐘草《つりがねそう》　提灯花《ちょうちんばな》　風鈴草《ふうりんそう》

キキョウ科の多年草で、山野に自生する。茎は高さ四〇～八〇センチで直立し、葉は楕円形ですみれに似、全体に毛がある。六月頃、枝を出して淡い紅紫色、または白色の釣鐘状の、先が五裂した花をぶら下げるように付ける。子どもが捕まえた蛍をこの花の中に入れるというのでこの名があるという。その名も可愛らしく、梅雨どきに咲く風情も可憐である。カンパニュラと呼ばれる園芸種も多い。

逢ひたくて螢袋に灯をともす　岩淵喜代子
ももいろの釣鐘草の音色かな　柴　敦子
吹き降りやほたるぶくろを活けしより　横内千代美
細腕に花の重さを釣鐘草　杉山青風
蛍袋リュックサックに何入れし　西村純吉
釣鐘草蜂出づるまで揺れにけり　高井睦朗

## 半夏生草《はんげしょうぐさ》《はんげしやうぐさ》　片白草《かたしろぐさ》

湿地に多いドクダミ科の多年草で、一種の臭気がある。茎は直立し、一メートルくらいになる。葉は長楕円形で互生し、ちょうど半夏生（夏至から一一日目、七月二日頃）の頃、茎の先の葉の二、三枚の下半分ほどが白くなり、花穂を出し、白い花をたくさん付ける。半夏生の頃に咲くのでこの名があるとも、半分白くなるので半化粧の意だともいう。時候を意味する「半夏生」と紛らわしいが標準和名はハンゲショウ（半夏生）である。↓半夏生（時候）

鯉の口朝から強し半夏生　藤田湘子

木の揺れが魚に移れり半夏生　大木あまり

半夏生など挿し心にくかりし　井尾望東

半夏生草真田屋敷に咲き馴染む　河又一爽

## 浜豌豆《はまえんどう》《はまゑんどう》

海岸、まれに湖岸の砂浜に自生するマメ科の多年草。エンドウに似て小形で、地下茎を延ばして増える。茎の長さ三〇～六〇センチくらい、葉は一〇枚ほどの小さい葉を持つ羽状複葉で、先に巻きひげがある。夏、可愛らしい蝶のような形の赤紫色の花を付ける。

浜豌豆陽にも風にも砂丘動き　野澤節子

火の島に潮騒返す浜豌豆　小室ひろし

## 烏瓜《からすうり》の花《はな》

山地や藪陰、あるいは垣根などにも絡まるウリ科の蔓性多年草。雌雄異株で、巻きひげを伸ばして高くよじ登る。茎は細く、葉は掌状に裂けている。夏の夕方、五裂した白い筒状の花を開く。花び

らの縁や先が繊毛のように細く伸び、レースの飾りのように見える。花は翌朝しぼむ。秋には赤い実となる。↓烏瓜（秋）

烏瓜花もやもやの真かな　伊藤　格

月に糸伸ばしてからすうりの花　青木まさ子

月の精さまよへり花からすうり　佐藤国夫

宵寝してふはふは烏瓜の花　佐々木　咲

## 蛇《へび》苺《いちご》

バラ科の多年草で、草地や道端などに多い。茎は地面を這い、ところどころから枝を出して増える。長さ六〇センチくらいで、全体に粗毛があり、葉は三枚の小葉からなる。四月頃、葉の腋に黄色の五弁の花を付け、夏、一センチほどの球形に赤く熟す。その名前から有毒のように思われているが、毒はない。

照りすぎし水の匂ひや蛇苺　平子公一

鍬湿し置く水溜まり蛇苺　旗川万鶴子

## 夏《なつ》蕨《わらび》

蕨は春に出るが、高原や高い山地では初夏の頃に盛りとなり、山荘の行楽客の食膳にのぼったりする。特別な種類ではなく、夏に出る蕨のことを言う。↓蕨（春）

くるしくも雨こゆる野や夏わらび　白　雄

夏わらび手に殖やしゆく塩の道　和知喜八

## 鷺《さぎ》草《そう》

日当たりのよい湿地に自生するラン科の多年草。楕円形の球茎から高さ三〇センチくらいの茎を伸ばし、七月頃、茎の先に真っ白な花を二、三輪付ける。そのさまがちょうど鷺が翼を広げて飛ぶさまを思わせるのでこの名がある。まことに清楚かつ可憐で、涼しげな花である。自生地が激減し、観賞用にミズゴケに栽培されたものがほとんどと言っていい。

鷺草に露玲瓏と凝りにけり　小路智壽子
鷺草の鷺飛び去りて花終る　勝田蒼人
暁方のさぎ草の飛ぶ声したり　長谷川公二
鷺草の寝《い》ね難ければ夢に飛ぶ　佐藤恭治

## 鴨足草《ゆきのした》　虎耳草《ゆきのした》　雪の下

山間や渓谷などの湿ったところに自生するユキノシタ科の多年草。庭園の水辺や石垣などの陰地にも広く植えられている。細く赤い走出枝を出して増え、五〜二〇センチほどの葉柄のある葉には毛があり、緑が濃く白い葉脈が浮き、裏は赤紫色をしている。六月頃、高さ一〇〜三〇センチほどの花茎の上に白い五弁の小さい花を不均整に総状に咲かせ、上側の三弁は卵形で紅斑があり、下の二弁は長くて白い。これが鴨の足に似ているのでこの字を宛て、常緑で雪の下でも緑を失わぬところからこの名があるという。虎の耳に似ているともされ、漢名では虎耳草という。葉は凍傷や咳止めに用いられるほか、天ぷらとして食べられる。

歳月やはびこるものに鴨足草　安住　敦
夢殿のほとりの別れゆきのした　八木三日女

## えぞにう　蝦夷丹生《えにぞう》　えぞにうの花

セリ科の多年草で、東北、北海道の山野に自生する。ししうどに似ているが大型で、高さ二、三メートルにもなり、茎も直立して太い。七月頃、白い五弁の花が傘状に群がり咲く。葉の付け根のさやのところが大きな袋状にふくらんでいて異様に見え、群生しているところでは特異な景観をなす。

えぞにうの花咲き沼は名をもたず　山口青邨

えぞにゆうの花に空知の日の眩し　平松草太

## 苔《こけ》の花《はな》　花苔

岩石や古木の表面、湿ったところなどに貼り付いたように生える苔類《たいるい》、蘚類《せんるい》、地衣類《ちいるい》、及びサギゴケなどの小形の種子植物などをも含めて一般に苔と言い、わが国では、庭園や茶庭には欠かせない風情をもたらすものとなっている。ふつうには花は咲かないのだが、梅雨のころ緑が濃くなり、白色や淡い紫色の小さい傘状の胞子体を伸ばすと、これが花のような感じがするので、俳句ではこう呼ぶのである。

水かけて明るくしたり苔の花　乙二

仏ともただの石とも苔の花　森本林生

豪商の裔《すえ》は住まはず苔の花　中村三千年

虚子眠る曼陀羅やぐら苔の花　鈴木英子

## 布袋草《ほていそう》　布袋葵《ほていさう》

ミズアオイ科の多年生帰化植物で、熱帯アメリカの原産。観賞用として池や水槽に栽培されるが、繁殖力が強く野生化しているところもある。葉柄の中央が卵のようにふくらんで浮袋となり、水面に浮遊する。葉身は卵形で長さは四～一〇センチくらい。盛夏、総状の花序を出し、薄紫色の六弁花を付ける。花の下のほうは筒状で、花びらは長楕円形。上の一弁は大きく淡黄色の斑がある。日本へは明治中期に渡来し、ふくらんだ部分を布袋の腹に見立ててこの名がある。

ほてい草月の面《おもて》を流れ過ぐ　福田蓼汀　　布袋草に浮袋あり神を讃む　田川飛旅子

## 水草《みずくさ》《みづくさ》の花《はな》《はな》

睡蓮、沢瀉《おもだか》、河骨《こうほね》、蓴菜《じゅんさい》、蛭蓆《ひるむしろ》など、水草は多く夏に花を咲かせる。美しく目立つもの、さほどでもないもの、色や形はさまざまであるが、水に映り、流れに揺れているさまは、いずれも涼しげな感じがする。

水草の花に触れたる水棹《みさお》かな　正岡子規　　石組に滝跡ありて水草咲く　松本澄江

## 藻《も》の花《はな》　花藻《はなも》

湖や沼、小川など、真水に咲くさまざまの藻の類の花を言う。金魚藻、梅花藻、総藻など、いずれも白や黄色の小さいものが多く、目立たないものも多いが、ふさふさと茂った藻の間に、ゆらゆらと漂うさまは愛らしく涼味をさそう。

尺鮒に藻の花まじる朝の漁　岡野風痕子　　藻の花に朝の水嵩ありにけり　行方克巳

## 萍《うきくさ》　浮草《うきぐさ》　根無草　萍の花

ウキクサ科の多年草で、池や沼の水面に浮かぶ。一センチ足らずの小さい丸い葉の表は緑色で裏は紫色を帯び、三〜五センチほどの多数の髭根を垂らす。三つ四つ連なっていることもあれば、びっしりと池一面を覆っていることもある。盛夏、緑白色の小さな花を付けることもある。アオウキクサ、ヒンジモ（品字藻）など、近縁種も多く、古歌などには、水面に浮かんでいる水草の総称として用られていることが多い。

萍の鍋の中にも咲にけり　一　茶
うきくさの筏なしたる舟だまり　玉木春夫
堰水に浮草ひがな巻きこまれ　南　典二
萍や男盛りを便便と　奥山源丘
萍の吹き寄せられてゐて平和　岡野ひさの
萍や田舟の水路今もあり　徳澤南風子
萍のひしめき合へる水匂ふ　外村勢佳
萍の揺れて片寄る雨の中　堀江一舟

## 蛭《ひる》蓆《むしろ》

ヒルムシロ科の多年草で、池や沼、水田などによく茂る。泥の中に地下茎を延ばし、節から根を出す。水の浅いところでは水中茎は短く水中葉も少ないが、深いところでは長く伸び、葉の数も多い。浮上葉は堅く長楕円形で、水中葉は細くて膜質である。夏、短い花軸を水の上に出し、黄緑色の小花を穂状に咲かせる。蛭のいる場所というような意味から名付けられたものらしく、花もあまり美しいものではない。自然の状態では、近縁種のものが混生していることも多い。

雨雲の風おろしくる蛭蓆　石田波郷
眠たうてしばらくねむる蛭蓆　上野まさい

## 蓴《じゅん》菜《さい》　蓴《ぬなわ》　蓴の花　蓴採る　蓴舟

スイレン科の多年生水草。池や沼に自生する。地下茎が泥の中を這い、節ごとに根を伸ばし、ところどころから細い円柱状の茎を出す。葉は楕円形の楯形で光沢があり、水面に浮かんでいる。若い茎と葉は寒天様の粘質物に包まれている。夏、水面に紅紫色の花を付ける。若芽、若葉は食用として珍童され、秋田県などで栽培されている。蓴舟は、蓴菜を採るために浮かべる舟である。

雨故郷千年沼のぬなはかな　小川芋銭

ぬらぬらと雫こぼし蓴摘む　高瀬吉佐子

蓴取り午報待たずの昼餉かな　湯橋喜美

蓴採る日がな己の影の中　桑原晴子

傾《かし》ぎゐて女ばかりの蓴舟　新谷ひろし

亡《は》母《は》恋の傾き進む蓴舟　姉崎　昭

## 青《あお》みどろ　青味泥《あおみどろ》

夏、水田や池、沼などの水の淀んだようなところに、髪の毛のように長くからまって繁茂している藻の類を、しばしば見かけることがある。植物学的には、接合藻類の淡水緑藻のことを指す。長さ一メートル以上にもなることもあり、葉緑体は螺旋状で、種類により一または数本である。

青みどろかきまわしてる消している　三田村弘子

隊列を離れし一語青みどろ　久保純夫

## 木耳《きくらげ》

担子菌類のきのこで、ことに梅雨の頃、山中の朽木、多く桑、接骨木《にわとこ》など、広葉樹に群がって生える。濃い茶褐色だが、白色のものもある。寒天質で海月《くらげ》に似ているのでこの名があり、形が人の耳のようなのでこの字を当てるという。干して、中華料理などに用いられる。

木耳をとるにもあらずうち眺め　高浜虚子

きくらげは木の耳なるや風を聴く　鱒澤行人

## 梅雨茸《つゆだけ》　梅雨菌《つゆきのこ》

湿度の高い梅雨どきは、山中の朽木や庭の植え込み、芝生の間など、さまざまなところに色々な茸が生える。それらの総称である。中には、早松茸《さまつたけ》など、食用として珍重されるものもあるが、ほとんどはかえりみられることなく、いつの間にか生え、いつの間にか雨に打たれて消えてしまう。

梅雨茸の生えて胡乱《うろん》の朝《あした》かな　小林貴子
梅雨茸の子がぞろぞろと古墳山　児玉南草

## 黴《かび》　青黴　毛《け》黴　麹《こうじ》黴　黴の宿《やど》　黴の香《か》

菌類のうちで、きのこを生じないもの、主に糸状菌を指す。たいへん種類が多く、梅雨どきは、食物、衣類、器具、住居など、あらゆるものが黴に侵されやすい。麹黴や、ペニシリンが発見された青黴など有益なものもあるが、多くは病害のもととなる。一面に生えた黴は見ていても不潔であるし、手入れの行き届いていない部屋や衣類は、目に見えなくても、どことなく黴の、匂いがするように感じる。

黴の書の書架よりぬきし罪と罰　藤井寿江子
どの黴も忍びの術に長けてゐし　野原春醪
毒の本はびこり良書黴びにけり　那須ゆう子
秘湯てふ客一組の黴の宿　立野もと子
黴人さし指を洗ひをり　小林喜一郎
のけぞりて笑ふ羅漢や黴の花　河本修子
黴の書を一つ叩けば一と昔　高橋健文
黴しもの母の影ひく蔵座敷　茂木いづみ
金色の黴をまとへる魚板かな　中本一九三
黴大事大事に地下のワイン樽　藤田輝枝

## 海蘿《ふのり》　布海苔《ふのり》　海蘿干す

紅藻類フノリ科の海藻の総称で、浅い海岸の岩などに生える。色は紅紫色、長さは一〇センチ内外。管状で、生長すると中は中空となる。不規則に分岐して繁殖力が強く、岩礁を染めるほどになることもある。夏、五、六センチに伸びたころに採り、干して乾かしたものをさらに煮て、水にさらして固める。これを煮て糊を作る。そのまま、汁の実や刺身のつまにもすることもある。

風吹けば匂ひもぞする海蘿かな　岡田耿陽
ぶちまけて選《え》ってをりしは海蘿かな　清崎敏郎

## 荒布《あらめ》　黒菜《くろめ》　荒布刈る　荒布干す

褐藻類の多年生海藻。波の荒い外洋の低潮線以下のところに叢生し、褐色で長さは二メートルにも達する。その大きさと生育の環境からこの名があるという。茎は円柱状で先が平たく左右に分かれ、さらにいくつもの副葉が分岐する。夏、刈り取ったものを海辺に干すと、色が黒くなる。ヨードの原料とするほか、アルギン酸を抽出する。食用や肥料とすることもある。

濡れし身は無敵荒布を抱き運ぶ　津田清子
荒布干す岩は地の果えりも岬　岩田汀霞
荒布刈る男鹿の訛りは風まじり　畠山素空
荒布干す道の曲つて岬まで　中井一雄

# 索 引

（収録したすべての季語を五十音順に配列した。ゴシック体は「見出し季語」を示す）

## あ

## い

## う

## え

## お

## か

## さ

## し

## す

## ま



## み

## む

## め



## も



## や

## れ



## ろ



## わ

# 監修・編纂・執筆者一覧（敬称略）

## ●監　修（五十音順）

桂信子・金子兜太・草間時彦・廣瀬直人・古沢太穂

## ●編纂委員（五十音順）

綾部仁喜（泉）
伊藤通明（白桃）
茨木和生（運河）
宇多喜代子（草苑）
老川敏彦（秋）
大牧　広（港）
加藤瑠璃子（寒雷）
熊谷愛子（逢）
倉橋羊村（波）
斎藤夏風（屋根）
田口一穂（秋）
寺井谷子（自鳴鐘）
豊田都峰（京鹿子）
中戸川朝人（方円）
成田千空（萬緑）
能村研三（沖）
原　裕（鹿火屋）
深谷雄大（雪華）
福田甲子雄（白露）
星野紗一（水明）
星野麥丘人（鶴）
松澤　昭（四季）
宮坂静生（岳）
森田緑郎（海程）
諸角せつ子（道標）
山田みづえ（木語）

## 編纂進行

松田ひろむ（鷗座）

## ●季語解説執筆（追加季語など、一部この一覧に合致しない場合もあります。）

春

時候　綾部仁喜
天文　伊藤通明
地理　茨木和生
生活　宇多喜代子
　　　成田千空
行事　大牧　広
動物　加藤瑠璃子
植物　熊谷愛子
　　　星野紗一
　　　行方克巳

夏

時候　寺井谷子
天文　小澤克己
地理　茨木和生
生活　老川敏彦
　　　田口一穂
　　　大矢章朔
　　　水谷郁夫
　　　上田日差子
　　　藤田　宏
　　　嶋田麻紀
行事　豊田都峰
　　　直江裕子
動物　能村研三
　　　橋本榮治
植物　岩淵喜代子
　　　窪田久美
　　　辻恵美子
　　　三村純也

秋

時候　福田甲子雄
天文　星野麥丘人
地理　茨木和生
生活　松澤　昭
　　　松澤雅世
行事　岩淵喜代子
動物　宮坂静生
植物　諸角せつ子
　　　松田ひろむ
　　　森田緑郎

冬

時候　深谷雄大
天文　山田みづえ
地理　いのうえかつこ
生活　斉藤夏風
　　　伊藤伊那男
　　　中戸川朝人
　　　小島　健
行事　遠山陽子
動物　成井恵子
植物　小島花枝

新年

時候　橋爪鶴麿
天文　橋爪鶴麿
地理　橋爪鶴麿
生活　小林貴子
　　　加古宗也
行事　西村和子
動物　いのうえかつこ
植物　いのうえかつこ

校閲　倉橋羊村

忌日一覧　綾部仁喜
　　　　　細井啓司

**新版・俳句歳時記【第六版】夏**

二〇〇一年九月　五日　第一版第一刷発行
二〇〇三年四月　十日　第二版第一刷発行
二〇〇九年二月　十日　第三版第一刷発行
二〇一二年六月三十日　第四版第一刷発行
二〇一六年六月二十五日　第五版第一刷発行
二〇二四年七月二十五日　第六版夏第一刷発行

監修　桂　信子
金子兜太
草間時彦
廣瀬直人
古沢太穂

編集　「新版・俳句歳時記」編纂委員会
発行者　宮田哲男
発行所　株式会社雄山閣
東京都千代田区富士見二-六-九
電話　〇三-三二六二-三二三一
印刷／製本　株式会社ティーケー出版印刷

ISBN978-4-639-02937-3　C0092